KB062744

懷巢曲_{회소곡}

懷巢曲 회소곡

홍광석 장편소설

도화

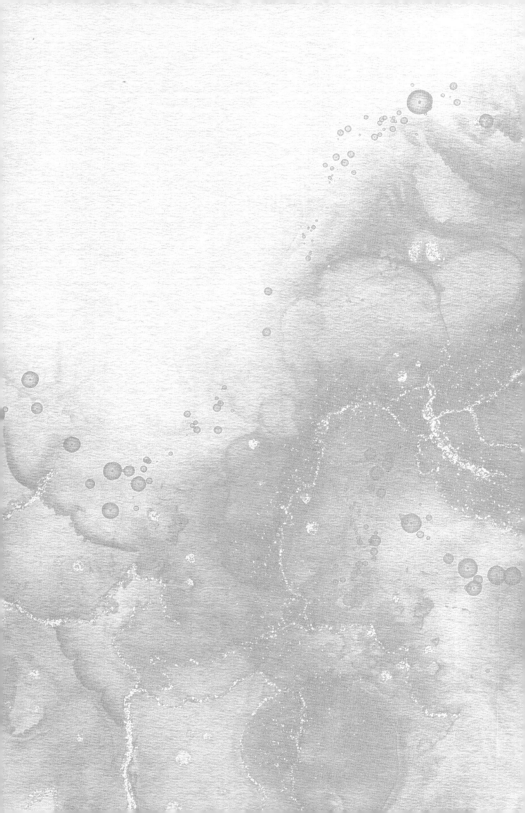

차 례

작가의 말

懷巢曲의 사전적 풀이는 '둥지를 그리워하는 노래'라는 뜻이나, 여기서는 민족 분단과 전쟁이 남긴 상흔을 숨죽이고 감내하며 살았던 사람들의 그리움과 기다림과 恨의 사연을 담은 노래라고 하겠다.

회소곡을 재발간한 이유는 우선 초간에서 미진했던 부분이 많아 보완하고 싶었기 때문이다. 그리고 역사 속에서 개인은 어떤 존재인지 하는 의문을 다시 소환하면서 더불어 한반도의 분단 과정과 어째서 민족이 참혹한 전쟁을 겪어야 했는지 되짚고 싶었기 때문이다.

2003년, 처음 회소곡을 발간하면서 소설을 쓰게 된 계기를 밝힌 바 있으나, 다시 한번 간략하게 정리하면 다음과 같다.

내가 우리 역사에 관심이 컸음에도 현대사의 분단과 전쟁이라는 주제를 외면했던 이유는 '반공을 국시'라고 배웠던 이념의 편향성에서 자유롭지 못했기 때문이다.

그런데 1992년 7월, [광주·전남민자통]에서 주관하는 지리산 답사 여행에 참석하여 다수의 비전향 장기수를 만나게 된다. 이후 비전향 장기수들이 북송되기 전까지, 몇 분과 가깝게 지내면서 8·15 후에서 전쟁까지의 활동상황과 그들의 역사 인식을 접할 수 있었던 시간도 가졌는데, 내가 이념을 떠나서 그분들의 가슴에 남은 분단과 전쟁의 상처와 후유증을 살피는 특별한 계기가 되었다고 본다.

그리고 그해 8월, 오랜 지기였으나 가족사를 말한 적이 없던 친구가 처음으로 "장흥읍에서 마지막 인민재판이 있던 날 총무부장을 하셨다는데…"라면서 자신의 집안 이야기를 들려주며 아버지의 정확한 기일이라도 알고 싶다는 말을 남겼다.

겨우 돌 지난 아들 하나 남겨두고 홀연히 사라진 남편을 기다리다가 한 많은 일생을 마친 어머니에게 착한 효자였던 친구였기에 그의 이야기를 흘려들을 수 없었다.

더구나 불과 2개월 뒤, 그 친구는 퇴근길에서 대형차량의 추돌 사고라는 제삼자의 과실로 인해 불과 40대 초반에 어린 두 아들을 남기고 생을 마감해버렸으니…, 그의 이야기는 나에게 유언이요 가슴을 누르는 숙제로 남았다.

1996년, 늦깎이로 문단에 이름을 올리면서 본격적으로 현대사 자료를 찾고, 비전향 장기수는 물론 공산주의자로 살다가 전향했던 분들의 사연도 들었으며, 전쟁의 격랑에 휘말렸던 사실을 감추고 불우한 생을 보내야 했던 주변의 '아저씨'와 '아주머니'들도 만났다.

그리고 내 주변에도 전쟁 당시 무슨 이유로 언제 어디서 어떻게 사라진지 모르는 아버지를 둔 지인들이 있으며, 지난 세월 동안 그 가족들이 포기와 체념을 운명으로 받아들이며 살았다는 사실도 알게 되었다.

나는 기본적인 문학 수업을 받지 못했기에 아직도 소설의 본질적 의미와 가치와 형식을 잘 모른다. 그저 소설이란 보이지 않는 이념과 추구하는 가치와 시대적 상황을 시각적인 문자로 형상화한 정신의 소산이라고 나름대로 정의하고, 베틀에 앉아 옷감을 짜는 여인처럼 내가 만났던 인물 경험했던 사건을 날줄로 삼고 철학과 이념과 역사관 등을 씨줄로 交織하여 전개하는 신중한 기록이어야 한다고 생각했다.

재발간한 회소곡은 여러 사람의 사실적인 경험과 기억을 소환하여 조명했던 기존의 회소곡에서 벗어나지 않는다. 다만 내용 중에 보이는 오류를 바로잡고 거친 문장을 다듬는 수준에서 교정하였다.

어쩌면 회소곡은 분단이라는 원죄가 빚은 이념 갈등의 그늘이 짙은 시대를 살았던 사람들의 억울한 이별과 그리움의 사연을 모은 보고서일 수 있다.

감히 회소곡이 민족 화해와 평화의 悲願을 담은 不忘碑로 기억되었으면 한다.

이천 이십 이년 팔월 십오 일에 洪光石

懷巢曲_{회소곡}

겨울 바다의 안개

    겨울 볕마저 비켜간 좁은 정원의 가운데에는 헐벗은 키 큰 나무 한 그루가 서 있고, 둘레에는 잔설殘雪을 인 키 작은 철쭉 몇 그루가 제멋대로 자리를 잡고 있었다.

    조금은 어수선한 흑백사진 같은 창밖의 겨울 풍경.

    그곳 어디에 시선을 고정하고 앉아 있는 어머니.

    자식들이 곁에 있다는 사실마저 모르는 듯, 침대 중앙에 단정하게 앉아 시간과 공간을 초월한 듯 무심한 표정으로 깍지 낀 두 손을 무릎에 모은 어머니는 겨울나무였다.

    나무들은 봄을 꿈꾼다고 하겠지만 과연 어머니는 무슨 꿈을 꾸고 있는 것일까?

    어머니는 무엇을 보고 무슨 소리를 듣는 것일까?

    멀고도 깊은 상념의 끝자락을 단단히 여미고 앉아 있는 어머니의 모습에서 지나간 세월도 보이지 않았고 전개될 앞날의 예측도 불가능했다.

답답하고 지루한 시간, 어서 그 자리를 벗어나고 싶은 마음뿐이었다.

가만히 몸을 세웠다.

그런데 작은 바위처럼 미동도 하지 않는 어머니의 등 굽은 모습이 내 눈에 가득 들어오는 순간 왈칵 가슴 아랫부분이 서늘해져 다시 병상 모서리에 주저앉고 말았다.

그렇게 늙고 왜소한 어머니를 본 적이 없었다. 애잔하고 측은하게 보인 적도 없었다. 듬성듬성 퍼머를 했던 흔적만 남은 하얗게 센머리, 야위고 굽은 등, 그 등을 타고 흐르는 적막함….

연민의 정 아니면 회한인지 모를 감정의 소용돌이가 가슴을 휘저었다.

어머니란 단어를 입에 올리는 것마저 누군가에 대한 배반으로 여기며, 차라리 어머니가 타인이기를 소망하며 살았던 긴 세월의 기억이 짧은 순간에 영상처럼 펼쳐지면서 눈시울을 시큰하게 했다.

'나무들은 다시 봄날을 보리라. 그리고 꽃도 피우리라. 그러나 정녕 어머니에게도 그런 날이 있을 것인가. 여름날의 태양을 다시 볼 수 있을 것이며 가을의 노래를 다시 부를 날이 있을 것인가. 이제 모진 세월은 잊어버리자. 비록 시늉일지라도 늙고 병든 어머니의 손이라도 잡아드리자. 어서 나으시라는 말이라도 건네자. 어머니의 침묵은 그런 기다림의 표현인 줄 모른다.'

그렇지만 마음뿐 어머니에게 다가설 수 없었다.

아무 말도 나오지 않았다.

유리창 밖의 정경이 좀 더 흐려져 가만히 눈을 감았다.

"오빠, 그만 가요."

갑자기 인숙의 말이 크게 들렸다. 하지만 얼른 일어설 수 없었다.

인숙은 그런 나를 못 보고 있었다.

"엄마, 좀 누워서 쉬세요. 나는 내일 또 올게요. 의사 선생님이 시키는 대로 약 잘 먹고 식사도 거르지 마세요. 알았지요? 엄마."

어머니의 태도에 익숙해진 것인지, 인숙은 담담하게 어린아이를 어르듯 어머니를 챙기고 있었다. 여전히 창밖에 눈길을 두고 있는 어머니에게

"오빠는 다음 일요일에 온대요."

하기에 내가 어머니 곁으로 다가서며 인숙의 말에 동의한다는 표시로 고개를 끄덕여 보였지만 어머니의 반응은 없었다.

"오빠. 엄마도 다 알아들으셨을 거예요."

그리고 인숙이 내 소매를 끌었다. 어머니가 정말로 인숙의 말을 알아들었는지는 알 수 없다. 그러나 분명한 사실은 어머니는 더 있으란 말도 어서 가라는 말도 안 할 것이다. 무엇에 눌린 듯 서 있던 나는 인숙에게 끌려 인사도 잊고 뒤돌아섰다.

그 순간 나를 부르는 소리가 들렸다.

"병주야!"

눅눅한 해풍을 머금은 듯 습하면서도 철렁한 울림이 있는 소리.

반사적으로 되돌아봤으나 고요한 숨소리만 가득한 바다, 그 심연에 닻을 내린 어머니는 요지부동의 자세로 입을 굳게 다문 채 여전히 창밖을 바라보고 앉아 있었다.

떠나는 자식들에게 눈길 한 번 주지 않는 어머니에게 왜 불렀느냐고 묻기도 어려웠다. 설사 백 번을 묻는다고 해도 어머니의 대답은 기대할 수 없을 것이다.

잠시 호흡을 고르고 병실 문을 나서는 순간 서늘한 바람을 감은 소리가 다시 철렁하게 가슴을 때렸다.

　　"병주야!"

　　분명히 어머니의 음성이었다.

　　앞서 문고리를 잡고 있던 인숙이 왜 그래요? 하는 표정으로 되돌아보고 나는 무슨 소리 못 들었니? 하고 눈으로 물었다. 환청이거나 이명耳鳴이었을 것이라고 접기에는 너무 선명한 소리. 하지만 우리를 등지고 아직도 먼 곳을 보며 앉아 있는 어머니가 나를 불렀다는 말이 나오지 않았다.

　　"너무 걱정하지 마세요. 어쩔 수 없잖아요."

　　문을 닫지 못하고 엉거주춤 서 있는 내 태도를 어머니에 대한 연민으로 오해하는 인숙에게 그게 아니라는 설명을 하기도 어려웠다.

　　잠시 서 있었으나 어머니의 소리는 다시 들리지 않았다.

　　항상 멀어지려고 했던 자식을 못 보았을 어머니가 아니었다. 그런데 나를 부르다니.

　　내 가슴을 때리던 침묵의 소리는 무엇을 예고하는 것인가.

　　아니면 이미 예고된 운명의 한 가닥을 미리 알려주는 소리인가.

　　순간적인 혼란 속에서도 심상치 않은 느낌이 알 수 없는 예감으로 왔기에 다시 되돌아봤으나 이미 황토색 병실 문은 닫혀 있었다.

　　"지금은 저래도 엄마는 며칠 있으면 퇴원하자고 하실 거예요."

　　나를 위로하기 위해 애써 일상의 일 인양 가볍게 말하는 인숙의 소리에 어머니의 음성이 묻어났다. 여운으로 남은 어머니의 소리 위에 비슷한 음색과 억양이 포개지기에 다시 앞서가는 인숙을 보니 젊은 날 어머니의 자태가 어른거렸다. 귀를 막았던 소리, 외면했던 어머니의 모습이 인숙을 통해 다가오는 듯한 착각에 잠시 땅을 밟고 있다는 사실조차 잊었다.

짧은 복도를 지나 병원 현관을 나서니 시리고 맑은 겨울 빛이 눈 안에 가득 고이고 이내 그 빛은 엷은 안개가 되어 시야를 가렸다. 어머니로 인해 눈물을 흘렸던 날들도 많았지만, 그 눈물의 색깔이 오늘처럼 맑고 투명해 본 적은 없었다. 늘 나를 어둡게 했던 눈물만을 기억하면서 가만히 눈을 닦았다.

칼바람 한 줄기가 [이영길신경정신과]라는 퇴색한 간판을 때리고 인적조차 별로 없는 골목을 휘젓고 있었다.

"날씨가 차갑네요. 어디 따뜻한 곳에 가서 점심이나 먹어요."

인숙이 대답 못 하는 나를 돌아보지 않아 다행스러웠다.

벌써 1시를 넘겼으리라고 짐작하면서도 인숙에게 내 마음을 들키고 싶지 않았기에 일부러 시계를 눈 가까이 당겼다.

"요즘은 사람들 만나면 마음을 앓거나 육신의 어느 부분이 탈 났다는 등 성한 사람이 흔하지 않더라고요."

앞서가던 인숙이 혼잣말처럼 중얼거렸다.

"모르겠어요. 나도 환자인지 모른다는 생각이 들 때가 있으니까요. 근데 오빠! 엄마는 왜 목포에 가셨을까요?"

나 역시 어머니가 목포에서 발견되었다는 연락을 받는 순간부터 품었던 의문이었다.

'너는 집히는 게 있느냐'고 물으려는데 뒤돌아선 인숙의 입에서 나온 말은 뜻밖이었다.

"엄마가 목포를 가신 것은 아무래도 오빠 때문이었을 것만 같아요. 오빠는 그런 생각 안 들어요?"

자신의 판단을 확신하듯 나를 다그치는 인숙의 말에 왜 그런 생각을 하게 되었느냐고 묻지도 못하고 나는 애매한 고갯짓만 하고 있었다.

"오빠. 아직도 엄마가 그렇지요?"

나를 끌고 갈비탕 전문이라는 식당에 들어선 인숙이 자리에 앉기도 전에 불쑥 물었다.

나이를 먹으면서 처신에 주의를 기울였다고는 해도 어머니만 대하면 표정이 굳어지는 나의 표정, 기본적인 인사 외에는 어머니라는 단어마저도 피하는 윤기 없는 투박한 대화, 멀어지려고만 했던 내 거동을 인숙이 가슴에 담아 두었다는 말이었다.

직설적으로 내 감정을 거스르지 않겠다는 의도가 담겨 있음에도 아직도 엄마가 "그렇지요?"라는 짧은 물음 속에는 아들 노릇을 피했던 나에 대한 질책과 이제라도 어머니에게 좀 더 따뜻하게 대할 수 없겠느냐는 인숙의 바람도 함축되어 있음을 모를 것인가.

지금까지 한 번도 그런 나의 태도를 문제 삼지 않았던 인숙의 갑작스러운 물음은 나를 곤혹스럽게 했다. 인숙이 당장 내 대답을 듣고자 하는 물음이 아닐 것이라고 여기면서 시선을 돌리고 말았다.

"니가 우리 집 장손이여."

어린 나를 다독이던 할머니는 나를 낳아 준 자신의 며느리 이야기만 나오면 기를 쓰고 말의 끝에 날을 세웠다.

"개 같은 년. 서방 죽은 지 일 년도 안 돼서 핏덩어리 자식을 팽개치고 즈그 서방을 고발한 사내놈하고 배를 맞춰 도망친 년이 사람이라냐? 그런 년은 끝내 제 명대로 못 살 것이다."

15

할머니의 눈에 가득한 노여움은 그대로 나의 분노가 되었다.

할아버지는 마을 대소사에 그가 없으면 안 된다고 할 정도로 앞장서는 등 타인들에게는 관대하면서도 나에게는 엄격한 분이었다. 몇 살 때였는지, 어쩌다 울면서 거의 본능적으로 엄마를 불렀던 것인데 그걸 들은 할아버지는

"요놈의 새끼가 그렇게 부르지 말라고 했는디 또 불러. 아나 어매."

하면서 큰 손바닥으로 온몸을 닥치는 대로 때렸다. 며칠간 골이 흔들리는 충격을 경험했던 나에게 이성을 잃은 할아버지 모습은 그대로 공포로 남았다.

학교에 입학하여 처음 배운 낱말이 '어머니'였는데 할아버지 앞에서 그 책도 읽을 수 없었다. 어머니라는 단어를 읽다가도 '아나 어매!' 하는 소리와 함께 나를 후려치는 할아버지의 큰 손바닥이 다가오는 것 같아 더듬거려야 했던 유년시절, 어미를 찾는 어린 손자를 보는 할아버지의 고통을 짐작할 수 없었던 나에게 '어머니'라는 단어는 재앙과 동의어였을 뿐이다.

어머니에 대해 저주의 비수를 던졌던 할머니의 언어와 온몸에 멍이 들고 골이 흔들리도록 맞았던 유소년기의 기억은 어머니를 향한 그리움을 가두어버린 관념의 장벽이었을 뿐 아니라, 그 기억들은 오랜 세월 내 무의식까지 조리돌림을 했던 주술적인 힘을 가진 형구刑具였다.

유년 시절, 어머니의 치맛자락에 매달려 응석을 부리는 아이들을 보며 원초적인 그리움에 남몰래 '엄마'를 부르다가 입을 틀어막고 울었다.

소년기에는 어머니와 함께 살았던 알 수 없는 일 년여의 세월을 기억 속에 복원해 내어 그 기억에 순수를 덧칠해 주고 싶다는 열망에 몸부림치다가 영영 반전시킬 수 없는 헛된 꿈임을 깨닫고는 오히려 어머니에 대한 미

움과 원망을 키웠다.

나에게 어머니는 일반적인 모성의 상징이 아니었다.

비정의 대명사, 미움과 원망의 표적, 인연의 너울마저 벗을 수 있다면 훌훌 날리고 싶었던, 결코 상종해서 안 될 존재였다.

어머니란 호칭의 표피에 우들우들한 돌기가 솟아있는 듯한 느낌 때문에 입에 올리는 것마저 껄끄럽게 여기고 살았던 지난 세월을 말한들 인숙이 이해할 것인가.

따끈한 컵으로 손을 녹이고 있던 인숙이 한참 만에 다시 물었다.

"목포에는 자주 가세요?"

"목포? 최근에 못 가봤어. 찾을 사람도 없고."

"나는 이번이 초행이었어요. 갈 일이 없었던 거지요. 목포가 고향인 대학 친구가 있었는데 그 친구한테서 야성이 강했던 탓에 발전은 안 됐지만 살기 좋은 도시라는 말은 들었던 것 같아요. 그런데 나는 지금 목포가 어떤 곳이냐가 중요한 것이 아니고 어째서 하필이면 엄마가 그 정신에 거기까지 갔을까 하는 의문이 일어 다시 가보고 싶네요."

"가본들 그래서 어머니가 발견되었다는 자리에 앉아 본들 어머니의 속내를 짐작할 수 있겠어? 차라리 나중에 직접 여쭙는 편이 낫겠지."

"그래도 가보면 뭐가 보일 것 같아요. 오빠는 목포에서 살았다고 했잖아요."

그리고 인숙은 살짝 웃었다. 웃는 모습에서 다시 어머니가 보였다.

의례적인 인사 속에서나 봤던 어머니의 엷은 웃음이 새삼스럽게 인숙을 통해 보이는 것이 신기해 인숙의 얼굴을 살피다 말고 혼자 당황해 시선을 비켰다.

"네가 그런 걸 기억 해?"

"전 잘 모르죠. 그렇지만 살면서 이따금 듣다 보면 그렇게 들은 이야기만으로 직접 본 것처럼 느껴지는 경우가 있잖아요. 그래서 나중에는 저절로 전후좌우 사실들의 가닥이 추려지면서 한편의 서사로 마음에 남고요."

"그래?"

'참 상상력도 대단하구나'라는 말을 덧붙이려다 나는 물컵으로 입을 막았다.

나 역시 품었던 의문, 즉 내 안에 잠재되어 있던 의문을 인숙이 현실화시키고 있다는 생각이 들었다.

"어려서는 몰랐지만, 지금에 와서 엄마와 오빠의 사이를 보면 참 많은 것들을 생각하게 해주더라구요. 어머니와 아들이면서도 남보다 더 먼 사이 같기도 했고, 무언중에 우리가 느낄 정도로 오빠를 의식하고 살았던 엄마를 보면 그렇지 않은 것 같기도 했고…. 그래서 이번에도 엄마는 무의식 중에 어렸을 적 오빠를 찾아 나서지 않았나 하는 생각이 든 거죠."

"조금 엉뚱하구나."

"글쎄, 속 시원하게 엄마의 말을 들어보기 전에는 알 수 없는 노릇이지만요. 어떻든 엄마는 바다를 보기 위해서 목포에 가시지는 않았을 거예요."

인숙의 말처럼 어머니는 겨울 바다에 끌려 목포에 가지는 않았으리라. 그렇지만 비록 정상적이지 못한 상태에서 음력 섣달 찬바람을 맞아가며 현재 그곳에 살지도 않는 아들을 찾아 목포에 갔으리라는 인숙의 추정은 아무래도 설득력이 부족했다. 그렇다고 인숙의 생각과 깊은 의문에 전적으로 동의할 수 없다고 잘라 말하고 싶지도 않았다.

"사람에게는 애착 혹은 집착했던 사물을 오랫동안 기억한다고 들었던 것 같아요. 그래서 엄마가 목포에 갔던 이유도 그런 무의식의 반사작용으로 인해 영원히 잊지 못할 대상 혹은 가슴에 품었던 한에 끌려 목포 선창을 찾았는지도 모르겠다는 생각이 드네요. 어쩌면 엄마는 바다를 통해 무언가 보고 싶어 하셨거나, 아니면 바다 끝의 엄마만이 아는 세계를 보셨을 거예요."

자식에게 거부당하는 어머니의 마음을 헤아리려는 노력은커녕 어머니의 존재를 아예 부정하려고 했다. 엄연히 존재함에도 자식으로부터 인정받지 못하는 어머니의 고통은 자업자득이라고 우겼다. 그랬으니 무슨 대화가 가능했을 것인가.

길에서 만난 사람처럼 짧은 문답밖에 없었으니 어떻게 정신적인 교감이 이루어질 수 있었을 것이며 정신적인 교감이 없었으니 어머니의 심중을 헤아릴 수 있을 것인가.

"그런데 엄마가 들고 나간 가방을 어디 두셨는지 모르겠어요."

한참 골똘히 생각하던 인숙이 고개를 갸웃거리며 혼자 말처럼 낮게 말했다.

"가방? 경찰서에서도 소지품 이야기는 안 했잖아?"

"그래요. 하지만 집에 와서 생각하니 그 점이 걸리더라구요. 아침에도 엄마 방을 뒤졌는데 그 가방만 보이지 않았어요."

"경찰서로 알아보지 그랬어?"

"사람 구해주니 보따리 내놓으라고 한달까 싶어 차마 그 말을 꺼내기 어려웠거든요. 엄마한테 물었지만, 그 지경이라 대답을 들을 수 있었겠어요? 엄마가 늘 지니고 다니던 낡은 가방이었어요. 경찰에서 말이 없었던 점으

19

로 미루어봐서 어쩌면 날치기당해 버렸는지도 몰라요. 그 안에 엄마의 소중한 것들이 담긴 눈치였는데….”

“여객 터미널 대합실에서 어머니를 발견하고 신고한 사람을 찾으면 혹시 알 수 있지 않을까?”

“가까운 곳 같으면 제가 직접 가서 알아보고 싶은데….”

나더러 어떻게 해볼 수 없겠느냐는 말로 들렸다.

고향을 떠나 목포로 전학한 것은 초등학교 4학년 신학기 때였다.

목포 인근의 시골 주민을 상대로 협성상회라는 잡화 도매상을 하는 숙부 집에 몸을 의탁하게 되었는데 그곳은 나에게 또 다른 질곡의 장이었다.

조부모의 눈치를 보면서 그리움을 안으로 묻고 살았을지라도 배를 곯는 일은 없었다.

그런데 그리움보다 혹독한 고통은 허기였다. 아무리 작은 자존심을 부지하고자 입을 악물고 버틸지라도 뱃속 한구석은 늘 허전하기만 했다.

그릇에 정이 담기면 숟가락을 들기 전에 배는 절반쯤 부르는 법이다. 그런데 정도 안 담긴 그릇에는 밥의 양도 적었다. 부족한 정을 밥알로라도 채우려는, 사람의 정에 대한 갈증을 알 까닭이 없던 숙모는 숟가락만 오래 들고 있어도 얼굴을 붉히며 먹을 탐이 세다고 고래고래 소리를 질렀다.

“우쩨서 쬐끄만 새끼가 처묵기는 어른하고 똑같은고. 아무리 복쪼가리가 없다고 팔자에 없는 아귀 꼴을 보고 살아야 할까 싶네.”

대놓고 밥 많이 먹는 아귀라고 하는데 울지 않을 아이가 있을 것인가.

골목으로 나와 남몰래 눈물을 닦았던 그날의 기억을 어찌 잊을 수 있을 것인가.

그뿐 아니었다. 초등학교 5학년 때는 금고에서 돈을 훔쳤다고 누명을 씌우는 바람에 숙부한테 매를 맞고 집 밖으로 쫓겨난 일도 있었다. 억울했지만 혐의를 벗을 재주가 없었다. 고스란히 누명을 쓰고 세월이 흐르기만 기다릴 수밖에 없었다.

그 일로 나는 평생 심리적인 외상 혹은 트라우마라고 할 수 있는 병을 얻었다.

남의 금고 곁에만 가면 괜스레 가슴이 뛰는 병, 남이 들고 있는 돈다발만 봐도 안절부절하고 시선을 돌리게 하는 병, 의심 사지 않을 일을 하고도 남이 어떻게 볼 것인가 하는 불안감이 뒤따르는 병을.

또 아무리 부지런히 일해도 칭찬은 없었다. 숙모는 실수하기를 기다린 사람처럼 조금만 느리고 서툴면 되는대로 아무 말이나 내뱉어서 어린 가슴에 생채기를 냈다.

특히 걸핏하면 사라진 어머니를 들먹이는 숙모의 말은 비수가 되어 가슴에 꽂혔다.

"서방질한 종자라고 하더니 씨는 속일 수 없는 모양이요. 하는 짓이 느자구 없어 갖고 사람되기는 틀렸는갑소. 싹싹한 맛이라고는 하나도 없고 힐끔힐끔 눈치나 보고 있으니."

"비러묵을 에펀네같으니라고, 뭐? 씨를 속일 수 없어? 그럼 우리 집안이 나쁘다는 말이여?"

참다못한 숙부가 한마디라도 하는 날이면 숙모의 소리는 더 커졌다.

"꼴에 대대로 삼정승 육판서 나온 가문 같은 말을 하고 있네. 하이고 선창 사는 사람들이 들으면 배꼽 빠지겠소."

대가 무른 숙부는 말로 숙모를 당하지 못했다.

"그래도 아그한테 그렇게 심한 말을 하지 말라는 말이시."

"그라고 역성든다고 나중에 양복이라도 맞춰준답디여? 내가 본께 그렇게 역성을 들어도 나중에 물 한 그릇 얻어 묵기 틀린 놈입디다."

"누가 물 얻어 묵자고 하는 일인가? 불쌍한 우리 형님 생각해서 그라는 것이제. 그라고 아그가 우리 집 장손 아닌가."

"아이고, 내 팔자야. 나같이 속없는 년이나 된께 참고 살제. 전생에 먼 죄를 지어서 넘의 새끼까지 품고 살아야 하는고."

일을 잘해도 능구렁이 같은 놈이요 못하면 초랭이 같은 놈이 되었다.

작은집에서 쫓겨나면 모든 것이 끝이라는 두려움 때문에 죄 없이 당하면서도 무조건 참고 살아야만 했던 시절.

시부모의 강요에 어쩔 수 없이 떠맡게 된 조카가 달갑지 않았으리라는 숙모의 심정을 이해하더라도, 당시 숙모의 거친 언행으로 생긴 가슴에 박힌 옹이는 세월이 흘러도 빠지지 않았다.

그렇게 힘들고 어려웠던 질곡의 소년기를 보낸 탓인지, 원색적인 표현을 서슴지 않던 숙모도 죽고 협성상회 간판이 사라진 뒤에도 여전히 선창이 있는 목포는 선뜻 찾고 싶은 곳이 못 되었다.

그리고 목포는 어머니에 대한 얼룩진 기억이 묻어나는 곳이었다.

실체가 보이지 않음에도 부단히 나를 지켜보는 시선이 있다는 본능적인 육감에 끌려다니는 노릇이란 견디기 힘든 갈등이었다. 피하고 싶은 존재에게 나만 노출되어 있다고 짐작하면서 피하고자 몸부림친 경험이 없는 사람은 그런 고통에 공감할 수 없으리라.

더구나 그 무렵 나는 사춘기였다.

중학교 입시가 있던 시절, 초등학교 졸업반은 고달팠다. 2학기가 시작된 지 얼마 되지 않았으니 9월 말이나 10월 초쯤이었으리라. 어둑한 교실을 나서는데 담임이 다시 불러들였다. 남루한 차림에 늘 기죽어 다녔던 나는 공부를 잘한다는 이유로 아이들에게 무시당하지는 않았으나 특별히 관심을 끄는 존재도 아니었다.

그때는 교사들도 밤이면 공공연하게 과외를 하는 판이었다. 그런데 과외를 받기는커녕 준비물조차 제대로 챙기지 못한 아이에게 관심이나 있었을 것인가.

담임과 단둘이 대면하는 것조차 나에게는 부담스러운 일이었다.

"숙부네 집에서 산다고?"

대답 없는 나에게 담임이 또 물었다.

"어머니가 서울에 살아 계신다는 사실을 알고 있나?"

근본적으로 어머니에 관한 관심을 차단하는 통제된 환경에서 자란 나에게 어머니가 서울에 살고 있다는 사실은 충격이었다.

"몰랐던 모양이구나. 하긴…"

어린 마음에도 어머니가 다녀갔다는 직감이 있었다.

"어머니가 보고 싶지 않아?"

그 물음에 나는 분명하게 대답을 했다.

"보고 싶지 않습니다."

"어째서?"

"저는 얼굴도 모릅니다."

강하게 부정했던 내 말속에는 아마 담임에 대한 불만까지도 담았을 것이다.

담임은 더 묻지 않고 가라고 했다.

'나는 혼자 살 수 있어. 혼자 살아야 하는 거여.'

모질게 마음을 다지고 운동장을 걸어 나오는데 뒤에서 나를 부르는 소리가 들리는 것도 같았다. 어디선가 나를 보고 있을 것 같기도 했다.

엷은 바다 안개가 선창의 거리를 지나 유달산 쪽으로 흐르던 그 밤 내내 공부를 놓은 채 상점 밖을 들락거렸지만, 나는 낳아준 어머니를 알아볼 수 없는 비극적인 설정에서 벗어날 수 없었다.

스스로 뜻은 높으나 다른 사람의 뜻을 헤아리지 못하는 한계. 그리움도 미움도 엷어져 갈 무렵, 실체는 보이지 않고 추상으로만 다가선 '엄마' 아닌 '어머니'라는 존재에 대한 인식은 감정상의 혼란이었다. 경험 없는 짧은 판단에 의지하는 나를 도와주는 사람도 없었다. 망각의 그늘에 화석이 되었던 미움과 원망과 그리움이 바다 안개처럼 풀려 가슴을 휘젓고 다녔다. 마음을 정리하려 애쓸수록 머리는 더 복잡해졌다.

며칠 동안은 학교에 가면 혹시 선생님이 다른 말을 하지 않을까 하고 필요 이상으로 기대를 했어도 어머니에 관한 이야기는 다시 나오지 않았다.

다시 기억이 희미해지고 중학교 진학 문제 때문에 갈팡질팡할 때였다. 인사를 하고 교실을 나오는데 담임이 불러들였다.

"요즘 어디 아프냐? 힘이 없게 보여."

"아닙니다. 괜찮습니다."

"중학교는 결정했냐?"

"아직…."

"네 숙부가 안 보내준다고 하시더냐?"

"아닙니다."

"너는 어느 학교를 지원해도 돼. 어디를 가고 싶으냐?"

"숙부는 나중에 상고에 가야 하니까 제일중에 가라고 하십니다."

그때 숙부는 나에게 상고를 나와 은행에 취직해야 한다고 강조하고 있었다. 제일중은 상고와 같은 교정을 쓰고 있는 학교였다.

"너는 마음에 안 든다 그 말이제? 그렇다면 네가 마음에 드는 곳으로 가야지."

학비를 대주는 숙부 말을 듣지 않을 수 없다는 말이 나오지 않았다. 신세타령을 하기에 아직 내 감정은 세련되지 못했고 그 같은 감정을 표현할 적절한 언어를 구사할 능력도 없었다. 핑그르 고인 눈물을 천장을 보며 도로 집어넣고 있었다.

"네가 지금처럼 공부를 열심히 하면 나중에 대학도 갈 수 있어. 그건 나중의 일이고 우선 네가 원하는 목중에 원서를 내도록 하자. 내가 네 숙부한테는 상고에 가는 것은 중학교 졸업 후에 결정해도 늦지 않다고 말해주겠다. 그리고 학비 걱정은 마. 네 학비를 대주겠다는 분도 계시니까 말이다."

"예?"

"나중에 차차 알게 될 게다."

단번에 어머니일 것이라는 짐작이 왔다. 그렇지만 어머니라는 단어를 입에 올리기도 싫어 천장만 바라보고 서 있었다.

"중학교 문제는 그렇게 알고 돌아가도록. 참 원서대와 도장과 증명사진 대금은 선생님이 알아서 할 테니까 걱정하지 말아. 알았나?"

담임은 가만히 눈을 깜박이고 서 있는 내 등을 두어 번 두들겨 주었다. 어렸어도 사랑 없는 담임의 동정을 못 읽을 내가 아니었다. 불쾌했다. 서투른 관심, 마음에서 우러나지 않는 행동은 짐승들도 알아보는 법이다. 나는 현관으로 나와서 담임이 만졌던 등판을 가만히 털어냈다. 돌아오는 길에는 누군가 나를 지켜보는 있다는 동물적인 예감 때문에 한참 동안 집밖에서 서성였으나 나를 부르는 소리는 들을 수 없었다.

비록 간접적이었으나 어머니 존재를 확인한 것은 고등학교 입학 후, 작은 집에서 벗어나 학교 가까운 곳에 방을 얻어 자취를 시작하면서 부모마저 의식 밖의 존재로 밀어내고 혼자만의 자유를 만끽하고 있을 때였다. 가끔 누군가 지켜보고 있다는 느낌은 여전했으나 드러내지 않는 사람을 찾을 생각도 없었다.

겨우 사춘기 혼란의 늪에서 벗어날 무렵, 어느 날.

"조병주, 소포가 왔으니 이따가 쉬는 시간에 찾아가도록."

조회 시간에 담임은 의미있는 웃음을 지으며 나를 지명했다. 전에 없던 일이었다.

소포와 담임의 웃음이 이상하게 어머니로 귀결되던 그날 아침의 예감은 평생 잊을 수 없는 경험이었다. 마지못해 교무실에 들렀더니 역시 담임은 김귀례라는 이름이 써진 소포 뭉치를 건넸다.

중학교 원서를 쓸 때 호적등본에서 처음으로 만난 이름이었다. 비록 붉은 가위표가 쳐지긴 했으나 이름마저 지울 수는 없었던 것인지…. 얼굴도 모르는 어머니의 이름이 얼마나 생소했는지 모른다.

조창대의 처 김귀례, 그 사이에서 남은 유일한 혈육이 나라는 사실이 그렇게 이상할 수 없었다. 그러면서 하늘에서 뚝 떨어진 존재도 아니고 땅에서 불쑥 솟아난 존재도 아닌 김귀례의 자식이라는 사실은 작은 고통이었다.

그랬으니 담임이 주는 물건을 선뜻 받을 수 있었을 것인가.

"제 소포가 아닌데요."

"네 이름이 적혀 있는데도?"

"제가 모르는 사람입니다."

"모르는 사람? 왜 거짓말을 하는 거지?"

"예?"

"난 다 알고 있어. 이것 봐. 네 어머니 편지야."

"저는 어머니가 없습니다."

"뭐야, 인마? 어머니 없이 네가 이 세상에 어떻게 나왔어?"

어머니의 편지를 흔드는 담임을 피해 서면서 '그래도 저에게는 어머니가 없습니다'라는 말을 삼킨 채 천장을 바라보고 있었다.

"뭐 이런 자식이 있어?"

나의 태도가 불손하지는 않았다고 생각된다.

어머니가 담임에게 뭐라고 썼는지는 몰라도 편지글에 감정이 기운 담임이 문제였다.

"아무리 뭐라고 해도 부모는 부몬 거여. 어쩔 수 없이 너와 헤어진 것을 안타깝게 생각하고 너를 잊지 못해 뭔가를 보내온 정을 그렇게 쉽게 버려? 아무리 해도 부모 속은 자식이 따를 수 없는 거여. 가지고 가서 잘 생각해 봐."

'전 가져갈 수 없습니다.'

라는 말 대신에 먼 곳을 바라보고 서 있는 나.

"이 자식이 공부 좀 한다고 곱게 봐줬더니 영 엉망이네. 너같이 부모님 은혜를 모르는 녀석은 암만 공부를 잘해도 소용없어."

말의 방향이 빗나가고 있었다.

일방적으로 어느 한편을 선으로 이해하고 다른 한편을 악으로 몰아치는 잘못을 범하면서도 담임은 자기의 경험과 선입견만으로 상대방을 재단하는 언행이 상대방의 운명에 영향을 줄 수도 있다는 사실을 깨닫지 못하고 있었다.

그 자리에서 내 심경을 해명할 기회는 주어지지 않았다.

설사 기회가 주어졌다 하더라도 설명할 기분이 아니었다.

"야 인마. 너도 사람 같으면 생각을 해봐. 어쩌다가 피치 못할 사정으로 헤어지게 되었을지라도 세상의 부모 마음은 다 같은 거여. 어쩌든지 잘 먹이고 싶고 잘 입히고 싶고 누구보다 잘 가르치고 싶은 거여. 그런 부모 맘을 모르면 사람이라고 할 수 없제. 자기 부모 공경은 사람이 갖추어야 할 기본 도리인 거. 그런데 보내주신 것을 고맙게 받지는 못할망정 못 받겠다고? 부모 공경할 줄 모르는 녀석이 무슨 일을 바르게 할 수 있다냐? 지금 본께 너도 사람되긴 틀렸다야."

상대방에 대한 완전한 이해가 없는 한 설령 옳은 말일지라도 감동을 기대할 수 없다. 또 아무리 진실을 말해도 상대방이 받아들여 줄 마음이 없으면 효력을 기대할 수도 없다. 오히려 대상에 따라서는 반감을 조장하는 원인이 될 뿐이다.

나에 대해 전혀 무지한 상태에서 일방적으로 몰아붙이는 담임과 더 말하고 싶지 않았다. 소포 뭉치를 받아 쥐고 나오지 않을 수 없었다.

"그렇게 받아 갈 녀석이 괜히 되지도 않을 똥고집을 부려서 신경을 돋우고 있어. 인마 선생님은 뭐라 해도 네 상투 꼭대기에 앉아 있어. 못된 놈 같으니라고."

아무리 제자라지만 말은 가려야 했다.

담임의 말은 표창이 되어 가슴에 꽂혔다. 분풀이할 대상이 없었다. 물건을 보내준 어머니에게 원망의 화살을 쏘았다. 내용물이 무엇인지 볼 생각도 없이 불타는 쓰레기통에 던져버리고 돌아서면서 나는 어머니와 함께 담임에게도 욕설을 퍼부었다.

두 번째 소포를 받은 것은 여름으로 들어서는 계절이었다.

그때는 버리려다 편지를 썼다.

뉘신지는 몰라도 이런 호의를 받을 이유가 없는 사람입니다. 지난번에 보내주신 물건은 불 속에 던졌습니다만 이번에는 되돌려 보냅니다. 다시 이런 일이 없기를 바랍니다.

짧은 편지와 함께 소포를 돌려보냈으나 마음은 편할 수 없었다. 중학교 때 시골 사랑방에서 배웠던 담배를 피워 물었다. 담배 연기가 약간 몽롱하게 했지만 막연한 대상을 향한 원망과 저주를 태우듯 그렇게 담배를 익혔다.

누구에겐가 자신의 심경을 툭툭 털어놓고도 싶었으나 정작 말을 하려면 가닥이 추려지지 않았다. 헛된 상념은 많고 그것을 규제하려는 장치를 갖지 못한 시기였다. 특별히 밖으로 돌며 방황하기보다는 학교 도서실에서 목표도 없고 방향도 정하지 못한 채 닥치는 대로 책을 읽으며 정신적인 방황을 하고 있었다. 그곳만이 청년기의 혼란을 진정시켜 주고 불만을 달래주는 유일한 공간이었다. 학년 초 상위 다툼을 하던 성적은 일 학기 말에 이미 곤두박질치고 있었다.

"조병주, 나하고 상담 좀 해야겠어. 종례 후 교무실로 와."

담임의 억압적인 말이 싫어 교문 밖을 나가려다 그의 매가 무서워 주머니 밑바닥에 남아있는 담뱃가루를 털어내고 수돗물로 몇 번이고 입을 헹군 후 교무실로 갔다.

"너 무슨 고민 있어?"

"없습니다."

"그럼 성적이 왜 이 모양이야? 학년 초에 반에서 일 등, 전교에서는 이삼 등을 했던 놈이 삼십팔 등이 뭐여?"

"앞으로 열심히 하겠습니다."

"그렇게 하겠어?"

"예."

"선생님은 너한테 기대가 커. 열심히 해서 서울대학을 가야지. 너는 조금만 노력하면 갈 수 있어. 서울대학에 입학만 하면 어떻게 해서든 다닐 수 있는 길이 있어. 더구나 너는 어머니가 서울에 계시잖아? 아무려면 너 밥이야 못 먹여주겠어? 서울에서는 밥 문제만 해결되면 다 되는 거야. 알았어?"

상담도 아니고 대화도 아닌 일방적인 훈시였다. 아니다. 나에 대한 모욕이었다.

상대방의 자존심을 유린하는 말을 인간적인 배려로 생각하는 무지.

'아아 복장이 터진다. 왜 어머니까지 들먹이는지. 또 서울은 무슨 얼어 죽을 서울이라냐.'

교무실 복도를 걸어 나오면서 나는 아무 욕이나 씨부렁거렸다.

어머니를 직접 대면한 것은 아직 동복을 입기 전 9월 하순이었다고 기억된다.

열쇠가 채워진 자취방에 들어가지 못한 채 마루에 걸터앉아 집주인 아주머니와 이야기하고 있는 여인을 보는 순간 어머니임을 직감했다.

"학생, 어머니가 안 계신다더니 이렇게 고운 어머니가 계셨구먼."

말없이 방문을 열고 담배부터 피워 물었다. 담배를 피운 것은 어머니에 대한 거부와 동시에 마음을 추스르는 시간을 벌자는 목적이었다.

"벌써 담배를 피우는구나."

못마땅하면 가라는 말이 입안에서 맴돌았다.

'나는 어머니란 사람이 없는 놈이요. 아버지를 고발한 사람하고 도망을 쳤다던데 무슨 낯으로 찾아왔소'

그런 말에 앞서 노여움이 먼저 얼굴에 번지고 있었다.

어린 시절 무턱대고 엄마를 불렀던 적이 있었다. 어머니라는 낱말만 나오는 노래에도 눈물을 닦은 기억도 있었다. '푸른 하늘 은하수 하얀 쪽배엔 계수나무 한 나무 토끼 한 마리…'라는 동요는 꼭 내 신세를 그린 것 같아 그 노래를 부르며 남몰래 운 적도 있었다.

중학교 시절에는 납부금을 기한 내에 납부하지 못해 서무실로 불려가면서 속으로 어머니를 부른 적도 있었다. 얼굴도 모르는 어머니를 부르다 마침내 단념하고 원망하고 그러다 잊을 즈음, 이제는 혼자서도 굶지 않고 살 수 있을 즈음 나타난 어머니를 어떻게 어머니라고 부를 것인가.

"진작부터 만나고 싶었지만 네가 좀 더 자라기를 기다렸다."

젖먹이 자식을 버린 여자에 대한 선입견이랄까, 악독한 여인의 표본쯤으로 여기고 있었는데 의외로 차분하고 인내심이 있었다. 무언가 호소하려는 듯한 조금은 느린 음성도 끌리는 면이 있었다.

그러나 결코 받아들일 수 없었다. 정작 필요했을 때는 부를 수 없었던

사람이었다. 버림을 받았다는 사실이 단순한 물리적인 헤어짐이 아니었
다. 그로 인해 입었던 마음의 상처, 그로 인해 흘렸던 눈물의 시간을 어찌
말로 할 수 있을 것인가. 아버지 아닌 남자와 부둥켜안고 있는 모습을 상
상만 해도 혐오감을 불러일으켰는데 더구나 아버지를 배반한 사람과 산다
고 하지 않았던가. 그리고 나와 담임 사이에 갈등을 조장하고 공부에 흥미
를 잃게 해 버린 장본인이 아니었던가.

"저는 이대로가 좋습니다. 누구의 간섭도 받고 싶지 않습니다."

"간섭하러 온 게 아냐. 공부하지 않는다는 소식을 들었다. 그래서 네 이
야기도 좀 듣고 너를 도와주고 싶어 왔어."

"이제는 누구의 도움도 필요 없습니다. 지금까지도 혼자 잘 살아왔으니
까요. 그냥 돌아가십시오."

우악스럽게 꽁초를 비벼 밟는 것으로 나는 분노를 감추지 않았다. 남들
보다 늦게 학교에 입학했고 또 힘든 인고의 세월을 산 탓인지 나이에 비해
조숙하다는 말을 들었던 나였다. 변성기를 넘기면서 아버지의 음성을 닮
았다는 말을 들은 적도 있었다.

내 말에 흠칫 놀라는 어머니의 모습이 잡혔다.

"내가 잘했다는 말은 않겠다. 다만 너를 도와주고 싶으니 마음 잡고 공
부하고…, 어쩌다 보내주는 물건이라도 부담 없이 받아주었으면 할 뿐이
다."

말없이 다시 담배를 물었다. 어머니의 얼굴에 번지던 노여움이 금세 슬
픔이 되고 눈물이 되어 흐르는 것을 나는 외면해버렸다.

"너한테 바라는 것도 없다. 어미라고 생각하지 않아도 좋다. 그러나 네
가 무슨 이야기를 어떻게 들어 알고 있는지 모르겠다만 나대로 그럴 수밖

에 없는 아픔이 있었다는 사실쯤은 알아줬으면 좋겠구나."

떨리는 말 몇 마디에 끌려갈 수는 없었다. 그것이 비록 오기일지라도 그때 기분은 그랬다. 자신을 외면하고 앉아 있는 자식을 뒤로한 채 어머니는 끝내 울음을 참지 못하고 갔다. 나 역시 저녁 먹을 생각도 잊은 채 이불에 얼굴을 묻고 있다가 잠이 들었다.

벌써 30년 저편의 이야기다.

어떤 연유든 사람에 의한 상처는 잊히지 않는다고 했다.

그래서 상처 입은 사람들은 자신의 상처와 연관된 장소를 피하려 한다던가.

냉정하게 되돌아보면 활발하지 못하고, 매사에 투철하게 표현할 줄 모르는 내 성격도 문제가 많았음을 안다. 항상 잘못 찾은 집에 사는 사람처럼 다른 사람들과 제대로 섞이지 못하고 주변을 겉돌아야 했으며, 나에게 접근하려는 사람들조차도 값싼 동정을 베푸는 행위라고 지레 곡해하면서 경계하거나 도망쳐야 했다.

그랬으니 그런 나에게 호감을 보일 사람이 많았을 것인가?

사랑도 미움도 내 몸에서 나온다는 말이 있다.

모든 것은 제 하기 나름이라는 말도 있다.

그러나 굳이 변명하자면 뿌리 깊은 억압구조 속에서 길러진 후천적 측면이 더 강하게 나타난 성격도 문제였지만, 무엇보다 그런 나의 성격과 내면을 이해해 준 어른이 없었던 점도 문제였다.

걸핏하면 어머니를 들추어 기를 죽이던 숙모, 납부금조차 기한내에 주지 않았던 숙부는 말할 것 없고 이상하게 학교 교사들한테서도 따뜻한 격

려의 말을 들어 본 기억이 없었다. 오히려 내 희망과 다른 기대로 나에게 부담을 주었고, 걸핏하면 그들의 희망에 어긋난다고 책망만 했다. 나를 둘러싼 외적인 요인, 즉 내가 안으로 움츠리며 살도록 만든 환경에 대해서는 아무도 주의 깊게 살펴보려 하지 않았다.

더구나 흉금을 터놓았던 친구마저 많지 않았다.

초등학교를 늦게 입학했던 탓에 동창들이 어리게 보였던 탓도 있었지만, 그보다는 사춘기 이후 부모로 인해 내재된 피해 의식이 컸기에 친구를 사귀는데도 소극적이던 측면도 없지 않았다.

그런저런 이유로 인해 목포는 내 젊은 날의 지울 수 없는 성장의 배경이 되는 그림이었으나 나는 한 번도 아름다운 추억의 공간으로 떠올려 본 적이 없었다. 언제나 떠날 날만을 기다리며 살았던 기억뿐. 그랬던 탓인지 고등학교 졸업 후, 정확하게 말하면 교육대학부설 초등교원양성소를 수료하고 섬마을 교사가 되어 그곳을 떠나던 날부터 목포의 기억을 의도적으로 박제시켜버렸다.

그렇지만 아무리 박제시킨들 잊혀질 목포이던가.

목포는 안이 다 보이는 투명한 가방이 되어 늘 가슴 언저리에서 사라지지 않았고, 내가 가는 곳마다 떼어낼 수 없는 짐이 되어 따라다녔다. 다만 가방을 멀리하면서 기억의 편린을 거스르는 일은 용납하지 않았을 뿐이다.

어머니가 가출 후 사흘 만에 목포에서 발견되었다는 인숙의 연락을 받았을 때도 다행이라는 생각에 앞서 "그곳은 무엇 때문에 가셨대?"하고 아무런 영문을 모르는 아내에게 짜증을 냈던 이유도 그런 의식의 연장 선상에서 나타난 표현이었을 것이다.

미적거리다가 아내의 채근에 목포 경찰서에 갔더니 어머니는 나와 아내를 외면해버렸다. 어머니의 병이 도졌음을 알았지만 무안하면서도 섬뜩한 느낌마저 들어 가까이 다가설 수 없었다.

"지문으로 확인한 바에 의하면 노인 분 주소가 서울로 찍혀 나오던데?"

내 명함을 받아들고 혼잣말처럼 고개를 갸웃거리던 경찰의 모습도 무안하고 낭패스럽기만 했다.

"어머님, 어쩐 일이세요? 무엇 좀 드셨어요?"

아내가 어머니 곁에 다가앉아 물었어도 어머니의 대답을 들을 수 없었다.

"아주머니, 이 사람들이 아들 며느리 맞아요?"

경찰이 사실 확인 겸해서 어머니의 대답을 유도하려는 듯 묻자 난로 가에 앉아 있던 어머니는 대답 없이 가만히 일어섰다.

"가자!"

절차도 순서도 심지어는 앞에 사람들까지 무시해버리는 어머니의 단호한 태도에 당황한 쪽은 경찰이었다.

"어! 이 아주머니가?"

"가자!"

"됐습니다. 진작 그렇게 말씀을 하실 것이지. 아주머니 잠깐만 앉아계십시오."

"어머님, 조금만 앉아 계세요. 볼 일이 좀 남은 모양입니다."

아내가 달래도 어머니는 앉을 생각을 않고 버티고 서 있었다.

그때 인숙이 뛰어들었다. 어머니의 이해할 수 없는 행동, 그리고 성이

다른 남매를 보고 뒤늦게 사태를 짐작한 듯 경찰은 고개를 끄덕였다. 인숙이 사실상의 보호자가 되어 어머니를 어르고 경찰이 요구하는 조서와 확인서에 도장을 찍는 장면을 나는 관객이 되어 바라보고 있었다.

"아무리 이름이나 주소를 물어도 대답이 없어서 우리는 못된 자식들이 노망한 노인을 버려두고 간 줄 알았습니다."

지나가는 말이었을지라도 나에게는 비웃음이었다. 자식 노릇, 사람 노릇 못하는 놈들이 좀 많지 않습니까? 라는 말이 그 뒤를 이을 것 같아 이내 얼굴이 달아올랐다.

'어째서 잊을 만하면 나를 끌어들이는지, 어째서 하필 목포인지?'

못마땅하고 창피스러워 바쁘게 경찰서를 벗어날 생각만 했을 뿐 어머니의 소지품에 관해서는 생각하고 알아볼 여유를 갖지 못했다.

그런데 인숙의 말을 들으면서 어머니와 함께 동시에 떠오르는 가방이 있었다.

고등학생이던 나를 만나러 올 때 들고 있었던 그 가방은 교사가 된 나를 섬으로 찾아온 어머니의 팔에도 걸려 있었다. 최근에는 기도원으로 가는 어머니 곁에도 그 가방은 함께였다. 어머니와 함께 늙었음직한 가방. 사연이 있는 가방이라는 생각은 들었으나 가방에 관해 물은 일이 없었다. 원래는 밝은 노란색이었을 가방은 낡고 손때가 묻어 검누런 색으로 보였다. 그 가죽 가방이 어머니의 모습과 함께 눈앞에 선명하게 보이고 틀림없이 그 가방일 것이라는 확신이 들었다.

"그 가방 말인데, 혹시 노란색 가죽 가방 아니냐?"

잘못 들었다는 말인지 아니면 그걸 어떻게 아느냐는 뜻인지 모를 표정으로 인숙이 눈을 크게 떴다.

"가방을 말하니 그게 떠올라서."

"맞아요. 엄마는 그 가방을 제일 아끼셨어요. 날렵한 핸드백도 아니고 그렇다고 여행 가방도 아닌 것을 왜 그렇게 소중하게 여기셨는지는 모르겠어요. 이번에도 그 가방을 들고 가셨드라구요. 그렇지만 어디서 어떻게 잃은 줄 알아야 손을 쓰지 않겠어요? 돈이야 얼마나 들었는지 그렇다 치고 다른 것들은 그냥 준대도 받지 않을 물건일 텐데….."

그 안에 감추어진 어머니의 소지품이 문제라며 인숙은 아쉬움을 감추지 않았다.

인숙의 말대로 날렵한 핸드백도 아닌 어쩌면 요즘 젊은 엄마들의 기저귀 가방 같기도 했던 노란색 가방은 어머니와 함께 기억에 남은 물건이었다.

"오빠, 무슨 생각을 그렇게 열심히 해요?"

"내가?"

"그럴 때는 꼭 엄마 같다니까요."

"내가?"

"참, 오빠도. 어디 가서 차 한 잔 하고 집으로 들어가요."

"아무래도 오늘 내려 가 봐야겠어."

다방에 앉자마자 무슨 큰 결심이라도 한 것처럼 정색하는 내 표정을 본 것인지 인숙이 또 웃었다.

"방학이잖아요. 하루 더 쉬었다 가세요. 박서방도 좋아할 거예요."

"다음다음 주는 설이 끼었으니 다음 일요일 집사람이랑 다시 오마. 이번에 네 고생이 많았어."

"당연한 일을 했을 뿐인데…. 박서방은 오빠가 유난히 어렵대요. 처남 이라기보다는 장인 영감 같은 분위기라나요?"

"장인 영감? 내가?"

"그래요. 말없이 앉아 계실 때는 울 엄마하고 비슷한 점도 보인다고 그러대요. 특히 눈이 많이 닮았다나요."

낳아주었으니 닮지 않는 것이 오히려 이상하겠지.

하지만 어렸을 적에는 어머니를 닮았다는 말이 온전히 욕이었다.

할머니는 어머니와 나를 별개의 인물 즉 그런 여자가 낳을 수 없는 조창 대의 아들로 말하다가도 어쩌다 저지른 나의 실수에는 어김없이 어머니를 들먹였다. "지 에미를 닮은 새끼!" 그 한마디에 나는 대항할 힘을 잃었다.

오히려 상처받고 주눅이 든 나의 자존심을 어머니에 대한 반감을 키움 으로써 상쇄시키려 했을 뿐이다. 어머니를 옹호하는 사람들이 아무도 없 는 가운데서 내 마음을 다치지 않기 위해서 터득한 서러운 생존방식.

하지만 인숙은 그러한 내 유년기와 예민했던 사춘기의 아픔들을 짐작 조차 못 할 것이다.

어머니를 닮았다는 인숙의 말이 더는 주눅들게 하지 않았을지라도 그 렇다고 반가운 말도 아니었다. 긍정도 부정도 할 수 없는 애매하고도 묘한 기분에 쓴웃음만 지었다.

'어머니를 닮은 인숙, 그리고 어머니를 닮은 나. 부모와 자식은 필연적 으로 닮을 수밖에 없는 숙명적인 관계인가?'

"오늘 어째서 오빠도 이상하게 보여요."

"그래? 어머니가 그렇게 된 원인이 무엇인지 생각하다 보니 아슴아슴

했던 옛일들이 떠오르기도 하고, 저세상으로 간 사람들 생각도 나고, 나
도 늙고….”

“늙긴요. 영감 같다고 했더니 진짜 영감 노릇 하려고 그러서.”

“아냐. 나도 이제 지나간 날보다 살아갈 날이 더 적은 나이 아니겠어? 요
즘은 별 생각이 다 들어.”

“어이구, 그래요. 옛날 같으면 벌써 손자 봤을 나이지요.”

인숙의 악의 없는 비아냥거림을 들으면서 감정의 전이라는 것도 연배가
비슷할 때 더 빠르다는 말이 맞다는 생각이 들었다.

며칠간 줄곧 어머니 문제로 같이 부대껴 왔음에도 인숙은 여전히 젊었
다. 물론 자라 온 배경에 차이도 인정해야 될 것이다. 어떻든 양친 슬하에
서 정규 교육과정을 밟은 사람과 부모의 정을 모르고 갖은 풍상을 겪으면
서 자란 사람과 같을 수 있을 것인가.

사실 인숙은 나에게 기묘한 존재였다. 어머니를 대했던 나의 태도만으
로는 결코 가까울 수 없는 존재였다. 나이 차이도 십 년이 훌쩍 넘고, 어
쩌다 스치듯 만났던 사이였으니 속에 있는 이야기를 나눌 틈도 없었다.

그런데도 인숙을 밉다고 생각해 본 적이 없었다. 오빠라는 호칭에도 거
부감이 없었다.

사람에 대한 신뢰는 강요해서 생기는 것이 아니다. 남에게 믿음을 주는
행위 즉 몸의 언어가 믿음을 갖게 하는 기초가 아니던가. 인숙에게는 그
런 모습이 있었다.

아마 그보다는 아마 내가 모실 수 없는 어머니의 안전한 보호자가 되어
준 데 대한 미안함과 고마움 때문에 더 가깝게 느끼지 않았나 싶다.

처음 어머니를 모시겠다고 했을 때 단순한 인숙의 고집으로만 알았다.

어머니 명의의 건물이 욕심나서 그러는 것 아니냐는 언니들의 노골적인 의혹 제기에도 인숙은 흔들리지 않았다. 신문사에 다닌다는 인숙의 남편까지 나서서 장모님을 모시겠다는 주장에 다른 딸들은 슬그머니 물러나 버렸다.

나 역시 남의 집 불구경하듯 먼발치로 지켜보다가 다행으로 여기며 뒤로 빠져버렸다.

나중에 굳이 그럴만한 이유가 있었느냐고 물었더니 인숙의 대답은 찡하게 내 가슴에 남았다.

"큰언니는 형부와 사이도 좋지 못하고 아이들도 많잖아요. 그런 집에 엄마가 가시면 마음 편하겠어요. 선숙이 언니는 여기 살지 않으니까 예외로 치고 미숙이 언니는 자기와 자기 식구들밖에 모르는 속없는 사람인데 엄마를 제대로 챙기겠어요. 그렇다고 엄마와 오빠의 관계를 알면서 오빠에게 미룰 수도 없고, 아무래도 젖을 가장 오래 먹은 내가 할 일인 것 같대요. 엄마에 관한 모든 일을 오빠한테 먼저 의논을 드릴게요."

따뜻한 말 한마디가 인색한 세상이라는데 남의 형편을 일일이 챙길 줄 아는 인숙의 마음 씀씀이가 돋보이는 대목이었다.

어머니를 미워하면서도 그 어머니가 낳은 성이 다른 동생을 배척하지 않는 나의 정서를 심리학에서는 어떻게 설명하는지 모른다. 사실 이해할 수도 없고 설명이 안 되는 아이러니였으나 그 점에서만은 별다른 갈등을 못 느끼고 있었다.

"차 드세요. 드시고 집에 가서 하루 더 쉬었다 가세요. 잠깐만요. 박서방한테 일찍 들어오라고 전화해 보게요."

"괜히 바쁜 사람 귀찮게 하지마. 나도 피곤해."

말린다고 들을 인숙이 아니었다. 중앙 일간지 중견 기자인 인숙의 남편 역시 무던한 사람이었다. 복잡한 처가의 인간관계 속에서도 무리가 없었고 인숙과 성이 다름에도 격의 없이 대하려는 태도가 고마운 사람이었다. 어머니로 인해 맺어진 인연, 어머니 때문에 이루어진 복잡한 관계를 생각하면서 고개를 끄덕이고 있는데 인숙이 낭패스런 표정을 지었다.

"아침까지도 별일 없을 것이라고 했는데…."

"갑자기 바쁜 일이 생긴 모양이지. 신문사 일이란 그런 것 아니겠냐? 어차피 나도 내려가는 게 좋을 것 같아. 너도 이젠 집안일을 좀 봐야 하지 않겠어?"

"어떻게 해요? 자주 있는 기회도 아닌데."

"기회는 또 있겠지."

"오빠, 이런 일 말고도 우리 가끔 만날 기회를 만들어요. 오빠, 정말 그랬으면 좋겠어요. 일 년에 한두 번만이라도 정기적인 가족 모임을 하면 좋지 않겠어요? 박서방도 찬성할 거예요."

가족 모임! 나는 쉽게 할 수 있는 말이 아니었다. 그 단어가 주는 생경함, 도무지 상상이 안 되는 분위기였기 때문이다. 그렇지만 인숙의 제안이었기 때문에 딱 잘라서 거절하기도 어려웠다.

"나중에 생각해 보자."

"언니랑 먼저 의논해 볼게요."

당장에라도 성사시키겠다는 적극성을 보이는 인숙.

"그래, 의논해 봐."

말은 그렇게 했으나 아내가 받아들일지는 의문스러웠다. 인숙이네 가족이라면 반대하지는 않을 것이다. 그렇지만 비교적 성격이 개방적이고 원만한 아내도 언니라는 호칭은커녕 생뚱하게 거리감을 두고 대하는 진숙에게 머리를 젓고 있음을 알기 때문이다.

"공항으로 가겠어. 아마 오후에 비행기가 두 편쯤 있을 거야."

인숙에게는 어머니의 가방 안에 무엇이 들어 있는지 그 점이 궁금하다는 말이나, 틈을 내어 어머니의 가방을 찾아보겠다고 말하고도 싶었으나 이야기가 길어질 것 같아 꿀꺽 삼키고 말았다.

"그렇게 하세요. 피곤할 텐데 그편이 좋겠네요. 제가 공항까지 바래다드릴게요."

"무슨 소리. 애들이 학교에서 돌아올 시간인데…. 전철로 천천히 갈 거야."

"나도 모처럼 공항 바람이나 쐤으면 해서요."

인숙의 표정에 말 못 한 미진함이 어른거렸다.

"혼자 생각할 것도 좀 있고. 그냥 들어가."

"오빠, 큰 형부 일 잘 모르시지요?"

찻집을 나서면서 인숙은 무슨 큰 결심이나 한 듯 나에게 물었다. 어머니 일이 터졌음에도 얼굴조차 보이지 않던 사람이었다. 어머니로 인해 인연의 끄나풀을 잡은 진숙의 남편(김서방이라는 호칭만 생각나지 이름도 얼른 떠오르지 않았다)은 나보다 예닐곱 살이나 연상이었기에 평소에도 상대하기가 불편해 소원한 사이였다. 아침 일찍 진숙이 인숙에게 어머니가 계신 병원을 묻고 그곳으로 가겠다는 전화를 했다기에 언젠가는 다녀가려니 여겼을 뿐이다. 의례 그런 사람이려니 했는데 다른 일이 있단 말인가.

"어떻게 했으면 좋을지 모르겠어요."

"뭘?"

"글쎄 말을 해야 할지 어떨지…. 참 마침 빈 택시가 있네요."

그리고 택시에 올라 공항으로 방향을 잡을 때까지 인숙은 말이 없었다.

이름 모를 물새 떼들이 삭막한 강에서 유영하고 있었다. 오염된 강에서 무엇을 잡겠다고 부지런히 자맥질하는 것인지. 지구의 온난화 현상 때문에 강은 얼지 않는다는 기사와 함께 어떤 기업의 광고에서 본 50년대 한강의 모습이 떠올랐다. 그때 내 또래의 아이들이 언 강에서 썰매를 지치다가 카메라에 포착된 장면이었는데 밝고 과장 없는 아이들의 표정이 인상적인 사진이었다. 옛날 고향 여수리에서 헌 판자로 얼기설기 썰매를 만들어 얼어붙은 논바닥을 지치던 일들을 떠올리게 했던 그 사진을 생각하고 있는데 인숙은 현실적인 이야기를 하고 있었다.

"형부가 문제를 일으켰어요."

아마 인숙이 그런 말을 하지 않았더라면 나는 기억의 수렁에 빠진 어린 시절 고향 친구들의 이름까지도 건져 올렸을 것이다.

"나이 차가 많다고 하던데 그 때문에 그러는 거야?"

남의 일에 신경을 쓸 여유도 없었거니와 의식적으로 피하고 살았기 때문에 나는 인숙이 말하려는 의도를 파악하지 못하고 건성으로 묻고 있었다.

"그것만은 아니고요. 그동안 형부 사업이 어려웠단 말은 들었지만, 문제는 최근에 엄마 명의의 가게 건물을 형부가 신협에 설정했더라고요…."

그런 문제는 관여할 사항도 아니고 관여할 자격도 없는, 그래서 관심 밖의 일이었다.

"박서방도 분개하고 난리예요. 자칫하다가는 그러잖아도 가까운 사이라고 할 수 없는 자매지간에 더 소원해지게 생겼다니까요."

간접적으로 해결의 방안을 물어 오는 인숙에게 나는 입을 다물었다.

법적으로 대응하라는 말은 아직 빠르고 서로 잘 의논하여 처리하라는 말도 형식적이다.

"그런 일을 하려면 어머니의 인감 정도는 있어야 가능한 일이 아니겠어?"

"박서방 말에 의하면 이미 형부 앞으로 벌써 작년에 가등기를 해 놨더래요. 그런데 그 과정에서 엄마의 인감 변경이 있었다고 하더라구요. 말하자면 계획적이었다는 말인데. 그러니 박서방이 화 안 내겠어요? 완전한 사기 횡령이지요!"

인숙은 앞에 진숙이 보이는 것처럼 열을 올렸다.

"사람의 도리로 어떻게 그럴 수 있어요? 엄마가 어디 온전한 분인가요. 병원비를 내는 것도 인색한 사람들이 어쩌면 그럴 수 있는지. 남이 알까 창피한 일이지만 그래도 오빠는 알아야 할 것 같아 말씀드리는 거예요."

"그쪽에서는 뭐라고 그러냐?"

"언젠가는 나눌 재산 지금 합의하여 팔아 나누자고 나오는데, 아마 형부가 시킨 모양이네요. 하여간 뻔뻔한 사람들 다 본다니까요. 자매 사이에 재판하기도 그렇고, 그냥 두고 보자니 그렇고…."

난감한 얼굴로 차창 밖을 보고 있는 나에게 기대할 것이 없다고 생각했는지 인숙도 입을 다물었다.

'나 같으면 포기해 버리겠다. 그쪽의 소행이야 괘씸하다지만 언성을 높이고 종래는 법으로 다툰들 남는 것이 뭐 있겠냐. 그리고 너는 그것 없이도 살 수 있지 않아.'

그런 말을 하고 싶었으나 현재 어머니를 모시고 있는 인숙의 처지를 너무 외면하는 것 같아 입을 다물었다.

"너무 감정을 앞세우지 말고 진숙이하고 다시 이야기를 해봐. 미숙이는 뭐라고 하든?"

"미숙 언니는 아직 심각한 상황을 몰라요."

"셋이서 의논을 해. 참 선숙이는 연락 없어?"

"전화도 없고 어떻게 사는지도 몰라요. 그 언니야 우리 국적을 포기한 사람이니 이런 사정을 알릴 필요도 없겠지요. 그 언니는 엄마가 돌아가신다고 해도 오지 않을 거예요."

"하여튼 너희들끼리 잘 해결해."

"오빠는 관심 없어요?"

"나를 끌어들이지 말아라. 법적으로 관계가 없는 사람 아니냐."

무의식중에 튀어나온 법적인 관계는 굳이 내 입으로 들먹일 말이 아니었다는 생각이 들었지만 그렇다고 주워 담을 수는 없었다. 인숙도 무슨 말을 더할 듯 머뭇거리다가 입을 다물어 버렸다.

택시는 김포공항으로 들어서고 있었다.

잊고자 했던 어머니, 그 어머니가 잃어버린 낡은 가방 그리고 목포.

지금은 영산강 하구언 때문에 강이 막혀 뱃길이 끊겼으나 옛날 육로가 활발하지 못한 시절에 목포는 고향 여수리로 가는 길목이었다. 밀물을 타고 영산강 깊숙이 들어갔다가 썰물을 타고 목포로 돌아왔던 영암호의 출항 시간은 일정하지 않았다.

그렇지만 나는 고향으로 가는 배가 떠나고 돌아오는 시간을 틀려본 적이 없었다. 배달을 나가서도 밀물 따라 영산강을 오르고 썰물 따라 돌아오는 작은 발동선을 찾으면서 혹시 고향 소식을 들을 수 있을까 하는 기대에 얼마나 마음 졸였는지 모른다. 짐발이 자전거에 기대어 허기진 배를 달래며 누군가를 기다렸던 날들, 향수를 달래며 선창에 뿌렸던 눈물의 기억은 성인이 된 지금도 또렷하다.

숙모는 어린 내가 고향에 가는 기회마저 막았다. 표면상 공부를 해야 한다는 이유였다. 고향 가는 길이 비교적 자유로워진 것은 중학생이 된 이후였다.

"이때까지는 너 공부하라고 못 가게 했제, 달리 못 가게 했겠냐? 인자는 중학생이 되었은께 틈틈이 조부님을 찾아뵙도록 해라."

중학생이 된 손자를 보고 싶어 하는 할아버지의 요구가 있었음에도, 숙모는 자신이 큰 선심이라도 베푸는 것처럼 생색을 냈다. 그러면서 한마디 다짐을 잊지 않았다.

"여그서 있었던 쓸데없는 이약은 하지 말거라."

목포는 끝없는 억압과 간섭이 나를 옭죄던 곳, 자신의 의지보다 눈치로 살아야 하는 곳이었다. 그런 목포를 벗어난다는 사실은 해방이었다. 또한 고향은 배불리 먹을 수 있는 곳, 마음대로 노래를 부를 수 있는 곳이기도 했다. 영산강을 거슬러 오르는 뱃전에 서서 고향의 냄새를 맡으며 마음 설레던 나를 알아준 사람은 없었다.

하지만 여수리에 가서도 특별히 할아버지와 이야기를 나눈 기억은 없다. 말 없는 할아버지는 상대하기 어려웠고 걸핏하면 어머니를 원망하는 할머니의 넋두리를 들어주는 일도 귀찮아 마을 사랑방으로 떠돌았다.

거기에 자유가 있었다. 동네 사랑방에서 담배도 얻어 피워 보고 술도 한 잔씩 맛보며 일찍 어른이 되는 수습기를 거쳤다. 마을 청년들의 담배 내기

화투판을 구경하는 것도 심심하지 않았고 이따금 서리를 나선 청년들을 따라다니는 재미도 있었다. 서리를 나갔다가 주인에게 들키는 바람에 도망치다가 고무신짝이라도 벗겨지는 날이면 다음날 잃어버린 고무신짝을 찾으러 가는 임무는 나에게 떨어졌다.

"니가 가면 너는 학생인게 봐줄 것이다."

"도둑질했다고 광고하는 꼴인디 어떻게 간당가?"

"도둑질이라니? 인마 어른들도 다 그런 짓 하고 컸어."

등을 떠밀리다시피 닭서리를 미수에 그친 집에 들어서면 사람 좋은 주인은 나를 보고 웃었다.

"서리를 할라면 안 들키게 할 것이제…. 그란다고 너를 보내디야? 고무신 저기 있웅게 가져가고 인자 우리 닭은 넘보들 말라고 해라 이."

"예."

"그라고 너도 중학생인게 그런 심바람은 하면 못써. 공부를 잘해서 으짜든지 훌륭한 사람이 되어야제."

"예."

계면쩍게 웃으며 크게 대답하는 나에게 고무신을 건네주는 주인의 태도는 너그러웠다. 청년들은 마을 사람들이 나에게 관대한 이유를 내가 마을에서 몇 안 되는 유학생이기 때문이라고 했다.

고구마 서리를 갔다가 주인이 오는 바람에 자루를 그대로 둔 채 도망을 친 적이 있었다. [마다리푸대]라고 했던 수입 삼으로 짠 자루는 소쿠리보다 많이 담을 수 있고 운반하기 편리하다는 이점과 희소성 때문에 당시 시골에서는 요긴한 물건이었다.

남의 밭에서 고구마를 캐다가 들켰어도 아무런 죄의식을 느끼지 못했던 사람들에게 중요한 것은 두고 온 [마다리푸대]였다.

"고구마는 두고라도 마다리푸대는 찾아야 하는디."

어릴적 감나무에서 떨어져 머리를 다쳤다는, 조금은 어병한 기철이의 걱정이었다.

"병주 니가 좀 다녀와야겠다. 너 왔다고 고구마 맛을 보이려다가 그랬으니."

집안의 형뻘 되는 병호의 말이었다.

"그래, 니가 가면 금방 줄 것이다."

다른 친구들의 응원에도 내키지 않은 걸음이었다.

"다시는 안 그런다고 마대리푸대나 주라고 합디다."

절을 하고 어렵게 청하는 나를 보지도 않고 성순이 아버지는 말했다.

"아무리 장난이라고 하지만 마다리푸대까지 동원해서 서리를 하는 놈들이 어딨다냐. 그건 숫제 도둑질이제. 그라고 도시에서 넘이 못 들어가는 중학교까지 댕긴다는 녀석이 쓸개없이 그런 심바람이나 댕기고 자빠졌냐? 사람이 그라면 못 쓰는 법이다. 느그 조부님이나 아부지를 생각해서도 몸가짐을 함부로 해서 안 될 거여. 느그 아부지가 어떤 양반인지 너는 잘 모를 것이다만 니가 그라고 댕기는 꼴을 보셨으면 아매도 가만두지 않았을 것이다."

아버지에 대한 말을 하는 사람이 더러 있었지만 그렇게 아버지를 들먹이며 나를 몰아 세운 사람은 없었다. 아버지에 대한 남다른 감회가 있음을 분명하게 느낄 수 있어 더 고개를 들 수 없었다. 마음은 더 위축되고 공연히 큰 잘못을 저지르고 있다는 죄책감만 더 커졌다. 뒤이어 성순이 아버지가 한 말은 충격이었다.

"그라고 말이다. 너도 클 만치 컸응께 너 안 보는 데서 너한테 손구락질 하는 사람도 있다는 사실을 알고 살아야 한다."

여기까지 말했을 때도 아버지한테 욕이 되는 짓을 하지 말라는 이야기로 알았다.

그런데 그게 아니었다.

"니가 잘못하는 날이면 느그 아부지 욕도 욕이제만 느그 엄니 행실 닮았다고 손구락질을 할 사람도 있을 것이라는 말이다. 이 동네에 느그 어매가 어떤 사람인 줄 모르는 사람이 없어. 그란디 니가 그렇게 꺼덜거리고 댕기면 쓴다냐?"

온몸에 맥이 풀렸다. 치욕이었다. 성순이 아버지는 누구도 건드리지 않던 어머니에 관한 이야기를 노골적으로 들먹이고 있었다.

"서방 잡어묵은 팔자 사나운 여자야 세상에는 쌨은께 말할 것이 없겠제. 그러나 자식 새끼를 팽개치고 제 서방을 잡혀가게 했다고 소문난 사람을 따라 달아난 여자는 흔하지 않아. 너를 보는 것만으로도 그런 일을 들먹일 사람이 있을텐디 속없이 못된 일에 끼어들어 그런 심바람이나 댕긴다면 넘들이 뭐라고 하겠냐? 행실을 조심해야 한다. 사람들이 네 앞에서는 말을 안 해도 다 너를 보고 있어."

누가 무슨 말을 하면 말의 이면을 더듬을 줄 아는 나이였다.

고개를 들 수 없었다.

가만히 그냥 돌아서 나오는 걸음이 흔들거렸다. 자루를 들고 뒤따라온 성순이 재빨리 내 앞에 던져 놓고 획 돌아서 들어가 버렸다.

성순이는 초등학교 동창이었다. 공부도 잘하고 노래를 잘 불러 학교에서 모르는 아이들이 없었다. 그때 읍내 여중학교에 다니던 성순이도 그녀의 아버지 말을 들었을 것이다. 성순이에게 느꼈던 애틋한 감정도 그것으로 끝이었다. 내가 없는 곳에서 나에 관한 이야기를 거리낌 없이 주고받으며 더러는 내 뒤에서 손가락질도 했으리라 싶으면 성순이 앞에 다시 설 수 없었기 때문이다.

할아버지가 어린 나를 굳이 외지로 보내려 했던 이유도 비로소 알 것 같았다.

뒤늦게 스스로 각성이 아니라 타인에 의해 나를 보았다. 잠시 중학생이 되어 조금 우쭐한 객기를 부리면서 나의 뒤에 붙어 있는 꼬리표를 보지 못했던 우매함이여.

사람은 가끔 타의에 의해 껍질을 벗고 새로 태어나는 경우가 있다더니 아마 그런 경우인 듯싶다.

사람의 성장은 꼭 눈에 보이는 잣대로 측정할 수 있는 것은 아니었다.

나이와 학년의 높이가 성장의 척도도 아니었다.

남모르게 상처 입은 자존심을 딛고 훌쩍 성장하는 경우도 있는데 그날 우연한 자극이 성장의 몇 단계를 단축해 버린 셈이었다.

그러한 성장의 대가는 그래도 나를 위로해주는 마음의 안식처였던 고향에 대한 거리감이었다.

그런 일이 있은 후, 나는 고향에 가는 횟수를 줄였다. 식량을 가지러 가거나 농번기에 일손을 도우러 가서도 또래들과 어울리는 것마저 삼갔다.

사람을 피하려는 행위는 나를 구속하는 멍에를 벗으려는 몸부림이었으나 그런 나를 바로 보는 사람은 없었다. 농사일을 돕거나 아니면 집안에 틀어박혀 책을 읽으며 시간을 보내는 나를 보고 사람들은 엉뚱하게도 착실한 아이라고 칭찬했다.

진의가 왜곡되는 현실에 냉소하면서도 내 행위가 남의 칭찬을 받기 위한 고의가 아니었음을 해명하지도 않았다. 다만 어머니에 관한 소문으로부터 아주 멀어지고 그리하여 잊히기만을 바랐을 뿐이다.

그런데 그렇게 달아난다고 해서 이미 있었던 사실이 뭉개지고 사라지는 것은 아니었다. 이웃들에게 조소의 대상이었으며 가족들에게는 잊고 싶은 망령들이 기묘하게도 나 자신을 통해 드러나고 있었다. 주변 사람들은 아무것도 남지 않은 부모의 흔적을 나를 통해 다시 보고 있었다. 사람들에게 나는 하나의 개체가 아니라 어쩔 수 없는 내 부모의 분신이었다. 부모가 실존했다는 유일한 증거가 나 자신이었기 때문이다.

잘해도 '누구 아들'이었고, 못해도 '아무개 아들'을 벗어나지 못하는 숙명적인 인과관계, 자식은 부모를 확인시켜주는 거스를 수 없는 존재라는 사실에 얼마나 진저리를 쳤는지 모른다.

하지만 사람들은 내가 누구의 아들이라는 사실만 보았을 뿐 부모의 존재가 내 마음에 거미줄처럼 한이요 원망으로 남아있음을 봐주지는 않았다. 그런 내면의 변화를 못 본 채 나를 아이 취급하면서 어설픈 칭찬으로 보상해 주려는 어른들을 멀리하고 부단히 자신의 탯자리에서 멀어지려는 나를 알아본 사람도 없었다.

제 어미를 닮았다는 말이 저주처럼 들렸기에 그런 말을 듣지 않기 위해서 온갖 충동과 욕망을 안으로 접으며 사람들의 시선이 닿지 않는 곳으로 피해 다녔던 날들. 태어난 곳도 자란 거리도 늘 떠나야 할 곳으로 여기면서 아는 사람들도 피하고자 했던 나를 남들이 보기나 했을 것인가.

아버지와 마찬가지로 어머니에 대한 기억을 살려줄 사진 한 장 글씨 한 조각 남은 것이 없었다. 대여섯 살까지도 어머니의 혼수품이라고 추정되던 농과 반다지가 작은 방에 있었는데, 내가 초등학교 학교 입학 전에 조부모는 그것까지 깨끗하게 청소해버렸다.

이런저런 사연 때문에 조부모의 산소를 찾는 일 말고는 멀리하고 살았던 여수리.

한때 나에게 넓은 세계로 가는 출구로 여겼지만, 이제는 가까운 사람도 모두 목포를 떠났고 또 찾을 일도 없었기에 자연히 발길을 끊고 살았던 목포.

'목포-고향-어머니.'

연결되는 공통분모가 보일 것 같은데 쉽게 가닥이 추려지지 않았다.

그늘에 남은 그림자

　어머니의 가방을 찾겠다는 명분으로 다시 목포를 찾기까지 근 열흘간, 어머니라면 고개를 젓던 할아버지와 할머니는 물론 숙모의 모습과 함께 은근히 어머니를 비웃던 고향 사람들까지 떠오르고, 그 안에서 어머니에 대한 원망을 키우며 자란 지난날의 기억이 파노라마처럼 이어지는 바람에 마음을 앓았다.

　거기에 어머니의 늙고 병든 왜소한 모습이 자꾸만 눈에 밟혔고, 어머니의 일생을 그렇게 만든 외적인 요인이 무엇인지 하는 의문이 떠나지 않아 심사가 불편했다.

　그러면서 어머니가 잃어버렸다는 가방이 자꾸만 마음에 걸렸다.

　본래의 색을 짐작할 수 없게 변해버린 가방, 형체만 남은 가방이 어머니에게 어떤 의미를 담은 가방이었는지 하는 의문도 컸다.

　아내에게도 마음을 감추고 혼자 차를 몰아 목포에 도착한 것은 오후 세시를 넘길 무렵이었다.

내 의문에 대한 답이 풀리고 또 어머니의 가방을 꼭 찾을 수 있으리라고 기대했던 것은 아니었다.

그래도 경찰서를 거쳐 여객선 터미널에도 들려 어머니를 신고했다는 직원을 만났다.

찾기 위해 최선을 다했노라는 사실을 누구에게 증명해 보일 일이 아님에도, 나는 누군가의 시선에 쫓기는 사람처럼 스스로 알리바이를 만들기 위해 쏘아 다닌 꼴이었다.

어머니는 무엇 때문에 목포, 그것도 겨울 선창을 찾았을까?

어머니의 가방은 어떻게 된 것일까?

어머니의 가방 안에는 무엇이 들어 있는 것일까?

2월의 바닷바람은 해까지 빨리 보내버렸다.

고하도 서편 하늘의 노을을 볼 수 없는 날씨 때문이었는지 모르나 설을 나흘 앞둔 선창은 대목 분위기를 거의 느낄 수 없었다.

어둠이 내리는 거리, ××선구점, ××수산, ××횟집…. 즐비한 간판, 간판은 바뀌었지만 낯익은 건물들. 건물 바깥에 쌓아놓은 각종 어구들. 물결에 뒤뚱거리는 작은 배들, 그 너머에 원래의 형태를 찾을 수 없게 변해버린 전설을 간직한 삼학도 사이에 짭짤한 회한들이 파도가 되어 넘실대는 바다.

그 바다가 알고 있는 것과 그리고 그 선창에서 벌어졌던 무수한 사연을 추적하는 일은 인간의 능력으로 불가능하다. 나와 관련된 기억을 더듬기에 벅찼던 것일까, 간판을 보지 않아도 방향을 잡을 수 있는 길에서 나는 헤매고 있었다.

귀소 본능을 자극하는 저녁이라는 시간과 오랜만에 만난 거리의 풍경에서 옛날의 나를 보았다. 막연히 누군가를 기다리는 마음으로 배에서 내리던 사람들을 지켜보던 나의 모습도 어른거렸다. 자신의 몸보다 큰 자전거의 페달을 밟으며 허덕이던 나의 모습이 거기 있었다. 지금은 갈 수 없는 뱃길, 고향으로 가는 배도 보였다.

어둠이 내리는 길가, 차가운 해풍에 몸을 움츠리면서도 나만이 볼 수 있는 기억의 잔상을 좇아 미적미적 걸었다.

하지만 어린 시절에 들리던 나를 부르던 소리, 폐부에 스며들고 심장을 긁어 통증을 안겨 주던 소리는 그 거리에서 들을 수 없었다. 며칠 전 서울의 병실에서 메아리처럼 나를 흔들었던 어머니의 소리도 거기에 없었다.

내가 목포 선창에서 찾고자 했던 의문의 답은 보이지 않았고 자취가 묘연한 소리의 행방을 좇던 소년기의 아픈 영상만 세월 저편에 선명했다.

괜히 목포에 왔다는 생각이 들었다. 선술집이라도 찾고 싶었다.

그래서 처음에는 오른손에 짙은 밤색 단장을 들고 왼손에는 대여섯 개의 열쇠가 달린 고리를 장난감처럼 흔들면서 나를 앞질러 지나가는 절뚝발이 노인을 무심하게 보냈다. 그러다 노인의 뒷모습에서 풍기는 느긋한 여유와 자유분방함이 내 눈길을 사로잡는 순간 어쩐지 낯이 익다는 생각이 들어 이번에는 내가 걸음을 빨리하기 시작했다.

희미한 기억 속에서 현실로 튀어나오는 사람, 곁을 스치며 옆모습을 보는 순간 한눈에 그를 알아볼 수 있었다. 항상 검게 물들인 군용 야전잠바를 입은 채 바쁘게 절뚝거리며 선창을 휘젓고 다니던 젊은이는 인생의 하얀 서리를 뒤집어쓴 머리에 감색 양복, 쥐색 바바리가 어울리는 노인으로 변신해 있었다.

일강상회 지배인이라고 불리던 최경채崔炅彩!

잊었던 사람이었다. 어쩌다 그가 궁금하긴 했어도 즐겁지 못한 목포의 기억 때문에 의식적으로 잊으려 했던 사람이었다.

그런데 옛날의 길에서 옛날의 사람의 사람을 보다니!

숙모는 내가 5학년 무렵부터 자전거 타는 것을 배우게 하여 물건 배달을 시켰다. 일손이 달리기도 했겠지만 좀 더 악의적으로 해석하면 어떻게든 밥값이라도 하라는 억지도 담았다고 여겨진다. 아직은 아이라 무거운 짐발이 자전거를 타는 것만도 버거웠는데 갖가지 물건을 싣고 사람이 붐비는 선창을 헤집고 달리는 일이란 정말이지 쉽지 않은 일이었다.

그해 여름, 물건을 배에 실어주고 돌아오는 길에 나는 쓰러지고 말았다. 몸을 바르게 하려는 의지와 상관없이 머리에 강한 충격이 오고 아주 정신을 잃었다.

깨어나 보니 일강상회-江商會 앞이었다. 상회에서 일하던 승갑이라는 총각과 절뚝발이 지배인이 나를 부축하고 있었고 일강집이라고 불리던 일강상회의 여주인이 근심스레 내려다보고 있었다.

"우리 자전차. 우리 자전차…."

어떻게 된 일인지 물을 겨를이 없었다. 자전거부터 찾아 두리번거렸다. 그 시절 장사하는 사람들에게 짐발이 자전거는 한 재산이었는데 어린 마음에도 그런 자전거를 잃으면 매를 맞고 쫓겨날 것이라는 공포가 앞섰기에 아프다는 감각조차 느낄 수 없었다.

"아그야, 자전차는 여기 있응께 걱정 말거라."

경채가 가리키는 곳에 자전거는 세워져 있었다.

안도감과 함께 비로소 오른쪽 머리에 통증이 왔다. 따끔거리는 곳을 만졌더니 빨간 피가 흥건하게 묻어 나왔다. 병원은 생각할 수 없는 호사였다. 경채는 손에 피를 묻혀가며 걸레 조각으로 상처를 눌러 지혈을 시키고 흘러내리는 피를 닦아주었다. 그러면서 경채는 내 마음까지 어루만졌다.

"젊었을 때 고생은 사서도 하는 법이다. 조금만 참고 공부 열심히 하거라."

등을 토닥거려 주는 경채의 손길은 고립무원의 처지였던 나의 마음을 녹였다. 사람은 한마디의 말에서 정을 느끼고 힘을 얻는다고 했다. 같은 말이라도 더 정감 있게 들리던 경채의 위로는 아픔마저 덜어주고 있었다.

요즘 같으면 병원으로 달려가 여러 바늘을 꿰맸을 테지만 얼추 된장으로 나은 상처라 흉터가 컸다. 훗날 경채는 나를 만나면 꼭 흉터를 들여다보고 한마디 하는 것을 잊지 않았다.

"이 숭테도 몸따라 크는 모양이여. 아매 평생 두고 없어지든 안 할 것이구먼. 다 옛말 함시로 살날이 있을 텐께 조금만 참고 지내거라."

박박 깎은 머리에 털도 나지 않은 미끈한 상처를 어루만져 누선涙線을 자극했던 사람.

악몽 속의 구원자였으나 악몽 때문에 덩달아 외면당한 경우라고나 할까.

박제화시킨 목포의 기억 속에 가두었던 사람이었다.

그런데 갇혔던 세월 속의 사람이 내 곁에 있었다. 의도적으로 덮어두었던 기억의 입자가 솜사탕처럼 부풀려지기 시작했다. 오른쪽 뒷머리에 산맥처럼 남은 흉터가 아픔을 느낄 수 없는 것처럼 가슴에 남은 생채기들도 이제 통증 없이 볼 수 있는 나이가 된 것일까.

잠시 괜히 알은체한 것은 아닐까 하는 걱정과 나에 관해 조금은 설명해야 하는 번거로움에 대한 부담이 나를 주저하도록 만들어 몇 걸음을 따라갔다.

"혹시, 저 알아보시겠습니까? 조병줍니다. 협성상회…."

단박에 덥석 내 손을 잡은 경채의 눈이 빛났다.

"아먼, 아먼, 잘 알제, 조병주. 창호형 조카 아닌가? 아이구 이 흰머리 좀 봐. 이제 같이 늙누먼."

먼빛으로 보는 만남일지라도 가슴을 울리는 감동이 있는가 하면 만남의 언사는 풍성해도 감동에 둔감한 사람도 있다. 가식없는 경채의 태도는 감동이었다. 왜 이 사람을 잊고 있었는지, 어째서 찾을 생각은 안 했는지…. 하지만 경채의 반가움에 상응하는 기쁨을 보여주어야 한다는 마음뿐, 정작 반가운 인사를 잊은 채 쑥스러운 표정으로 경채를 보고 있었다.

보통의 가정에서는 서로가 기쁨을 주고, 노여움도 표시하는 가운데 희로애락의 감정 표현 방법을 익히고 더러는 다툼 뒤의 화해를 통해 아니면 헤어짐 뒤의 만남을 통해 사람의 정을 키우는 법이다. 그런데 자연스러운 감정 교육을 받지 못한 나는 찌들게 살아온 인생을 반영이라도 하듯 반가움에도 인색했고 정을 주는 일에도 서툴렀다.

미워하면서도 사랑이 있고, 갈등하면서도 이해하는 일상을 경험하지 못한 채 늘 억압 속에서 온전한 사랑을 받지 못하고 살았던 지난날들.

웃음 잃은 할아버지의 불안한 눈, 애정보다는 어떤 의무감만으로 대하는 듯했던 할머니의 태도, 뭔가 잘못 만난 사람들처럼 서먹한 분위기, 그랬으니 떼를 쓰거나 어리광을 부리는 일이 용납될 수 있었을 것인가.

원망도 미움도 감추고 그저 남의 눈에 띌까 싶어 그늘로 숨어다니며 움츠리고 살았던 날들. 소리라도 지르고 싶은 충동을 억제하며 숨죽여 울었던 날들. 그 속에서 무조건 참고 기다려야 되는 사람으로 길들여졌던 나. 그러는 사이에 인간의 기초적인 정마저 속절없이 망가지고 있었던 것을.

"그란디 자네가 우짠 일이여? 어디로 좀 들어가세. 아니, 자네도 알는지 몰라. 청산선구점 아들 이영우. 그 친구가 지금은 홍어를 취급하는 객주 노릇을 해. 지금 거기 가는 길이여. 같이 가세."

안부를 물을 틈도 주지 않고 경채는 무조건 내 손을 잡아끌었다. 경채의 걸음이 빨랐다. 급하게 걸을수록 뒤뚱거리는 몸의 각도가 더 벌어졌다. 신바람 난 불안이었다.

이영우 역시 초등학교 6학년 때 같은 교실에서 앞뒤로 앉은 사이였지만 잊고 지낸 이름이었다.

공부에는 성의가 없고 터무니없는 액수의 군것질을 일삼던 아이였다. 공부 시간이면 종이를 가늘게 말아 콧구멍을 간질간질 자극하여 재채기하다가 담임에게 혼나던 아이가 옛일을 감추고 어른이 되어 튀어나오는 것도 신기한 일이었다. 실제 나이보다 더 늙게 보이는 영우를 첫눈에 알아보기 어려웠다.

"니가 영우냐? 어째 그렇게 많이 늙어부렀다냐?"

헐겁게 웃었지만 '니가'라는 표현과 '늙어부렀다냐'라는 선창식 표현에 내 손을 잡고 흔드는 영우의 손에 힘이 묻어났고 얼굴에는 야릇한 감동이 번지고 있었다. 작은 집에 얹혀살면서 다른 아이들이 놀 때 배달을 다니던 꾀죄죄한 차림의 나를 떠올리는 것 같기도 했다.

"니 소문은 들었어. 지금은 대학교수 한다제? 그란디 정말 나 알아보겄냐. 많이 변해 부렸지야?"

"말하는 것이나 웃는 모습이 그대론데."

내 말이 그의 자격지심을 넘겨짚었는지 영우도 편하게 웃었다.

"자네들이 동창이던가? 나는 영우가 한두 살 더 먹었으려니 했어."

"사실 제가 한 살이라도 더 먹었을 겁니다. 초등학교를 늦게 입학했으니까요."

내 말에 영우는 자신의 벗겨진 머리를 가리키며

"안 보여? 나이는 못 속이는 법이여."

하고 웃었다.

일상의 수인사야 몇 마디로 족했다. 자연히 주변의 안부를 묻고 그러다가 옛날 공통의 생활 체험 속에서 만났던 사람들의 화제로 옮겨가게 마련이다.

"일강집 아주머니는 잘 계시는가요? 깨진 제 머리에 된장을 발라 주셨는데…."

일강상회 앞에 기절해 쓰러진 나를 일으켜 세운 사람이 경채였다면 터진 내 머리에 된장을 발라 준 사람은 일강집이었다. 머리를 가슴에 끌어안고 호박잎 대신 기름종이에 된장을 싸서 터진 곳에 붙여 준 것도 그랬지만 기저귀 조각같은 긴 천으로 머리를 싸매 주며 일강집이 했던 말이 선명했다.

"시킬 것이 따로 있제. 아무리 지가 안 낳은 새끼라고."

"괜찮해라우. 내가 하고 잡어서 한 일이어라우."

억지로 실거운 티를 내는 내가 짠하게 보였을까. 한참 애잔한 눈으로 나를 보던 일강집이 했던 말은 기어이 나를 울렸다.

"아가, 배고프면 언제든지 우리 집으로 가만히 오너라."

짜디짠 된장이 상처를 쓰리게도 했다. 눈물이 찔끔거렸다. 무섭게 싸움 잘하는 여자라고 생각했는데 그런 일면이 있다는 사실은 놀라움이었다.

"된장이 마르면 또 오너라."

한 번 더 등을 다독여주던 일강집에게 마음과 달리 목이 메어 고맙다는 인사말도 나오지 않았다.

"한참 못 일어났어. 아매 제대로 못 묵어서 생긴 어지럼증 때문에 그랬을 것이구먼. 그때 자네 고생이 심했제. 선창에서 알만한 사람은 알고 있었어."

내 물음에 대답 대신 경채는 당시의 일을 떠올리는 듯했다.

"아직도 그런 말씀을….

"아, 그래. 이제는 그런 말 안 해야지. 우리 넘이 넘보기는 싸나왔어도 원칙이 분명하고 경우가 바른 사람이여. 없는 사람 사리를 잘 알아서 많이 챙겨주었는디 말년에 복이 없어서."

"무슨 말씀인지?"

경채에게 물었더니 대신 영우가 대답하고 나섰다.

"일강상회 거덜난지 한참 됐어."

"그래? 그럼, 아저씨하고 동업 안 하셨던가요?"

"벌써 오래전에 나왔어. 삼선 개헌할 무렵이었을 걸. 뭐, 사이가 나빠져서 갈라진 것은 아니고 그때는 나도 나이를 묵을 만치 묵었어."

그러고 보니 처음 듣는 소식은 아닌 것도 같다. 그러나 언제 어디서 누구에게 들었는지는 생각해 낼 수 없었다.

"그 아주머니와 어머니가 계꾼이제. 그 아주머니를 통해 나도 자네의 소식을 들었어. 사람이 옛날부터 착하고 야문 데가 있더니 인자 박사 교수가 되었다고 자기 일처럼 좋아하셨어. 엊그저께도 여그 다녀가셨네.”

“여기서 안 사시나?”

“몇 년 되었어. 저 아저씨가 따로 떨어져 나간 뒤로도 한참 잘해 나가
셨지. 그런데 오년 전에 사위가 끼어들면서 문제가 붙기 시작하더니 종내
는 결단나고 말았어. 정자라고 우리보다 삼 년 선배인데 자네도 보면 알
거야.”

“어쩌다가…?”

“경험 없이 어선에 손을 댄 것이 실수였제. 운도 없었고. 돈 대준 데마
다 구멍이 나는 바람에 그리됐어. 그 바람에 선창 사람들 여럿이 욕을 봤
는데 우리는 조금 물렸제만 경채 아저씨는 손해를 많이 봤을 거여. 보증
도 많이 섰으니까.”

“쓸데없는 소리. 이 사람한테 그런 말 해서 뭐하나. 다 운이 없어 그런
일이제.”

어쩌면 일강집의 실패도 우리 사회에서 볼 수 있는 많은 실패 중의 하
나일 것이다.

그런 점을 알면서도 애석하다는 감정을 지울 수 없었다.

“통 몰랐는가?”

“응. 전에 준수를 만났을 때도 그런 말은 하지 않던데?”

“준수? 언제 만났는디야?”

“글쎄. 좀 된 것 같은데…. 중고등학교 동문 송년회 자리였으니 이 년
쯤 되나?”

“허어, 참. 그러면 준수가 죽은지도 몰랐는가?”

“뭐? 준수가?”

"대학을 나와 통신공사에 댕김스로 즈그 엄니를 모시고 살았제. 그란디 작년 봄 교통사고로 죽어부렀지 않는가. 신호를 받아 횡단 보도에 서 있는 차를 트럭이 받아버렸어. 아그가 영 착했는디…."

영우의 말은 나의 마음에 적잖은 파문은 만들었다.

일찍이 주먹 세계의 보스가 되어 서울 어디 나이트 클럽 사장을 하다가 80년대 초 반대파들의 칼을 맞고 죽었다는 일강집의 큰아들 준영은 내 기억에 소문으로만 남은 존재였다.

미인이라고 소문났던 큰딸 정자와는 이야기를 나누어 본 기억조차 없다.

둘째 딸 수자는 초등학교 동창이었다. 여수리 갯바닥에서 조개며 게를 찾아 헤매던 조모에게 의지하기 싫어 대학 진학을 포기하고, 단기간에 교사가 되어 월급을 받을 수 있다는 희망으로 초등 교원 양성소를 다닐 무렵 수자는 교육 대학생이었다. 연정 따위는 없었고 단지 내 처지가 드러난 자격지심 때문에 먼발치에서 지레 피했던 사람이었다.

그리고 일강집 막내인 준수는 초등학교와 중·고등학교 1년 후배였다. 선창에서 소년기를 같이 보냈고 또 같은 교정에서 배운 동문이었기 때문에 가장 낯이 익었으나 특별히 어울린 사이는 아니었다. 광주에 살게 된 후 일 년에 한두 번 열리는 중·고등학교 총동문회 자리에서 잠깐 만나 스치듯 사는 이야기를 나누었던 사이었다. 준수도 조용한 사람이었고 나 또한 가까이하려는 노력을 안 했으니 일강상회 이야기를 듣지 못했을 것이다.

나를 아는 사람들에 대한 경계심 때문에 준수마저 피했다는 자책이 들면서 마음은 쓸쓸한 정도를 넘고 있었다.

"그래도 노인이 기는 살아서, 광주 어디 시장 모퉁이에서 장사를 벌인 눈치 대. 손주들이 잘 됐다는 자랑도 대단하고."

"손자들?"

"준영이 형 자식들인데. 남매가 서울대학을 다닌다던가 졸업했다던가, 아무튼 입만 열면 그 자랑이여."

막걸리 몇 잔에 벌써 주름 깊은 영우의 혀가 꼬부라졌다. 인생이 내리막길로 접어들고 있으니 흰머리가 나고 주름도 패는 것이 당연한 일이리라. 그런 모습이 나에게 아련한 향수를 불러일으켰다고는 생각하지 않는다.

"일강상회 건물은 그대로 있나?"

고개만 끄덕이고 있던 내가 혼자 말처럼 물었다.

"그대로 있으면 뭣해, 이미 남의 손에 넘어갔는데."

영우는 자기가 아는 대로 주인이 바뀐 내력을 설명했으나 나는 건성으로 듣고 있었다.

일강상회는 간판부터 독특한 집이었다.

다른 집들은 함석에 페인트를 칠한 간판 집 글씨였는데 일강상회는 그렇지 않았다. 처음 건축할 때부터 붉은 벽돌 이층 건물 전면에 아예 한자 반쯤 되는 마름모꼴 화강암 네 개를 일정한 간격으로 박아 상당한 수준의 고딕체로 一江商會라고 새겨 놓았기 때문이다.

"건물 벽작에다 아조 상호를 새겨 박아부렀구만. 이 건물은 없어지는 날까지 일강상회라는 말인가? 욕심도 많네."

"[이루꼬](멸치)나 된장을 파는 주제에 상호 이름이 우째 안 어울리네."

하나의 사물에도 그것이 그 자리에 있기까지는 숨은 내력이 있으련만 사람들은 그것을 보지 못했다. 하기야 자기 이름의 내력도 알지 못하는 사람들이 남이 붙인 이름에 얼마만큼 관심이 있었을 것이며, 현상을 보기에도 벅찬 사람들이 그 이면까지 보려고 노력했을 것인가.

지나가는 사람들이 한마디씩 남긴 말처럼 건물이 없어지지 않는 한 그 상호를 바꾸지 않겠다는 주인의 각오를 새긴 것인지 아니면 다른 의미가 있었는지는 모른다. 돈 버는 가게의 이름으로 더구나 선창의 풍경과 어울리지 않았던 일강이라는 상호가 새삼스럽게 떠올랐다.

가만히 오른쪽 뒷머리에 남은, 지금은 머리카락에 가려 보이지 않지만 만지면 작은 산맥처럼 구별되는 흉터를 더듬으니 일강상회 상호와 더불어 일강집 아주머니가 내 묵은 과거 속에서 선명하게 살아나기 시작했다.

그녀를 부르는 사람들의 호칭은 여러 가지였다. 나이가 어린 사람들은 큰아들과 큰딸의 이름을 앞에 붙여 '준영이 또는 정자 엄니', '자홍댁'라고도 불렀다(선창 사람들은 장흥을 자홍이라고 발음했다).

그러나 선창에 사는 사람들 사이에서는 일강집으로 통했다. 물론 상호를 따온 호칭이라 자연스러울 수 있지만 어째서 하필이면 '일강댁'이 아닌 '일강집'으로 불려졌는지는 자세히 모른다. 짐작컨대 일강집이라는 호칭은 말 줄임에 익숙한 남도의 풍속 때문이라기보다는 억척은 인정하되, 그러나 여자를 사장으로 대하기는 거북하다는 뜻으로 '일강상회 여사장'이라는 호칭에서 여사장을 생략한 일종의 낮춤말이었을 것이다.

그러나 당사자도 자신을 스스럼없이 일강집이라고 부르는 바람에 시새움과 질시를 함께 담은 '일강집'이라는 호칭은 그녀를 지칭하는 보통명사가 되었다고 본다. 그리하여 선창 사람들이나 어른들 사이에서는 그냥 '일강집'으로 통했고 나중에는 그녀를 가리키는 삼인칭으로 굳어졌지 않은가 싶었다.

아무튼,

된장집 = 이루꼬(멸치)집 = 싸움쟁이 = 과부 = 깡패 엄니 = 정자 엄니 = 강진댁 = 자홍댁 = 여사장 = 일강집.

그렇게 병렬적으로 호칭의 등식을 만들 수 있는 사람도 흔하지는 않을 것이다.

일강집은 일강이라는 상호와 어울리지 않게 욕 잘하고 싸움 잘하기로도 유명했다.

주름 없는 펑퍼짐한 [몸뻬]에 위에는 틈틈이 손수 절은 스웨터를 걸친 복장도 독특해 도무지 멋하고는 거리가 먼 사람이었는데, 어린 내가 봐도 깡마른 몸은 강단진 데가 있고 갸름한 얼굴은 함부로 대할 수 없는 기품이랄까 푸른 냉기라고 할까 아무튼 남다른 분위기를 느끼게 하는 아주머니였다.

언제였는지 기억에 없으나 실제로 일강집이 싸우는 장면을 목격한 적이 있었다.

초여름쯤이었다고 기억된다. 일강집은 일강상회 앞에 수문장처럼 버티고 서서 한 남자를 상대로 삿대질과 함께 험한 욕설을 퍼붓고 있었다. 나이깨나 지긋한 남자를 당당하게 몰아세우는 일강집의 기세가 무서우리만큼 인상적이었다. 욕설 가운데 돈 갚으라는 말이 나오는 것으로 봐서 싸움의 원인이 돈 때문임을 어린 나도 금방 알 수 있었다. 내 기억으로 그때 경채는 어디 갔는지 보이지 않았다.

일본에서 오래 살다 왔다고 해서 그랬는지, 정말 이름이었는지는 알 수 없었지만, 사람들은 일강집과 맞붙은 상대를 마사오라고 불렀다고 기억한다. 마사오와 일강집의 싸움에 주위 사람들은 다만 관객이었다. 별다른 육탄 공격이 없으니 아직 말리기에는 빠른 싸움판이었다. 싸움이라는 것은 자기와 직접적인 이해관계만 없다면 그건 돈 주면서 볼만한 구경거리다. 더욱이 남녀 간의 싸움은 흥미를 배가시키는 요인이 있다.

남의 심각한 싸움을 실실 웃으며 관전하는 것을 꼭 악취미라고 만 할 수 없을 것이다. 싸움이라는 것은 봐주는 사람들이 있어야 싸우는 사람도 자신의 정당성을 강조하면서 밀리지 않으려 하고 결말의 가닥도 빨리 추려진다. 관객들은 구경하면서 평가하고 판정하는 기능까지 하고 있었다.

우연히 지나가던 나도 그런 구경꾼들 틈에서 까치발을 하고 있었다.

사람들이 모여들자 마사오는 말에 욕설을 줄이고 슬슬 피하는 자세를 보이기 시작했다. 점잖은 척 함으로서 남의 동정을 받고 상대적으로 일강집의 패악을 돋보이게 하자는 의도임을 어린 나도 간파할 수 있었다.

"내가 일강집 돈을 안 갚는다고 했어? 몇 푼 안 되는 것 갖고 나이 묵은 사람한테 그러면 못 쓰는 법이시. 이 바닥이 어뜬 바닥인가. 다 어려울 때는 우덜끼리 서로 돕고 사는 바닥 아닌가. 되는대로 일착으로 갚을 것잉께 그리 알소."

"뭐라고 했소? 몇 푼 안 되는 돈이라고라? 누가 들으면 내가 술집 외상이나 받자고 하는 줄 알것소. 그라고 가져간지가 꼭 엊그저께같이 말하는디 벌써 몇 년째요? 양심 있으면 생각 좀 해보쇼 이. 그란디 돕고 살자고? 하이고 말이 안 나오네. 그라고 내내 이년 저년 하더니 인자 사람들이 모탠게 슬그머니 점잔을 떨어? 여러 소리말고 내 돈 내놔. 생떼 같은 내 돈. 글 안 하면 오늘은 그냥 못 갈 것잉께."

그런 말끝에 일강집이 마사오를 잡았는가 싶었다.

"놔! 이거 여자가 어디를 잡는다냐! 놓고 말로 해."

"꼴에 이뻐서 잡는 줄 아는 갑네. 내 돈 내놔. 내 돈 줄 거여, 안 줄 거여?"

"놓고 말로 하라니까. 나는 김선장 아닌께. 요즘 서방질 못 해서 환장해 갖고 궁한 판이라 나 같은 놈이라도 잡겠다는 말이냐?"

소리만 높인다고 싸움을 잘하는 법이 아니었다. 아픈 데를 잘 찔러야 했다. 상대방의 화를 돋구고 제풀에 떨어지도록 만드는 수법에는 나이 먹은 사람을 당하기 어려운 법이다. 주위의 사람들이 실실 웃음을 흘렸다. 일강집의 얼굴에 푸르른 독기가 확 번졌다. 그리고 남자들도 쉽게 입에 담을 수 없는 욕을 거침없이 내뱉었다.

"아무리 궁해도 너 같은 물좆은 천 개라도 소용없어. 니깐놈이 사람같이 뵈는 줄 아냐. 니가 나온 늬 어메 구멍에다 도로 처박을 놈아. 느그 각시 물건이나 잘 간수해라, 이 염병할 개새끼야."

"이런, 점잖게 대할라고 했더니 이년 말하는 것을 좀 보소. 워매 이런 년을 가만 둬야쓸께라우 으짜께라우."

마사오도 다시 본색을 드러냈다. 그가 주변을 보고 누구에게라고 할 것 없이 묻는 시늉을 하자 누군가 장난처럼 말했다.

"제주도 말 좆을 대여섯 개 구해다 가랑이 사이에 박아줘라."

거친 욕설을 함부로 뱉어내는 일강집에 대한 반감을 누군가 그렇게 표현했는지 아니면 평소 일강집을 좋게 여기지 않은 마사오 쪽의 사람이 그렇게 거들었는지는 모르지만, 그 말에 구경하던 아이들도 따라 웃었다.

그 순간이었다. 어떻게 된 셈인지는 자세히 볼 수 없었는데 마사오가 앞으로 꼬꾸라지고 일강집이 숨을 씩씩거리며 그의 온몸을 지근지근 밟고 있었다.

"너 같은 놈은 죽어야 돼. 찰거머리 같은 놈. 혼자 사는 여자라고…. 진작 돈은 못 받을 줄 알았응께…. 이 아팬쟁이 개새끼."

일강집의 온몸에서 튀어나오는 살기를 다른 사람들도 봤을 것이다. 그 때야 구경하던 사람들이 달려들어 일강집을 말렸다.

그런 싸움을 본 적이 없던 나에게는 놀라운 사건이었다. 여자가 남자의 생식기를 훑어 기절을 시키고 떡을 만들었던 사건은 단순한 소문으로 끝나지 않고 지역 신문에 기사가 되었다. 어떤 사람들이 신문에 나는지 그 점이 궁금했던 나는 흐릿한 활자에 써진 싸움의 전말을 읽으며 일강집에 대한 두려움을 보탰다. 이내 마사오라는 인물이 선창에서 사라졌다는 소문이 돌았고 덩달아 일강집의 악명은 더 성가를 높였다.

그리고 일강집 뒤에 따라다니는 소문은 또 있었다.

사내치기를 잘한다는(또는 잘했다는) 소문만은 당사자가 모르는 곳에서 은밀하게 전달되는 법인데 일강집과 사이가 좋지 못했던 나의 숙모는 이따금 일강집의 안방을 들여다본 사람처럼 험담했다.

그래서 나도 일강집에 대해 까닭 모를 반감까지 품었는데, 숙모 험담의 진실성 여부를 확인할 길도 없으면서 그런 반감을 품게 된 이유 중의 하나가 어머니 때문이었다.

어쩌다 어머니 이야기만 나오면 할머니는

"그 년은 사람이 아녀. 지 새끼를 내불고 웬수놈하고 개 흘레 붙데끼 배를 맞춰 도망을 간 년이란 말이여."

하는 욕설을 뱉었다. 배를 맞춘다는 말은 개들이 아침 길거리에서 교미하는 것을 의미하는 말과 통했다. 자기를 낳아 준 어머니가 개처럼 남의 남자와 붙어있는 모습을 상상하는 것은 그대로 자기 모멸이었고 어머니에 대한 분노를 조장했던 근거였다.

그런 조모에 못지않게 내 창자를 긁은 사람이 숙모였다.

"더러운 피를 뒤집어쓰고 집을 뛰쳐나간 에미를 안 닮았다고 할까마니 하는 짓이 어째서 그 모양이냐?"

나의 실수를 꼬집을 때면 숙모는 꼭 어머니를 들먹였다. 숙모에게 대항할 힘이 없던 나는 비실비실 뒷걸음질을 쳤다. 사람들이 누구냐고 묻기라도 하는 날이면 숙모의 대답은 길었다. 그중에서도 서방을 고발한 놈과 배가 맞아서 도망쳤다는 대목은 실제로 본 것처럼 장황했고 끝에 가서는 "그런 뱃속에서 나온 새끼라서 그런지 밖에서는 눈코 뜰 새가 없이 바쁜데도 꾀만 부리고 심부름도 제대로 안 한단께요"라는 말을 덧붙였다.

내가 듣고 있어도 소리를 낮추는 법이 없었다. 듣고 있던 사람들이 나를 손가락으로 가리키며 수군대고 측은한 눈빛을 보낼 때면 짐을 챙기던 손을 놓고 변소라도 가지 않고는 배겨낼 수 없었다. 그럴 때면 숙모는 자기 말의 진실성을 입증이라도 하듯 나의 등 뒤에서 한 소리를 더 보탰다.

"새끼가 저런당께요. 뭔 삐쩍한 말 만해도 파싹꼬라지는 있어 갖고."

나오지도 않는 오줌을 찔끔거리며 숙모에 대한 노여움과 얼굴도 모르던 어머니에 대한 원망을 키워야 했다. 그래서 당시 나는 어머니를 용납할 수 없었을 뿐 아니라 어머니를 상기시키는 여자들에게도 적개심을 가졌다고 기억된다.

앞서 마사오라는 사람이 일강집과 싸우면서 들먹인 김선장이라는 인물과 일강집의 관계도 숙모를 통해 들은 이야기였다. 일강집이 김선장과 대낮에 안방에서 '그짓'을 하다가 큰아들 준영에게 들켰다는 말과 함께 남자를 배위에 태운 여자의 모습을 숙모는 할머니가 어머니 흉을 볼 때 썼던 말처럼 '흘레 붙었다'는 표현을 썼다.

"즈그 에미의 그런 꼴을 봐부렀으니 어떤 자식이 좋아하겠소? 자식이 저절로 깡패 된 것은 아니어라우."

준영이가 일찍 못된 길로 간 것이 마치 일강집의 탓이라고 단정지으며 나를 바라보는 숙모의 눈길을 감당할 수 없었다. 그래서 일강집에 관한 소문의 진위를 알 길이 없어도 배를 맞춘다는 말의 의미만 생각하며 남몰래 얼굴을 붉혀야만 했다.

때문에 터진 내 머리에 된장을 발라주고 나를 위로해준 인정어린 말로 인해 일강집에 대한 거부감은 조금 덜었다고 해도, 일강집에 대한 색깔있는 인식을 아주 바꾸지 못하고 선창을 떠난 것이다.

욕쟁이, 싸움꾼, 서방질 잘한다고 소문났던 여자, 그 아주머니는 어떻게 변했을까? 그 욕은 여전한가? 지금도 사내를 엎어놓고 밟을 기력을 가지고 있을까?

나는 성장의 과정이나 선창의 생활을 아내에게도 거의 말하지 않았다. 부모는 어떻게 해서 그렇게 되었는지 그리고 숙모가 나에게 어떻게 했다는 말도 해본 적이 없다.

결혼 후, 친척들의 행사 때 만난 친지들을 통해 나의 어린 시절을 얻어들은 아내가 사실 여부를 궁금하게 여겼을 때도 나는 번번이 입을 다물었다. 뿌리를 거부하는 그래서 자신의 뿌리를 내면에서부터 도려내고 싶어했던 나에게 옛날은 돌아봐서는 안 될 금단의 영역이었다. 극단적인 자기부정의 논리였지만 그건 상처의 크기를 줄이면서 현재의 나를 지키고자 터득했던 삶의 방식이었다. 아마 아내조차 나의 과거에 접근을 막았던 까닭은 그렇게 굳어진 삶의 방식 때문이었을 것이다.

하지만 뿌리를 뽑아낸다는 것이 가능하기나 한 일인가. 미움은 미움대로 하나의 사실이요 원망은 원망대로 진실인 것을.

몰락한 일강집 이야기와 함께 나의 냉대에도 결코 화를 낸 적이 없던 어머니, 눈길을 마주치는 것조차 거부하는 아들을 소리 없이 찾아와 가만히 보고 사라지던 어머니, 이제는 보이지 않는 상처가 병이 되어 말을 잃어버린 어머니의 모습이 떠올라 잠시 도리짓을 했다.

"일강상회 아주머니하고는 인척 관계셨던가요?"

"아니여. 넘하고는 전혀 남남이제. 선창에서 만난 사람이여."

"그래요? 그럼 어떻게…?"

"만난 이야기를 하자면 길어."

사람의 만남은 대상에 따라 관심을 끄는 정도가 다르다는 사실을 안다. 만남에는 사연이 있게 마련이지만 공개하지 않는 한 그건 두 사람만 아는 사연일 뿐이었다. 내 이야기를 남에게 하지 않듯이 나는 남의 이야기에도 별로 관심이 없었다.

평범한 사람들도 자신의 살아 온 내력은 소설처럼 이야기한다. 특히 노인들의 이야기는 사실인지 허구인지 분간하기 어려운 경우도 많아 믿기 어려웠고 또 요령없이 반복하는 경향이 있어 지루하다는 사실을 경험적으로 알고 있었기에 이야기가 길다는 경채의 말을 듣고 나는 더 묻지 않았다.

그러나 한가지는 알 수 있었다. 비록 술에 취했어도 일강집 이야기에 경채의 표정이 달라졌다는 사실이다. 내 느낌이었지만 일강집 보증을 서서 경제적으로 손해를 본 사람의 서운함이 아니었다. 눈을 가늘게 뜬 경채의 표정에서 내가 볼 수 없는 어떤 먼 곳을 보고 있다는 느낌을 지울 수 없었다.

"아저씬 지금도 여전히 사업을 하시는가요?"

"나도 장사를 치운 지 햇수로 한 삼 년 되아. 기력이 부친데다 마누라 죽은 뒤에는 뒷 봐줄 사람도 없고 그래서….."

말머리를 돌리자고 했던 것이 그만 엉뚱한 방향으로 가 버린 꼴이었다.

"아주머니께서요?"

"오랫동안 고생하다가 오 년 전에 죽었어. 암으로."

"그럼 어떻게?"

"혼자 지내지 별수 있어?"

나는 그런 경우에도 적당한 위로의 말을 빨리 찾지 못했다.

경채의 눈시울이 붉어지는 것이 보였다. 악의 없이 묻는 말도 상처를 헤집는 경우가 있다. 일부러 그런 것은 아니었을지라도 적잖게 미안한 마음이 들었다.

"괜한 말씀을 드린 것 같습니다."

"아녀. 내가 주책을 떨어 미안하시. 조금 늦고 빠르고 차이는 있을지언정 사람은 다 그렇게 되는 것 아닌가. 살아있는 사람이 못 잊제 죽은 사람이 멋을 알라든가마는, 살았던 정을 생각하면 눈물이 나오데. 죽기 전에 좀 더 잘해 줄 것을 하는 후회도 크고."

"아저씨네 아들들이 착해. 지금 아저씨를 모시고 사는 작은아들은 변호사 아닌가. 큰아들은 서울에서 건설회사 부장이여. 큰아들이 모시겠다는 걸 마다하고 여길 떠나기 싫으시다면서 작은아들하고 사시는 거지."

부러움 섞인 영우의 말에 경채가 덧붙였다.

"마누라 가차이 살아야제. 살면 얼마나 산다고 생판 객지로 가겠는가. 나는 죽어도 이 바닥을 못 떠나네."

누가 억지로 가라고 했던 것도 아닌데 스스로 다짐하는 듯한 경채의 말이었다. 여전히 부드러운 음성이었으나 단호한 어조, 눈시울을 붉히는 태도, 조금 전 일강집 이야기를 하면서 보여준 아련한 곳을 보는 듯한 표정이 이상하리만큼 내 시선을 잡았다.

"아저씨 맘 다 알아요. 같이 사십시다."

영우의 말에 경채는 고개를 끄덕이고 막걸리 한잔을 단숨에 들이켰다.

"아직 저녁을 안 먹었제?"

막걸리 몇 잔을 한 터라 밥 생각이 없다고 해도 경채는 나를 끌었다.

영우는 전화를 받고 급한 일이라며 헤어지고 나는 경채를 따라나섰다.

"이 설 대목에 목포는 무슨 일로 왔다고?"

어머니 가방을 찾기 위해 왔다는 말이 나오지 않았다.

"그냥 바람이나 쐴까 하고 왔습니다."

길을 가다 걸음을 멈춘 경채는 나를 다시 보더니 그 점에 대해서는 더 묻지 않았다.

"그래, 살았던 곳이라 가끔 생각이 나겠지. 광주에 산다고 했지?"

"예."

"우리 뉨도 광주에 살아."

"어디에 사시는지요?"

"봉선동이라고 들었어."

"예?"

내가 사는 동네라는 말을 하려는데 경채의 다음 말이 더 빨랐다.

"준수네 식구랑 함께 살았는데…, 아마 뉨도 준수한테 들어 아셨을 거여. 자네를 신문에서 봤다는 말씀도 하시대."

"준수가 그렇게 된 줄은 통 몰랐습니다."

"그 일로 단단하던 우리 늼이 폭싹 늙었어."

"그 아주머니하고는 지금도 연락을 자주 하시는 모양이지요?"

"아먼. 우리 늼은 불쌍한 사람이여. 자네, 우리 늼 만난 지 오래 되았제?"

도무지 헤아리기 어려운 세월이었다. 고등학교 졸업 이후에는 못 만난 것 같기도 했고 그 후에도 한 번쯤 지나친 것 같기도 해 고개를 갸웃거리는 수밖에 없었다.

간단하게 민어회 한 접시에 초밥 몇 덩어리로 소주잔을 기울이며 경채는 묻지도 않았는데 마치 그 이야기를 하기 위해 나를 끈 사람처럼 일강집 이야기를 시작했다. 술집에서 보여준 아련한 곳을 바라보는 듯한 표정과 '우리 늼'이라는 깍듯한 말들이 일강집에 대해 예사 감정이 아니었음을 직감적으로 느끼게 했다.

"늼들은 싸납쟁이니 멋이니 함스로 헐뜯는 통에 자네도 안 좋은 소문을 들었을 것이로구먼. 그러나 알고 보면 우리 늼같이 정이 깊은 사람도 없어. 그건 나밖에 모를 거여."

경채는 그렇게 이야기를 시작했다.

"그 늼을 처음 봤을 때 어떻게 저런 여자가 선창 바닥에 나왔는지 알 수가 없었어. 그때 나는 고깃배가 들어오면 뱃사람들 몫으로 남은 고기를 얻어다 팔아 묵고 살았는데 늼은 된장 동우를 배에다 넘기러 다닌 사람이었어. 아마 자네는 상상이 안 될 거여."

"…?"

"늼 고향은 강진이제만 시가는 원래 자홍이었어. 나중에 알았지만 자홍 살았단 말을 할 수 없는 처지라 만주에서 나온 피난민 행세를 했던 것이제.

처음에는 나도 만주댁인줄 만 알았응께."

"…?"

"우선 내 이약을 들어봐. 그럴만한 사정이 있었은께. 뱃사람들이라고
해서 다 사납고 거친 것은 아니었지만 게 중에는 못된 놈도 더러 있었제.
제법 나이 든 애기 어매라고는 했어도 얼굴이 반반한 뉨은 금세 눈에 띄었
던 모양이야. 뉨이 꼬리를 친 것이 아니라 뱃놈들이 뉨을 그렇게 맨들었
어. 그런 이야기를 자네한테 해사 쓸란지…."

전혀 예상하지 못했던 만남이었다. 그냥 모른 채 지나칠 수도 있었건만
만남을 자초한 것은 나였다. 그 시간에 그곳을 경채가 지나가지만 않았어
도 만남은 없었을 것이라는 생각을 하다가 만남의 원인 제공자는 아무래
도 어머니라는 생각이 들었다. 나를 불렀던 어머니의 소리, 잃어버린 어머
니의 가방이 나를 목포로 불러들인 것이 아닌가 하는 생각을 하다가 우연
을 너무 작위적으로 해석하는 것 같아 혼자 고개를 젓기도 했다.

현실을 설명하는데 인과응보를 따지면 인간의 지식과 지혜로는 규명
할 수 없는 지점에 이르고 만다. 그래서 주어진 현상을 있는 그대로 인정
하고 사는 편이 가장 무리 없고 복잡하지 않다는 사실을 경험적으로 깨닫
고 있었기에 나는 어떻게든 빨리 자리를 뜰 기회만을 엿보고 있었다. 그
렇지만 지난 한 시절에 좋은 인상을 남긴 사람을 오랜만에 만나 예상치 못
한 대접을 받는 중이었고, 더구나 그가 막 이야기를 시작한 시점에서 하품
하고 일어설 수는 없었다. 선창에서 장사로 일생을 보낸 사람이 뭐를 알
겠느냐는 일종의 편견에 사로잡힌 나는 경채의 이야기에 별 흥미를 느끼
지 못했다. 아마 밤길에 차를 몰아 광주로 돌아가야 한다는 초조감도 작
용했을 것이다.

"혼돈이었네. 한쪽에서는 서로 죽이기 위해 전쟁을 하고 한쪽에서는 살아남기 위해 치열한 경쟁을 했던 세상이었으니까 말이네. 선창에서는 사람의 과거를 묻는 법이 없었어. 내일도 묻지 않았어. 있는 그대로만 인정하고 인정한 만큼만 대접해 주는 나름의 질서가 있었제. 무한한 자유가 있는가 하면 밥줄에 목숨을 건 굴종이 있었고 지천으로 널려 있는 풍요가 보이면서도 고기 한 마리에 다투는 빈곤이 있었어. 운 좋은 자의 영광과 운 없는 자의 치욕이 공존하는 곳, 매몰차게 던져버리는 잔인함이 번득이는가 하면 버림받은 이에게 쏟아지는 인정이 쌓이는 곳. 이별과 만남, 사랑과 미움이 뱃고동 소리에서 갈라지고 기다림과 그리움은 색색의 깃발이 되어 배마다 걸려 있는 곳이 선창 아니던가."

약간 위로 치켜든 눈을 절반쯤 슬며시 감고 경채는 미리 연습이라도 한 것처럼 그렇게 말했다. 절뚝발이, 염색한 군용 야전잠바, 필요 없는 너털웃음, 그러면서 뱃사람들이나 시골 사람들을 상대로 엉큼하게 자기의 이익을 셈하고 살았을 것이라는 내 편견의 일각이 슬그머니 무너지고 있었다.

"밀고 당기는 전쟁의 물결이 휩쓸고 간 폐허에서도 사람들은 살아나고 있었제. 자네는 모를 거여. 겹겹이 기운 누더기를 입고 뻘흙탕 길에서 뒹굴던 우리의 모습을. 손등이 터지고 발가락은 동상으로 부어도 일상의 일로 받아들이던 우리의 모습을. 부모 형제를 잃고도 운명으로 받아들이던 우리의 모습을. 밑바닥에 남은 밥알 하나를 건져 먹기 위해 한 바가지 물을 거저 마시고 맹맹한 포만감에 뒤뚱이던 우리의 모습을. 그리고 선량하던 사람들이 선량함을 병인 양 감추고 차츰 기만과 증오를 키워 냉혹과 사나움으로 무장을 했던 우리의 과거를 자네들은 모를 걸세. 오늘의 발전도 그렇게 살았던 사람들의 혼을 태워 이루어진 성과여."

나이를 어림해도 얼추 칠순쯤으로 보이는데, 편견에 기운 상식으로는 그런 노인의 입에서 나올 수 없는 이야기였다.

　"육지에 오르면 뱃사람들은 바다 가운데서 참았던 원초적인 본능의 샘을 찾아 나섰어. 그래서 선창에는 생일이 같은 아이들이 많다고 했던가. 자네도 알 거여. 휘파리 골목이라고 말이여. 가정이 없는 철없는 사내들은 용궁을 넘나들며 뼈를 깎아 잡은 고기를 그 골목에다 허망하게 버렸제. 그래서 조금 무렵이면 휘파리 골목 여자들이 뱃사람들 때문에 몸살을 앓는다는 말도 있었거든. 조금 힘 있고 교활한 사내들은 늑대가 되어 고기로 덫을 놓아 여인들을 울렸제."

　휘파리 골목은 당시 목포 선창에 있던 유명한 사창가였다. 일강집 아주머니를 만난 이야기의 서론치고는 종잡을 수 없었기에 나는 가만히 듣고만 있었다.

　"당시에는 기계 배가 많지 않았어. 왜정때 배들 중에서 쓸만한 것은 사변 때 징발 당하고 고물 배들만 몇 척 있었는디 그래도 그 배를 타는 사람들 위세가 대단했어. 구룡환도 그런 배의 하나였제. 그런데 박태환이라는 구룡환 갑판장도 늑대 중의 하나였어. 선주船主의 처가로 친척이었는데 박가는 완력으로도 선창 바닥에서 지지않는 놈이었어. 그놈이 우리 넘한테 의뭉한 생각을 품고 접근했던 모양이여. 우리 넘이 오죽한 사람인가? 놈이 제 뜻대로 안 되니께 그놈이 우리 넘을 자기 사람이라고 외고 댕겼어. 그 바람에 선창 바닥에서는 우리 넘을 두고 얼굴이 반반하게 생겼다 싶더니 일찍이 탈을 냈다는 둥 고기 갖고 찾아가면 몸을 판다는 소문까지 났제. 처음엔 나도 그런 소문을 믿고 좋지 않게 봤지 않은가. 어떤 여잔가 하는 호기심도 있었고."

그럼 서방질 잘하는 여자라는 소문이 헛소문이었느냐고 묻고 싶었는데 경채가 내 의문에 먼저 대답하고 있었다.

"그런데 말이시 소문은 그냥 소문이었어. 우리 뉨을 시새움하는 여자들과 뉨의 말하기 좋아하는 놈들이 악의적으로 퍼뜨린 헛소문이었는디 어떤 사람들은 그렇게 믿어 분거여. 세상에는 뉨이 잘되는 꼴을 못 보는 사람들이 꼭 쌀에 뉘 섞이듯 한두 놈 있지 않던가. 뉨들이 별에별 말을 하건 상관하지 않은 우리 뉨의 태도도 오해를 불러일으키기도 했을 거여. 암튼 사실을 알수록 나는 뉨이 안됐다는 마음이 들대. 뉨을 보면 더 짠하게 보이고 정이 가더란 말이시. 묘한 일이었제. 나이도 훌쩍 위여서 누님도 상누님뻘이었는디 말이시. 절뚝거리는 주제에 더구나 어린놈이 집적거린다고 할까 싶어 표나게 가까이 가지 못하고 주변에 있다가 우연처럼 도움을 주었어. 그런 일이 몇 번 있은 후에 스스럼없이 뉨 동생 하는 처지가 되었제. 그렇게 만났어."

"아저씨가 그 아주머니를 좋아하셨는가 보군요?"

"지금이사 무슨 말을 못 하겠는가. 털어낼수록 다가서던 마음을 어떻게 말로 다 할 수 있을까. 평생 뉨은 나한테 어머니였고 누님이었고 애인이었어. 그저 옆에 있는 것만 좋대. 도움을 청하면 그것이 기쁨이었고 일을 시키면 그것이 행복이었어. 정말 여태껏 누구에게도 말 한 적도 없고 말해 볼 생각도 하지 못했는데 오늘 처음 입 밖에 내비치네."

노인에게는 추억도 없고 사랑도 없는 줄 알았다. 그들에게는 언제나 때 묻은 누더기 같은 세월만 있는 줄 알았다. 하지만 경채에게 듣는 삶의 이야기는 예사 노인의 넋두리나 푸념이 아니었다.

"사내로서 욕망도 있었어. 그럴 때는 다른 여자를 뉨으로 여기고 끌어안은 적도 있었어. 그러나 가까이 가면 그 모든 욕정은 부끄러움이 되어 녹아 내려버리대. 넘이라고 부르는 순간 동생이 되고 아이가 되었으니 그때의 심정은 지금 내가 생각해도 알 수 없다네. 자네는 그때 어려서 잘 몰랐겠지만 한때는 나하고 우리 넘의 관계를 이상하게 말하고 다니는 놈들도 있었네. 오해를 받은 것이제. 솔직하게 고백하면 은근하게 남들이 오해하는 대로 되었으면 하는 꿈을 꾼 적도 없지 않았어. 그러나 그것이 사람의 도리라고 할 수 있겠는가? 되지 못한 소문이 오해라는 것을 내 몸으로 보여주기 위해 그럴수록 처신에 조심했지 않은가. 하여튼 결코 순수일 수는 없었을지라도 내 행동은 한 번도 내가 정한 선을 넘은 적이 없었으니 그렇게 살기까지 내 심정이 어땠을 것 같은가? 늙은 놈의 주책없는 이야기제?"

먼 곳을 응시하던 그의 눈빛에 담긴 뜻을 비로소 알 수 있었다. 사랑을 '우리 넘'으로 부르며 자신의 희생을 행복으로 여겼던 사내는 영화가 아닌 내 주변에도 있었구나.

옛날을 숨김없이 말할 수 있는 자유는 누구나 누릴 수 있는 복이 아니었다. 비록 순수는 아닐지라도 스스로의 모든 구속에서 해방되어 거짓과 욕망을 버렸을 때 누릴 수 있는 행복이었다. 경채의 한없는 사랑을 받은 일강집이 보고 싶었다.

일강집은 과연 경채의 마음을 알고 있었을까?

"아주머니는 아저씨 마음을 몰랐습니까?"

"몰랐을 리 없겠지. 나한테 심하게 욕을 하고 가끔은 모질게 한 것도 다 내 마음을 알고 있었기 때문이었을 거여. 넘은 내가 부끄럼 없이 참한 여자를 만나 행복하기를 바랬제. 우리 넘은 한 번도 내 앞에서 흐트러진 모습을 안 보여줬네. 그냥 넘이었제. 마음으로만 간직하고 산 셈이제. 이런 사연은 천주님만 아실거여. 뉨은 물론 아무한테도 말한 적이 없고 죽은 마누라한테는 더더구나 입도 벙긋 안 했던 이야기여. 그란디 어째서 오랜만에 만난 자네한테 이런 말이 나오게 되었는지는 나도 모르겠네. 천주님이 시키셨겠지. 자네만 좋다면 밤새 그런저런 이야기나 하고 싶어. 늙으면 말이 많아진단 말이시. 살날이 얼마 안 남았다고 생각되어서 그러는 것인지 몰라도. 맘이 바빠. 어떤가? 우리 집에서 나하고 하룻밤 자고 가소."

"아닙니다. 차를 가지고 왔거든요. 가 봐야죠."

"음주 운전은 안 되네."

많이 마시지 않았음에도 약간의 취기는 있었다.

"어디 가서 차 한 잔 마시고 좀 쉬었다가 가겠습니다."

"아들하고 며느리는 일전에 여행 갔어. 하와이라던가, 변호사들끼리 부부 동반해서 나갔제. 손주들은 즈이 서울 외가에 맡겨두고. 지금은 나 혼자 있네. 나하고 같이 가세."

술기운을 빙자해 경채가 끄는 대로 따라나섰다.

사는 모습이 보고 싶었다. 그리고 살아온 이야기도 더 듣고 싶었다.

아내를 잃고 절뚝거리는 그의 삶을 지탱해 주는 힘의 원천이 무엇인지 더 알고 싶었다.

"아직도 선창을 보면 하나도 안 변한 것 같은데 이쪽으로 나오면 딴 세상이더군요."

"그래, 여기가 옛날에는 바다였네. 당곶인가 땅꼬진가…? 아마 그랬을 거여. 그란디 보소, 아파트 밀림이 되었지 않은가. 상전벽해라는 말이 실감나."

"그렇군요. 저희들 학교 다닐 때는 소풍 때라야 올까말까 했던 곳이었습니다."

"세월이 변하고 사람들이 변하는디 땅이라고 안 변할라든가 마는 아무튼 세상이 많이 변했어. 우리가 젊었을 때는 전화가 있는 집에서도 귀물이 었는디 인자는 개인 전화기 없는 사람이 없고 자동차 없는 집이 드문 세상이 되었어. 그란디 세상 변하고 살기 좋아지면 인심도 좋아져야 하는디 인심은 전보다 야박스러워지고 정도 엷어져 가는 것 같아."

"현대 문명의 이기라는 것들이 사람 사이를 단절시키고 개별화시키기 때문이라고 하더군요. 그러니 물질적으로는 풍요로워도 인간의 심성은 각박해질 수 밖에요."

"천주님께서도 빵으로만 사는 것이 아니라고 하셨는디…. 아무튼 갈수록 재미가 덜한 세상인 것 같아. 오늘 자네를 만나 참 좋네."

신도심에 있다는 그의 집으로 향하는 택시 속에서 경채는 내 손을 꽉 쥔 채 놓아주지 않았다. 노인의 손에서 전해져 오는 친밀감이랄까, 마음으로부터 전해지는 온기라고나 할까, 그런 느낌 때문에 조금은 눅눅한 손일지라도 뺄 수 없었다. 만남의 의미를 따지기 전에 길바닥에 쓰러진 나를 일으켜 주던 옛날의 정경이 살아났다. 퇴색한 그림에 가필하면 선명하게 되듯이 희미한 기억에 뒤늦은 고마움까지 보태져 그날의 정경이 더 영롱해졌다.

"뭐라도 좀 사가야 할 것 아닙니까."

"집에 손주들도 없다니까 그러네. 술은 많이 있어. 부족하면 전화만 하면 무엇이든 갖다주게 돼 있네. 암말도 말고 그냥 가세. 자네가 따라와 준 것만도 그냥 좋네."

억지로 엘리베이터 안으로 떠미는 경채의 말에서 나는 다시 그의 진심을 읽었다.

"그럼 염치없이 그냥 가겠습니다."

"그래, 그냥 가세. 가차이 보니 자네도 참 많이 변했네."

처음 만났을 때 들고 있던 열쇠고리를 주머니에서 꺼낸 경채는 그중의 하나를 골라 열쇠 구멍에 밀어 넣었다. 그 순간 나는 미지의 장소로 여행을 하는 듯한 착각을 했고 상상의 나라에 들어서는 듯한 이상한 호기심까지 발동하는 것을 느낄 수 있었다.

그러면서 내가 주책없다는 생각도 들었고.

"내가 늙었어도 아직까지 자식놈들한테 손을 벌리지는 않네. 이 아파트도 내가 사준 것이여. 생활비는 선창 가겟세를 받아 쓸 만큼 쓰고 손주들한테도 나눠주네. 늙어서도 돈 없으면 그날로 천덕꾸러기 된단 말이시. 그렇다고 내 아들이나 며느리가 못 해준다는 말은 아니네. 우리 아들놈들이 효자여. 아니지 며느리들이 더 효부여. 대학을 나왔어도 무식한 시아비 공경할 줄 알고. 아무튼 그만이여."

그래서 그렇게 활발하게 걸을 수 있었구나. 그를 만났을 때 받았던 의문의 일단이 조금 풀리는 느낌이었다.

현관에 들어서자 어둠이 걷히고 경채의 사는 모습이 드러났다.

나는 그가 어떻게 변해 있는지 바쁘게 가늠해 보기 시작했다. 변하지 않는 것 같으면서도 사람 변한 것처럼 감당하기 어렵다고 하지 않던가. 거의 사십 년 저쪽의 모습을 알 수 있는 것이 무엇인지부터 찾았다.

가장 먼저 눈에 띄는 것이 키였다.

어느 외국인 선장이 마도로스 파이프를 물고 모자는 조금 삐딱하게 쓴 채 키를 잡고 먼 곳에 시선을 둔 사진을 본 적이 있었다. 그 장면이 영화를 선전하는 포스터라는 몰랐던 나는 선장이 되어 망망대해를 떠도는 꿈을 꾼 적도 있었다. 고향 여수리 가는 배에서도 선장실 옆에서 키를 돌리던 사람을 부럽게 봤던 기억이 새로웠다.

"평생을 선창에서 뒹굴었던 사람인지라 저걸 하나 구해다 놨네."

내 인생을 끌어온 것이 무엇이던가. 키 없이 떠밀리듯 살아온 세월은 아니었는지….

"무슨 생각을 해. 앉지도 않고."

"예 미안합니다. 키를 보노라니 옛 생각이 납니다."

"그럴테지. 나도 저걸 보면서 옛날 생각을 많이 해."

옛날이 늘 아름다울 수는 없을지라도 결코 잊을 수는 없는가.

"사람은 자기 뜻대로 사는 것 같지만 지금 와서 돌이켜보면 그게 아닌 것 같대. 다 천주님의 뜻이었건만 사람들이 그걸 깨닫지 못하고 사는 것 같아. 내가 살아 온 세월을 돌이켜 보면 더 그래."

홀가분한 차림으로 양주병을 앞에 두고 경채는 설교하듯 말을 꺼냈다.

"부모로 인해 세상에 낳고, 자라고, 장가들고, 또 자식 낳아서 키우고, 그러다 때가 되면 죽는 것을 사람 마음대로 할 수 있는 일이던가. 인자 칠십이 다 되어서야 내 인생의 키를 잡은 것 같아."

내가 동의하지 않는다고 할지라도 남의 신앙에 대해 부정해서는 안 될 일이다.

더구나 전적으로 틀린 말은 아니잖은가.

뒤늦게 인생의 키를 잡았다는 말도 놓칠 수 없었다.

"나는 사변 전에 잠시 입산했던 사람이여. 입산한 친구를 도와준 것이 결국 나를 그 길로 내몰았지. 지나고 보니 그 일도 천주님의 뜻이었지만."

잔에 술을 따르면서 경채가 한 말이었다. 천주님이니 하느님이니 하는 말도 그랬지만 입산이라는 말 역시 내가 평소에 피했던 단어였다. 조금은 충격이었으나 다리를 저는 사람이 어떻게 빨치산일 수 있었겠느냐고 믿지 않았다.

아마 취기도 조금쯤은 내 의식을 느슨하게 만들었을 것이다.

"입산을 하셨다고요? 아저씨도 좌익운동 하셨는가요?"

"본시 우리 집은 없이 살았어도 어려서 천자문도 읽었고 보통학교라도 졸업을 했으니 그 당시로는 무식 면은 한 셈 아닌가. 허나 나는 좌도 우도 아니었어. 그것이 말이시 지금 사람들은 도무지 이해가 안 되겠지만 나는 어쩔 수 없이 내몰린 빨갱이였제."

"어째서 그런 일이?"

"나하고 보통학교 동창이었는디 일찍이 저쪽 머리를 쓴 친구가 있었네. 여·순 사건이 있은 그해에 친구가 입산을 했어. 일제 검거가 있었는디 그걸 피해 들어가지 않았겠는가. 그란디 산에서 묵을 것이 나오겠는가 입을 것이 나오겠는가. 다 아래서 보급 받았는디 아는 사람들이 도와줄 수밖에 없었제. 나한테도 사람을 보내 도와 달라는디 거절할 재간이 없었어. 산속에 있는 사람들이 우선 죽겠다는디 어짜겠든가, 되는 대로 올려보냈제."

"그래서요?"

"그때는 그것이 죄였어. 옆에서 몇 번 눈여겨본 놈이 지서에 고자질한 바람에 살기 위해 산으로 도망을 쳤제."

"그런다고 입산을 해요?"

"그것이 죄였다니까 그러네. 친척 형님되는 분이 경찰에 있었으니까 미리 알려줘서 도망이라도 갈 수 있었제만 도망 안 했으면 바로 죽었을 거여. 그때는 말이시 지서 주임도 즉결 처분권을 갖고 있을 때였네."

아무렴 그런 일이 있을 수 있었겠느냐고 물으려는데 경채는 틈을 주지 않았다.

"엉겁결에 살자고 산으로 도망갔지만, 거기는 나 같은 사람이 있을 곳이 못 되데. 천성이 게으르고 동작마저 느리다 보니 사람을 따라다니는 것도 힘들었어. 그러다 설상가상으로 높은 데서 미끄러져 다리가 분질러져 버렸지 않겠는가. 꼼짝없이 죽을 목숨이었제. 산에서 제대로 치료인들 했겠는가. 부목을 댔지만 이리저리 쫓기다보니 뼈가 어긋나 버렸던 모양이야."

"그 뒤로 어떻게 하셨습니까."

"그렇게 다리가 엉성하게 나을 무렵 사변이 났어. 산에 내려왔지만 인공에 가담하지 않고 그대로 도망치고 말았제. 마땅히 갈 데도 없었고…, 그냥 낯모르는 데를 찾아 선창으로 오게 된 거여. 그라고는 선창을 고향으로 삼고 여태껏 살었제. 아마 그때 그대로 고향에 있었더라면 나는 죽었을 거여."

"왜 도망치셨습니까?"

"나하고는 안 맞았어. 나는 천성적으로 사람을 미워하고 죽이는 일을 못하는 사람이여. 잡혀 죽지 않기 위해 입산을 했지만 날마다 불안한 날이었어. 그런데 말이여. 어느 날 내가 도와준 친구가 잡혀 즉결 처분당하고 말었지 않은가. 학교 운동장가에서 총살을 시켰는데 지금 생각해도 끔찍한 일이지. 그때는 이쪽이나 저쪽이나 차이가 없었어. 나중에 알고 보니 친구를 죽인 놈도 나하고는 보통학교 동창이더라고. 그 당시에는 의용 경찰이라는 것이 있었는데 아무나 뽑았어. 그놈들 중에서 못된 짓을 했던 놈들이 많았제. 그런데 그 동창이 의용 경찰이 되어 내 친구를 죽인 거여. 둘이도 잘 아는 처지였는디 말이여. 그러니 이쪽에서 가만있었겠어. 기회를 노리다 그 동창을 유인해서 잡았지. 그래 보복적인 살상을 했어. 총알을 아낀다고 낫으로 찍고 돌로 쳐죽였는데 나도 그 자리에 있었단 말이네. 덩달아서 돌을 던지긴 했지만 끔찍하더군. 그리고 돌아서 가려는데 말이여, 그 친구가 벌떡 일어나 내 모가지를 쥐는 것 같더란 말이시. 뒤를 돌아봤더니 영락없이 나한테 달려드는 거여. 도망쳐도 마찬가지였어. 꼭 안 죽은 것만 같았어. 그래서 옆에 있는 사람한테 말 했지. 정말 안 죽었으면 큰일이라면서 다시 죽은 것을 확인하러 갔지 않았겠는가. 분명히 죽어 있었어. 그렇게 죽음을 확인하고도 나는 아까 죽일 때보다 더 심하게 돌로 치고 있었어. 옆 사람들이 왜 그러느냐고 말리는 소리를 들으면서 나는 이 녀석이 자꾸 따라오려는 것 같아서 그런다고 했제. 순간적이지만 내 정신이 아니었던 것이제. 동료들에게 끌려 왔지만 난 무섬증 때문에 혼자 돌아다니질 못했지. 그랬으니 산에 남고 싶었겠으며 다시 그런 싸움에 휘말려 들고 싶었겠는가. 지금 자네한테 말을 해도 곧이 들리지 않겠지. 누구한테나 함부로 할 이야기가 아니었네.”

그의 말대로 쉽게 할 수 있는 이야기는 아니었다 할지라도 경채의 고백이 너무 담담했기에 나는 전혀 실감할 수 없었다. 어떻게 경채 같은 사람이 그런 일을 할 수 있으랴 싶었던 점도 있었을 것이다.

“천주님께서는 다 알고 계셔. 그라고 보면 사람은 어쩔 수 없는 죄인 아니겠는가. 고향에는 지금도 가끔 가네. 형님이 아직도 거기 살아 계시고 집안 조카들도 많이 살아. 요즘은 고향에 갈 때마다 죽은 사람들 생각이 간절해. 으째서 그렇게 난리 법석을 피웠는지 이해가 안 간단 말이시. 생각하면 우리 같은 백성들이 공산주의니 민주주의니 하는 사상을 알았겠는가? 웃 대가리들이 저질러 놓은 일 때문에 무엇인지도 모른 채 휘말려 들고 피해를 당했어."

경채의 이야기에 빨려 들어가면서 혼자 고개를 끄덕이고 있었다.

"우리 님도 경우는 좀 달라도 피해자여."

"예?"

어느 쪽이었느냐는 물음을 접어 둔 채 경채의 얼굴을 봤다.

"준영이 아부지가 인공 머리를 쓴 사람었지 않은가. 그 때문에 자홍 시대 동네에서 살지 못하고 도망쳐 나온 사람들이었어. 그래서 처음에는 자홍 살았다는 말을 못 하고 전에 준영이 아부지가 살았다는 만주 땅에서 피난 온 것으로 감췄던 모양이여."

입산했다는 말에 이어 준수 아버지의 이야기가 나오자 취기는 저만치 물러서 버렸다.

"처음에야 고향 말도 안 했응께 서로 몰랐어. 그러나 날마다 붙어사는디 고향 이야기를 안 할 수 있던가. 나도 고향이 부산이네."

"부산이라니요?"

"자홍군은 작아도 작지 않은 군이제. 부산면도 있고 안양면, 용산면도 있어."

"아하. 예 알겠습니다. 그래서 일강집 아주머니하고 더 가까워지셨습니까?"

"아매 모르긴 해도 나중에는 그 점도 있었을 거이시. 님은 몰라도 나는 그랬어. 그렇지만 우리가 더 가까워진 사연은 다른 데가 있었어."

"무슨 말씀인지…?"

"휴전하고 몇 년이 지난 후 어찌어찌하다 보니 사변 전에 내가 잠시 산에 있었다는 말을 했어. 그랬더니 넘이 꼬치꼬치 묻지 않던가. 산에서 다리를 다쳐 보림사 우쪽 운월리에 있는 환자들 수용하는 비트에 들어갔더니 거기에 양우주란 정치위원이 있더만. 나는 스무살도 채 안 되는 어린 총각인데 양위원은 그때 30대 중반쯤 되어 보였어. 그 양반은 총상이었는디 팔목 관통상이었제. 나이 차이가 많고 직책이 엄격하다 보니 개인적으로는 친하게 지냈다고는 할 수 없었어. 그저 그 양반, 그때는 그냥 동무라 했제. 아무튼 그 양반하고 한 겨울을 살다보니 고향을 묻기도 하고 입산 동기도 이야기했던 것 같아. 원래 만주에서 독립군을 해서 싸움을 잘한다는 소문이 난 사람이었제. 이름이 무엇인지는 모르고 그냥 양위원이라고만 기억하고 있었거든. 나중에 알고보니 그 양반이 준영이 부친이었어. 그런데 넘이 나더러 혹시 만주를 들먹이며 그런 양반을 아느냐고 묻지 않겠는가. 그래서 나하고 환자트에서 같이 있었다고 했지. 그랬더니 넘이 내 손을 잡고 우는 거였어. 팔목 관통상을 말했더니 통곡을 하대. 넘한테 함부로 할 수 없는 말이었어. 아매 그런 일로 인해 우리가 더 친형제같이 되았을 거이시."

"그렇습니까? 기막힌 인연이구만요."

"그럼, 기가 막힌 인연이제. 그런 일도 있었는디 내가 어떻게 넘한테 딴 마음을 묵을 수 있었겠는가?"

같은 마을 후배였고 청년연성소에서 아버지에게 배웠다는 이강재는 어머니보다 한 살 아래였다. 그럼에도 그는 선배요 스승의 아내와 함께 도망쳐버렸다. 그렇게 되기까지 어떤 내막이 있었는지는 모르지만, 선배를 저버리고 또 처자식을 버린 이강재의 행위는 보편의 윤리를 말하기에 앞서 상식적으로도 용납하기 어려운 일이었다. 때문에 인간의 기본적인 도리를 저버렸다는 점에서 어머니가 원망의 표적이었다면, 스승이요 선배를 저버린 이강재 역시 용서하기 어려운 대상이었다. 어쩌면 두 사람의 결합이 어머니의 적극적인 선택일 수 있다는 개연성도 있다. 그러나 그러한 개연성까지 무시해버린 저변에는 이강재에 대해 좋지 못한 선입견과 또 어머니가 왜 그런 사람을 피하지 않았는지 하는 안타까움이 있었기 때문이다.

일강집과 최경채의 사연을 들으면서 자꾸만 다른 사람들의 이야기와 대비되는 어머니의 삶을 떠올리고 있었다.

"준수 아버지는 어떻게 되셨습니까?"

대구 교도소에서 사형을 당했다는 아버지를 생각하면서 물었다.

"자흥군청 앞에서 마지막 인민재판을 할 때 총무부장을 끝으로 국군이 진주하면서 국사봉으로 입산했어. 얼마 후 뉨에게 사람을 보내 친정으로 가라는 말을 전했다는데 다음은 오리무중이여. 그리고는 입 밖에 내지도 못하고 살았다고 했어."

아버지 역시 어머니와 마찬가지로 할아버지 앞에서 입에 올려서는 안 될 금기였다. 어쩌다 아버지의 이야기가 나오면 할아버지는 미간을 좁히며 외면해버렸다. 듣고 싶지 않다는 표현이었고 다시 말하지 말라는 암시였다.

다른 사람들도 아버지 이름을 부르는 경우가 많지 않았다. 조창대라는 이름은 목젖을 넘지 못하고 '그 사람'이니 '누구 아들'이라는 형해화된 상징으로만 남은 사람, 나는 '그 사람'의 아들이었다.

"그란디 우리 뉨은 아직도 준영이 아부지를 죽었을 것이라고 하면서도 기다리면서 살아. 정이 없어서 갈라진 것도 아니고 허망하게 헤어져 죽었는지 살았는지를 모르고 있으니 그 원怨이 오죽 하겠는가? 나도 늙었제만 사람이 늙을수록 옛날 생각이 더 나는 모양이데. 그 늼도 아매 그럴 것이여. 더군다나 준수마저 액상을 당하고 보니 맘이 맘이겠는가? 늼도 알고 보면 불쌍한 사람이여."

그의 말에 수긍하면서도 나는 부모님의 일을 생각하고 있었다.

혼돈의 밤, 취기 어리면서도 그렇다고 흠뻑 취하지도 않는 밤이었다. 머리는 몽롱하면서도 가슴에는 순간순간 비수에 찔린 듯한 통증이 있었다.

일강집이 아니더라도 분단과 전쟁으로 인해 운명이 바뀌었다고 말하는 사람의 이야기를 셀 수 없이 많이 들었다.

전쟁이 인간의 운명을 바꾼 것인지 아니면 타고난 운명 때문에 전쟁의 참화를 겪을 수밖에 없었는지 알 수 없으나, 나는 어머니로 인해 피했던 목포에서 다시 어머니를 생각하고 있었다. 모습도 아련한 일강집의 일생이 어머니 삶의 한 단면으로 겹쳐졌다.

"불효, 불효 그래도 부모 앞서 죽은 것처럼 큰 불효는 없어."

가슴에 남은 공기를 다 토하는 듯한 긴 한숨으로 아버지에 대한 직접적인 나의 관심을 차단하면서도 할머니는 아버지의 이야기를 가장 많이 남긴 사람이었다. 비록 과장되거나 사실과 다른 내용도 없지 않았지만, 그러나 내가 아버지라는 인물에 대해 약간이라도 알 수 있었던 것은 할머니 덕분이었다. 남에게 함부로 말해서는 안 되는 존재, 그 의문의 존재를 나에게 좀 더 구체적이고도 객관적으로 가르쳐 준 사람들은 친척들이 아니라 아버지를 적대시했던 사람들이었다.

"니가 창대 아들이냐? 느그 아부지는 우리 지역 청년들에게 붉은 물을 퍼뜨린 사람이여. 여수리를 모스크바라고 부르는 것도 다 느그 아부지 때문 아니겠냐. 느그 아부지는 죄인이여. 죄인도 대역 죄인이라는 말이다. 내 말 알아 듣겠냐?"

초등학교 입학 직전 학교 가는 길도 알 겸 할머니를 따라 장구경을 나갔다가 우연히 만난 술 취한 중년의 사내가 나에게 쏟아놓은 말이었다.

낯빛이 변한 할머니는 대꾸도 못 하고 내 손을 끌고 도망치듯 장터를 빠져나왔다. 그리고 할머니는 길가에 앉아 가슴을 쓸어내리며 눈물을 훔쳤다.

"니가 창대 아들이라는 것을 알면 해꼬지할 사람도 있을 것이다. 그저 죽은 듯이 니 할 일만 하고 살아라."

무슨 일이 다가올 줄 예측할 수 없었던 어린 나이였음에도 할머니의 눈물 앞에서 무턱대고 고개를 끄덕였다. 꼭 할머니의 그런 당부가 있어서만이 아니라 나 역시 본능적으로 아버지 이야기를 해서는 안 된다 다짐했고, 그래서 누가 묻기라도 하면 공식적인 답변은 아버지는 내가 말문이 터지기 전 병으로 돌아가셨을 뿐, 그 외에는 "모른다"였다.

청년기를 거치면서 조부모가 죽은 후 우연찮게 외가 식구들과 연락이 되어 외가 사람을 만났고 또 외삼촌들과 외숙모들이 죽었다는 연락을 받고 몇 번 외가를 갔던 길에 아버지와 어머니의 젊은 날에 관해 좀 더 깊은 이야기를 들었지만, 내가 먼저 부모에 관해 물었던 적은 없었다. 그리고 결혼을 하여 내가 부모의 대열에 선 후에는 아버지와 어머니는 지난 세월 속의 사람이었다. 그래서 알려는 노력조차 하지 않았다.

그런데 어머니는 그게 아니었다. 끊임없이 잊고 싶었던 그래서 어느 정도 잊고 있었던 사람들과 사실들에 대한 기억 속으로 나를 끌어당기고 있었다.

그렇게 함으로써 어머니는 나에게 무엇을 말하고 싶었던 것일까?

만나는 것이 부담이었던 어머니, 찾는 것도 껄끄럽게 여겼던 목포, 그리고 우연한 만남, 그 속에서 다시 어머니를 생각하고 나아가 잊었던 아버지까지 떠올리고 있는 나.

"그럼 일강상회 건물은 언제 지었든가요?"

내가 화제를 돌렸다.

"글쎄 그때가 자유당이 한창 득세하던 때였는디…, 해공선생이 돌아가신 그 해였어."

"상회 이름을 아주 돌에 새겼던 것을 보면 무슨 사연이 있었을 법한데요."

"일강상회로 정한 것이나 돌에 새겨 건물 벽에 박은 일은 넘이 우겨서 한 일이여. 그 넘이 그래뵈도 여자로는 문자 속으로 밝은 편이었어. 말은 강이 흐르듯 살자는 뜻으로 그렇게 지었다고 했지만 다른 내막이 있는지 없는지는 모르네."

"상회 이름도 특이했지만 어째서 상호를 돌에 새겼는지는 볼 때마다 궁금했습니다."

"무심상하게 지나친 일이라…. 듣고 보니 여태껏 그것도 모르고 산 것 같네."

상호는 함부로 붙이는 것이 아니었다. 주인의 사주에 맞춰 유명한 작명가들에게 의뢰하는 것이 일반적인 통례였는데 일강집이 일강상회로 제안했다면 분명 뜻이 있었을 것이다. 그런데 어째서 경채가 그걸 몰랐는지 이해할 수 없었다.

"유명한 사람이 지어줬은께 그리 알소. 장사 잘 될거이시. 그런 말만 들은 것 같네. 지금에 와서야 저런 그림도 보이고 꽃이 좋은 줄도 알지만 그때는 그런 것을 생각할 겨를이 없었어. 나는 아직도 누가 무슨 뜻으로 내이름을 붙여준지 모르네. 그저 정신없이 살았지 않은가. 언제 뉨을 만나면 차분하게 물어봐야겠네."

"돈은 어떻게 모으셨던가요?"

"세상에 쉬운 일이 어디 있단가. 그렇게 기반 잡은 이약을 하자도 오늘 밤으로 부족할 거이시. 나는 처음 생선 장사를 했고 뉨은 선창에서 처음 된장 장사를 시작했어. 하루종일 골목골목을 돌아다니며 묵은 된장이며 묵은 김치를 사모아 상회에 넘기거나 뱃사람들에게 건네주고 생선을 받아 골목을 돌아다니며 되팔았는데 일은 고되도 밥은 먹고 살만했어. 그러다 나하고 동업을 하면서 그 장사를 키웠제. 내노라하는 객주들도 그런 일에는 크게 관심을 안 가질 때였어. 휴전이 되던 해였던가 싶어. 아직 일강상회라는 상호를 갖기 전이었제."

"그런 일도 돈이 되었습니까?"

"사람은 묵는 것이 첫째여. 사람은 고기만 먹고 살 것 같지만 그것이 아니드란 말이시. 한 번 나가면 보통 보름을 바다 가운데서 보내야 하는 뱃사람들에게 김치나 된장은 생명 줄이나 다름없었어. 그때 새로 나온 몽고간장인가 하는 왜간장도 있었지만 그런 것은 몇 끼니만 먹으면 질려불고 말어. 그런다고 뱃사람들의 수요를 감당하기 위해 선주들이 수백 가마의 콩으로 메주를 쑬 수는 없지 않겠는가. 그랬으니 우리 뉨같은 사람들이 필요했던 거지. 그건 큰 밑천 없이 노력만 하면 할 수 있는 일이었거든. 그러나 그건 처음 시작할 때의 일이고 나중에는 건어물을 수집해서 외지로 도매를 하면서 힘을 잡기 시작했어. 대부분 목포에 오는 사람을 기다려 장사를 했지만 우리는 서울로 거래를 터서 쫓아댕김스로 팔았어. 남의 물건도 팔아 주고."

"제가 머리를 다쳤을 때도 된장을 취급했던 것 같은데요. 그때가 4·19가 나던 해로 기억합니다만…."

사람들은 자신과 관련 있는 부분은 더 안 잊히는 법인지, 내 머리에 붙여 준 된장이 생각이 나서 물었다.

"내가 창고도 많이 차지할 뿐 이익도 별로 없다는 이유로 그만두자고 우겼제만 뉨은 서비스 차원에서 그때도 그 일을 했던 거여. 상회 한쪽을 치워 아예 부식만을 취급하는 창고를 맨들고 솜씨 좋다는 해남댁을 고용하여 그 일을 맡겼지 않은가. 고추장, 된장, 김치, 단무지 등을 납품받는 한편 여자들을 풀어 재래식 메주로 담근 된장이나 묵은김치를 사 모으기도 했는디, 세상은 말이시 남의 것을 빼앗고 내 것을 감추는 야박한 세상만은 아니더란 말이시. 손이 큰 뉨이 그렇게 준비한 부식을 원하는 뱃사람들에 덥석덥석 건네주었지 않은가. 주는 것만큼 돌아온다는 말이 내가 봐도 진실이대. 거친 뱃사람들이라고 했는데 의외로 소소한 정에 약한 점도 있었제. 뉨이 조금은 여유 있는 살림에 자기보다 못한 사람들한테 정으로 베풀었는디, 말은 거칠면서도 작은 데에 신경을 써 주는 뉨의 마음이 뱃사람들에게 자연스럽게 전해진 것이여. 막걸리 한 잔이라도 생각해 주는 횟수가 많을수록 재물은 의외로 늘었어. 사람이 재물을 모으지만 재물은 또 사람을 불러모은다는 말이 맞아. 내가 뉨한테 배운 사실이네. 재물을 모으는 일이 어디 뜻대로 되는 일이겄는가 마는 작은 부자는 정성과 노력으로 만들어진다는 말이 맞는 것 같대. 그러다 나중에는 주로 멸치 같은 건어물만 취급하는 객주로 발전한 것이제."

일강집의 인간성을 짐작할 수 있는 대목이었다. 내가 몰랐던 한 사람의 이면을 들으며 나도 모르게 감탄하고 있었다.

"요즘이야 무전도 있고 핸드폰도 있은께 배 안에서도 전국의 고기 시세를 훤히 꿰고 있다가 비싼 곳을 찾아 위판을 하지만, 그때는 죽으나 사나 출어자금을 대주는 객주 말을 들을 수밖에 없었어. 당시 뱃사람들은 살아서도 사람대접 못 받았고 어쩌다 바다에 빠져 죽어 시신을 찾지 못해도 사람 목숨값을 생선 몇 상자 값으로 흥정했어. 자기 돈 있는 선주는 그래도 위판이라도 해서 뱃사람들한테 건져 주는 것이 있었지만, 배만 있고 아무것도 없는 사람들은 전적으로 객주한테 의지를 할 수밖에 없었으니 뱃사람들 형편은 말해 뭣하겠는가. 자조적인 소리지만 오죽하면 뱃놈이라고 했을라든가. 아무튼 그때 선창에서 해물에 손댄 사람치고 객주 노릇 안 한 사람들이 거의 없었어. 선어, 활어, 김이나 미역 등 종류가 달랐지만. 객주 한 사람이 한 지역이나 배 몇 척만 손아귀에 쥐고 있으면 괜찮았제."

"그렇겠군요."

그 시절의 선창을 기대어 살았던 삶의 이야기가 새삼스럽지 않은 전설이었다.

"이런 이야기는 해서 안 될 것 같은디…. 다 늙은 사람 이야긴께 자네만 듣고 말소."

"알겠습니다."

살아온 이야기를 해놓고 보면 어딘지 개운찮은 구석이 있기 마련이다. 나는 그런 뜻에서 하는 말인 줄 알았다.

"김선장 그 놈만 아니었더라면 우리 준영이가 그리 안 되었을지 몰라."

"예?"

"우리 넘 주변에는 항상 여자들보다는 사내들이 바글거렸어. 돈으로 환심을 사려는 사내, 이권을 가지고 유혹하는 사내, 하다 못 해 고기 상자라도 들고 기웃거리는 창자 없는 사내들이 많았제. 꽃이 있는 곳에 나비가 찾아오는 것은 당연지사겠지만 시아부지를 모시고 애기가 너이나 딸린 애기엄씨한테 그렇게 미치고 환장들을 했던걸 보면 확실히 넘 인물이 괜찮았던 모양이여. 넘한테 반한 놈들끼리 서로 주먹질까지 해가며 다투는 바람에 괜히 우리 넘까지 선창 사람들의 입살에 오르내린 적도 있지 않은가. 그런데 열 번 찍어서 안 넘어갈 나무 없다지만 하필이면 어떻게 그렇게 아무것도 없는 김선장 같은 건달하고 그런 사이가 되었는지 지금도 이해할 수 없단 말이시. 나중에 넘한테 들은 이야긴디 정있는 말 몇 마디에 홀랑 넘어가부렀다고 하대. 아무리 깡깡한 여자라고 해도 뭣에 씌면 맥없이 헐렁해질 때가 있다더니 해필 그런 때에 그 놈이 우리 넘을 홀렸던 모양이여. 하여간 김선장 그 사람 결국 아편 때문에 죽었는디 한동안 넘한테 애가심 노릇을 했제. 결국 그런 일 때문에 준영이도 넘한테 대들고 일찍이 집을 나가부거여. 준영이 그 아그가 속이 깊고 영리했는디⋯. 그때는 너무 어렸어."

다른 남자와 부정한 관계 때문에 자식을 잃었다는 말이었다. 자신의 실수를 모를 일강집이 아닐 것이다. 그럼에도 일반적인 통념으로는 남편에 대한 죄의식으로 남편을 피하거나 들추지 않아야 마땅할 것 같은데 아직도 남편을 기다리며 산다는 말은 얼른 이해가 안 되는 대목이었다.

어머니의 부정을 본 준영이 집을 나갔다는 말은 어머니의 행위를 용납할 수 없어 어머니를 거부하며 밀어냈던 일들을 떠올리게 했다.

술 때문인지 아니면 이야기 상대에 주리던 차에 지난날을 오랜만에 이해해 줄 사람을 만났다고 생각해서인지 경채의 이야기는 조금 두서는 없으나 종횡무진 거침이 없었다.

처음에는 별로 관심 없던 나도 남의 흉일 수도 있고 험담일 수도 있는 이야기에 빠져들고 있었다. 단순히 한 인간을 이해하는 차원의 이야기만도 아니었다.

그러면서 잃어버린 시절, 잊고 있었던 사람들을 생각하고 있었다.

"준영이 살림을 차리고 우리 넘하고도 서서히 화해가 이루어지던 판이었는디, 남매를 남기고 길바닥에서 죽어불었지 않았는가. 그런 일은 천주님도 잘못하신 것 같아. 며느리가 개가하지 않고 남매를 키웠는데 잘 컸어. 넘이 준영이네 살림도 다 도와주었제."

준영이에 대한 안타까움이 묻어있었다.

"아저씨, 결혼은 언제 하셨습니까?"

다시 내가 화제를 돌렸다.

"자유당 말에 했어. 사일구 나기 전 가을이었을 것이네. 조금 늦은 편이제."

"중매였습니까?"

"아먼. 연애할 틈도 없었지만 내 꼴에 여자를 고를 수 있던가. 넘이 처녀를 만나보고 좋다기에 그냥 했어. 영암 독천 큰애기였제."

하기 싫은 결혼을 억지로 했다는 말로도 들렸다.

"마누라 못 할 일도 많이 시켰제. 그 사람 먼저 간 것도 내 탓이 클 거여. 사람 연분이라는 것은 다 천주님이 정해 주시는 것인디 젊었을 때는 그걸 몰랐어. 인자는 속죄하는 맘으로 사네. 사람 한평생이 긴 것 같아도 지나고 보면 잠깐이여. 좋게 살아도 인생은 짧은 것을…. 딴 이야기나 하세. 내가 살아온 이야기를 다 하자도 첩첩이여."

사람은 있는 그대로만 보면 별로 다를 바 없다. 그러나 내면에 감추어진 감정을 엿보고 살아온 경험을 들으면 한 사람이 곧 역사요 그 기록이 소설이다. 그런 사람들이 각자 살아온 이야기를 잊지 않고 표현할 수만 있다면 어디 수십 권의 책뿐이랴.

"살아 온 날들을 돌이켜보면 말 할 수 있는 일보다 말 못 할 것들이 더 많은 것 같아. 남들에게는 솔직할 수 없는 것이 사람이여. 그래도 천주님한테는 다 털어놓는다네. 천주님은 그걸 다 들어주시고. 그래서 성당에만 나가면 마음이 편안해진단 말이네. 우리가 늙으면 어디로 가겠는가. 자네도 믿음을 갖게. 혹시 어디 나가는 데라도 있는가?"

"없습니다."

"그래? 그러면 내 말대로 성당에 나가소. 늙어 갈수록 나를 맡길 데가 거기 뿐이여."

"아직은….."

"그렇게 말하면 못쓰네. 풀잎의 이슬과 같은 인생이라고들 하지 않던가. 천주님한테 나를 맡긴 후에는 그렇게 홀가분할 수 없네."

경채가 달관한 듯 여유롭게 걸을 수 있었던 또 한 가지 이유를 확실히 알 것 같았다.

나는 교회에 나간 적이 없었다.

"행실은 바르지 못한 년이 공일날이면 일도 안 하고 예배당에 댕겼어. 돈이랑 쌀도 갖다 바치고. 전도사란 놈이 환장을 해서 서방 있는 여자를 집까지 쫓아댕기니 내가 그 꼴을 봐주겠냐? 전도산지 멋인지 하는 놈한테 욕을 해도 소용이 없었어. 한 번 여자한테 미치면 할 수 없는 모양이드라야. 그래서 하루는 그 놈한테 냅다 구정물을 찌크러부렸제. 그 뒤로는 안 나타나드라."

신앙을 이해하지 못하고 교회를 남녀간의 야합의 장소로 매도했던 할머니의 무용담 한토막이었다. 어머니에 대한 미움을 키우고 있던 나에게 할머니의 말은 그대로 가슴에 남았고 오랫동안 교회를 색깔있게 봤던 한 가지 원인이 되었다.

고등학교 시절, 작은 문학 모임에 참석했다가 나의 방황을 이해해 줄 것 같은 여학생을 발견하고는 그 여학생의 집 앞을 맴돌고, 학교 가는 길목을 지키며 만남을 이루어 보려고 은근히 노력한 적이 있었다. 하지만 그런 나를 비웃듯 그녀는 다른 남학생들과 어울려 제과점을 드나들었다. 활달하고 재치 있는 태도에 반했으나 나중에는 도리어 그 맹랑함에 상처를 입은 셈이었다.

그 여학생도 교회를 다니는 신자였다. 그 사실은 나의 가난과 비겁을 감출 수 있는 근거가 되었다. 손에 닿지 않아 딸 수 없는 포도를 시다는 이유로 포기했던 여우처럼, 나는 교회 다니는 여학생과 가까이해서는 안 된다는 억지 구실을 만들어 나와 인연이 없는 사람으로 단념했다. 젊은 날의 풋사랑. 지금은 얼굴마저 잊은 그 여학생처럼 교회의 십자가는 늘 그렇게 아스라한 곳에 있었다.

아마 말의 흔적이 바람이 지나간 자취처럼 남았다면 지구는 이미 너덜너덜해졌을지도 모른다. 또 그것이 저마다 소멸하지 않고 사람의 마음을 움직이는 무게를 갖는다면 사람들은 소리의 무게에 눌려 다 죽고 말았는지 모른다.

사람들의 다툼의 소리는 구름 한 조각 허물지 못하고, 나뭇잎 하나 다치지 못하면서도 사람에게 상처를 주었고, 그것은 다시 큰 다툼의 원인이 되어 세상을 바꾸기도 했다.

말로 입은 상처, 그로 인한 고통이 크다는 사실을 알면서도 끊임없이 말을 지어 만드는 사람들.

경채의 말은 또 다른 의미에서 소문일 수 있다.

그렇지만 일강집에 대한 애틋한 정을 담은 경채의 이야기는 꼭 일강집의 흉이라고만 여겨지지 않았다. 일강집과 김선장의 스캔들도 이해할 수 있을 것 같았다. 그리고 일강집을 만나고 싶다는 생각이 들었다. 무슨 이야기를 듣고 싶어서가 아니라 어떤 모습으로 변했는지 그것이 보고 싶었다.

긴 하루였다. 어머니의 가방은 찾지 못했으나 반투명 유리창 너머의 무엇을 본 것 같은 생각도 들었다. 그것이 무엇인지 찾지 못한 채 의식은 서서히 마비되고 있었다.

먼 데 있는 가까운 사람

음력 정월 초나흘.

전날 당일치기로 서울을 다녀온 여독도 만만치 않아 다른 날 같으면 피로를 핑계 삼아 더 누워있었을 것이다.

하지만 새벽에 깨어난 후 더 누워 잠을 청해도 소용이 없었다.

가만히 거실에 나오니 밖에는 겨울비가 내리고 있었다.

몸보다 머리가 무거운 아침.

일단 단골 병원에 입원했지만, 어머니의 상태는 호전되지 않았다.

겨우 사람을 알아보았으나 짧은 대화조차 귀찮아했고 누워있는 시간은 더 길어졌다.

"전에 엄마는 왜 사는지 그 이유가 생각나지 않는다고 말한 적이 있어요. 피부에 얼음물이 뚝뚝 떨어지는 것 같아 물기를 닦듯 쓸어 내면 냉기는 온몸으로 번지고 손등에서 느껴지던 냉기는 등으로 갔다가 어느새 허벅지며 온몸을 바늘로 쑤시듯 점점이 박힌다고 했어요. 그러다 나중에는 가슴 속에까지 파고들어 자신의 의지로는 감당할 수 없는 지경으로 만들고 말더래요. 살점을 파내고 아픈 곳을 도려내면 살 것 같은데 그때는 아무것도 할 수 없다고 그랬어요. 멍하게 앉아 있으면 옛날인지 꿈인지 생시인지 모를 일들이 눈앞에 펼쳐지고, 시린 듯한 아픔들이 안개처럼 풀어지면 현실은 새벽 안갯속의 장면처럼 아리송하고 사물의 소리도 무슨 소리인지 분간할 수 없는 미세한 울림으로 들리더라고 했어요. 그때는 앉아 있거나 가만히 누워서 깊은 혼몽의 상태가 지나기를 기다리는 수밖에 없다고 그랬어요. 심장은 말할 것 없고 배꼽 아랫배도 벌떡거려 반듯이 누워 배를 보면 그 속에 숨 쉬는 아이라도 있는 것처럼 꿈틀거렸는데 그럴 때면 온몸의 기운이 풀어져 팔을 움직이기도 귀찮기만 하드래요."

두 해 전 인숙의 설명을 듣던 의사는 그것이 곧 병이라고 했다.

"우울증은 대체로 남성들보다 여성들에게 두 배 정도 많이 나타나는 병입니다. 크게 내인성 우울증과 반응성 우울증으로 구분하기도 하고 정신적 우울증과 신경적 우울증으로 구분하기도 하지요. 대개 칠십오 프로가 반응성 우울증인데 외부의 사건 즉 아들이 죽었다던가 하는 충격으로 인한 경우가 많습니다. 반면에 내인성 우울증은 유전적인 요인이나 분명하지 않은 신체 내부의 원인으로 말미암아 나타난다고 보고 있습니다. 증상으로는 환각이나 망상 등 정신증적인 증상을 보이는 경우도 있고, 무기력과 침울한 양상을 보이는 신경증적 우울증도 있습니다만 아주머니의 경우는 현실 판단 능력이 있고 남의 말을 알아듣는다거나 자기 생각을 잘 표현하는 점으로 봐 신경증적 우울증이라 할 수 있을 것입니다."

생소한 용어들이 많았다.

"원인은 무엇입니까?"

의사의 말끝에 인숙이 물었다.

"유전적인 요인도 없지 않다고 합니다만 여성들의 경우 사십대 후반에 많이 발생하는 점, 그리고 환자들의 과거 삶을 들어보고 판단한 결과로는 장기간 억압상태에서 자아를 표출할 기회를 잃어버린 데서 오는 점이 주요한 원인이라고 합니다. 아주머니의 말씀 도중에 살아 온 세월이 억울할 수 없다고 하시는 점으로 미루어 지난날 상혼의 반영일 수도 있고, 자존감의 실추에서도 찾을 수 있을 것 같습니다."

인숙이 다시 물었다.

"구체적으로 어떤 점에서 억울하다는 말씀은 안 하셨어요?"

"글쎄요. 그 점은 가족들이 더 잘 아실텐데요. 환자들을 상대해 보면 누구는 마음에 못이 박혔다고 하고 누구는 머리카락 올올에도 피멍이 쌓이고 가슴에는 숭숭 구멍이 뚫렸다는 표현을 하거든요. 온 사지를 늘어지게 하는 그것의 뿌리만이라도 찾아 떼어내는 수술을 해 달라고 조르는 환자도 있습니다. 그런데 구체적으로 무엇 때문이냐고 하면 자기도 모른다고 그래요. 그 병은 그렇습니다. 아무리 용한 의사인들 혼자 마음으로 외치는 절규를 들을 수 있는 능력이 있는 것은 아니잖습니까?"

"완치가 어려운 병인가요?"

인숙의 물음에 의사는 고개를 갸웃했다.

"환자마다 특성이 달라서…. 보시다시피 여기서도 약물치료는 물론 수작업 등 행동적 접근을 통한 행동치료, 대화를 통한 인지적 치료 등을 병행하고 있습니다만 무엇보다 환자를 대하는 가족들의 이해와 인내와 헌신적인 사랑이 가장 중요하다고 봅니다."

"돌발적으로 극단적인 선택을 하는 경우도 있다고 들었는데….."

인숙이 말끝을 맺지 못했는데 의사는 나를 보며 말했다.

"그런 경우도 없지 않지요. 신문에도 그런 기사가 나오지 않던가요. 그러나 제가 보기에는 아주머닌 그런 경우와는 다른 것 같습니다. 아주머니는 뭔가 바라고 기다리시는 것 같거든요."

"그게 뭘까요?"

"그게 뭘까요?"

인숙의 물음에 장난처럼 되돌아오는 의사의 질문에는 자식들이 그것도 모르느냐는 질책이 담겨 있었다. 30대의 젊은 의사에게 놀림을 받은 꼴이었다.

"저도 알아보려고 갖은 노력을 했으나 아직 못 찾았습니다. 아주머니는 다른 환자들에 비해 자의식이 강하고 조금은 우월 의식도 엿보이거든요. 다른 환자들하고도 잘 어울리지 않고 간혹 어울리더라도 어른 노릇을 하는 점이 한 가지 특징이었습니다."

"그래요?"

"아드님 말씀을 하셨습니다. 지금은 대학교수로 있다는 자랑도 하셨고 첫 남편에게 낳은 아들인데 해준 것이 하나도 없다고 하셨는데, 죄책감이 크신 듯한 말씀으로 들렸습니다. 올해 대학에 갈 손자가 있습니까?"

"예. 그렇습니다만."

내가 대답했다.

"손자 걱정도 하시더군요. 의대를 희망한다면서요?"

"그런 말씀도 하셨어요?"

뜻밖의 말이었다. 어머니에게 그런 마음이 있었다는 사실이 믿기지 않왔다.

"아무튼 제 생각에는 아무래도 아드님이 많은 대화를 했으면 하는 바람입니다. 자기 삶의 의욕이 없는 것은 아니지만 의지가 의욕을 뒷받침해 주지 못하는 분입니다. 대화를 하다보면 의외로 원래는 의지적인 분인 것 같은데도 말입니다. 그런데 다른 분 같으면 묻는 대로 술술 이야기를 잘 하시는데 아직도 감추는 것이 너무 많으셨습니다. 가끔은 대화를 유도하는 저한테도 어른 노릇을 톡톡히 하시는 바람에 제가 배울 때도 있었지요. 하지만 말씀을 하실 듯하다가도 어느 순간 입을 다물면 그것으로 끝이었습니다."

"지금도 선생님한테는 말씀을 잘 하세요?"

인숙이 물었다.

"최근 입원 후에는 말씀이 거의 없으십니다."

"다른 이상은 없으신가요?"

"원래 즐거움도 없고 만족도 없고 식욕도 떨어지는 점이 특징인데 최근에는 아주 식욕을 잃은 점이 걱정입니다. 몸도 약하고 연세가 있으시기에 노환으로 인한 다른 이상이 나타나는지 저희도 지켜보고 있습니다."

그리고 의사는 면담을 끝냈다.

의사와 인숙의 대화를 들으면서 어머니의 병의 원인을 되짚어 보고 있었다.

어머니의 병이 언제 시작되었는지는 정확하게 모른다. 처음에는 속상한 일이 많아 스트레스로 인한 두통쯤으로 오해하고 있었다. 장사는 진숙에게 맡기고 오직 교회 일에만 매달리는 것을 낙으로 삼는다는 소식이 있었기에 내심 신경 쓰지 않아도 괜찮겠다고 안도했다.

벌써 4, 5년 전.

"오빠, 아무래도 엄마가 이상해요. 틈내어 한 번 와 주실래요?"

처음 인숙의 연락을 받고 서울에 갔을 때도 나는 어머니의 이상을 눈치 채지 못했다. 예전처럼 조용히 앉아 고개를 끄덕이는 모습이나 느릿한 말 씨도 여전했기 때문이다.

"무엇이 이상하단 말이냐?"

인숙에게 되물었더니 인숙이 적당한 표현을 찾지 못하고 오히려 당황 스러워했다.

"아니에요. 오늘 오빠를 보니까 정신을 차린 것 같은데 그게 아녀요. 엄 마는 분명히 이상했어요."

"어떻게 이상했다는 말이냐?"

"글쎄 그것이…."

"나이가 드셔서 그런 것 아냐?"

"그것도 아니고. 가끔은 어머니가 걱정스럽고 두렵기도 해요."

"어때서 그래. 증상을 말해 봐."

"통 말이 없으셔요. 몇 시간이고 한 곳만 보고 앉아계실 때도 있고. 밥 도 안 잡수셔요."

"말 없으신 것은 옛날에도 그러셨지않아? 밥을 안 잡수시는 것은 입맛 이 없어서 그럴 수도 있고. 늙으면 아이 되는 법이라고 하더라. 우선 병원 에라도 모시고 가 봐."

"병원에 가자면 멀쩡한 사람 바보 만든다고 화를 내시거든요."

"그래도 이상하면 어떻게든 모시고 가야지."

"오빠가 엄마한테 물어봐 주세요. 그래도 오빨 제일 어려워하니까."

"뭘?"

"뭐가 하고 싶으신지. 뭐가 불만이신지….."

"교회는 안 다니시나?"

"요즘에는 거기도 시들하셔요. 거의 바깥출입을 안 하려 하신다니까요."

익숙하지않은 일을 새삼스럽게 태연한 티를 내기란 쉽지 않은 일이었다.

아무리 부드럽게 소리를 낮추었어도 혀는 굳어 있었다.

"어디가 편찮으십니까?"

"늙으면 다 그렇지. 인숙이가 뭐라더냐?"

담담하게 대답하는 어머니에게서 이상한 점은 찾을 수 없었다.

"걱정되어서 저한테 알린 모양입니다. 병원에 가시자고 해도 마다고 하셨다면서요?"

"난 안 아파. 병원에는 안 간다."

"바람이나 쐴 겸 저와 함께 광주에 가실까요?"

그 말에 어머니는 가만히 눈을 감았다.

원만한 가정의 구성 분자로서 손자들에게는 할머니가 있어 경험과 지혜를 배우고 할머니들은 손자들을 통해 자기 존재의 가치를 확인하면서 생의 마지막을 정리해 볼 수 있다면 이상적인 가족 관계가 아니겠는가 하는 생각을 한 적은 있었다.

그렇지만 그건 나만의 생각이었을 뿐, 아이들에게는 물론 아내에게도 어머니를 모시면 어떻겠느냐는 뜻을 비쳐 본 적도 없었다. 그런데 어째서 순간적으로 뜻밖의 말이 나왔는지 모를 일이었다.

어머니는 내 말의 진의를 확인하려는 것처럼 잠시 나를 보더니

"아이들 많이 컸지?"

하고 물었다.

보고 싶다는 말, 데리고 가 달라는 뜻이 담겨 있음을 알고 나는 당황해 버렸다.

"진태와 진수는 중학생, 하영이는 초등학생인데 아이들이 공부도 공부려니와 착하게 크는 것 같습니다."

조금 길었던 나의 설명에 어머니는

"다 컸어."

하고는 손자들에 관해 더 묻지 않았다.

어머니가 꼭 나를 따라 광주에 가겠다고 말할 수 없으리라는 점을 모르지 않았다.

그렇지만 어머니의 은근한 뜻을 읽었음에도 명확한 언질이 없었다는 점을 들어 더는 광주행을 권하지 않았다.

의도적으로 어머니의 뜻을 외면해 버린 셈이었다. 그리고 내가 어머니를 꼭 모셔야 할 의무도 없고 모시지 않아도 크게 죄 될 것이 없다는 억지 생각으로 어머니에 대한 부담을 털어 내버렸다.

그러는 사이에 어머니의 우울증은 더 깊어지고 있었던 것을.

"조금 이상하다 싶으면 금방 괜찮아지고…. 혼자 사는 노인들이 그런 경우도 있다는 말에 그냥 그러려니 했지요. 더구나 남에게 직접적인 피해를 주거나 누굴 귀찮게 여기는 법도 없고. 어쩌다 친구들에게 어머니의 증세를 말했더니 병원으로 가보라고 하잖아요."

일단 입원을 시켰다는 인숙의 전화였다.

두 달쯤 있다가 퇴원한 어머니는 자청해서 기도원으로 가겠다고 나섰다. 그렇게 안 보이는 곳으로 가겠다는 어머니의 결정은 내심 바라는 바였다. 외면할 수도 없고 그렇다고 일일이 관심을 보이기에는 여전히 서먹했던 어머니.

"부지런히 기도 생활하고 있으니 걱정하지 말아라."

인숙을 통해 전해오는 말이 사실이 아닐지라도 나는 그런 말을 믿어버렸다.

무너진 가족 관계 속에서 외톨이로 자랐던 나의 꿈 하나는 온전한 가정을 갖는 것이었다. 화목한 가정에서 아이들이 구김 없이 자라게 해주겠다는 꿈이 있었고, 그러기 위해서는 아비 된 자로서 자식들의 가슴에 상처를 주는 행위를 해서는 안 된다는 결심이 있었다. 그래서 나의 사고와 행동의 중심에 가족은 처와 자식들 뿐이었다.

그 가족 속에 어머니를 포함하여 생각해 본 적이 없었다. 결혼식장에도 모시지 못한 어머니였다. 평소에 챙기지도 않던 어머니였다. 그런데 이제야 늙고 병든 어머니를 모시자는 말을 어떻게 한단 말인가. 설사 아내와 아이들이 찬성한다고 하더라도 내가 진심으로 어머니를 받아들일 수 있겠느냐는 점도 문제였다. 인간적인 도리만을 따져 어머니를 받아들이기에는 마음의 준비가 전혀 안 되어있었다.

전쟁이나 재앙 때문에 충격을 받은 일정한 지역내의 사람들에게 공통적으로 나타나는 다양한 현상을 심드롬 또는 중후군이라 한다고 들었다. 적개심, 폭력, 무기력 등의 현상은 전쟁을 겪지않은 지역의 사람들보다 전쟁을 겪은 지역의 사람들에게 더 많이 나타나는 현상이라고 했다. 나는 전쟁을 직접 겪은 세대는 아니다. 전쟁을 직접 겪은 세대, 그것도 가장 근접한 곳에서 전쟁을 겪고 상처 입은 사람의 2세였다.

더구나 나는 남쪽에서 볼 때 전쟁에 패배한 쪽의 편에 섰던 사람의 자식이었다.

때문에 그런 고통을 말할 수 없었고 하소연할 곳조차 없었다. 시원하게 원망의 감정을 드러낸 적도 없었고, 하다못해 목놓아 울어 본 적도 없었다. 가슴에 흐르는 눈물을 혼자 가만히 닦으며 살았다. 태어나는 것이 선택의 문제가 아님에도 태어나는 순간 어떤 줄을 선택하도록 강요하는 비극적 상황에 던져진 숙명을 탓하는 수밖에 없었다.

가슴에 맺힌 한을 풀 수 있는 방법을 찾기보다 남에게 거스르는 일이 없도록 가로등 환한 길에서도 고개를 숙이고 걸었던 세월.

오직 내가 당한 고통을 자식들에게는 안겨주고 싶지 않다는 갸륵한 부성으로 나를 감추고 무난하게 살고자 했다.

그런데 어머니로 인해 묵은 상처를 들추어내고 처와 자식들에게 또다른 무능과 무책임을 드러내 보인 꼴이었다.

잠을 설치고 새벽에 일어난다고 해결될 문제가 아니었다. 겨울비가 내리는 바깥을 보고 앉아 믿지도 않은 전능한 분을 향해 기도를 드린다고 해결될 문제도 아니었다. 사람을 붙잡고 하소연할 문제도 아니었다. 중요한 것은 내 결정이었다. 그렇지만 그걸 알면서도 나는 아무런 결정도 할 수 없었다.

어머니와 아들의 관계는 절대 불변의 진실이다.

하지만 세상이 정한 법의 기준에 의하면 가족이 아닌 어머니와 아들!

그럼에도 어머니를 나와 무관한 존재라고 잡아뗄 수 없는 답답한 현실!

텔레비전을 켰다. 총선을 앞두고 공동 여당의 공조가 깨지는 것이 아니냐는 뉴스와 함께 산유국의 증산 결정에도 유가의 인상이 불가피하다는 우려가 이어지고 있었다.

그렇지만 그 모든 일이 나에게는 먼 나라의 뉴스였다. 오늘 날씨는 오후부터 차츰 개이겠다는 여자 기상캐스터의 해설을 듣다가 나는 깜박 잠에 빠지고 말았다. 아주 먼 곳에서 휴대폰 벨 소리가 들렸지만 나를 일으켜 세우지는 못했다. 잠옷차림의 아내가 전화기를 들고 오는 것이 느껴졌다. 잠이 덜 깬 아내는 표정 없이 전화기를 건네주고 머리를 만지며 욕실로 갔다.

"나야. 자네 보기가 왜 그렇게 힘들어? 서울 갔었다고? 무슨 일이야?"

장관준이었다.

"응. 일이 좀 있었어."

어머니가 편찮으시다는 말은 나오지 않았다.

"낮에 약속 있어?"

"비가 오는데 왜?"

"아침에 잠깐 내린다고 했어. 점심이나 하게 나오소."

"좋은 일 있어?"

"일은. 그냥 만나는 거지. 손 교수도 만나기로 했어. 열두 시 반까지 미로로 나와."

"오늘?"

"이 사람 아직 취침 중인가?"

스스로 생각해도 어쩐지 내가 맹해진 것 같다.

"알았어. 그런데 별일 없는 거지? 설은 잘 쇠고?"

"거참, 인사 한번 빠르네. 나도 만나서 대답할게."

그리고 관준의 전화는 끊겼다.

욕실에서 나온 아내는 무슨 일이냐고 눈으로 묻는다.

"점심이나 같이 하자네."

"어제도 전화 왔습디다. 어머님 이야기를 할까 하다가 말았어요."

내가 그런 말을 하지 말라고 한 적이 없다. 그렇지만 어머니 이야기를 꺼내는 것마저 싫어하는 내 심중을 헤아리고 있다는 뜻이었다.

"참. 일강상회라고 하면 안다던데…. 그 아주머니한테서 두 번이나 전화가 왔습디다. 선창에서 같이 살았다면서 당신 칭찬이 대단하던데요. 어떤 분이세요?"

"뭐라고 하셨어?"

"당신이 고생을 많이 하고 살았다는 이야기며 공부를 잘했다는 등 당신 칭찬뿐이었다니까요. 여기서 가까운 곳에 사신다고 하대요. 참 당신 어렸을 때 머리가 깨진 적이 있었어요? 그 이야기도 하면서 본인이 된장을 발라주었다고도 하십디다. 정말 그런 일이 있었어요?"

머리에 감추어진 흉터를 아내에게 말한 적이 없으니 당연히 반문할 수밖에 없으리라. 대답 없는 나를 살피던 아내는 그런 나의 태도에 익숙해진 사람처럼 부엌으로 갔다.

가만히 한숨이 나왔다. 취중에 경채에게 내가 먼저 일강집에게 전화하겠다고 말을 했으나 명절이 낀 탓도 있었고, 그보다는 어머니 때문에 생각할 겨를이 없었다. 경채로부터 소식을 들었을 것이라고 짐작은 되면서도 일강집의 전화는 의외였다.

어떤 모습으로 변했는지 궁금하기도 했다.

"무엇 때문에 전화했다는 말씀은 없었어?"

"그냥 한번 보고 싶어서 전화했답디다. 메모지에 번호를 적어 놨으니까 당신이 한 번 해보세요."

단지 어떻게 변했는지 궁금하다는 이유만으로 전화를 하기에는 명분이 약했다.

그렇다고 새삼스럽게 옛날 일을 감사하기에도 멋쩍은 일이다. 준수의 죽음을 이제 알았노라고 조문에 뜻을 두는 것도 상대방의 상처를 건드릴 수 있다. 나중이라도 그쪽에서 전화를 주면 그냥 받는 편이 자연스러울 것 같다.

잠시 소파에 무거운 머리를 기댔는데 슬그머니 늦잠에 빠지고 말았다.

"여보. 일어나세요. 일강상회 아주머닌데요."

"응? 집에 오셨다고?"

"이 양반이…. 전화라니까요. 어서 받으세요."

그러면서 선이 달린 전화기를 내미는 아내.

"예, 조병줍니다."

"나 준수 에미여? 알겠는가?"

무례하리만큼 대뜸 반말이었다. 그렇지만 거슬린다기보다는 오히려 허물없다는 생각이 앞섰다.

"아, 예."

"일전에 경채한테 전화가 왔어. 거기서 하룻밤 자고 왔다면서? 내 흉을 많이 봤다지?"

"흉은요. 살았던 이야기를 한 거죠. 준수가 그렇게 된 줄도 아저씨한테 들었습니다. 사람이 참 조용하고 착실했는데."

"다 팔자 소관이겠제. 내가 복이 없는 년이라서…. 자네 소문은 듣고 있었어. 전에 우리 준수가 훌륭한 사람 됐다고 자주 말도 했고."

일강집의 한숨이 길게도 들렸다.

"아주머니도 많이 변하셨지요? 한 번 찾아 뵈야 하는데…."

찾아보겠다는 말은 일강집의 한숨에 답하는 준비 없이 나온 의례적인 말이었다.

"찾아오기는. 전화로 소리만 들으면 되었제. 자네씨 집사람 말을 들으니 우리 집 부근에서 사는 모양이던데. 금호 아파트라고? 우리는 라인 아파트여 A단지…. 이렇게 가차운 데 살면서도 우째 이때까지 한 번도 못 봤을까? 촌 같으면 한 동네 아닌가."

"듣고 보니 그렇군요."

"그럼, 그럼 한 동네지."

노인 특유의 반가움과 기다림이 담겨 있음을 직감적으로 느낄 수 있었다.

"일요일도 아닌디, 직장은 쉬는가?"

"아닙니다 아직 개학을 안 해서 조금 여유가 있습니다."

"자네씨가 어떻게 변했는지 보고도 잡네. 여기서 걸어서 한 십 분 걸리까?"

오고 싶다는 말인지 나더러 오라는 말인지 분간할 수 없지만 만나고 싶어하는 노인의 심정을 그대로 읽을 수 있었다. 아무래도 만나서 특별한 말이 없더라도 머리에 된장을 발라준 노인의 청을 무시할 수 없다는 판단이 들었다. 또 이럴 수도 저럴 수도 없는 어머니의 생각에서 잠시 멀어지고 싶었다.

"좀 있다가 나가는 길에 잠시 들려도 괜찮겠습니까?"

"아이고, 귀한 분이 오신다는디 어쩌까. 잠깐 기다려 보소이. 우리 정수 엄씨가 옆에 있은게 한 번 물어보고….'

내 말을 기다렸다는 듯 일강집이 반색을 한다. 바로 오라는 말이나 다름 없었다. 그러면서 며느리에게 눈짓으로 물었는지 "어머님이 알아서 하셔 요"라는 여자의 말이 그대로 전해져왔다.

"우리 며느리가 좋다네. 그럼 얼마나 변했는지 얼굴이나 한 번 보게 들 리시게. 모르면 어디서 만나 쌈할 수도 있단 말이시."

막상 가겠다고는 했으나 너무 경솔한 결정이 아닌가 하는 후회가 금방 앞섰다.

굳이 급하게 만날 이유가 없었는데 노인의 한숨에 쉽게 끌렸다는 생각 도 들었다. 어머니로 인해 마음도 편치 않은데 일강집을 만나서 무엇을 어떻게 하겠다는 것인지 대책이 서지 않았다. 그러나 이미 번복할 명분 은 없었다.

아파트 현관에 기다리고 있던 일강집을 금방 알아볼 수 있었다.

예전의 욕쟁이가 아니었다. 얼굴에 푸른 냉기가 흐르던 싸움쟁이도 아 니었다. 이제는 늙어 체구는 예전보다 왜소하게 보였고, 산전수전을 겪어 연륜의 무게를 실은 얼굴에는 너그러움도 담겨 있었다. 손님의 방문을 대 비해 차림에도 신경을 쓴 듯했다. 나의 인사에 일강집은 내가 오히려 어 색할 만큼 황송하게 고개를 숙였다. 그리고 손을 덥석 잡더니 안으로 나 를 끌었다.

현관에 들어서자 코에 익은 비릿한 갯내음이 물씬했다. 선창에서 맡았던 냄새에 어리둥절하다가 순간 경채를 만난 자리에서 일강집이 장사를 한다고 들었던 말이 떠올랐기에 표정을 감추었다. 준수 처라고 짐작되는 여자가 다가와 먼저 인사를 했다.

"옛날 선창에서 같이 살았던 사람이니라. 여그는 준수 처여."

"준수하고는 선후배 사입니다."

새삼스럽게 죽은 남편의 이야기가 거북했던지, 가볍게 고개를 숙여 보인 준수 처는 이내 부엌으로 자리를 피했다. 사람을 어색하게 만드는 아지랑이가 갯내음에 섞여 방안에 퍼졌다.

"제 머리에 된장 발라 주셨던 일 기억하고 계신가요?"

거실 소파에 앉아 불편한 분위기에서 벗어나려는 내 말에 일강집이 화들짝 웃었다.

"아름아름 기억나. 자전차 타고 배달 갔다 오다가 그랬제? 그때 피도 많이 흘렸어. 요즘 시상 같으면 병원으로 달려갔을 것인디, 아매 오른쪽 뒷머리였을 거여. 맞는가?"

"기억력도 좋으십니다."

"젊었을 때는 더했어. 장부 없이 수백 사람하고 거래했어도 날짜도 안 잊어묵고 일원 짜리 하나 안 틀리고 맞췄제. 인자는 다 늙었어."

"대단하셨군요. 요즘은 어떻게 지내시는가요?"

"시간 나면 절에 댕기고, 아직은 거동을 할 수 있은께 옛날 생각나면 선창에 가서 한 바쿠 둘러보고 오제."

고개를 끄덕이는 수밖에. 장사한다는 말을 들었다고 할 수 없었다.

"참 어디서 들은께 자네씨 엄니를 찾았담서?"

내가 어머니를 찾은 것이 아니라 어머니가 나를 찾았다는 구구한 설명을 할 수 없어 짧게 그렇다고 대답해 버렸다.

"잘 계시는가?"

어머니 말이 나오면 감정이 복잡해지는 나를 알 턱이 있을 것인가. 노인 특유의 호기심인지 그밖에는 할 말이 없어서 그랬는지 아니면 그것을 친절이라고 생각한 것인지 일강집은 흐려지는 나의 낯빛을 제대로 못 보는 듯했다.

"연세가 있으니…. 좋지는 않으십니다."

우울증으로 병원에 입원해 있다는 말은 나오지 않았다.

"누가 모시는고?"

"지금 서울에 계십니다."

"연세가 어떻게 되신고?"

"을축생이니 지금 일흔일곱이신가요?"

"나보다 한 살 더 우네. 그때 시상으로는 만혼이었든 모양이구먼."

"그렇습니까?"

비로소 탐탁지 않은 내 표정을 읽은 것인지 일강집이 말머리를 돌렸다.

"그래, 그래. 자네씨는 그렇게라도 엄니를 봤은께 여한이 없겄네. 우리 준수 아부지는 인자 영 못 만날 사람이겄제?"

남편을 기다리고 산다고 했던 경채의 말이 생각나, 솔직하게 대답하기 어려운 곤혹스러움을 "글쎄요"라는 말로 얼버무릴 수밖에.

"이약을 하자면 길어. 지금이나 된께 그나마 말을 해볼 수도 있제만 옛날에는 입 밖에 꺼내지도 못하고 살었제. 친정은 강진이고 시가는 자흥이었제. 왜정 말 처녀 공출을 피한다는 이유도 있었지만, 하여튼 열일곱 나

이에 나보다 일곱 살이나 더 많은 그 양반을 만났어. 만주서 살다 왔다는
디 보기보담 나이를 더 묵게 보이대. 부모가 정해 준 짝이었지만 그 사람
은 그때 사람답지 않게 어린 나를 위해 주었어. 시숙 한 분이 계신다는데
도 만주에서 안 내려와서 시어머니도 안 계신 살림을 내가 다 했어. 준영
이를 낳고 해방이 되았는디 그때부터 애 아부지는 정신없이 바쁘더라고.
그러나 그때까지도 그 사람이 무엇을 하는지 통 몰랐제. 나중에 알고 본께
인공 머리를 쓰지 않았겠는가. 몇 번 잽혀도 가고 도망도 치더니 종내는
산으로 숨었제. 나도 여러 번 끌려가 매타작도 당했는디 나사 그때는 정
말 아무것도 몰랐어. 없는 살림에 그렇게 당하고 보니 도저히 살 수가 없
어 친정으로 갔지않던가. 친정은 괜찮았어. 친정아버지 함자를 대면 인근
에서는 모르는 사람이 없고 오빠들도 군에서는 유지 노릇을 했응께. 바쁜
사람 붙잡고 쓰잘데기 없는 이야기제?"

무엇 때문에 불쑥 자기의 이야기를 거침없이 하는지 짐작할 수 없었다.

"아닙니다. 듣고 있습니다."

"자네씨 부친께서도 그 무렵 당하셨다는 소문이 있었는디…?"

"예?"

"선창에 살 때 그런 소문이 있었던 것 같아. 사변 전에 잡히셨든 모양이
더만. 괜한 말을 꺼냈는가?"

"아닙니다. 제 부친이 무슨 일을 하셨는지 잘 몰라서…."

내 표정이 굳어진 것을 본 것인지 일강집이 가만히 고개를 끄덕였다.

"일전에 경채한테 자네하고 준영이 아부지 이야길 했다는 말을 들은데
다가 또 자네씨를 만나니 나도 모르게 그런 이야기부터 나온 것 같네. 경
채 말로는 준영이 아부지를 잊어불라고 하대만 사람이 어디 그렇든가? 나

도 살았다고는 생각허지 않네. 언제 어디서 어떻게 죽었는지라도 알았으면 해. 그래야 밥 한 그릇이라도 제날짜에 제대로 떠 놓을 것 아니겠는가? 그래서 그러네."

"준수 부친 연세가 어떻게 되시는 데요?"

"나보다 일곱 살이 많으니 여든 셋일 거여. 사변 났던 해 양력 시월 열하룻날 밤이 마지막이었어. 그 양반이 서른 두 살 내가 스물 다섯이었제. 나는 그때 준수를 배에 담고 있었어. 우리 준수…."

일강집은 다른 방에 있는 준수 처를 의식한 듯 말을 낮추더니 그나마 끝을 맺지 못했다. 아직 정오도 넘기지 않은 훤한 낮에 할 이야기가 아닌 것 같은데 일강집은 거기에 눈물까지 보태고 있었다.

"사변이 나고 산에서 내려온 남편이 불러서 자홍으로 갔제. 사상이 무엇인지 다른 사람들이 죽는지 사는지 헤아릴 만큼 철이 든 것도 아니었네. 그저 애기 아부지하고 사는 것만 행복이었제. 그란디 여름이 가고 판이 이쪽으로 기울었지 않던가. 이녁이 택한 길에 아버님과 처자식까지 함께 가고 싶지는 않다고 일단 아이들 데리고 친정으로 피해 있으라는 거였어. 그라고 아버님한테 큰절을 올리더니 그대로 어둠 속으로 사라져 불고 말았제. 옷 한 벌 가진 것도 없이 말이네. 그날따라 부슬부슬 비가 내렸지 않았겠는가. 그래서 지금도 나는 비가 오는 밤이면 그때 생각이 나고 옷 한 벌 못 챙겨 준 것이 죄만 같아 마음에 걸리네. 준영이 아부지는 나보고 애기들만 데리고 친정으로 피하라고 했지만 아무래도 껄세를 보아하니 그럴 수가 없드란 말이시. 그래서 아버님을 모시고 친정쪽으로 갔제. 그때 아버님이 자홍에 남았더라면 그 자리에서 해를 입으셨을 거여."

"그러면 그 후로는 준수 부친 소식을 전혀 못 들으셨습니까?"

"두어 번 인편에 잘 있단 소식을 전해 왔는디, 그해 겨울을 넘기기 전에 소식이 끊겼어. 그라고는 어떻게 되었는지 모른단 말이시."

일강집이 또 가만히 눈물을 닦았다. 그런 일강집의 모습이 애잔했다. 세월이 사람을 변하게 한 것인지 원래 그런 사람이었는지. 허나 따지면 무엇하랴. 가슴에 담긴 한을 털어놓고 서러움 겨워하는 모습도 하나의 진실인 것을.

일부러 나의 묵은 상처, 잊고 싶은 과거까지를 뒤집어 놓으려는 심사는 아니었을 것이다. 일강집의 가슴에 맺힌 한을 어쩌다가 털어놓은 것이겠지만 어머니를 벗어나겠다고 나왔는데 어머니를 만난 꼴이었다.

"지난번에 점을 쳐보니께 점쟁이 말이 준영이 아부지가 진작 돌아가셨는디 제대로 못 묻혀서 아직도 혼백이 정착을 못 해 준수가 그렇게 되었다고 하드란 말이시. 그람시로 백만 원을 들여 신원굿을 하라는 거여. 돌아가셨으려니 함스로도 곧이곧대로 안 들려. 나는 아직도 금방이라도 돌아오실 것만 같단 말이시. 내가 미쳤제이?"

스스로 미쳤다고 하면서도 그렇게 남편을 향한 그리움을 토로하는 노인에게 무슨 위로가 주효한지 종잡을 수 없었다.

나는 부모의 사진조차 본 적이 없었다.

그럼에도 부모를 향한 본능적인 그리움은 있었다. 이름으로만 남은, 그리고 내 기억의 어느 구석에도 남아 있지 않은 부모였을지라도 한 번만이라도 보고 싶었기에 남몰래 진저리 치며 눈물을 닦았던 적도 있었다.

그런데 많은 사연을 남긴 남편, 싫어서가 아니라 어쩔 수 없이 억지로 헤어진 남편을 어떻게 잊을 수 있었을 것인가. 그건 노인의 집착이 아니라 만남을 기약하지 못한 허망한 이별을 경험한 사람만의 그리움이었다.

피안의 강 저쪽을 향해 손짓해 본 경험이 없는 사람들은 일강집의 눈물의 의미를 모르리라.

"장흥에는 안 가보셨습니까?"

"사변 후로는 자흥 살았다는 말도 내놓고 못 했어. 처음 선창에 나올 때만 해도 누가 물으면 만주에서 나왔다고 했제. 그러나 그게 어디 감추고 살 일이든가. 나중에는 경찰에서도 알고 여러 번 불러들였어. 준영이 아부지가 좋은 일도 했다지만 그런 일을 하다 보면 넘한테 원한 살 일을 안 했겠는가. 그러니 어떻게 고향이라고 갈 수 있었겠어? 그때는 시아버지도 절대히 말리셨고."

고향에 못 갔다는 일강집의 말에 가급적 고향을 멀리하고 사는 나를 돌이키며 고개를 끄덕였다.

"우리 아버님은 준영이 아부지 하는 일을 못마땅하게 여긴 분이셨어. 살아 계실 때도 고향 사람들 볼 낯이 없다고 하시고 우리한테도 잊어 불고 살라고 하셨제."

"고향 쪽에는 전혀 연락되는 분들이 없으신가요?"

"있긴 하지만 멀어. 시아버지가 독신이셨고 준영이 큰아버지는 만주에서 못 나오는 바람에 아그들은 사촌도 없어. 그나마 이제는 그때 일을 아는 사람들을 만날 낯도 없고. 준영이 아버지 때문에 가까운 집안사람들이 많이 물들어서 같이 죽기도 했고…. 아무튼 죽었으면 언제 죽었는지만이라도 똑 부러지게 알고 싶어."

노인의 집념, 노인의 희망을 꺾을 수는 없었다. 대답 없이 앉아만 있기도 어려웠다.

"저도 알아보지요. 제가 아는 친구 중에 그쪽으로 조금 아는 친구가 있습니다."

관준을 생각하며 한 말이었다. 비록 모호한 말일지라도 거짓 약속은 아니었다.

"혹시 북에 가서 살아있을지도 모를 일 아닌가? 너무 표나게 알아보지는 말어."

말은 그렇게 하면서도 일강집은 나에게 기대를 거는 듯했다. 남편에 대한 그리움과 함께 아직도 일강집의 가슴에 남아있는 피해의식을 보면서 나도 잠시 말을 잊었다.

"사람이 똑똑하기만 하면 뭣 한다냐. 시류를 잘 타야 돼. 아무리 영악한 사람도 시류를 거역하면 죽음밖에는 없다. 저 혼자 죽으면 그만이지만 부모 형제한테 못할 일 시키고 종내는 자식한테까지 해를 입히는 것 아니냐."

아버지로 인한 피해의식을 그렇게 표현하는 조부모의 심정을 다 헤아리기는 어려운 나이였다. 그러나 귀에 못이 박히도록 들었던 그런 말은 내 삶의 방식을 결정하는데 많은 영향을 주었다.

반공을 국시國是라고 하는 나라에서 아버지는 헤어날 수 없는 죄인이었고 나는 그 죄인의 자식이었다. 자연히 반공표어나 포스터 앞에만 서도 누가 볼세라 몸을 조였다. 반공 웅변대회의 뜨거운 함성과 박수, 마을 입구에 붉은 글씨로 적힌 '공산당을 때려잡자!'라는 구호는 또 얼마나 나를 위축시켰던가. 그래서 나는 한 번도 남을 잡으러 다니는 꿈을 꾸지 못했다. 늘 쫓기거나 아니면 잡히지 않으려고 웅크리는 꿈만 꾸며 살았다.

교사가 되는 것도 어려우리라 여겼던 나에게 교사 임용은 나라의 은전이나 다름없었다. 교사가 되어 가능한 한 세월 속에 아버지를 묻고 잊으

려 했지만, 그러나 아이들에게 반공을 가르치면서 나에게 기억해서는 안
될 아버지가 있다는 사실이 얼마나 괴로웠는지 모른다. 80년대를 넘기면
서 사회는 많이 변해 나 같은 사람들에 대한 차별이 없어졌다고 했으나 내
가슴에 남은 아버지와 아버지의 사상에 대한 거부감마저 지워진 것은 아
니었다. 아버지에 대한 원망은 곧 아버지의 사상에 대한 기피로 이어졌다.

그런데, 겨우 음력 유월 스무 나흗날, 묘지조차 없는 아버지의 기일에
제삿밥이나 한 그릇 올리는 것으로 자식의 도리를 다하고 있다고 여기는
나에게 다시 아버지를 되새기는 일은 해묵은 상처를 긁는 일이었다. 하지
만 아버지 역시 어머니처럼 내가 피해 갈 수 없는 강이요 산이었다.

"그럼 어떻게 선창으로 나오셨던가요?"

"난리 통에 미처 피하지 못하고 있던 작은오빠가 인공 사람들한테 죽었
으니 준영이 아비가 그렇게 안 했달 지라도 나를 받아 주었는가? 더구나 새
끼들에 또 시아버지까지 모시고 갔으니 친정에서 뭣이 이쁘다고 받아 주
었어? 문전에서 쫓겨났제. 난리 때는 친형제간도 소용이 없대. 오도 가도
못하고 딱 죽었다 싶었는디 그래도 부모 뿐이여. 친정 아부지가 주선해서
목포로 보낸 것이제. 글 읽는 집에서 자랐고 또 그런 집으로 시집가서 애
기 낳고 산 년이 무엇을 해볼 요량이 있었겠는가. 더구나 그때 준수를 배서
몸조차 둔했어. 친정 아부지가 준 돈하고 손구락에 낀 반지며 비녀를 풀아
한해 겨울을 살았지만 곶감 빼 묵기나 마찬가지였제. 준수를 낳고 본께 살
집은커녕 묵을 쌀도 없이 되아부렀지 않겄는가. 시아버님이 지게를 지고
나섰제만 죽 묵기도 힘들었어. 선창에는 노무자 조합이 있었는디 우리 시
아버님 같은 분은 들어갈 수도 없었어. 그나마 복이 없을랑께 허리를 삐끗
하고 말았단 말이시. 체면이고 멋이고 소용이 없게 되았어. 내가 안 나서

면 여섯 식구가 옴싹하니 죽게 생겼는디 체면을 가리게 되었겠는가? 사변 다음해 봄이었을 것이네. 살아온 이약은 재미없어. 나중에 막걸리라도 한 잔 묵고 해야제 맨숭맨숭한 정신에는 못하겠구만."

추억이라고 해서 다 아름다울 수는 없는 법, 다시는 회상하기 싫은 추억도 얼마든지 있지 않은가. 악몽처럼 여겨지는 과거의 한 시점에서 수없이 고개를 도리짓해 본 기억이 살아나 맨정신으로 말 못 하겠다는 일강집을 보며 가만히 나는 고개를 끄덕이고 있었다.

"자네 숙부님은 서울서 사신다지. 건강하신가?"

"연세가 있으시니…."

"자주 연락은 하는가?"

"자주 찾아뵙지는 못하고 가끔 전화만 드립니다."

"효자 백 명보다 악처가 낫다는 옛말이 있어. 남자가 혼자, 더구나 나이 들어 살기가 힘들 텐디…."

"글쎄요. 사촌들이 잘해드린다고 들었습니다."

"죽은 사람 이야기를 하면 뭣하지만 자네 숙모가 그렇게 인심을 얻고 산 사람은 못되었어. 그 밑에서 자네가 좀 어려웠을 것이네."

숙모는 나에게 못한 것도 그랬지만 친척들에게도 평이 좋은 사람이 아니었다.

"독살 맞은 여편네, 아무리 더부살이하는 아그라지만 쪼끄만 것을 종 부리대끼 하드랑께."

"아그들은 부모 훈짐으로 큰다는 말도 있지 않습디여. 부모 훈짐이라는 것은 옆에 뉘여둔 의붓자식을 넘어서 멀리 있는 친자식한테 간다는 말도 있고."

사람의 평가는 상대적인 측면도 있다. 숙모에 대한 반감 때문인지 내 면전에서 동정하는 사람들도 있었다. 그렇지만 남에게 까닭 없이 동정을 받는 일도 자존심 상하기는 마찬가지였다.

내가 중학교에 차석으로 합격했다는 소식은 한동안 선창 거리의 화제였다고 기억된다. 지나가는 나를 불러 건빵 봉지를 건네주고 더러는 공책값이나 하라고 돈을 쥐어주는 이들도 있었다.

"부모 있는 집 아그들이 편하게 공부를 해도 붙을까 말까 한 학교에 그 고생을 하면서도 이등을 났다지 않은가. 사람 같은 년이면 뒤아지 고기 근이라도 떠다 먹일 것이제만 으짠지 몰라."

"그년이 그럴 줄 알면 폴세 사람 되어부렀게?"

내 뒤에서 그런 말이 들려 외면했건만 궂은 말은 더 이상하게 도는 법이어서 숙모한테는 내가 자기를 헐뜯고 다니는 것으로 전해져 나중에 나만 까닭 없이 닦달을 당한 적도 있었다.

"너 밖에 나가 뭐라고 했기에 마치 내가 밥이라도 굶긴 것 마냥 말들을 한다냐? 내가 밥을 안 주디 입을 옷을 안 사주디 어디 입이 있으면 말 좀 해봐라. 핏덩어리를 놔두고 도망친 느그 에미도 못할 일을 해주는 나한테 뭣이 섭해서 쓸데없는 소리를 하고 댕겨?"

"누구한테 아무 말도 안 했는디요."

"니가 아무 소리도 안 하는디 사람들이 나한테 고기라도 사믹이라는 말을 하겠어? 고기가 묵고 잡으면 나한테 직접 말을 할 것이제 생전 고기 꼴을 못 본 놈 마냥 동네방네다 외고 댕기냐? 아이고 내 팔자야 코흘리게 데려다가 사람 만들어 논께 인자는 은혜를 원수로 갚을라고 하네."

가슴을 치는 숙모를 보다 못한 숙부가

"아그가 뭔 말을 했겠는가. 사람들이 지레 하는 말이겠제. 쓸데없는 소리 말소."

하는 말로 얼렸지만 그래도 숙모는 기어이 한 소리를 더 보탰다.

"말을 안 할 것 같제만 똥구녁으로 호박씨 깐다고 넘들한테는 있는 말 없는 말 잘도 하는 모양입디다. 수말스런척 함스로 은근히 나를 몹쓸 년으로 만드는 놈이랑께요."

눈물이 없는 것은 아니었으되 울어 봐도 아무런 소용이 없다는 사실은 이미 더 어렸을 때 터득한 일이었다. 아무도 내 편이 아니라는 사실을 알면서 더 빨리 어른스럽게 굴었는데 그러는 동안 내 또래 소년들이 갖는 순수를 잃어버렸는지 모른다.

숙부는 사람은 좋았으나 숙모 앞에서는 자기주장이 없었다.

"사내가 당췌 마누라 치마폭에 갇혀 있으니 큰일을 할 수 있겠는가."

그런 말을 듣는 숙부였으니 나에게 한 번이라도 새 교과서를 사줄 수 있었을 것이며, 일부 면제받아 얼마 되지도 않은 납부금조차 기한에 맞춰 줄 수 있었을 것인가. 헌책방을 돌고 선배들에게 사정하여 너덜거리는 교과서를 구해 공부하는 것이야 혼자만의 일이었기에 참을 수 있었다.

하지만 담임에게 닦달을 당하고 수업 중 서무실 직원에게 몇 번씩 불려다니는 일은 남에게 그대로 보여지는 일이었기에 사춘기의 소년에게는 견딜 수 없는 고역이었다.

겨우 납부금을 해결하고 나면 다음 분기 분의 고지서가 나왔다.

없는 집 제사 돌아오듯 한다는 말의 뜻을 그때 이미 이해했다.

참다못해 할아버지에게 직접 청구했더니 되돌아온 것은 숙모의 욕설뿐이었다.

"어려운 형편에도 꼬박꼬박 납부금을 대줬더니 배은망덕이 따로 없어. 집에 가서 뭐라고 했길래 내가 욕을 얻어묵게 하냔 말이여. 내가 낳은 사남매 키우기도 벅찬데도 그래도 푼푼이 모아 학비를 대주면 고마운 정은 몰라줄망정 어른들한테 없는 소리를 지어서 꼬아 바치냔 말이여. 이날 이때까지 밥 묵고 중학교라도 댕기는 것이 다 누구 덕이냐? 아직도 그런 것을 모르는 니가 사람이냐?"

할아버지는 고향 마을을 벗어나는 경우가 거의 없었으니 필경 선창을 드나들었던 할머니가 잘못 전했으리라. 억울한 점도 있었으나 변명하고 싶지도 않았다.

고등학교를 합격하고 등록을 포기하겠다고 배수진을 쳤다.

그때는 할아버지도 죽고 없어 할머니에게 그 뜻을 이야기했더니 할머니가 펄쩍 뛰었다.

"학교를 그만둔단 말이 먼 말이여. 이놈아 내가 누굴 믿고 사는디 그런 말을 함부로 하는 거여. 느그 숙모가 성질이 사납다고 해도 다 너를 잘되라고 하는 말인디 그 말을 고깝게 여기고 공부를 그만두겠다는 말이여. 인자부터 월사금은 내가 줄 텐께 암말도 말고 공부나 해."

학업을 포기하겠다는 배수진이 주효했음인지 내 뜻대로 학교 가까운 곳에 자취방을 얻어 숙모의 그늘에서 벗어날 수 있었다. 그때도 숙모의 말은 거칠었다.

"핏덩어리 새끼를 놔두고 도망친 년 자식 아니라고 할까 마니 기어코 티를 내는구먼. 제 사촌 동생들 좀 보살펴 달라고 했더니 그것이 그렇게 못마땅했더란 말이냐."

내가 인격이 있고 생각이 있는 사람이라는 사실을 인정하지 않는 말이었다. 급할 때는 심부름꾼도 되고 자기 자식들을 위한 가정교사로서 내가 필요했다는 말로만 들렸다.

교통의 발달로 인해 선창 전체의 경기가 내리막을 그으면서 숙모의 주장으로 서울 북쪽의 창동 시장으로 터전을 옮겼다. 그런 숙모는 내가 결혼한 이듬해 죽었다. 숙모가 죽은 후 숙부는 이상하게 힘을 잃었다. 재혼했으나 장사에 뜻을 잃고 술로 세월을 보내기 시작했다. 사람이 뜻을 잃으니 장사인들 잘될 턱이 없었다.

변변한 학력도 없고 일정한 직업을 못 가진 사촌들은 나에게 직접적인 부담이었다.

번번이 학교로 찾아와 손을 내미는 사촌들을 박절하게 대할 수도 없었다. 그러한 방법이 근본적인 해결책이 아님을 알면서도 빚을 내어 몇 개월 치 월급을 건네준 적도 있었다.

업이었다. 내가 지은 업이 아니라 누군가 나에게 지워준 업보였다.

"어머니가 형님 생각을 참 많이 했지요. 우리가 볼 때도 친자식인 우리보다 더 기대를 하셨다니까요. 어머니 아니었으면 오늘 형님도 아마 없었을 겁니다."

기막힌 아전인수격인 해석에 나는 열어 보일 수만 있다면 숙모로 인해 가슴에 박힌 수많은 못자국을 보여주고 싶었다.

고마워하기는커녕 채권자인양 당연한 듯 받아들고 돌아서는 사촌들을 보면서 내 운명에 얼마나 노여움을 품었는지 모른다. 그러한 사촌들의 태도는 그러잖아도 아픈 기억이 먼저 떠오르는 선창으로부터 더욱 멀어지게 만든 한 요인이기도 했다.

지금 사촌들은 작으나마 분식점도 하고 가전제품 수리 기사로 밥술이나 먹고살기에 내 근심 한 가지는 던 셈이다. 새로 맞이한 숙모마저 작년에 갈라서고 최근에는 숙부마저 거동이 어렵다는 소식을 전해 듣고 있었다.

"자주 전화라도 드리소. 늙으면 옛날 생각하고 사람 기다리는 것이 낙이여. 그럴 리야 없겠지만 옛날 일로 혹시 섭한 마음이 남았다면 인자는 다 잊어묵어야 할 거이시."

내 마음을 엿보고 하는 말로 들려 얼굴이 화끈거렸다.

이 세상 사람이 아닌데도 숙모에 대한 미움을 버리지 못하는 나의 옹졸함이 보였다.

원하지 않은 남의 자식을 거두는 일이 쉽지는 않았을 숙모의 마음을 한 번도 헤아려본 적이 없다는 생각도 들었다.

"그래도 나는 선창에 살 때가 좋았던 것 같아. 그때는 젊었고 아그들도…. 인자 말하면 멋하겠는가 마는, 자네씨를 보니 옛날 생각이 더 가차이 나네."

나 역시 일강집을 통해 자신의 아픔을 뒤집어 보고 있었는데, 일강집에게도 나의 출현은 아픔을 들추는 계기가 되었다는 말이었다.

"자네씨 어머니 내려오시거든 연락을 하소. 우리끼리 만나면 할 이야기가 많을 것 같아."

과연 어머니가 일강집을 만날 날이 있을는지. 그렇지만 나는 그러겠노라고 서둘러 자리에서 일어섰다.

어머니의 가방으로 인해 이루어진, 예기치 못했던 만남.

하나의 넝쿨에 달려나오는 고구마처럼 이상하게 연계되어 나를 끌었던 만남이었다.

병실에 앉아 나를 부르던 어머니, 어머니가 잃어버린 가방, 선창, 열쇠

고리, 경채의 아파트 거실에 걸려 있던 손때묻은 키. 그리고 일강집의 사연들이 하나의 선물 상자 속에 담긴 모양이 다른 물건이면서 의미 있는 연상 작용을 통해 연결되고 있었다.

회한의 정을 신앙으로 녹이며 사는 경채, 남편을 기다리는 믿음으로 삶을 지탱하는 일강집과 어머니는 어떤 연관성이 있는 것일까?

원하지 않는 곳에서 잃어버린 나를 다시 보고 있었다. 현실을 인정하면서도 달아나기 위해 몸부림을 쳤던 세월, 외면하고 거부하고 달아날수록 선명하게 보이는 얼굴들, 그 세월 그 얼굴들이 나를 혼란스럽게 했다. 사람은 어느 순간에 자신의 모습을 다시 발견하도록 예정되었던 것인지도 모른다는 생각이 들었다.

일강집에게 어떻게 일강상회라는 상호를 갖게 되었는지, 사연을 묻지 못했다는 사실을 깨달은 것은 미로로 가는 버스 속에서였다.

장관준은 비슷한 성장 배경을 가졌으면서도 활동면에서는 나와 대조적인 인물이었다. 중학교와 고등학교를 검정고시로 건너뛰어 세칭 일류대학 졸업, 맨몸으로 미국에 건너가 유명대학에서 학위를 받고 그곳에서 화려하게 자리 잡았던 그를 재단 이사장이 학교의 간판격으로 초빙해 온 교수였다. 그럼에도 자기의 소신이 뚜렷해 재단에서 꺼려했음에도 그는 학내에 민주교수협의회를 구성하여 실질적인 리더 역할을 했고 각종 사회 운동에도 직접 간접으로 참여하고 있었다.

동갑에 거의 같은 시기에 만난 점만으로도 관준과 가까워질 수 있는 여지는 있었으나, 정작 특별하게 가까워질 수 있는 계기가 무엇이었는지 기억에 없다. 아마 적극적인 관준이 나에게 더 많은 관심을 보였을 것이고 만

남의 기회를 더 많이 만들었을 것이다.

"남한 사회가 이념적 지역적 모순과 부패 구조를 가질 수밖에 없는 요인은 뭐라고 해도 일제 잔재를 제대로 청산하지 못한 데서 비롯된 것이라고 보네. 우리가 정치적으로 민족 자주 정부를 수립하지 못했고 경제적으로는 천민 독점자본주의를 여과 없이 받아들일 수밖에 없었기에 결과적으로 오늘날 많은 국민이 느끼는 상대적 빈곤 의식과 상대적 박탈감만이 팽배하게 된 것이야. 상황이 이러함에도 지식인이라는 사람들이 시류에 영합한 채 여전히 냉전적인 사고에서 벗어나지 못하고, 또 아무런 대안도 제시하지 못하고 침묵한다면 후대에 역사의 죄인으로 남을 걸세."

나에게 민주교수협의회에 참여를 권하며 관준이 했던 말이었다.

"나는 모든 대학교수가 꼭 현실 참여를 해야 한다고는 생각지 않아. 그냥 학생들이나 가르치면서 조용히 살라네. 대학교수라는 자리가 대단한 기득권층이라고는 보지 않지만 다른 직종에 비해서는 어떻든 많은 혜택을 받는 것만은 틀림없지 않은가. 우리가 처한 현실을 바탕으로 미래에 대한 변화를 추구하는 젊은이들이 그렇게 나갈 수 있도록 방향만 잡아주는 일도 중요한 역할 아니겠는가."

"맡은 자리에서 충실하게 살자는 자네의 말은 일견 매우 온건한 주장처럼 들리지만, 정치는 왕조시대의 봉건 잔재가 온존하고, 공정하지 못한 경제정책은 불균등한 분배로 이어져 빈부의 격차만 심화시켰고, 정치 경제 군사는 완전히 미국에 종속당한 심각한 우리 현실을 외면하는 태도야. 더구나 분단이라는 특수한 상황은 우리 모두를 힘들게 하고 있지 않은가. 나도 큰일을 하자는 것은 아니야. 우리가 앞장서지 못했을 때 과감하게 자신을 던져 민주화를 외치다 죽은 사람들이나 감옥에 간 젊은이들에게 작은 힘이 되고, 민족의 앞날을 비추는 작은 촛불이라도 되었으면 하는 뜻에서 나선 것 아니겠는가. 이런 노력이라도 보여야 후대에 면목이 설 것 같은 생각도 들고."

관준은 그런 요지로 나를 설득하려 했다. 그때는 차마 내키지 않는다고 강하게 거부하지 못하고 "역사는 자네 같은 선도자들이 끌어가는 게 맞아. 하지만 나는 좀 더 생각해 볼라네" 하고 그 자리를 피하고 말았다.

그 후에 관준이 다시 참여를 요구하지 않았다. 나 또한 그가 묵시적으로 나의 길을 양해하는 것으로 해석했고, 비판적인 그의 말을 막지 않고 그냥 들어주는 것만으로 최소한의 도리를 하고 있다고 여겼다.

"우리 경제는 강대국의 하부구조라고 볼 수 있고 기업들의 국제 경쟁력 또한 말할 수 없이 취약해. 정경유착, 방만한 차입 경영으로 덩치만 키운 재벌들은 잘못하면 국민의 부담으로 남을 수밖에 없어. 아이 엠 에프 구제 금융을 받게 된 사실도 우리가 일정 부분 자초했다고 보네. 하지만 빅딜이라는 생소한 방식으로 구조조정을 꾀하려는 정부의 태도에는 반대야. 그리고 외자 유치라는 명분 때문에 국가 기간 산업을 함부로 외국인들에게 내주는 것도 반대고 노동시장을 왜곡하여 힘없는 서민들만 길거리로 내몰고 있는 현실도 안타까워. 국가의 회복을 위해 참고 살라는 말인데 가난한 국민의 고통은 너무 커. 국가의 영광을 위해 목숨을 바치라는 군국주의 논리와 다를 바가 뭐 있겠는가. 과감하게 세제를 개혁하여 복지 기금을 늘리고 재벌 의존의 경제 구조를 깨야하네. 그런데 정치하는 인간들이 정치 자금이나 이권 개입에만 혈안이 되어 발목이 잡혀있으니…. 정치인들이 알아듣지 못한다고만 하지 말고 언론을 통해 그들을 압박하여 경종을 울리고 대안을 가다듬는 노력이 필요할 거야. 이대로 가면 당장의 아이 엠 에

프는 극복할는지 모르나 양극화 현상은 심화되고 시민 계층은 몰락하게 되어있네. 그렇게 되면 국가도 불행하게 되는 거지. 모두가 현 상황에 정신을 못 차리고 있는 것 같아 보기에 불안하네."

아이 엠 에프체제 극복을 위한 구조 조정이 한창일 때도 관준은 그렇게 비판의 끈을 늦추지 않았는데 그때도 나는 별다른 반응을 보이지 않았다.

그런 관준에게 내가 이해 못 할 일이 하나 있었다.

2년 전 천주교에 입교한 것이었다. 번번이 술좌석을 피해 무슨 사정이 있는지 궁금했는데 그동안 교리 공부를 했다는 고백이었다.

"자네가? 이해가 안 돼. 뭐에 씐 것인가?"

사회과학을 공부한다는 사람이 그럴 수 있느냐는 내 물음에 관준은 태연하게 웃었다.

"응, 뭣에 씌었어. 그런데 그것이 무엇인지는 나도 모르겠단 말이시."

어처구니없게만 들렸다.

"어렸을 때도 다녔던가?"

"아녀. 소먹이랴 나무하랴 그럴 틈이 없었어. 그것보다는 살아갈수록 내가 살아온 일이 아무것도 아니게 느껴지고 내가 어디로 가는 것인지 두려워지더란 말이시. 마침 아내의 권도 있어서 성경 공부부터 시작했는데 참 잘했다는 생각이 들고 마음이 그렇게 홀가분해질 수 없어. 말로는 설명이 안 되는 기쁨이 있단 말이시."

경건의 말은 쉬워도 진실로 경건의 모양을 짓기란 쉽지 않다. 또 경건한 행위를 솔선하기란 더 어렵다. 그런데 관준의 드러난 행동은 별다른 변화가 없는 것 같은데 실제 그의 생활은 알게 모르게 달라짐을 느낄 수 있었다. 예전에 비해 술을 마시되 절도가 있었고 말과 행동도 보이지 않는 어른 앞에서처럼 조심스러웠다.

다른 사람은 몰라도 관준이 그렇게 변한 모습을 이해할 수 없었다. 논리적이고 자기주장이 강한 사람이 비현실적인 신앙에 빠진 점 자체가 의외였기 때문이다.

"미국에 있을 때 한국 교회에 더러 나가긴 했어도 사교적인 의미 이상으로 생각하지 않았거든. 그런데 이제 비로소 교회가 바로 보이고 인간이라는 존재, 특히 가진 것 없는 인간의 고통이 다시 보이고 교회의 역할이 중요하다는 생각이 들어. 교회야말로 미약하고 미약한 나를 구원해 주는 곳이라는 믿음이 생긴 것이지."

내가 듣기에는 조금 유치한 이야기도 서슴지 않았다. 그렇지만 그런 관준의 변화는 묘하게 신뢰감을 더해주는 면도 있었다.

"선한 사마리아 사람의 행적을 예로 든 예수의 말씀이 뒷머리를 탁 치는 순간 얼떨떨하다가 이내 세상이 다시 보이기 시작하면서 내 인생이 덧없게 느껴지데. 마음을 비운다고 말하는 사람들을 이해하지 못했는데 이제는 이해할 수 있을 것 같아. 인간은 유한한 존재 아닌가? 자네한테도 언젠가는 그럴 날이 올 거이시. 내가 그런 자네를 위해 기도하고 있으니 말일세."

"쓸데없는 소리…."

"아냐. 주님께서는 당신을 향한 기도에 반드시 응답을 주시네. 틀림없이 그날이 오리라고 믿네."

한 인간의 깨달음을 읽지 못한 나로서는 관준이 말할 수 없는 어떤 좌절을 겪었지 않았나 하는 의문밖에 남지 않았다.

관준의 부친도 입산 부역자였다. 몇 년 전 장기수의 인권 문제가 화제가 된 자리에서 관준은 자신의 아버지에 관한 이야기를 했다.

장손이었기 때문에 어쩔 수 없이 자수했으나 끝내 폐인이 되어 자식들에게 아무것도 남겨 놓은 것이 없이 죽었다는 이야기와 함께 아버지 세대들의 고민도 이제는 열린 자세로 들어야 할 때라는 말을 덧붙였다.

부모에 관한 이야기를 꺼리고 부모와 관련된 사람들을 만나는 것조차 피했던 나에게는 스스럼없이 부친의 전력을 말하는 관준의 태도는 충격이 아닐 수 없었다.

과거를 상기시켜 주는 일에는 어떻게든 피하면서 마음 편하게 살아가는 지혜라고 여겼던 나였다. 누구와도 나의 아픔을 나눌 수 없다고 믿었다. 나 또한 남을 위로할 수 없는 존재이고 위로하는 것 자체가 위선일 수 있다고 생각했다. 그렇게 마음을 굳게 닫고 살았으니 생활의 모든 면이 의례적일 수밖에 없었다.

그랬던 내가 관준에게 아버지를 이야기한 것은 동병상련의 심정 때문이었다.

술자리에서 가볍게 지나치듯 했던 말에 관준은 의외로 관심을 보였고 많은 것을 물었다. 관준의 질문을 받고서야 내가 아버지에 관해 정작 아는 것이 없다는 사실을 깨달을 정도였다.

"자네 부친에 관한 기록은 어디엔가 남아있을 거야. 우선 주변의 사람들이 가기 전에 이야기라도 들어 두소. 사상적으로야 이렇다 저렇다 말하기 곤란하더라도 자식의 입장에서 부모의 행적은 알아야 할 것 아닌가? 민족적인 관점에서 자네 부친은 치열하게 사셨던 분 같네."

"글쎄."

관준의 말에 얼버무리고 몇 년의 세월이 흐르고 말았다. 그동안 몇 번 관준은 아버지에 관해 알아보기를 종용했으나 지금도 피하고 있다. 아버지에 관한 한 관준과 일종의 연대감을 갖는다고 할지라도 엉뚱한 남자를 따라간 어머니의 사연이 뒤따르는 부담을 우려했기 때문이다.

　다방 미로의 안쪽 구석진 자리에서 인문대 학장인 손여택과 관준이 종이에 메모를 해 가며 이야기를 나누고 있었다.
　"선산이 있는데도 아버지는 밭 귀퉁이에 묻혀 계시고 어머니는 남의 산 응달에 따로 계셨네. 살다보니 그 점이 자꾸 걸리더란 말이시. 한식을 전후로 산소 일을 할 작정인데 내가 뭘 알아야지 그래서 경험 있는 손 학장한테 자문을 구하는 중이야."
　묻기도 전에 내가 자리에 앉자 관준은 그렇게 설명했다.
　"성당을 다니는 사람도 그런 문제에 관심을 갖는가?"
　"마음이 문제지, 성경에도 네 부모를 공경하라는 말씀이 있네. 돌아가신 부모님이라고 부모님이 아닐 수는 없잖은가."
　자신의 행위가 자식의 도리 아니겠느냐는 자연스러운 겸양과 따뜻한 마음이 가슴 시리게 전해졌다.
　"선산이 증조부님의 명의로 되어있기에 이전하는 데 조금 애를 먹었어. 정식으로 하자면 팔촌들 도장까지 받아야 할 처진데 특별조치법 덕을 본 셈이지. 방학 중에 그 일을 마쳤네. 다소 홀가분해."
　"역시…, 대단하네."
　"그런 말 말소. 사실은 남이 알까 싶은 일이었어. 젊었을 때는 죽어 썩은 육신 어디에 묻힌들 상관있느냐는 생각도 했는데 자식 키우고 또 나이가 들수록 그게 아니라는 생각이 들더군. 돈이 없다는 건 핑계였고 요는 성의 문제였어. 시간 나면 자네하고 한 번 미리 가보세나. 광주에서 차로 한 시간이면 충분해."

"언제부터 그런 계획을 세웠어?"

"이 일을 계획한 지는 미국에 있을 때였어. 나도 처음에는 서구의 정신 속에는 조상에 대한 의리 따위도 없고 족보도 없는 개판인 사회인 줄 알았거든. 그런데 그들 사회를 좀 더 깊이 들어가 보면 의외로 강한 뿌리 의식을 가진 사람이 많다는 사실을 알았어. 경이롭기까지 하대. 역설적이지만 동방예의지국의 백성이 그곳에서 인간이란 존재가 그 뿌리를 부정하고서는 바로 설 수 없다는 사실을 깨달은 셈이지. 한국에 나오면서 부모님 산소를 정리해야겠다고 벼렀는데 쉽지 않았어. 그러다 이제 형제들도 나이를 먹고 나도 더 미루어서는 안 되겠다 싶어 지난해부터 남동생들하고 의논 끝에 일을 시작하기로 작정한 거지."

그런 부모에 대한 원망이 없느냐고 물을 수 없었다. 내 의중을 아는지 모르는지 관준의 설명은 더 진지했다.

"어머니 고생시키고 우리 형제들 제대로 공부조차 못했으니 고생스러울 때는 원망하는 마음이 안 들었다면 거짓이겠지. 그런데 살아갈수록 낳아 준 부모님께 감사하는 마음이 들더란 말이시. 성당에 나간 뒤에는 전에 원망했던 일조차 미안했어. 이제 겨우 병아리 눈물 같은 믿음을 가진 주제에 그렇게 말하면 속 보이는 소리라고 할는지 모르지만, 조금 철이 들었다고나 할까. 하여튼 낳아주신 점만도 감사해. 부모님이 아니었으면 내가 세상 구경이나 했겠는가? 그런 생각을 하고 미사를 드린 후 핑하니 차를 몰아 고향에 가면 그렇게 마음이 평온해질 수 없단 말이시."

일 년에 한두 번 스치듯 다녀오는 고향, 고향에 대한 그리움을 가슴에 담고 살면서도 고향 사람 만나는 것마저 부담스럽게 여기는 내 심정을 관준에게 "나한테는 그렇게 생각할 부모도 없고 달려가서 위로받을 수 있는 고향도 아니네"라는 말을 차마 할 수 없었다. 마른침을 꿀꺽 삼키고 관준을 외면하고 말았다.

중학교 3학년 늦가을, 위급을 알리는 연락을 받고 달려가니 할아버지는 나를 기다리고 있었다.

"니가 더 크는 것을 보고 싶었는디···. 남 앞에 나서지 말아라. 남을 자극하여 원망을 사는 일도 하지 마라. 베풀고 살 생각도 말고 남의 도움을 받을 생각도 말아라. 사람에게는 시운이라는 것이 있어."

할아버지의 유언이었다. 구체적으로 아버지가 어떤 사람이라는 사실은 끝내 일러주지 않았다.

"우리 당숙님 지지리도 고생만 하셨어. 창대 형님 죽고 병주 크는 것만이 유일한 낙이셨는디."

조용히 조부에 대한 추모의 정을 새기는 사람도 있었다.

"창대 때문에 욕도 많이 보셨제라우. 뭔 염병한다고 아들이 잘못했으면 아들만 벌주면 될 일이제 아부지 엄매까지 데려다가 그라고 뚜들겨 팼는지 모르겠단 말이요. 그때 숙부님도 골병드셨을 것이요. 숙부님 두들겨 팬 김주임이라는 놈이 생사람을 많이 죽였제라우. 그란디 지금도 서울 어디선가 산다고 합디다. 그라고 보면 천도天道라는 것도 없는 모양입디다."

한이 맺힌 사람처럼 핏대를 세우는 친척도 있었다.

"그런 이약은 인자할 것 없네. 창호가 괜찮고 병주라도 이만큼 키워놓고 가셨응께 그만만 해도 다행 아닌가. 세상이 험했고 지금 생각하면 우덜도 세상 물정을 너무 몰랐어."

"함부로 말할 것은 없제만 사실 창대 그 동생만큼 없는 사람 심정을 알아주고 실제로 많은 도움을 준 사람도 드물거여. 아까운 사람이었는디."

"똑똑한 사람이었제라우."

그들 중에는 아버지에 관해 한마디씩 하는 사람도 있었지만 숫제 선문답 풀이 같은 말만 늘어놓기 일쑤였다. 그리고 사람들은 나를 곁눈질하며 그들끼리만의 생략된 암호를 주고받다가 뜻을 짐작할 수 없는 고개짓만 남기고 사라져 버렸다.

생전에 아버지의 제자였다는 사람들도 와서 나에게 무슨 말을 할 듯하다가 옆에 앉은 숙부를 보고 일어서 버렸다. 내 뒤에서 많은 이야기가 오간다는 것을 알 수 있었으나 시원스럽게 말해주지 않은 사람들을 붙잡고 물을 나이도 못되었다. 들은 이야기를 나름대로 종합하여 재구성해 보았으나 의문은 더 커지기만 했다. 아버지를 이해하고 호감을 가질 수 없었던 나이, 아버지가 품었던 사상이 적이었던 시대에 아버지는 여전히 내 마음의 짐일 수밖에 없었다.

시제상을 엎어버렸다는 이야기도 그때 처음 들었다.

"느그 아부지는 똑똑한 사람이었다. 시대를 앞질러 간 사람이다는 말이제. 허례허식을 싫어하고 자기주장도 분명했다. 가을 문중 시제 때 시제상을 발로 차서 엎어버린 적도 있지 않았겠냐?"

그의 말이 끝나기도 전에 누군가

"어허, 아그 앞에서 쓰잘데기 없는 소리!"

하고 제지하는 바람에 그 사람은 멋쩍게 일어섰지만 '시제상을 엎어버렸다'라는 말은 충격이었기에 잊히지 않았다. 전후 사정에 대한 설명 없이 그런 말을 남기고 사라지는 친척이 원망스럽기도 했다.

"청동회원들이 몇인가는 살았을 것인디 하나도 안 보이네. 연락이나 됐는지 몰라."

아버지 또래의 사내가 내 손을 잡고 했던 말이었다.

"청동회요?"

내가 되묻자 그 옆에 있던 다른 사내가 얼른 말을 가로막고 나섰다.

"이 사람 청동회는 뭘라고 꺼내는가. 그때 많이들 잡혀 죽거나 북으로 갔고, 살아남은 사람들도 다 예전 사람들이 아니잖은가. 그 사람 중에는 공화당 후보로 국회의원에 출마한 사람까지 생겼는디…. 그런 사람들이 어떻게 여기를 찾아오겠는가? 옛날 청동회지 지금은 그런 것 없네."

"그것이 다 대세 아니겠는가. 세상이 변했는디 아직도 변절 운운하는 것은 시류를 제대로 못 읽는 사람들 이야기여. 지금 박 대통령도 한때는 저쪽 머리를 쓴 사람이라고 하지 않던가."

"그렇거나 말거나 청동회 이야기는 더 하지 말소. 하나 마나 한 말 아니겠는가?"

"그럴까? 그래도 한때는 좋은 일도 많이 했는디…."

내가 의문의 시선을 보내자 사람들은 이야기를 거두어버렸다. 다시 청동회를 들먹이는 사람은 없었다. 그러나 실체 없는 청동회라는 이름은 내 머리에 의문으로 깊이 남았다.

"느그 어매야 그런다지만 느그 외가 쪽에서는 아무도 안 왔느냐?"

"외가요?"

"느그 외가가 읍내에 있는지 모르냐?"

"알고는 있습니다."

"하긴 누가 연락을 안 했으면 모르겠제. 다 소용없는 사람들이다."

할아버지와 할머니 앞에서 외가 이야기는 어머니 이야기만큼이나 금기 사항이었다.

어머니의 불륜이 외가쪽의 피내림이라고 굳게 믿었던 할머니는 외가에 대해서도 입에 담을 수 없는 악담을 쏟았고 혹시 내가 외가 사람들하고 만나지 않을까 경계하고 있었다. 그 무렵까지만 해도 나 역시 외가를 찾을 일도 없었기에 외가 사람들을 모르고 있었다.

섬마을 초등학교 교사가 된 다음해 겨울.

몸져누운 할머니와 아버지 이야기를 한 적이 있다. 그러나 할머니 역시 아버지의 행적을 아는 데 도움이 되지 않았다.

"대구 형무소에서 죽었다는 연락을 받고 느그 조부하고 선창 작은아부지하고 하래동안 기차를 타고 빙빙 돌아서 갔더니 느그 아부지는 이미 묻어 분 뒤였다고 하드라. 묻은 송장을 확인할 길도 없고 여름이라 파올 수도 없었제. 나중에 파올라고 돌로 표시를 해두고 왔는디 그 이듬해에 전쟁이 나부렀지 않았겠냐. 사변이 끝나고 느그 조부가 다시 갔더니 묘도 많아지고 표시도 없어져불어 그냥 올 수밖에 없었다고 했어. 글안해도 골병만 남은 사람이었는디 니가 보았다시피 그라고 변해 분 거여. 느그 아부지 말도 못 꺼내게 하고. 부모 노릇 못한 한 때문에 더 그랬을 거여. 연락 온 것은 팔월이었는디 느그 애비가 죽은 날은 훨씬 그 앞이여. 우리가 알기는 음력 유월 스무 나흗날이다. 연락 온 날은 양력으로 팔월 열 이레였다."

가슴에 있는 말이 어디 그뿐이었으랴.

며칠 후, 내가 보는 앞에서 할머니는 잠자듯 숨을 거두었다.

할머니마저 없는 고향은 더 멀어지고 말았다.

월출산 천황봉이 정면에 보이는 곳, 밀물 때면 마을의 턱까지 바닷물이 찰랑대고 썰물이면 갯벌 저만치 강이 모습을 드러내고 느리게 흐르던 고향이었다.

아득히 펼쳐지는 갯벌에서 뒹굴며 그 속에 살아 숨 쉬던 생물들을 쫓아 헤맸던 갈대 우거진 강, 물때에 맞추어 영산강을 오르내리던 배를 향해 막연히 떠나고 싶은 열망을 모아 손을 흔들었던 강가의 산비탈에 옹기종기 모여 있던 초가집 마을, 여수리.

지금은 강 하구에 둑이 만들어져 넓었던 강폭은 작은 개울처럼 변하고 개펄은 논이 되었다. 마을에서 초가집은 찾을 수 없고 마을로 이어지던 오솔길들은 넓혀져 포장되었다. 간척지 논을 경작하기 위해 유입된 외지인들이 들판에 새로운 마을을 이루는 바람에 여수리는 들 가장자리에 앉은 옛마을이 되고 말았다.

집도, 얼마 되지 않은 농토도 사겠다는 사람이 없었다. 형뻘 되는 친척에게 산소 벌초나 해주라면서 집과 토지를 맡겼다. 수년 전, 사람이 살지 않으니 흉가처럼 보기가 싫다면서 허물어버리자는 연락을 해왔기에 그때 생각 없이 동의해버렸다.

얕은 산기슭의 밭이 되어버린 집터, 뒤꼍의 나무조차 베어져 버린 그 횅한 터에서 나는 비로소 마지막 남은 회상의 근거마저 상실해버린 아픔에 가슴을 쳤지만 돌이킬 수 없는 일이었다. 이제는 전설만 감춘 고향 집, 쉽게 찾을 수 없는 고향이었다.

목포로 통하던 뱃길 대신 먼지 일던 황톳길이 넓혀지고 포장되어 광주에서도 한 시간 남짓 거리로 단축되었지만 여수리는 여전히 먼 곳이었다.

그렇다고 익명의 도시 생활에 정을 붙인 것은 아니었다. 편리함은 있으되 어쩐지 떠 있는 것만 같은 생활. 이래저래 고향은 멀어지고 사는 곳마저 깊이 뿌리를 내리지 못한 어정쩡한 삶. 관준에게 그런 말을 못 하는 것은 자존심 때문만은 아니었다.

"어때? 출출한데 점심이나 함께 하세. 손 학장이 좋은 생고기 집을 하나 찾아냈다네."

"그래 좋지. 집사님하고 한 잔 하는 것도…."

개신교와 가톨릭을 구별하지 못해서가 아니라 일부러 해본 소리였다.

"이 사람이. 성당에는 집사님이 없다니까. 그냥 평신도야, 평신도."

"그런가? 하여튼 앞장서소."

"일전에 저 사람하고 한 번 가 봤는데 괜찮았어. 우선 고기도 신선하고 맛도 좋지만 양도 시내보다는 훨씬 많아."

"가세. 내가 안내할게."

손여택이 앞장섰다. 뜻 맞은 친구들과 입에 맞는 음식에 한 잔의 술을 곁들이는 것도 사는 재미 중의 하나라는 것이 여택의 지론이었다.

미식가였다. 신문에 난 어지간한 집은 한 번쯤 가보고 음식에 대한 평도 날카로운 사람이었다.

"음식은 오관을 만족시켜야 하는 거야. 음식은 무엇보다 청결해야 돼. 그리고 간이 맞아야 하거든. 그리고 시각적으로 보기 좋아야 하고 냄새도 좋아야 하거든 물론 맛이 있어야겠지. 그런데 말이여 음식에 인공 조미료를 넣으면 그건 최악이여."

그런 여택은 냄새만으로도 조미료의 첨가 여부를 감별할 줄 알았다.

먹을 수 있는 것은 무조건 음식이라고 여겼던 나였다. 맛을 따지기 전에 음식은 단순히 생존을 위해 배를 채우는 것이었다. 그러니 맛에 대해 무지할 수밖에.

"어디쯤이야? 학교 부근이야?"

"아냐. 자네 집에서 멀지 않아. 구청 앞에 새로 생긴 초원이라는 집인데 작지만 깨끗하고 괜찮아. 고기는 함평에서 직접 잡아 온다던가…. 아무튼 가보면 알아."

여택의 말.

"구청 앞? 바로 우리 집 부근인데…."

"이제 개업한지 얼마 안 된 집이야. 그 근방에 그런 집이 많은 것 같던데?"

관준의 말.

"그래? 그런데 말이야. 혹시 전에 빨치산 활동을 했던 사람 중에서 아는 사람이 있어?"

"육이오 때? 먹을 것 이야기하다 뜬금없는 빨치산이야? 우리 아버지께서도 그런 활동을 하셨던 분이라고 했잖아."

"아니, 살아 계신 분들 중에 말일세. 얼마전 신문에 육이오 때 빨치산 활동을 했던 장기수가 출옥을 했다는 기사가 보였어. 혹시 자네는 발이 넓으니 아는 사람이 있는가 하고 물어본 거야."

"자네 부친에 관해서 알아보려고?"

"아냐. 다른 사람 이야긴데 장흥 유치 쪽에서 활동했던 분의 가족으로부터 부탁을 받았어. 아니 부탁을 받았다기보다는 내가 알아봐 주겠다고 했거든."

"장흥 유치? 우리 부친도 그 지역에 계셨다고 했잖아. 내 고향도 장흥 아닌가."

"내가 좀 아는 사람이야. 그 이야기는 좀 있다 할게. 혹시 알만한 사람이 있어?"

"전에 우리 마을에 그런 사람들이 많았지만, 지금은 거의 가셨고 살았다고 한들 오래전 고향을 떠 버려서 찾기 힘들 거야."

"이산빈이라고 살아 계시면 팔십쯤 되는 노인인데 어릴 적 친구 아버지야. 사변 나던 가을에 국사봉쪽으로 입산한 후 행방불명되었다는 이야기였어."

"자네 부친에 관해서나 자세히 알아보라고 했더니 엉뚱한 말을 하고 있네. 아, 이 사람아! 그때 사라진 사람이 한 둘이간디? 아마 이제는 찾기 어려울 거야. 어디서 들은 이야긴데 산에 들어가서는 본명을 쓰지 않아 나중에 살아남은 사람들도 이름을 말해서는 모르는 경우가 많다고 했어. 그리고 입산한 사람들 기록은 전혀 없어. 더군다나 유치 지역은 주 토벌대상이 되어 우리 부친처럼 사전에 자수하지 않은 사람들은 거의 몰살당했다고 했어. 고향 사람들 말로는 육십 년대까지도 숲속으로 조금만 들어가면 인골이 뒹굴었고 칠십 년대까지도 유품들이 널려 있었다고 하데. 많이 죽었다는 이야기 아닌가."

"그랬어?"

"그리고 살아남은 사람들도 내놓고 말을 안 해. 우리야 고향 사람들이니까 소문 듣고 다 알지만 입산했던 사람들의 공통점이라고 할까…, 산에서의 일은 말하지 않았어. 아무튼 우리 부친만 봐도 그 이야기만 나오면 입을 다물고 마셨지 않은가."

"그럼 못 찾을까?"

"당시 장흥 군당에서 일하던 분이나 만난다면 모를까, 그런 분들이 살아 계실라나 몰라. 내가 아는 친구가 그 계통의 자료를 모으고 있어. 한번 물어볼게. 신문사 기자하는 젊은 친군데 당시 이쪽 지역의 활동에 관해서는 많이 알고 있다니 혹시 뭔가 알아낼 수도 있을는지 모르겠네."

"그런 걸 연구하는 사람도 있나?"

"학문의 대상이 될 수도 있지 않겠어? 해방 공간에서 좌우익의 대립과 분단 그리고 전쟁의 와중에 다수 민중이 휩쓸려 들어간 최악의 사건이 남한 내 빨치산 활동이었네. 아무리 역사가 승자의 기록이라고는 하지만 민족사에 커다란 생채기를 남긴 사건임에도 감추어진 사실이었지 않은가. 그런데 그런 사실들이 어느 일방에 의해 주도되어 반대쪽의 활동이나 목적을 송두리째 무시해버린다면 적어도 온전한 역사의 기록이라고 볼 수 없을 거야. 요즘 와서 당시 많은 민중이 열악한 조건 속에서도 무엇 때문에 죽음을 마다하지 않고 그렇게 나섰는지 그런 의문을 추적하는 소장 학자들도 있어. 패자의 주장이 무엇이었건 패자라는 이유만으로 묵살했던 편협한 사고에서 벗어나 이제 패자의 기록도 정리해서 역사로 남겨야 할 때가 아닌가 싶어. 지금 당장 평가하기는 어려울지라도 자료를 수집하고 정리하는 일은 누군가 반드시 해야 한다고 생각하네. 그런 의미에서 그걸 추적하는 분들의 노력도 값진 것이라고 할 수 있겠지."

"그럴 수도 있겠네."

"전쟁은 우리 민족의 선택이 아니라 외세의 개입이 부른 참화였네. 우리 현대사를 읽다보면 안타깝고 분한 마음이 커."

경제학을 전공하고 더구나 수년간 외국에 있어서 우리 역사를 잘 모르리라는 선입견을 줄 만한 사람임에도 관준은 그 방면에서도 나를 앞지르고 있었다.

"외세에 의해 독립된 나라였기에 민족이 주체적으로 단결할 수도 없었겠지만, 만약 해방 후 확실하게 민족 모순의 싹을 제거할 힘이 우리에게 있었다면 아마 민족이 분단되고 서로 쫓고 쫓기는 비극도 없었을 거야. 그리고 현재와 같은 외세 의존적인 국가 모형도 만들어지지 않았을테고. 자네도 미국에 다녀왔으니까 나름대로 판단이 있겠지만 미국은 매우 합리적이고 인간을 중심으로 하는 사고가 보편화 된 나라야. 허나 자국의 이익을 추구하는 패권주의가 강한 국가 아니던가? 세계에서 미국의 이익에 반하는 행위를 했던 정치가 치고 살아남은 예가 흔하지 않네. 우리나라 정치하는 사람 중에는 미국을 절대적인 우방으로 여기고 상당한 수준 대등하게 발전했다고 말하지만 내가 보기에 그건 의도적인 착각이야. 적어도 정치하는 사람들이 미국의 야심과 욕망을 못 볼 리 있겠는가? 다시 말하면 그 의도적 착각이라는 게 결국 살아남기 위한 비굴일 수 있다는 말이지. 그러니 미국의 정치가들이나 식자들의 눈에 한국 정치가들이나 한국의 백성들이 제대로 보이겠어? 이대로 가다가는 다음 세기에도 미국의 영향권에서 벗어나기가 퍽 어려울 거야. 남북이 단결하고 정신 차려야 하는데…, 정치가들이야 그런다고 치고 우리마저 미국의 위세에 눌려 말을 못하면 안 돼, 할 말을 해야 돼. 한국 내에서 자행된 미국의 횡포를 고발하고 우리 정부가 일방적으로 미국의 압력에 굴복하지 않도록 끊임없이 촉구하는 것이 정부를 돕는 길이고 민족을 살리는 길이여. 그리고 우리가 온전하게 살아남기 위해서는 그간 감춰졌던 우리 역사를 찾아 복원하는 작업도 해야되네. 그것이야말로 반쪽 역사를 청산하는 길이고 후대에 우리 아이들이 살아남는 길이네. 그런 의미에서 남한 내에서 잊힌 투쟁의 역사도 누군가는 제대로 정리하는 것이 중요하다는 말이지. 그래서 그런 일을 하는 사람을 장하다고 보네."

세상 돌아가는 것을 어지간히 이해하고 상식 수준 이상으로 판단할 줄 알면서도, 매사에 우유부단한 성격 때문에 원만함을 가장하며 소신을 감추고 사는 나에 비해 관준의 태도는 언제나 그렇듯 당당한 면이 있었다.

명쾌하고 솔직한 관준의 말에 반박할 마음은 없었다.

"내가 부탁한 사람이나 알아 봐줘."

"참. 사람이⋯. 그러고 보니 자네도 무슨 일 있었던 거야?"

관준이 의심쩍은 눈을 하고 나에게 물었다.

"아무 일도 없어. 술이나 한 잔 하세."

슬그머니 말꼬리를 흐렸다. 어머니의 입원, 목포 선창에서 경채의 만남, 그리고 일강집의 만남으로 이어지는 일련의 과정을 관준이 어떻게 받아들일 것인가.

"빨리 와. 가다가 해 떨어지겠네."

앞서 택시를 잡아 놓은 여택이 뒤돌아보며 걸음을 재촉했다. 같은 자리에 있으면서도 사람이 지향하는 바는 그렇게 같지 않은 법이다.

다시, 그 길에서

아버지 얼굴도 모르는 아이로 태어날 수밖에 없었던 운명, 젖먹이 시절에 어머니와 헤어진 운명의 연결 선상이었을까.

동네 선배들에게 이끌려 갔던 초등학교 입학식, 늘 혼자였던 중·고등학교 입학식, 참석조차 못 했던 대학 입학식이었다.

흐르는 물결에 실려 떠가는 낙엽 같은 인생, 나에게 입학식이란 특별히 심중에 남은 의미 있는 날이 아니었다. 또 설렘과 희망을 말하는 시간이 아니라 남들의 축제를 지켜보는 듯한 대상화된 통과의례였을 뿐이다.

입학식을 끝낸 신입생들이 떼로 몰려다니며 학교를 살피고 있었다. 몸에 덜 익은 새 옷을 입고 조심스레 강의실 주변을 살피는 여학생들, 호기롭게 앞 단추를 풀어제끼고 추운 바람을 마주 받고 가는 남학생들. 그들의 품에 안긴 꽃다발. 그들의 얼굴에서는 오늘이 있기까지 그들이 가슴에 품었을 좌절과 고뇌는 찾을 수 없었다.

교문으로 나가는 길 곳곳에서는 재학생들이 진을 치고 자신들의 동아리를 선전하기에 바빴다. 관계를 소중하게 여기는 사람들은 성도 이름도 모르는 사람끼리 모여 선배니 후배니 하면서 새로운 인연을 맺는다. 그렇게 맺은 인연이 그들 각자의 인생에 어떤 의미를 지니게 될 줄을 지금 그들은 모르리라. 행복과 불행이 수없이 교차하고 만남과 헤어짐을 또 수없이 반복하며 살아야 하는 인생의 여정을 짐작조차 못 하리라. 축복과 희망만이 넘치는 곳에서 나는 헤어짐을 생각하고 있었다.

입학식을 마친 후, 교수들과 점심을 함께 하는 자리에서 낮술로는 과하다 싶을 정도로 여러 잔을 마셨다.

"아빠, 여기…."

집에 들어서니 하영이 기다렸다는 듯 메모지를 건넸다. 고개를 갸웃거리는 내 눈치를 살피며 하영이 말했다.

"한 시간쯤 됐을 거예요. 가방 때문이라고 하셨는데 아마 할머니가 잃어버리셨다는 가방이 아닌가 싶네요."

"할머니가 잃어버린 가방?"

찾으려고 시늉을 했으나 찾지 못한 가방이었다. 이제는 포기하고 있는데 난데없는 가방이라는 말에 나는 영문 모른 사람처럼 메모지를 들고 서 있었다.

뒤따라 외출에서 돌아온 아내가 서둘러 메모지에 적힌 번호를 눌렀다. 전화를 끝낸 아내가 목포행을 재촉할 때까지 나는 반쯤 취해 현실을 벗어난 몽롱한 상태였다.

"서산동이라는 곳의 제재소라네요. 어떻게 보니 당신 이름하고 우리 집 전화번호가 보여 연락했대요."

"날도 저물어가고 술도 했으니 내일 가면 안 될까? 거기 있는 가방이 어디 가겠어?"

주저앉으려는 나를 아내가 일으켜 세웠다.

"어머님 가방이잖아요. 운전은 내가 할게요."

어머니의 가방이라는 말속에는 나더러 앞장을 서지는 못할망정 미루어서 되겠냐는 책망과 함께 가방에 무엇이 남아 있는지 궁금하다는 뜻이 충분히 보였다.

함께 가지 않으면 성의 없다는 말이 이어질 것이다.

"아빠, 다녀오세요. 저녁은 저희가 해결할 테니 모처럼 목포 가시는 길에 두 분이 좋아하는 회도 드시고 오세요."

하영이까지 제 어미를 거들었다.

"애는? 우리가 놀러 가는 줄 아는가 봐."

말은 그렇게 하지만 아내도 하영의 응원이 싫지 않은 표정이었다.

양말을 벗으려다 말고 끌려 나온 꼴이었다.

가방에는 어머니가 무엇 때문에 목포에 갔는지 알 수 있는 단서가 있을 수 있다. 그리고 어머니의 속내를 짐작 가능한 물건이 남아 있을 수 있다. 그렇지만 가방이 제재소에서 발견된 점으로 추정컨데 필시 쓸만한 것은 털리고 껍질만 남았을 것이다. 더구나 아무리 겨울이라지만 한 달 이상 밖에 버려진 가방 속의 내용물이 온전하기를 기대할 수 없잖은가. 어머니에게 소중한 것들이 들어 있을지라도 나에게는 아무런 의미가 없는 것일 수도 있다. 그래도 가방으로 인해 두 번씩이나 목포를 찾게 된 사연을 생각하면 여전히 가슴 한쪽이 쓸쓸했다.

잊을 만하면 불거지는 사건처럼 어머니는 그렇게 나타나 내 가슴에 새로운 파장을 만들곤 했다. 세상을 피해 도망치듯 섬마을 초등학교의 준교사가 되어 들어간 지 한 달쯤 후 어머니는 예고도 없이 그곳까지 찾아와 나를 당혹스럽게 만들었다.

"얼굴이나 보려고 왔다."

그때 볼멘 표정으로 인사도 없이 서 있던 나에게 어머니가 했던 말이었다.

그날로 가라고 할 수도 없어 자취방으로 안내하고 나는 밖으로 나와 술을 마시고 학교로 돌아가 텅 빈 교실에서 풍금을 쳤다. 고향의 푸른 잔디였던가, 이 세상 끝이라는 노래였던가, 지금은 가사도 아득한 그런 노래들을 부르며 마음을 풀었던 햇병아리 청년 시절.

어머니는 하룻밤을 머물면서 내가 어떻게 하건 신경 쓰지 않는 사람처럼 나를 위해 반찬을 만들고 벗어 놓은 옷들을 빨아 챙겨 주는 일만 했다. 서로를 의식하면서도 무언극을 하는 사람들처럼 행동했던 어머니와 아들. 무엇인가 대화를 기대하는 어머니를 피해 나는 숙직실로 달아나 밤을 새웠다.

"이제 저는 잊어버리십시오. 이만하면 다 컸지 않습니까."

그래도 소용이 없었다. 어머니는 매년 한두 번 홀쩍 그렇게 나타나 나를 혼란스럽게 만들었다.

법대에 다니던 고등학교 동창 정호에게 행정고시, 정확하게 5급을 행정직 공채에 응시해 볼 것을 권유받은 것은 교직 생활 2년째 접어들던 해였다.

"네 가능성을 객관적으로 평가받기 위해서라도 한번 시도해 보는 것이 좋겠다. 우리 아버지도 교사지만 난 네가 교사로 평생을 그렇게 썩어야 한다는 사실이 걸리는구나. 더구나 넌 영어를 잘했잖아."

방학에 섬마을까지 찾아온 정호의 말이었다. 평생 썩는다는 부분이 거슬렸지만, 이미 초등학교의 구조적인 생리를 어느 정도 익힌터라 무언가 새로운 출구를 찾고 있던 나는 쉽게 공감해 버렸다.

나이를 들면서 많이 달라지긴 했지만, 가능한 한 사람을 피하면서 현실에서 이루지 못한 좌절을 독서를 통해 보상받으려 했던 사춘기의 버릇은 교사가 된 후에도 그대로 남았기에 쉽게 고시에 도전할 용기를 냈다고 본다.

부모로 인해 굳어진 일종의 대인 기피증과 현실도피의 수단으로 택한 도전이었다.

그렇지만 고시 공부가 목적 없이 소설을 읽는 것처럼 쉬운 일이 아니었다.

법학개론조차도 이해하기 힘든 터에 헌법이며 행정학, 행정법 같은 책은 처음부터 무리였다. 뜻도 모르면서 자꾸 읽으면 문리가 터진다는 말만 믿고 시작한 무모함에 후회도 많이 했다. 그래도 그만둘 수 없었던 이유 중의 하나가 어머니 때문이었다.

"혼자 공부해서 쉽게 되는 일이 아니라 하더구나. 차라리 지금이라도 대학을 가는 것이 어떠냐."

무모한 도전을 눈치챈 어머니의 말에 나는 버럭 화를 내버렸다.

"내가 하는 일에 참견하지 마시라니까요. 제발 모르는 척해주시는 것이 저를 도와주시는 일임을 알아주십시오. 제 일은 제가 알아서 합니다."

비밀리 계획한 일이 들통난 사실이 못마땅했고 또 어머니에 대한 거부감이 그렇게 시켰을 것이다. 안타깝게 바라보는 어머니의 시선을 의식하며 더 오기스럽게 책상을 물고 늘어졌다.

그렇지만 학교 일은 만만치 않아서 공부 시간을 내기란 여간 어려운 것이 아니었다.

학년 초에는 교육계획 작성과 환경정리, 가정방문 등으로 달포쯤 보내고 나면 이내 운동회 연습이 눈앞에 있었다. 봄철 운동회를 마치면 장학지도를 대비해야 했고 그렇게 바쁘다 싶으면 곧 여름의 문턱을 넘어서 버렸다. 그러면 아이들의 학기 말 성적 처리에 매달려야 했고, 더운 날씨를 탓하고 빈둥거리다 보면 가을이었다.

다시 2학기 환경정리, 가을 운동회 연습, 추석을 넘기면 바람은 서늘해지고 마음만 바빠졌지 공부는 제대로 되지 않았다. 연말이면 연례행사처럼 해놓은 것 없는 세월을 후회하며 가슴을 칠 수밖에 없었다.

가을을 방황으로 끝내고 연말이 되면 겨우 정신을 수습하여 새로운 계획을 세우고 희망의 심지 돋우기를 3년도 넘게 했을 것이다. 그때 나에게 도움이 되는 일이 한 가지 있었다면 법적으로 부모 없는 독신이라는 사실 때문에 병역을 면제받을 수 있다는 점이었다. 병역 면제는 3년가량 공부를 중단하지 않아도 되었기 때문이다.

유신 다음 해에 두 번째 응시하여 운 좋게 1차 시험에 합격했다.

1차에 합격했다는 사실은 술자리에서 도망치는 면죄부도 되었고, 드러내놓고 책을 볼 수 있는 명분도 주었다. 그래도 시간이 너무 부족했다. 교사라는 양심 때문에 아이들을 소홀히 하는 것이 아니냐는 죄책감도 들고 본격적으로 공부하고도 싶었다. 하지만 숙명적으로 타고난 가난의 굴레, 독립해야 한다는 강박은 교직을 벗어날 수 없게 만들었다.

74년 우연히 응시한 중등학교 영어과 준교사 시험에 합격하여 75년 광주 시내 사립 중학교 교사(정확하게 말하면 대학 졸업장이 없다는 이유로 임시 교사였다. 자력으로 대학을 나와야겠다는 나의 계산 때문에 일부러 택한 직장이었는데 이후 끝내 정식 교사 발령을 받지 못했다)가 되는 것으로 내 운명의 방향은 바뀌었다.

고시에 대한 미련을 버리지 못하고 뒤늦게 야간 대학 법학과에 적을 둔 것도 그 해였다. 고등학교 학력으로는 어려운 시도요 의지만으로 되는 일이 아니라는 점을 깨달았기 때문이다.

그러나 합격의 벽은 높기만 했다.

딴에는 부지런히 공부했으나 번번이 2차 관문은 넘을 수 없었다. 비참해지는 자신을 보는 일은 절망이었다. 어머니와 내기를 한 것도 아닌데 자꾸 어머니가 의식되었고 그럴수록 어머니에 대한 기피는 더 심해지기만 했다.

대학을 졸업하고 대학원에 진학한 것은 꼭 대학에 남겠다는 목적이 있었기 때문이 아니었다. 절망을 벗고 살기 위한 몸부림이었는데 타인들의 눈에는 열심히 사는 모습으로 보였던 모양이었다. 교수의 추천으로 대학에 남을 수 있었던 것은 행운이기도 했지만 엄밀하게 따지면 운명의 아이러니였다. 내가 원했던 것을 스스로 결정하기보다는 누군가에 의해 끌려다닌 인생이었다고나 할까.

대학을 졸업하던 날 어머니는 어떻게 알았는지 대학까지 찾아왔다. 단발머리 여중생이던 인숙과 함께였다. 어머니를 보며 나는 웃지 않았다. 어쩌자고 나를 쫓아다닌단 말인가. 그러나 꽃다발을 들고 눈치만 살피고 서 있는 인숙을 보니 밉다는 생각에 앞서 왜 눈이 흐려졌는지 모른다.

누구의 씨가 되었건 나와 탯자리를 같이한 인숙도 동생일 수 있다는 생각에 내미는 꽃다발을 거절할 수 없었다. 고맙다고 했는지 아니면 무슨 말을 했는지는 기억에 없다. 나를 오빠라고 부르며 어머니와 나의 중간에서 실겁게 매개 역할을 했던 인숙과 그때 아직은 결혼 전이었던 김영주 때문에 그런대로 어설픈 가족의 흉내를 낼 수 있었다. 어머니와 아들 그리고 아비가 다른 동생을 앞에 둔, 받아들이고 싶지 않은 서러운 현실이 부담이었을 뿐이다.

아내가 된 김영주를 처음 만난 곳은 두 번째 근무지 보성에서였다.

한동안 교사가 부족하여 초등교원 양성소를 설립하여 나 같은 사람도 교사가 될 길을 열어 주었던 시절이 있었지만 70년대 초반부터는 교사 적체 현상이 나타나기 시작했다. 74년 3월, 졸업 성적이 좋았던 아내는 교대를 갓 졸업하고 부임해 왔다. 다소 맹랑해 보이면서도 귀티가 풍기는 인상이 나를 끌었지만 거듭 낙방하는 2차 시험이 나를 옥죄었던 시기였기에 신경을 쓸 형편이 아니었다.

"나이에 비해 너무 점잖으신 것 같아요."

농번기 무렵이었는지 정확하지는 않지만 언젠가 광주로 가는 차안에서 우연히 자리를 함께 했던 적이 있었는데 그때 김영주가 했던 말이었다. 재미없게 보인다는 말이었다. 나는 얼굴을 붉힌 채 웃기만 했다.

그리고 묻지도 않았는데 위로 오빠가 둘 언니가 셋 밑으로 대학에 남동생 하나 있어 7남매라고 말했던 것으로 기억한다. 큰오빠와 큰 형부는 의사, 작은 형부는 교수, 막내 형부는 고등학교 교사, 작은 오빠는 일류대학 대학원생이라는 말들이 그렇잖아도 힘들게 사는 나를 더 주눅들게 했기에 나중에는 창밖으로 시선을 돌리고 말았다.

한 학년을 마치는 동안 김영주와 개별적으로 나눈 이야기는 거의 없었다고 기억한다.

정작 아내와 가까워진 것은 내가 광주의 사립 중학교로 옮긴 후였다.

6월 초였을 것이다. 농번기 휴가를 받아 광주 집에 올라온 김영주가 전화했고 나는 기다렸다는 듯 퇴근을 앞당겼다.

"제가 좋은 곳으로 안내할까요?"

당시에도 광주 지리에 서툴렀던 나는 어디가 어디인 줄 몰랐다.

그냥 따라다녔다. 그때 처음 음악 감상실이라는 곳에도 갔고 '그릴'이라는 경양식집에도 들러 영화에서 봤던 포크와 나이프라는 것도 서툴게 잡아 봤기에 잊히지 않는다.

김영주를 통해 또 다른 세계를 경험한 셈이었다.

질끈 묶어 틀어 올린 머리, 상아색 블라우스에 청색 스커트를 입은 그녀를 보며 남성을 느꼈던 일은 아직 누구에게도 말하지 않은 비밀이기도 하다. 김영주라는 이름을 다시 외워보면서 오묘한 운명의 조화에 잠을 이루지 못했던 일도 새삼스럽기만 하다.

5년의 만남 끝에 결혼하기까지의 과정에 우여곡절도 많았다.

재단의 농간 때문에 임시 교사 딱지를 떼지 못한 불안정한 신분도 그랬고, 무엇보다 아버지의 과거 어머니의 현재도 나를 위축시켰다.

가능성 있는 착한 남자라는 점을 내세워 처가 식구들을 설득시킨 김영주의 노력이 없었더라면 주변머리 없는 내 힘만으로 우리의 결혼은 성사될 수 없었을 것이다.

"저렇게 멋없는 남자가 뭣이 좋아 그랬는지. 내가 미쳤지…."

그렇게 말하는 아내이지만 내가 살아오는 동안 누구보다 힘이 되어 주었고 나의 변화를 이끌었던 사람이었다.

서른이 넘는 나이에 결혼하겠다면서 어머니의 승낙을 받는 일이 의무 조항일 수는 없었으나 가을이 다 갈 무렵 "오는 일월쯤 결혼할 것 같습니다"라고 통고하듯 그렇게 말했을 때 어머니는 소리 없이 울었다.

대견하다는 것인지 서운하다는 뜻인지 구별되지 않는 눈물이 나를 짜증스럽게 했다고 기억된다.

문제는 결혼식 날이었다. 숙부가 아버지를 대신하는 것은 당연한 일이었지만 그 옆에 어머니를 모시는 문제는 숙모가 앞장서서 반대했다.

"다른데 시집가서 줄줄이 아그들까지 낳은 여자를 어떻게 엄니라고 하겄소. 그런 여자는 아예 식장에도 발을 못 들여놓게 해야지라우. 그라고 병주는 어찌되었건 내가 키운 자석인게 장가가는데도 마땅히 내가 혼주 노릇 해야제라우."

"그래도 낳은 엄니가 계신디…."

"나는 그 꼴 못 봐라우. 우리 병주가 누구요? 혼자 공부해서 대학교수가 된 사람인디 그런 여자를 엄씨라고 내세우면 병주 체면이 뭣이 된다요. 언제는 새끼 내불고 간 사람이 인자는 엄니라고요? 그라고 정당한데나 시집을 갔다면 모르겄소. 똑똑하신 우리 시숙님 꼬아바친 놈하고 야합한 여자를 어떻게 우리 병주 결혼식장에 들여놓는단 말이요. 절대 안 되아라우."

당시 서울 변두리 시장에서 청과물 장사를 하고 있던 숙모의 태도는 완강했다. 숙모는 어린 내 가슴에 셀 수 없이 대못을 박았던 옛날은 아예 기억하지 못하고 있었다. 그런 사람을 상대로 따질 수도 없었다. 결혼이라는 것은 어차피 형식일 뿐 아무려면 어떠랴 싶어 대수롭지 않게 여겼던 내 태도도 문제였다.

그러는 사이에 일은 숙모의 뜻대로 돌아가고 있었다.

어머니는 광주에서 치러진 결혼식장에 나타나지도 않았다. 자랑스럽게 가슴을 펴고 앉아 있는 숙모를 보고 그때서야 비로소 어머니가 없음을 알았다. 뒤늦게 어머니를 세우지 않은 자신의 불찰을 뉘우쳤지만 소용없는 일이었다.

제주도 신혼여행지에서 서울로 전화를 했을 때 어머니는 외출 중이라고 했다.

"축하하네."

얼굴도 모르는 이강재의 소리가 들렸다.

내 가슴에 서늘한 바람이 지나고 표정은 굳어졌다.

"자네 집안에서 절대로 못 내려오게 하는 바람에 우리가 못 갔어. 사람인사가 아닌 줄은 알지만, 괜히 좋은 자리에 가서 낯 붉히는 것이 오히려안 좋을 것 같아 내가 참자고 했네."

그의 말에서 모든 것을 알 수 있었다. 아마 숙모는 전화통이 불나게 나타나지 말라고 오금을 박았을 것이다. 무슨 말이 오갔을지 뻔했다. 전화기를 든 손에 힘이 빠져 이강재의 말이 끝나기도 전에 수화기를 놓고 말았다. 그리고 다시 어머니에게 미안한 마음을 전할 기회는 없었다.

살림을 시작한 후 찾아온 어머니는 누가 묻지도 않았는데 갑자기

"나는 아파트에서는 못 살 것 같다. 어디 땅 있는 집에서 이것저것 심어먹고살았으면 좋겠어"라는 말을 했었다.

그때 어머니는 말이라도 언젠가 '우리도 그렇게 삽시다'라는 말을 듣고싶었는지 모른다. 겨우 아파트라도 자리를 잡아 숨을 돌리고 있던 나로서

는 그렇게 말할 여유가 없기도 했다. 아니다 그보다는 의식적으로 묵살했다는 게 솔직한 표현일 것이다.

그 후 어머니의 발걸음은 뜸해지고 말았다.

그렇게 어머니를 잊고 있을 무렵 이강재가 죽었다는 소식이 들렸다.

뒤늦게 알고도 들여다보지 않을 수 없었다. 하지만 어머니는 기도원으로 가고 없었다.

"남편이 죽어 삼우재도 안 지냈는데 기도원으로 간 엄마를 나는 이해 못 하겠어."

큰딸 진숙은 어머니에 대해 가시가 박힌 말을 쏟았다.

"아버지도 좋은 사람은 아니었잖아. 그래도 엄마는 아버지에 대한 죄책감 때문에 기도원으로 가셨을 거야."

인숙이 야무지게 대들었다.

"가정에서는 여자가 남편에게 부드러운 맛이 있어야 하는데 우리 엄마는 그게 아니었잖아. 애교는 없더라도 은근히 무시하는 태도는 안보였어야 했다는 말이다. 아무리 생활 능력이 없는 남자라고 자존심까지 없었겠어? 하여튼 엄마도 아버지한테 잘한 것 없어."

"언니 왜 자꾸 엄마 탓만 해? 여자 등에 업혀 살았으면 됐지 전처 자식은 왜 끌어들여 가정에 불화가 일어나게 하고 혼자 고생하는 여자한테 미안하지도 않아서 자식 같은 젊은 아이들하고 놀아난 것은 잘한 일이야? 그러니 어떤 여자가 정이 우러나겠어. 나 같았으면 그런 꼴 보기 전에 벌써 끝냈을 거야. 결국 젊은 여자의 방에서 횡사를 했으니, 나는 아버지가 그런 사람이라는 사실을 정말 누가 알까 싶어."

"아버진 우리한테는 다정하셨지 않니."

"나한테만 잘한다고 해서 좋은 사람이라고 판단하는 것은 잘못이야. 사람은 객관적으로 보고 판단해야 해. 악인들도 제 자식한테는 잘한다고 하잖아?"

"넌 남 앞에서 아버지를 그렇게 몰아세울 거니? 너도 그 속에서 낳은 자식이라는 점을 알아야 해."

"오빠가 남이야? 기가 막혀서. 그만두자, 그만둬. 정말⋯."

인숙의 기세에 눌린 진숙은 슬그머니 일어서서 밖으로 나가 버렸다. 이강재의 죽음의 원인이나 어머니가 어떻게 살았는지를 대강 짐작하게 해주는 대화였다.

중년의 나이에도 짙은 화장에 손톱에는 붉은색 매니큐어를 칠한 진숙에 비해 인숙은 어린 나이에도 말하는 것도 그랬지만 차림도 딴판이었다. 화장기 없는 얼굴, 연두색 바탕에 초록색 체크무늬의 티셔츠와 청바지 차림의 인숙에게 더 호감이 갔던 이유는 그녀가 어머니를 더 두둔했다는 사실과 어떤 상관관계도 있었을 것이다.

"엄마는 원래 아주 말이 없던 분은 아니었던가 싶어요. 우리가 어렸을 적에도 엄마는 미제 군용 전축일망정 그런 것을 자주 들으시던 일들이 생각나거든요. 그랬는데 언제부터 달라졌는지 딱히 짚을 수는 없지만, 하여튼 엄마는 오래전부터 웃음을 잃었어요. 지금 추측컨대 미란 언니가 나타난 뒤가 아니었나 싶기도 하고 아버지가 바람을 피운 뒤부터 인듯도 싶고. 아무튼 내가 초등학교 다닐 때 이미 표정을 잃었던가 봐요."

어머니에 관해 처음 듣는 이야기였다. 미란은 이강재의 전처 딸이라고 했다.

"아버지와 엄마의 삶을 돌이켜 보면 딸인 나로서도 이해 안 되는 대목이 많고 안타까운 점이 많아요. 물질적인 풍요는 있었어도 가정의 따스함을 느낄 수 없었던 집이었으니까요. 그래서 미란 언니가 나타나기 전 한때는 엄마와 아버지 사이가 좋지 못한 원인이 오빠 때문이라고 여기고 얼굴도 모르는 오빠를 원망한 적도 있어요."

"나를?"

"엄마는 오빠 생각을 참 많이 했어요. 내가 오빠가 있다는 사실을 안 것은 초등학교 입학할 무렵이었을 거예요. 무슨 소포가 되돌아오고 어쩌고 하면서 언니들이 오빠 이야기를 하더라구요. 그때는 도무지 이해가 안 가는 말이었지요. 오빠로 인해 우리 자매들은 엄마에게 불만을 품기 시작했고 아버진 바람피우는 구실로 삼았다고 봐요. 그러다 미란 언니가 나타나면서 상황이 더 나빠졌지만요."

"나는 항상 피해자로만 여기고 살았다."

"지금도 오빠를 원망한다는 말은 아니구요, 전에 그랬다는 말이지요."

인숙의 말속에 남아 있는 원망의 여운이 나를 아프게 했다.

"그 속에서 엄마는 가슴 한 번 제대로 펴지 못하고 사셨어요. 죽도록 그늘에서 아버지 좋은 일만 하신 셈이지요. 그런 중에도 엄마는 오빠를 위해 기도하고 사셨을 거네요. 그랬는데 오빠는 결혼식장에 참석도 못 하게 했잖아요."

"결혼식장에 못 오시게 한 것은 아니었다."

"어떻든 못 가셨지 않아요? 그때 엄마의 심정이 어땠을지…. 미안해요, 오빠."

준비 없이 인숙에게 예상치 못했던 질책을 당한 꼴이었다. 그렇지만 늘 어머니를 피해 살고 싶었던 젊은 날의 기억과 상처를 털어놓을 수는 없었다.

"학교 다닐 때 운동을 했어?"

"나는 그런 일을 할 만큼 통이 크질 못해요. 아는 친구들이 더러는 대학을 포기하고 노동현장으로 가기도 했지만 나는 갈 수 없었어요."

"무엇 때문에?"

"말씀 드린대로 통이 크지 못한 점도 있었고, 그보다는 오빠한테만 드리는 말씀인데 사실은 엄마 때문이었어요. 도무지 이해할 수 없는 엄마가 불쌍해 떠날 수 없었거든요."

대학 졸업날 어머니와 함께 꽃다발을 들고 찾아왔던 단발머리 소녀가 아니었다.

20년의 세월이 지나도록 아무것도 변한 것이 없던 나에 비해 늘 어리다고 여겼던 인숙은 매사에 생각하는 면에서 훌쩍 변해 있었다. 어쩌면 그때까지 내가 인숙의 모습을 제대로 못 보고 있었는지도 모르지만.

"고민을 하다보면 끝이 없어. 적당한 곳에서 잊고 멈추고 늘 새로운 사실을 찾아가야 하는 거야. 집안의 문제는 네 힘으로 해결할 수도 없고 저질러진 사실을 감출 수도 없겠지. 그렇다고 누구에게 털어놔도 이해해 주지 않아. 혼자 안고 업고 살 수밖에 없는 업보인 것 같더구나."

"그래요. 아무도 나를 대신해서 살아 줄 수는 없는 일이니까요. 그런데 이제 겨우 엄마를 이해하고 가깝게 하려는데, 이제는 엄마가 나까지도 자꾸 멀리하시는 것 같아 그 점이 안타깝기만 하네요. 일단 엄마는 제가 모실 거예요. 내가 알기로는 엄만 오빠한테 늘 죄인이었어요."

다시 나를 책망하는 말 같아 나는 대답 대신 크게 숨을 한 번 더 몰아 쉬었을 뿐이다.

그날 어머니를 만나 특별한 대화는 없었다.

새삼 위로의 말도 어색하여 아이들 이야기만 몇 마디 나누었다. 그리고 어머니의 얼굴에서 노을이 지는 것을 보면서도 어머니를 반드시 내가 책임져야 할 의무는 없다고 여겼다. 연민의 정이 곧 효도는 아닌 것. 차라리 보면서 가슴 아프고 서로 속이 상하는 것보다는 그렇게 사는 편이 더 바람직하다는 결론을 내리고 돌아섰다.

아들도 정이 없어 하는 어머니에게 며느리가 무슨 정이 있으랴 싶었는데, 오히려 아내가 나보다 더 관심을 가졌다. 이따금 인숙과 전화하고 명절 때는 용돈이라도 보내는 눈치였으나 나는 모르는 채 해버렸다. 그리고 며느리가 잘하면 그것이 곧 어머니에게 최소한의 도리를 하는 것이라는 왜곡된 논리로 위안 삼았다.

아내는 타인에 대한 배려가 넉넉한 편이었다. 아내가 그럴 수 있는 요인은 비교적 여유있는 집안에서 부족함 없이 자랐기 때문일 것이다. 인간은 환경의 지배를 받지 않을 수 없고 그로 인해 성격 발달에도 영향을 받는다고 하지 않던가.

아내는 옷가지 하나도 유명 상표를 고집했다.

"옷은 몸을 가리면 되는 도구지 굳이 비싼 것으로 치장할 필요는 없다고 봐. 아이들은 검소하게 입히는 것이 교육적으로도 좋고."

내 말에 아내는 옷의 기능을 복잡하게 설명했다.

"옷가지 하나로 남에게 꿀릴 필요가 있어요? 그리고 가격 면에서, 품위 면에서, 실용적인 면에서 값싼 옷이 결코 경제적이지 못한 것이에요. 약간

비싸더라도 좋은 옷은 여러해 입을 수 있고요."

사람은 옷차림보다 내면을 가꾸어야 한다고 말하려다 남루했던 나의 어린 시절 모습이 크게 보여 입을 다물고 말았다.

먹는 음식도 그랬다.

"어렸을 때 어머니는 아파서 약값을 드느니 평소에 잘 먹어야 한다는 주장이었어요. 그 말씀이 맞는 것 같더라구요. 철 따라 나오는 것을 그때그때 먹는 것이 보약 아니겠어요. 그런 의미에서 비싼 것을 일부러 먹자는 이야기는 아니지만, 형편 닿는대로 먹는 것에는 아껴서 안 된다고 생각해요."

그럴때도 기본적인 욕구만 충족되면 족하다고 말하려다가 괜히 나의 성장 과정을 드러내는 것 같아 참아야 했다.

하고 싶은 말을 최대한 자제하는 나와 달리 아내는 자신의 주장을 거침없이 말하는 편이었다. 사람들에게 붙임성이 있고 적극적인 성격, 남의 문제에도 관심을 보이고 참견하기를 좋아하는 성격, 아이들에게 자신의 뜻을 강요하고 또 아이들이 지는 꼴도 못 보는 성격에 이재에도 밝아 많지 않은 봉급으로 살림을 늘리는 재주도 있었다.

그런 아내를 보면서 그러한 특성들이 선천적으로 타고난 측면도 있지만 아무래도 살아온 환경 속에서 강화된 것이 아닌가 하는 생각을 참 많이 했다.

"당신 안 주무세요?"

"아냐. 당신 운전이 불안해서도 잠이 안 와."

"참, 아직도 무시하서. 내가 녹색면허라는 사실을 몰라요?"

정작 핸들은 내가 먼저 잡았지만 남의 차를 받아 버리는 사고를 냈기에 나는 아직 녹색면허증이 없다. 녹색면허라고 해서 특별한 혜택이 있는 것도 아닌데 아내는 툭하면 그걸 들먹였다.

차는 앙상한 가지를 벌리고 서 있는 배나무 과수원 옆을 지나고 있었다. 적당히 구름이 가린 하늘, 제법 차가운 바람이 강하게 불어 봄은 아직 먼 것처럼 느껴지는 날씨였다. 핸들을 잡은 아내는 마치 여행이라도 가는 사람처럼 가볍다.

"당신 아직도 취하세요?"

대답을 안 하는 것도 대답일 수 있다.

"우리가 어머니를 모셔오면 어떨까요?"

그동안 내 마음의 갈등을 읽었던 것일까. 그래서 기회를 벼르고 있었던 것일까.

어쩌면 아내의 입에서 그 말이 나오기를 기다렸고 아내는 그런 내 의중을 읽었을 것이라는 생각도 없지 않았다.

그냥 지나가는 말이라고 할 수 없는 기습적인 제안이었으나 이상하게 충격은 없었다.

고맙다는 말도 나오지 않았다.

"그동안 인숙 아가씨 고생이 많았지요. 아이들도 어린데 어머님까지 짐이 되었으니 오죽했겠어요. 우린 아이들이 그런대로 다 컸으니 우리가 모셔야 하지 않겠는가 하는 생각도 들고, 우리가 모시면 더 좋아지실 수도 있지 않겠느냐는 생각도 들고요. 사실 그동안 당신이나 나나 자식 노릇 한 번 못 해봤잖아요? 남의 부모를 모셔다 효도하는 사람들도 있다고 합디다."

"글쎄…."

"당신도 어머님께 조금만 더 신경을 쓰세요. 마음은 그렇지 않은 것 같은데 내가 보기에는 너무 경직된 것 같습니다. 당신의 심정을 이해할 수 있지만."

나는 대답을 잊은 채 저무는 차창 밖 풍경에 눈을 두고 있었다.

또다시 병원에서의 어머니가 보였다.

생기를 잃어버린 눈. 한 곳에 시선을 고정시킨 채 몇 시간이고 버틸 힘은 무엇일까. 원망도 노여움도 잊은 눈, 그렇다고 사랑이 담긴 눈도 아니었다. 무슨 하고 싶은 말을 담은 눈도 아니고 하다못해 곁에서 부르는 사람들을 알아보는 눈도 아니었다. 보고 있던 물건을 치워도 시선이 움직이는 법도 없었다. 고정된 시선 앞에 다른 물체를 놓아도 변화를 느끼지 않는 것 같았다.

또 아무리 불러도 대답이 없었다. 눈과 코를 제외한 모든 감각 기능이 정지해버린 모습이었다. 밥상을 차려 주어도 몇 끼니고 숟가락을 들 생각을 안 하고 앉아 있는 모습을 어떻게 이해할 수 있을 것인가. 먹여주는 물만 조금씩 받아 마시는 모습이 살아있다는 유일한 증거였다. 병원에서도 어쩔 수 없다고 했다. 그런데 아내는 그런 어머니를 자진해서 모시겠다니!

"걱정은 되지만, 사람이 하는 일인데 못할 것 있겠어요. 우울증이라는 건 분위기를 바꾸어 보면 나아지기도 한다더군요. 그게 사람 사는 도리 아니겠어요?"

나야 어머니라 어쩔 수 없다지만 그런 내 마음을 앞지르는 아내에게 무슨 말인가 해야 겠다는 생각뿐 말이 나오지 않았다. 한참 눈을 감고 더운 가슴을 식혔다.

"지금 어디쯤이야?"

"영산포 삼거리를 막 지났어요. 이 고개만 넘으면 다실걸요."

"다시…?"

상대방에게 지고 싶지 않다는 본능적인 욕망은 아이들이라고 예외가 아니었다.

어렸을 적 선창 골목 비좁은 곳에서 또는 학교 뒷마당에서 구슬치기 따위를 하고 놀 때였다. 이겨야 한다는 욕망은 상대방의 실수를 용납하지 않으면서도 자신의 실수는 어떻게든 합리화시켜 만회하려 했다. 실수한 아이들은 갖가지 핑계를 대어 '다시' 해보겠다고 우겼고 상대방은 판을 깨겠다는 협박으로 '다시'를 거부했다.

"다시 한번 해보자."

"안 돼. 다시는 영산포 밑에 있단께."

'다시' 해보겠다는 맞서는 상대 아이에게 승자는 '다시'라는 지명을 차용하여 용납할 수 없음을 분명히 했다. 결국 싸움은 아이들간의 힘의 역학 관계에 의해 승패가 결정되는 경우가 많았다. 그래도 재도전해보겠다는 의미의 '다시'를 단순한 지명으로 받아치면서 막으려 했던 그날의 일들은 지금도 잊히지 않는 기억이다. 그때 나는 정말로 다시라는 지명을 확인하기 위해 지리부도를 찾기도 했다.

미끄러져 나간 사태를 만회하려고 들먹였던 어린 날의 '다시'가 수십 년이 지난 어느 날 오후 '다시'라는 지명과 함께 준비 없이 뇌리에 잡히다니!

더구나 이제껏 외면해 온 어머니를 모시겠다는 아내의 말을 그곳에서 듣다니! 땅 이름 '다시'가 행위로서의 '다시'가 되어 재도전을 막는 의미로서가 아니라 새로운 통합으로 시작을 의미하는 단어로 다가서고 있다니!

"다시 잘 알아요?"

언젠가 지나가다 소박한 식당이 있다 하여 딱 한 번 점심을 먹은 적밖에 없으니 잘 안다고 말하기는 어려웠다. 그렇다고 구구하게 옛날 선창 골목에서 있었던 일들을 말하기도 쑥스러운 일이었다. 다시라는 지명과 아내가 어머니를 모시고 다시 시작해 보겠다는 말의 시점이 절묘하게 맞아떨어졌다는 생각도 들었으나 그 점도 말하지 않았다.

"당신 운전 많이 늘었어."

"엉뚱하게⋯."

다시 정류장 앞의 붉은 신호등이 깜박거리다가 파란불로 바뀌는 것이 멀리 보였다. 브레이크를 밟을 듯하던 아내는 그대로 달렸다.

"그나저나 어머니 가방 안에는 뭐가 들어 있을까요?"

"글쎄⋯."

"이번에 새삼 느낀 사실인데 아버님은 그렇다 치고 어머님에 관해서도 당신이 너무 모르는 것 같았어요. 어떤 면에서는 나보다 더 모르는 것 같더라구요."

"솔직히 말해서 알고 싶지 않았던 게지."

"아가씨들 하는 말을 종합해 보면 어머님도 참 기구하게 사셨다는 생각이 들데요."

본인의 진술한 과거를 들을 수 없을 때 이 사람 저 사람 입을 통해 밝혀지는 단편적인 소문을 종합하여 한 사람이 걸어온 역정을 짐작한다. 이때 말하는 이의 관점이 다르거나 착오로 인한 혼란도 있지만, 상당 부분 사실에 접근하는 경우를 볼 수 있다.

아내도 인숙이나 진숙의 이야기를 통해 어머니에 관해 더 많은 것을 알았을 것이다.

아마 호기심 많은 아내는 많은 것을 미주알고주알 물었을 것이다. 그러면서 아내는 어머니와 나 사이에 흐르는 미묘한 감정의 빛깔까지 보았을 것이다.

어머니에 대해 미움의 정도를 넘어 혐오감을 품고 살아야 했던 나의 운명을 아내는 오랫동안 보았을 것이다.

그래서 옛날 섬마을로 나를 찾아온 어머니가 지어 준 밥조차 께름하게 여기고 먹지 않으려 했던 일이나, 어머니가 만들어 놓고 간 반찬을 돼지 밥통에 부어버렸다는 말은 차마 내 입에 담을 수 없어 감춰두고 있었음에도 이제 아내는 그런 사실마저 알고 있을 것만 같았다.

어머니에 관한 이야기는 한 가족인 할머니와 숙부의 말에도 차이가 있었다. 숙부 역시 가급적 어머니 즉 자신의 형수에 관한 이야기는 피했던 사람이었다. 숙부에게 어머니에 관해 이야기를 들은 것은 내가 결혼한 지 몇 년 후 숙모의 기일이었다. 술 한잔 나누는 자리에서 숙부는 어머니 이야기를 한 적이 있었다.

"네 외가는 몇 천석지기는 되었을 거로구먼. 한마디로 우리하고는 차이가 있는 집안이었어."

"그럼 어떻게 해서 아버지하고는 만나셨답니까?"

"네 큰외삼촌이 네 아버지를 따라다니는 사람이었던가, 아마 그랬을 거여. 이렇드면 네 외삼촌이 중매를 한 것이제. 그때 세상으로는 신식이었던 셈이여. 우리 아부지 엄니는 자기들 맘대로 느닷없이 우리하고 처지가 맞지 않은 집안 여자하고 결혼하겠다고 했으니 그 점부터 마땅치 않으셨을 거여. 더군다나 그 집안은 남인 계열이고 우리는 소론 쪽이라고 했어."

"남인이네 소론이네 하는 이야기는 무슨 말씀입니까?"

"나도 잘 몰라. 그 이약은 네 조부 시대로 끝났으니께."

"하여튼 반대한 결혼이었다는 말씀이시군요."

"그랬어. 더구나 네 엄니는 몸도 약한데다 예수쟁이였어. 요즘이야 예수 믿는 사람도 많더라만 우리 집에서는 그 점도 큰 흉이 되었제."

"어머니와 아버지 사이도 안 좋았습니까?"

"사이가 안 좋았으면 결혼까지 했겠냐? 그렇지만 사이좋게 살 틈이 없었어. 네 아부지는 네가 태어난지나 알고 죽었을까 싶어. 너 밴 후로는 거의 집에 없었웅께. 네 아부지가 무책임했다는 문제는 아니었고 시대가 그랬어."

"할머니는 어머니를 좋게 말씀하시지 않으셨습니다만…?"

"마음에 들지 않는 결혼이라 매사에 곱게 보이지 않았겠지. 일을 안 해본 사람이라 들일은 물론 부엌일도 서투르지, 거기다 결혼하자마자 생떼 같은 아들은 숨어 댕기다가 잽혀 죽었지, 위로한다고 그랬는지 어쨌는지 모르지만 속없는 교회 전도사라는 놈은 집으로 찾아다니지…."

"그럴 수가?"

"그때 내 나이가 열아홉이었어. 사리판단을 제대로 할 수 없는 나이였다는 말이제. 그때는 네 아부지가 잡힌 것도 어른들 말대로 다 네 외가 삼촌들 장난으로만 알았고, 강재 그 사람은 네 외삼촌들이 시키는 대로만 했을 거라고 여겼제."

"무슨 말씀인지…?"

"네 조부모님 역시 졸지에 아들 잃고 갖가지 봉변을 당하고 보니 냉정하게 생각하기 어려웠을 거여. 억장 무너지는 심정에 아무라도 꼬투리만 있으면 걸고넘어지고 싶었을 것이여."

"그렇다면…?"

어머니와 도망친 남자가 아버지를 고발한 사람이 아니냐는 물음이었다.

"네 아버지가 잡혔다고 했을 때 네 외가 식구들이 야박스럽게 하지만 않았더라도 일은 그렇게 안 되었을는지 모른다. 네 아버지가 잡혔다는 말을 듣고도 외가 식구들은 일찍 죽은 네 막내 외삼촌말고는 다 모른 채 해버렸어. 그때는 꼭 잘 되었다는 투로 보였다는 말이제. 나중에 생각하니 나 살기 급급한 세상이라 어쩔 수 없었다고 이해 되드라만…. 사변 끝나고 목포에 나와 겨우 자리를 잡을 무렵 우연찮게 네 큰삼촌을 선창에서 만나 술 한 잔 나눈 적이 있어. 네 아부지 이약을 하면서 사람 노릇 못해 후회막급이라고 하더만 그때는 귀에 들어오지도 않았어. 그 뒤로도 더러 오가는 사람들 편에 소식은 듣고 살았제. 그 사람들 해방 후에는 죽을 등 살 등 좌익 운동한다고 설치더니 세상이 험악해진께 어느새 변절해부렀지. 또 나중에는 공화당 한다고 설치더란 소문도 들리더라. 자기 지조를 버리는 거야 자기 생각이기 땀새 말리고 자시고 할 것 없겠지."

외가 식구들에 대한 노여움 때문에 어머니에 대해 객관적인 판단을 할 수 없었다는 말로 들렸다. 외가와 어머니에 대한 숙부의 감정의 깊이를 알 수 있었다.

"네 외사촌들하고는 더러 연락이 되느냐?"

"가끔 소식이나 듣습니다."

"네 어머니만 그렇게 안 했어도…. 자신이 결백했다면 잠시 어른들 노염이 풀리기를 기다릴 것이제, 덜푸덕 스스로 구뎅이 파는 일을 저지를 것이 뭐냐. 그것 때문에 변명할 여지없이 만사를 다 뒤집어쓰고 만 것 아니겄냐. 아마 강재 그 사람이 먼저 설래방구를 쳤을 것이다만 그런다고 그 판국에…. 결국 그 일로 강재는 모든 것을 뒤집어쓴 꼴이고 네 어머니도 결국 몹쓸 사람 안 되아부렀냐."

"어머니는 집에서 쫓겨났다고 하셨습니다만."

"그런 말을 하디야? 쫓겨났단 말은 맞어. 그러나 외간 남자 더구나 자기 서방을 잡어묵었다고 지목되는 놈하고 이러쿵저러쿵 소문이 도는디 어떤 시부모가 그대로 이쁘게 보였겄냐? 그때 나도 네 엄니를 감싸고돌다가 네 조부하고 다투기도 했어. 그런디 나중에 소문난 장본인하고 그렇게 되고 말았다니 나도 할 말이 없드라."

숙부로부터 아버지와 어머니의 결혼부터 어머니가 집에서 쫓겨나던 시절까지 이야기를 들으며 어머니에 관한 오해를 다소 수정할 수는 있었지만, 근본적으로 어머니에 대한 거부감까지 지운 것은 아니었다. 과정이야 어떠했건 결과적으로 어머니는 아버지를 저버린 셈이었고 또 나를 버린 사람이었기 때문이다.

차는 학다리 사거리에서 신호등에 걸렸다.

"어머님도 해방 후 학교 선생님을 하셨다던데 사실이에요?"

"그래. 파란 불 왔어."

기어를 바꾸고 속력을 내기 시작하면서 아내는 또 물었다.

"그럼 우리처럼 아버님과 어머님도 같은 학교에서 만나셨던가 보죠?"

"그랬을 것 같아?"

"상상일지라도 멋지잖아요. 그 나이에 쉽잖은 사건이고."

"당신 멋진 상상력이 어긋나 미안하지만 그게 아니었던 것 같아."

"그럼 중매였어요?"

"글쎄. 중매 반 연애 반이라고 할 수 있을는지, 외가 삼촌이 가운데 섰던 모양이야."

"그런데 어떻게 해서 인숙 아가씨 아버님과는 만났대요?"

"몰라."

여자다운 호기심의 발로였으리라.

아내도 이강재를 만난 적이 있기에 인물됨이 어떻다는 것을 알고 있을 것이다. 하지만 이강재의 근본과 성장 과정 그리고 그 사람이 기본적인 도리까지 져버렸다는 이야기는 할 수 없었다. 내가 어머니에게 미움을 품고 있다고 할지라도 그런 사람을 따라간 어머니도 똑같은 사람이라는 말을 듣고 싶지 않았기 때문이다. 그건 나의 효심이 아니라 어머니를 보호함으로써 나를 감추려는 본능적인 방어심리였다. 이야기는 자연스럽게 끊겼다. 그간의 경험을 통해 '몰라'라는 말 다음에는 더 물어봐야 소용없다는 사실을 아내도 알고 있으리라.

그랬다.

"강재 그놈 아부지는 어디서 굴러온 줄 모르는 본관은커녕 성이 이간지 김간지도 알 수 없는 근본 없는 종자였다. 동네 진일 궂은 일에 허드레 심부름이나 하고 상이나 들어주는 상잽이 아니었냐. 그래도 허우대는 있어서 어뚱게 과부 하나 봐 갖고 강재 그 놈을 낳았제. 니 조부가 많이 감싸 주었다. 우리 집 밥도 많이 묵은 놈들이다. 그라고 강재 그 놈은 느그 아부지가 갈쳐서 사람 맨든 놈이여. 상잽이 아들이 언감생심 보통학교 문

175

턱이라도 넘볼 수 있었다냐? 애기때부터 꼴머슴으로 컸제. 그런 놈을 느그 아부지가 간립학교에서 야학 선생을 할 때 국문해득도 시켜주었단 말이여. 그란디 그런 은혜를 모르고 느그 아부지를 관에 찔러불고나서는 지 놈 처자식도 팽개치고 선생의 에편네까지 가로채서 달아나 분 놈이다. 인간 망종이여."

이강재에 대한 배신감을 첩첩이 한으로 간직한 조모의 말을 막을 수 없었다.

"그놈도 그놈이지만 그런 놈을 따라간 년도 미친 년이제. 멀쩡하게 서방이 살아 있는디 밤중에 넘의 사내를 찾아댕김스로 꼴랑지를 친 년이 사람이다냐, 음탕한 년이제. 지서방은 어디서 무엇을 묵는지 못 묵는지도 모르는 판인디, 그라고 상잽이 아들 그놈도 처자식이 있었는디 말이여."

그런 조모의 한은 자연스럽게 나의 감정이 이입되어 나 또한 일찍부터 이강재에 대해 편견을 가질 수밖에 없었다. 아무리 부부라지만 아내에게 그런 이야기를 어떻게 할 수 있을 것인가.

많은 세월이 지난 후 이강재가 죽었다는 말이 나오자 숙부는

"그 사람 우리 형님이 청년 연성소에서 가르친 제자였는디 그때만 해도 사람이 참 착실했제. 우리 성님때문에 사람되었다고 그렇게 감지덕지 할 수가 없었어. 우리 집 궂은 일은 다 해줬다. 그때는 내가 어려서 잘 몰랐지만 지금 생각하면 그 사람은 우리 성님이 마을에 심어 둔 세포 아니었나 싶어. 성님하고 연락은 그 사람이 가운데서 다 했응께. 아매 형수님도 그 사람을 통해 형님하고 소식을 주고 받았지 않나 싶어. 그 점이 나중에는 동네 사람들한테 오해의 소지가 되었던 것 같고. 그라고 보면 강재 그 사람도 억울한 데가 있었으리라는 생각도 없지 않다."

숙부의 말로 추정컨대 조부모는 그런 내막을 모르고 원래 이강재를 못마땅하게 여긴 참에 아들까지 변을 당하고 보니 억하심정에서 온갖 허물을 어머니와 이강재에게 뒤집어씌웠다는 심증도 있었다.

그러나 여전히 의문은 남았다. 다른 사람이 오해하고 있었다면 떳떳하게 밝힐 노릇이지 어쩌자고 누명을 고스란히 사실로 인정하는 행위를 저질렀단 말인가? 뒤에 남은 사람들이 어떻게 말하리라는 점을 예상치 못했다는 말인가? 아무리 어머니를 이해하려고 노력하다가도 그 선에 걸리면 어쩔 수 없이 고개를 가로저었던 의문, 도무지 이해할 수 없는 그 의문에 대한 답은 어디에서도 찾을 수 없었다.

아버지에 대한 이야기도 종합적으로 해준 사람이 없었다.

고향에서 수재라고 소문이 났던 아버지는 당시 군에서 몇 안 되는 사범학교 심상과 출신이었고 약관의 나이에 고향 읍내 초등학교 교사를 했으며, 일제 말에는 청년 연성소 강사를 하면서 무안 비행장 징용을 반대하는 선동을 하다 목포형무소에 들어갔다고 했다. 해방 후에는 좌편에 섰다가 6·25 전 대구 형무소에서 사형을 당했다는데 아버지의 구체적인 활동 내용을 말해준 사람 역시 아무도 없었다.

결혼 후 집안 어른들이 모인 자리에서 우연히 아버지가 시제상을 엎어버렸다는 소문에 대한 진상을 들었다. 문중의 시제 모시는 자리에서, 해방된 조국을 건설하는데 힘을 써도 모자라는 판에, 그리고 제대로 먹지도 못하는 친척들도 많은 터에 조상들 시제에 막대한 경비를 지출하는 일은 지나친 허세요 낭비라는 연설을 했다가 집안 어른들한테 오히려 핀잔을 들었던 것인데 소문은 전혀 달랐다고 했다.

"그때 창대 그 사람 군내뿐 아니라 이웃의 여러 군에까지 알려지고 인근 젊은이들한테는 그야말로 하늘님처럼 받들어졌제. 그러다 보니 창대의 행동이나 말은 거의 살아있는 신령님 계시었어."

"그랬제라우. 그 조카 말이라면 따르던 젊은 사람들은 죽는시늉까지 할 판이었은께. 문중의 시제상을 발로 차 버렸다는 소문도 안 그랬다요? 막돼먹은 인간도 그러지 못할진대 더구나 배웠다는 사람이 아무려면 그런 일을 저질렀겠느냐고 아무리 설명을 해도 내 말을 믿지 않더랑께요."

"나중에는 집안 어른들이 해명했어도 사람들이 안 믿었어. 집안 흉 될까 봐 일부러 감추는 것이 아니냐고 오히려 화를 내는 사람도 많았어."

"어쩌면 창대에 대한 남다른 기대 때문에 그랬을 거로구만이요. 하여튼 창대만 그렇게 되지 않았으면 우리 집안도 사람 안 다치고 괜찮았을 것인디."

"쓰잘데기 없는 소리. 죽은 자식 불알 만지기 아닌가."

친척들의 이야기에는 아버지에 대한 원망보다 아쉬움이 더 많았다. 전쟁의 상처가 엷어진 이유도 있었을 것이다. 아쉽게 떠나간 사람의 과거를 미화해서 보려는 인간의 속성이 그렇게 만들기도 했을 것이다.

흔히 우리 역사 속의 위인들만 해도 신화적인 요소가 가미되어 윤색된 경우가 많고, 후대의 사람들은 의심 없이 받아들여 대리만족을 구하는 경우가 많은데, 그런 맥락에서 아버지에 관한 이야기 역시 신화를 기대하는 민중들에 의해 반봉건적인 용기 있는 인물로 만들어지는 과정에서 다분히 작위적으로 그려졌던 소문이었을 것이라고 짐작된다.

조금이라도 남다른 인물이면 과도하리만큼 기대하는 사람들의 묘한 심리와 시대적인 상황이 지어낸 전설이었으나 아버지라는 인물을 짐작할 수 있는 대목이었다.

하지만 여전히 아버지는 이해할 수 없는 먼 곳의 사람이었다. 설사 아버지를 이해하는 마음이 있었다고 할지라도 공산주의자라면 비록 아버지일지라도 자수시켜야 된다고 가르치던 시대를 살아온 나로서는 아버지를 쉽게 내놓고 말할 수도 없었다. 이념적인 측면에서 나에게 피해 의식을 깊이 심어준 사람이었을 뿐 아니라 어머니와 나를 갈라놓은 원인을 제공했던 사람이었다고만 여겼다.

'아버지만 아니었으면 어머니는 그렇게 되지 않았을 것이다.'

하나의 가설로도 성립될 수 없는 그런 망상에 눈물을 삼켰던 날이 얼마였던가.

내가 아버지에 관해 추적하기를 주저했던 이유도 그런 원망 때문이었을 것이다.

"휴게소에서 커피 한 잔 마시고 좀 쉴까요?"

"그냥 가. 가방 찾고 나서 차분하게 저녁을 먹지."

"그럴까요?"

"벌써 다섯 시가 넘었는데, 해가 많이 길어졌어. 곧 봄이 오겠지?"

"음력 정월이면 아직 겨울 아니에요?"

"그래?"

봄이 온들 청춘이 되돌아 올 것인가. 봄을 빼앗겨버린 세대. 살아 온 과정이 그랬고 지나간 시대가 봄을 느낄 수 없게 했다.

"년년세세화상사年年歲歲花相似 세세년년인부동歲歲年年人不同이라는 시구가 있어. 해마다 피는 꽃은 같건만 그 꽃을 보는 사람은 같지 않다는 내

용인데 대구도 절묘하지만 쉬운 글자를 통해 인생의 무상을 노래하고 있어서 잊혀지지 않아. 해마다 봄을 맞는 심정이 달라지는 건 어쩔 수 없는 모양이지?"

"또 한시예요?"

"글쎄, 갑자기 봄 이야기를 하다보니 유소사有所思란 시의 한 구절이 생각났어."

"그럴 땐 당신도 시인 같아요. 그래요 가버린 세월을 돌이킬 순 없겠지요. 그러나 회한을 바탕으로 다시 시작할 수 있는 존재가 사람 아니겠어요?"

포기할 수 없는 인생이라고 했던가. 그 길이 고되고 힘들다는 것을 알면서도 인간의 도리를 앞세워 다시 결단하고 도전했던 많은 사람의 이야기를 안다. 어려움을 극복하고 역사를 만든 사람들에게는 낳아 준 어머니를 모시는 일로 고민하는 사람이 우습게 보일 것이다. 그러나 마땅히 그렇게 해야 한다는 점을 알면서도 어머니라는 말만 나오면 아직도 가슴이 답답해지는 것을 어쩌랴.

"의사가 그러는데 엄마의 병은 짧은 순간에 생긴 병이 아니라고 하대요. 엄마는 너무 많은 것을 못 잊어서 병이 생겼는지 모르겠어요. 그래요 지난 세월의 한이 시퍼렇게 날을 세우고 그것도 시도 때도 없이 가슴에 파고든다면 그 아픔이 오죽하겠어요?"

어머니가 처음 입원했을 때 인숙이 그렇게 말했지만, 구체적으로 그 아픔들이 무엇인지 묻기보다는 어머니가 지은 인과응보요 자업자득이었지 나와 무관하다고만 생각했다.

"생체 리듬이 깨질 때 주기적으로 심해지는 것 같은데도 도무지 예측 불가능해서 탈이에요. 그래도 우리 엄마는 남에게 폐가 되는 실수는 하지 않으니 그것만으로도 다행 아니겠어요?"

인숙의 답답한 말을 들으면서도 선뜻 어머니를 책임지겠다는 말이 나오지 않았다. 나을 수 없다는 사실을 알면서도 그냥 낫기를 바랐고 그렇게 보고 듣지 않으면 어느새 잊어버리고 있었다. 그런데 이제 아내는 어머니를 모시자고 한다. 정말 우리는 다시 시작할 수 있을까?

차는 무안務安으로 들어서고 있었다. 힘써 편안함을 이루고자 하는 기원이 담긴 것인지 아니면 이미 힘써 편안함을 이루었다는 것인지 알 수 없는 땅일지라도 의미 있게 여겨지는 지명이었다.

심전경작백세유여心田耕作百世有餘라고 했다.

그러나 마음의 밭을 갈 여유조차 가질 수 없던 세월, 나는 그 세월을 살았다.

얼굴 없는 사진

나무를 심는 날.

아이들은 각자의 친구를 찾아 나가고 집안에는 아내와 둘만 남았다.

그들이 부모를 거부하고 나간 것은 아닐지라도 둘만 남았다는 사실은 호젓함과 더불어 허전함도 없지 않았다.

나는 몇 안 되는 화분을 들여다보고 있었다.

고향에 갔을 때 집안 동생 병종이가 차에 실어 준 소사나무는 이제 움을 틔우기 시작하고, 꽃이 진 동백나무에는 벌써 새순이 나오고 있었다. 오죽烏竹은 아직 죽순 소식이 없고 관음죽은 그냥 푸르렀다.

몇 개의 난 화분은 아내가 소심이니 복륜이니 하면서 애지중지하건만, 나에게는 하나같이 어릴 적 고향 뒷산에 무더기로 찾을 수 있던 꿩밥에 불과했다. 꿩밥이라고 하찮게 여겼던 풀들이 어느 날 좋은 화분에 담겨 아낌을 받고, 밑동을 잘라 땔감으로 썼던 나무들이 분재라는 고상한 이름으로 아파트 베란다에 앉아 있는 현실.

그것이 나무에게 호사일까 아니면 고역일까.

"사람은 마음으로 위해 주고 돌봐 줄 것도 있어야 하고, 소일삼아 가꿀거리도 필요하다고 하대요. 이런 하찮은 식물이라도 정성으로 대하는 일이 자신의 내면을 가꾸는 작업이라는 말도 있고요. 일상의 풍요는 물질적인 풍요와 꼭 비례하는 것이 아니라는 말도 합디다만 하여간 덜 심심해서 좋지 않아요?"

키워 준 자식들이 부모의 손길을 간섭으로 여기고 떠날 채비를 하면 자식들의 자리에 다른 것을 채워 놓고 들여다봄으로써 자신의 존재 가치를 확인하려는 일이 필요할지도 모른다. 그렇다면 사람은 끊임없이 받으려고만 하는 이기적인 존재가 아니라 주지 않고 못 배기는 이타적인 면도 있다는 설명이 된다. 문제는 주고 싶은 마음을 드러내지 못하게 하는 현실이나 마음을 터놓을 수 없는 인간관계에 있을는지 모른다. 의심 없이 호의를 주고받을 수 있는 관계란 어디 쉬운 일이던가. 집 전화기의 벨이 울렸다. 부엌 쪽에서 아내의 소리가 컸다.

"뭐하세요? 전화 좀 받지 않고."

못 들은 척 스프레이를 뿜고 있는 나. 청소하던 차림으로 전화기 쪽으로 뛰어 오는 아내의 모습이 베란다 통유리에 희미하게 비쳤다.

"예, 맞는데요. 누구시라고요? 일강상회요? 잠깐만 기다리세요. 여보 전화 왔는데요."

일강상회라는 말에 나는 준수 아버지에 관해 알아보지 못한 사실을 얼른 떠올렸다. 굳이 재촉할 사람이 아니라고 여겨지면서도 괜히 숙제를 못한 것처럼 마음에 캥기는 구석이 있어 말이 막혔다. 상대 쪽에서는 내 말을 기다리는지 조용하고.

"뭐 하세요?"

아내의 재촉을 받고서야 아 그렇지! 하는 생각에 상대방을 불렀다.

"조병줍니다. 아주머니십니까?"

"아닌데요. 저, 저, 종수 엄마 아니 둘째 며느린데요."

전화기의 음성이 당황하고 있었다.

"아. 그렇습니까? 어쩐 일이십니까?"

"어머님께서 조금 편찮으셔서…. 그보다는 어머님이 교수님을 뵈었으면 해서 실례를 무릅쓰고 전화드렸습니다."

"무슨 일로 그러실까요?"

"전화로 말씀드리기가 좀 그래서…. 중국에서 편지가 왔거든요. 종수 아빠 사촌이라는 분한테서. 그것 때문에 의논드리고 싶으신가 봅니다. 어머님 바꿔 드릴게요."

"조박사? 어디 안 나갔네? 아프다는 이약은 안 해도 될 텐디 했구먼. 괜찮아. 늙으면 다 그런 것이제. 준영이 아부지 형님 그러니까 나로서는 시숙님이겠제? 그 양반이 만주에서 못 나오고 말았는디 그 양반 아들이 어뜿게 알고 준영이네 집으로 편지를 보낸 모양이여. 생판 모르는 사람한테 더구나 빨갱이 오랑캐 나라에서 온 편지라 우리 큰며느리가 일부러 갖고 내려왔지 않은가. 당최 먼 속인지 몰라서 조박사한테 전화한 거여. 안 바쁘면 잠시 와 줄 수 있는가? 우덜이 가도 되는디 자네씨 집사람한테 미안해서…."

어디가 아프냐고 인사할 틈도 주지 않고 일강집은 바쁘게 용건부터 말했다.

"오셔도 괜찮습니다. 집사람도 이해할 겁니다."

"그럴까?"

그 말 다음에 두 며느리의 말리는 소리가 약하게 들렸다. 어떻게 떼거리로 갈 수 있느냐, 어머니 몸도 좋지 않으신데 외출이 힘들지 않겠느냐는 말이 들리고 대체 그러겠다, 하는 일강집의 말도 흘러들어왔다. 어머님 그 집 부인이랑 같이 오라고 하세요. 그래도 괜찮겠냐? 전화선을 통해 들리는 시어머니와 며느리들의 이야기를 들으니 수화기를 가운데 두고 의논이 분분한 광경이 떠올라 절로 웃지 않을 수 없었다.

"무슨 말을 듣고 그렇게 혼자 웃는대요?"

지켜보고 있던 아내에게 들으라고 스피커폰을 작동시켰더니 듣던 아내도 따라 웃었다.

"당신이 가셔야겠네요."

그 말이 끝나자마자 일강집의 소리가 들렸다.

"자네씨가 좀 건너올 수 없겠는가? 나는 다음에 몸이 좋아지면 들림세. 마누라랑 같이 와. 가급적 빨리 왔으면 좋겠어. 우리 종선이 엄씨가 오늘 서울로 가야 하거든."

"예. 그러지요. 다시 전화하고 찾아뵙겠습니다."

"무슨 전화예요?"

신경이 쓰인다기보다는 적당히 의문과 호기심을 담은 아내의 표정을 봤다.

"당신도 함께 가볼까?"

"그래도 괜찮은 자리예요?"

당신의 세계에 내가 들어가도 좋으냐는 반의적인 물음이었다. 지금까지 어떻게든 과거를 감추고자 했던 나의 태도를 꼬집는 아내의 비아냥도 깔려있었다.

"느닷없이 중국에서 편지를 받은 모양이야. 그 때문에 노인이 의논할 일이 있다는데 여성들만 있는 집이라 조금….""

난처할 수 있다는 나의 뜻에 아내도 서둘렀다.

"그래요? 그나저나 뭘 좀 사가죠?"

"노인이 계시니까 당신이 알아서 해."

"그 노인 뵙지는 못했지만 재미있는 분일 것 같아요. 안 그래요?"

앞에 "어머니와 달리"라는 말이 생략된 것처럼 들렸다.

"그래. 어머니 세대이면서도 살아가는 방식이 매우 대조적이야. 하고 싶은 말은 거침없이 하는 점도 그렇고 생각하는 것도 노인답지 않게 적극적이고 빨라."

"뵙지는 않았지만 나도 그런 느낌이 들더라구요."

어머니도 그런 사람이었으면 한다는 뜻이 전해져 왔다.

어머니의 가방을 보였다. 아내가 애써 손질하여 자신의 핸드백 옆에 나란히 걸어 놓은 어머니의 가방! 작은 지갑에 든 주민등록증과 전화번호를 메모한 비닐 표지의 수첩만 그런대로 무사했을 뿐 가방 속의 물건은 성한 것이 없었다. 물에 불은 수건은 가방을 무겁게 했을 뿐 아니라 가방 안에 들어 있는 물건마저 더 상하게 만들었다.

신구약 합본 성경 한 권은 떡처럼 붙어서 종잇장을 떼어내기 어려웠다. 그밖에 라벨이 떨어진 노래 테이프 두 개, 작은 로션병 하나, 접을 수 있는 화장용 거울과 손톱깎이가 하나씩 가방 구석에 흩어져 있었고, 그리고 백

원짜리 동전 몇 개만 가방 밑바닥에 붙어 있었다. 수마가 할퀴고 간 마을처럼 참담함만이 가득했던 가방. 있었음직한 카셋 녹음기도 보이지 않았다.

"원목 틈새에서 찾았습니다. 그곳이 습한 데다 가방을 열어서 그대로 버린 바람에 물이 옴싹 들어간 모양입니다. 어떻게 수첩을 봤더니 선생님 전화가 제일 눈에 띄어 연락을 드렸지요."

공장장이란 사람이 그런대로 말린 것이 이 모양이라며 뒤틀린 가죽 가방을 내밀었다.

늘 어머니의 팔에 걸려 있던 가방, 어느 못된 사람의 손에 탈취되어 쓸 만한 것은 다 털리고 마침내 그늘진 곳에 버려져 차갑게 눈비를 맞고 있었을 가방, 더 털릴 것 없는 낡은 가방, 축축하게 짓이겨진 가방이 가슴을 먹먹하게 했다.

성경책 속에서 옛날 사진 두 장을 발견한 사람은 아내였다.

성경의 책장이 단단히 붙은 것을 조심스럽게 떼어냈지만 '단기 4280년 정해 2월 약혼 기념'이라는 글씨를 판독할 수 있었으나 주인공의 얼굴은 알아볼 수 없었다.

"아버님과 어머님의 약혼 사진 아닐까요?"

아내의 심증에 동의하며 나는 말 없이 고개를 끄덕였다.

남자의 얼굴은 갸름한 윤곽에 원형의 안경을 쓰고 있다는 사실 외에는 알아볼 수 없었고, 왼쪽에 남은 부분만으로도 젊은 날 본 어머니의 분위기를 읽을 수 있었다. 아내는 성서에서 떼어낸 인화지의 조각들을 모자이크하듯 조심스럽게 사진으로 옮겼으나 양복을 입은 아버지의 젊은날 얼굴은 끝내 살아나지 않았다.

얼굴을 잃어버린 약혼 사진….

그리고 뒤늦게 아내가 성경의 갈피에서 찾아낸 한 장의 증명사진.

흐릿한 얼굴의 윤곽을 살피던 아내는 현재의 내 모습과 번갈아 보면서 고개를 끄덕였다.

중학교 입학 원서에 붙였던 증명사진,

어린 마음에 볼이 부은 부자연스러운 표정이 마음에 들지 않는다는 이유로 남은 사진을 버렸고 또 그런 사실조차 잊었는데….

아마 어머니는 6학년 담임에게 부탁하여 한 장을 얻었으리라.

백일 사진은커녕 돌사진도 남아있지 않은 내가 처음 카메라 앞에 섰던 기억은 어렴풋하지만 아마도 초등학교 입학하기 전 예닐곱 살 무렵, 노인들의 얼굴, 즉 영정사진을 찍는 마을의 행사 때였을 것이다.

새 옷을 차려입은 노인들이 마을 앞 정자나무 아래 모여 출장 온 사진사들이 빌려준 탕건을 쓰고 검은 천 앞에 놓인 나무 의자에 앉아 근엄한 표정을 짓던 모습은 아련한 흑백의 기억이다.

머리에 보자기를 쓴 사진사의 우스개 잔소리, 펑하고 요란하게 터지던 플래시 소리, 잔칫집 같던 마을의 분위기….

그 뒤 끝에 마을 사람들이 가족 혹은 친구들과 추억을 남겼는데, 어쩌다 어린 나에게도 빡빡 깎은 머리에 빳빳한 전신을 담은 사진 한 장이 돌아왔다.

그러나 꽉 다문 입과 경직된 표정의 내 모습을 누가 볼까 싶어 어떤 책 갈피에 감춘 것 같은데 언제 어떻게 잃어버린 지 기억도 없다.

아름다운 추억의 시간을 누렸던 기억이 거의 없는 그래서 지우고 싶었던 지난날의 기억과 함께 사라진 흑백의 나의 모습, 그건 나의 운명이었다.

그런데 내 운명의 한순간이 어머니의 성경 갈피에 숨어있었다니!

아내는 "당신을 지켜준 어머니의 기도가 보이네요"라고 했다.

가로 2cm, 세로 3cm 아들의 증명사진을 보물처럼 간직하고 남모르게 얼굴이 닳도록 만졌을 어머니 마음이 전해져 숨을 고르고 침을 삼켰다.

그리고 또 돈이 있었다.

빛바래고 닳은 봉투에 든 500원짜리 열 장. 어머니가 섬마을 학교로 찾아왔을 때였다. 일부러 농협에 가서 새 돈으로 바꾸어 건넸던 돈, 여비에 보태라고 건넸던 그 돈 열 장이 물에 젖은 성경의 갈피에 남아 있었다.

문은 열려있으나 다니는 사람이 없는 숭례문, 좌령진해左領鎭海라는 깃발을 앞세운 거북선을 뒤따르는 네 척의 거북 선단은 어두운 색상과 함께 그때 어머니와 나의 관계를 실루엣처럼 표현해주는 것 같아 눈시울이 따가웠다.

교사로 발령을 받은 날이 69년 9월 1일이었으니 어머니가 찾아온 것은 그 해 늦가을쯤이었으리라. 정확한 날짜는커녕 그 계절마저 아련하지만, 그때 어머니에게 내가 했던 말은 대강 기억하고 있다.

"저 혼자 살았다는 말은 거짓이겠지요. 어떻게든 주변 사람들과 관계 속에서 내가 있었을 테니까요. 그러나 저는 옛날 일을 숨기고 또 외면하며 살고자 했고 지금도 기억에도 없는 사람을 들추고 싶지 않습니다. 또 주변 사람에게 주목받지 않고 여러 사람의 입쌀에 오르내리고 싶지도 않습니다. 사회적으로나 경제적으로 대단하지 않은 초등학교 준교사라고 하지만 제 나이에, 그것도 아버지의 과거를 묻지 않고 국가에서 보장해 준 공무원이라는 사실에 감사하며 이것도 다 제 운명으로 알고 살겠습니다."

어머니는 갓 스물에 운명을 말하는 나를 피해 눈을 가리고 고개를 숙였다.

"저한테 전혀 미안한 마음을 갖지 않으셔도 됩니다. 저에 대해 관심을 거두어 주십시오. 그것이 오히려 저를 편안하게 하고 도와주는 길입니다. 그쪽 아이들에게나 더 잘해주십시오."

어머니는 울면서 돌아갔다.

무슨 정이 있어서가 아니라 단순히 여비로 건네준 돈이었지만 어머니는 아들이 준 돈이었기에 차마 쓸 수 없었는지 모른다.

아니다. 아들의 분신으로 여기고 그 돈을 통해 아들을 보았는지 모른다.

한 달 하숙비가 3, 4천 원쯤 되고 월급이 만원을 조금 넘던 시절이었다. 단순하게 돈의 가치를 따진다면 무의미해진다. 어머니의 콧김이 배어있는 돈, 그 돈만은 닳고 처져 문드러진 봉투 안에 일련번호 '나90094381마'부터 '나900943890마'까지 삼십 년 전의 모습 그대로 고스란히 남아 있었다.

"이제 우리가 어머님의 기도와 소망에 답하지 않으면 안 될 차례라는 생각이 드네요. 어머님께 당분간 이 가방을 드려서는 안 되겠네요."

차라리 잃어버린 것으로 간주하고 사는 편이 낫지 않겠느냐는 아내의 말뜻이 그대로 전달되었다. 나는 다시 한숨을 보태면서 고개를 끄덕였다.

서울에서 인숙을 만나 그런 사실을 알렸더니

"그런 사진이 있었는지는 전혀 몰랐어요. 하여튼 엄마 일생을 보는 것 같네요."

라며 눈물지었다.

"참 테이프가 있다고 하셨지요? 무슨 노래가 담긴 테이프이던가요?"

인숙의 물음에 아내가 대답했다.

"어머님이 평소에도 음악을 좋아하셨던가요?"

"그랬어요. 엄마는 그 나이에도 카세트를 듣거나 늘 라디오를 틀어 놓고 사셨거든요. 가끔은 따라서 흥얼거리기도 했구요. 그 때문에 둘째 언니하고 다투기도 많이 했어요."

"왜요?"

"그 언니는 명색 음대를 나왔거든요. 우리에게도 클래식만 강요하면서 엄마조차 대중가요를 가까이하는 것도 싫어했어요."

"그러니까 그 아가씨는 자기 기준으로 어머님께 강요했다는 말예요?"

"그런 셈이지요. 그 언니는 우리 자매 중에서 엄마와 가장 충돌이 잦았어요."

"예?"

"나중에 기회 있으면 언니도 아시게 될 거예요. 엄마는 아는 노래도 많았어요. 엄마의 젊은 시절이 일제 말이었고, 당시 일본이 독일과 동맹 관계를 맺은 탓이어서 그랬는지 로렐라이나 소나무여 소나무여 하는 그런 독일 노래 있잖아요, 그런 노래를 더러 아신 것 같더라구요. 큰언니가 학교에서 배웠다고 로렐라이를 불렀더니 다음날 그 레코드판을 사다 놓으셨던 일이 기억나요. 그리고 아 목동들의 피리소리 하는 노래도 이따금 듣고 바위고개를 흥얼거리신 것 같기도 하고…. 그리고 또 있었는데 얼른 기억이 안 나네요."

"솔베이지 노래도 좋아하셨어요?"

"그랬어요. 몇 년 전 무슨 연속극 나레이션 음악으로 그 곡이 나온 적 있었을 거예요. 그때 엄마는 그 연속극 내용도 그렇지만 그 배경 음악에 빠져 더 열심히 보시는 것 같대요. 그 테이프가 있었어요?”

“한 테이프에는 60년대 이미자의 ‘울어라 열풍아’라는 노래가 담긴 것이었구요, 다른 하나도 ‘여인의 눈물’인가 하는 대중가요 테이프이었는데 한 개는 솔베이지 노래, 쇼팽 이별의 곡, 슈만의 꿈 등이 담겨 있는 세미 클래식 테이프였어요. 그걸 보니 어머님의 정서를 조금 알 것 같대요. 좋아하는 음악을 통해 사람의 심리를 어느 정도 짐작할 수 있다잖아요?”

“언니가 짐작하신 대로 그랬어요. 저도 지금 와서 생각하는 것이지만 엄마는 늘 먼 곳을 보며, 잊을 수 없는 사람을 생각하며 사셨던 것 같네요. 가방이나 테이프는 언니가 보관하세요. 엄마가 퇴원하면 그때 다시 생각하게요.”

당분간 어머니의 가방을 보관하라는 인숙의 말, 또 먼 곳을 보며 잊을 수 없는 사람을 그리고 살았으리라는 인숙의 감상을 들으며 조는 듯 눈을 감지 않을 수 없었다.

아내는 뒤틀린 가방을 그늘에 말리고 다리미질도 하고 동백기름을 구해다 정성스레 모양을 잡았다. 가방을 이리저리 살폈으나 상표는 물론 연대를 추정할 수 있는 어떤 표지도 없었다. 가방의 양면에 은은하게 장미 세 송이가 양각되어 있었는데 가까이 보지 않으면 알 수 없을 정도로 눌려 있었다.

“혹시 이 가방 아버님하고 관계있는 물건 아닐까요?”

여자의 육감이었을까. 아내는 그런 말도 했다.

“그럴듯한 가정이지만…, 그때가 언젠데….”

“글쎄요. 그렇지만 아버님과의 약혼 사진, 당신 어릴 때 사진, 그리고 삼십년 전 아들에게 받았던 돈, 그리고 역사가 있게 보이는 가방…. 무언가 사연이 담긴 가방인 것 같지 않아요?"

"그보다 내일이라도 가방집에 가서 연식이 얼마나 되는지 알아봐요."

"에이, 참."

"왜?"

"왜라니요. 남편에게 받은 가방에 약혼 사진, 아들의 증명사진, 그리움이 담긴 노래 테이프…, 그걸 토대로 어머니의 마음과 가방의 사연을 짐작하면서 우리 나름대로 가정해보는 편이 훨씬 아름다운 여운을 주잖아요. 우리가 뭐 고고학적으로 유물을 감식하는 사람들인가요?"

아버지로부터 받은 가방이라는 증거는 없었다. 그렇지만 굳이 아버지로부터 받은 가방이 아닐 것이라고 우기고 싶지도 않았다.

그렇다고 내가 건넸던 돈을 30년 이상 간직한 어머니의 마음도 그렇지만 딴 남자와 살면서도 첫 남편과의 약혼 사진을 없애지 않았던 마음을 이해한 것은 아니었다.

달리 생각하면 다른 남자와 50년 가까운 세월을 살면서도 불과 2, 3년 살았던 첫 남편을 잊지 못했다는 말이 된다.

그렇다면 어머니에게 이강재는 어떤 존재였단 말인가?

그 사이에서 낳은 네 명의 딸들은 또 어떤 존재였단 말인가?

도저히 접을 수 없는 이율배반의 극치, 풀리지 않는 화두!

"뭐 하세요? 갈 준비는 않고."

아내가 자신의 가방을 챙기는 척하면서 어머니의 가방 위로 옷가지를 덮었다.

가방으로 인해 생각에 잠긴 나를 보았다는 행동이었다. 또 한숨이 나왔다. 부쩍 한숨이 늘었다는 것을 스스로 알고 있다. 아내에게도 보여주고 싶지 않았던 어머니의 모습이었다. 어머니의 과거는 들추고 싶지도 않았다. 묻히기를 바라고 기다린 보람도 없이 병든 어머니로 인해 들추어지는 아픈 과거들이 나를 불편하게 했다.

이제 아내는 어머니와 나의 과거를 알고 있을 것이다. 나와 어머니와 관계, 나의 어린 시절, 나의 아버지 그리고 나의 친척들…. 그러면서 아내는 그러한 관계와 지나간 세월 속에서 내가 어떤 심정으로 살았고 나의 성장과 생활에 어떤 영향을 주었다는 점까지 짐작할 것이다. 안다고 한들 부부 관계가 달라질 것은 없겠지만 일부러 감추지 않았을지라도 여태껏 아내에게도 내 마음을 다 열어놓지 않고 살았다는 사실을 역으로 증명해 보인 꼴이 되어 나를 씁쓸하게 만들었다.

"우리 그냥 걸어요. 날씨가 참 좋네요."

"그렇게 하지."

아내의 제안에 선선히 대답하고 내가 앞장을 섰다.

이 세상 누구보다 가까운 사이, 서로를 가장 잘 이해하는 사이라고 하면서도 내면의 아픔까지 함께 할 수는 없는 것은 역시 인간의 한계인지 모른다.

봄날 햇살 좋은 오전, 어머니로 인해 어둡고 답답해진 나의 심정과 달리 아내는 나들이라도 가는 사람처럼 표정이 밝았다.

"전화 받는 목소리가 고와 어떻게 생긴 사람일까 하고 궁금했는디 생각보다 얼굴도 영판 곱네. 나이가 몇인고?"

구면인 듯 스스럼없이 반색하며 아내의 손을 잡은 일강집의 반말이 자연스러웠다.

"대학 다니는 아들이 있는데요 뭘."

"그래도 꾸미고 나가면 참말로 색시라고 해도 고지를 듣겠네. 안 그러
냐, 아그들아?"

하고 두 며느리의 동의를 구했다. 찾아온 손님에게 남의 집이라는 거리
감을 덜어주는 일강집의 배려였다. 여자들만의 자리에 낀 것 같아 쑥스러
워 아내 곁에 바짝 붙어 앉았다.

"이런 편지 받아도 괜찮은가?"

자리에 앉자 기다렸다는 듯이 일강집이 편지 한 장을 내밀었다. 봉투에
는 단정한 한문으로 주소와 이름이 쓰여져 있었다.

"어때서요?"

말은 그렇게 했지만 내심 껄끄러운 점도 있었다. 여자들을 의식하여 표
정을 고치며 잠시 창밖에 시선을 두었다.

"거기는 공산당 나라라고 하던디…, 더구나 우리 같은 사람들은 의심을
안 살랑가 몰라서 그래. 괜찮당가?"

"지금은 국교가 터지고 해마다 수만 명이 왕래하고, 우리나라 대통령도
중국을 다녀왔지 않습니까? 더군다나 곧 남북 정상이 만날 것이라는 발표
도 나왔지 않습니까?"

"그래. 우리 손주도 며느리들도 다 일없을 것이라고 하제만 그래도 공
연히 겁나드란 말이시. 편지를 보낸 조카가 공산당원이라는 거여. 인자 돌
아가셨다지만 시숙님도 공산당을 했다는 이야기를 버젓이 써 놨는디 그런
편지를 아무렇게나 우리한테까지 보낼 수 있냐 그 말이제. 우리 손자들한
테 해가 없을라나 몰라. 우리를 떠볼라고 전해 준 것은 아니겠제?"

"그런 것은 아닐 겁니다."

"자네씨가 찬찬히 읽어보고 걸릴데가 없는가 살펴보소이."

한번도 뵙지 못한 숙모님께로 시작된 짧은 편지였다. 야릇한 느낌을 갖게 했다. 누구의 말처럼 역사는 과거의 사실이면서 오늘에도 이어지는 현실일까.

…몽매에도 고향을 그리다가 돌아가신 부친을 대신하여 이 글을 쓰려하니 진정으로 목이 메입니다. 저는 인자 빈자 되시는 이의 장남 준세라 하옵는바 지금은 아버님의 뒤를 이어 연변 조선족 자치주 공산당 부위원장으로 있다가 은퇴하였으며 제 아내도 같은 조선족으로 현재도 식품공사의 부장으로 열성적으로 살아가고 있습니다. 숙부님과 헤어질 때 네 살이었던 제가 장성하여 이제는 할애비가 되었습니다. 아들만 셋을 두었는데 종후 종철 종겸이라 하오며 그 중에 종후와 종철이는 심양에서 공업대학을 나와 큰 회사에서 인정을 받아 일하고 있으며 종겸이는 북경에서 개인 사업을 하고 있습니다.

…조국 해방전쟁 때 아버님은 팔로군 장교로 참전하시어 38선까지 가셨다 하오나 미제의 폭격 앞에 어쩔 수 없이 후퇴하여 고향 집을 해방시키지 못한 한을 품고 가셨습니다. 부친께서는 돌아가시는 날까지도 고향 산천을 잊지 못하시고 언젠가는 고향으로 가야 한다고 말씀하셨습니다. 아마도 혼은 이미 그곳에 가 계시리라 여기고 있습니다.

…한국에 드나드는 친지에게 부탁하여 옛 본적지로 의뢰하였더니 숙모님과 사촌들의 주소를 천만다행으로 알 수 있었습니다. 조상님들께 감사를 드렸습니다. 사촌들의 소식을 들을 수 있다면 더없는 행복으로 알겠습니다. 특히 장손인 제가 조부모님의 기일도 모르고 있으니 답장 편에 조부

모님의 기일과 함께 상에 모실 사진을 꼭 보내 주셨으면 바랍니다.

2000년 3월 7일

조카 준세 올림.

의외로 한글 표기가 정확했다.

"걸릴 데는 없었는가?"

6·25때 중공군으로 참전했다는 내용과 남한을 해방시키지 못한 아쉬움을 나타낸 대목이 조금 켕겼다. 그렇다고 걱정하는 노인에게 그 말을 할수는 없었다.

"없습니다."

"정말 괜찮겠는가?"

재차 일강집의 물음에 나도 잠시 대답을 주춤했다. 무슨 탈이 있으랴 싶으면서도 그래도 모른다는 생각이 내 잠재의식의 꼬리를 잡아당겼다. 하지만 오래 머뭇거릴 수는 없었다. 설사 괜찮을 것이라는 확신이 없을지라도 노인에게 애매한 태도를 보여서 안 된다는 생각이 들었다.

"걱정마십시오. 장손임을 강조하고 어떻게든 뿌리를 찾으려 하는 자세가 피는 물보다 진하다는 말을 실감하게 하는 것 같습니다."

"그라제 핏줄이라는 것이 어디 감춰지던가? 십수 년 년 전 케이비에스에서 이산 가족찾기를 했을 때도 봤제만 핏줄을 찾을라고 그 야단 아니던가. 찾으면 반갑다고 울고 못 찾으면 못 찾았다고 울고. 그때 나도 많이 울었네. 그란디 인자 아그들 압씨는 죽었는지 살았는지 모르는디 엉뚱한 조카한테 편지를 받고 보니 기분이 이상해. 영영 소식을 모르고 말 줄 알았는디 이제라도 편지를 받고 본께 으째야 할 줄 모르겠단 말이시. 조박사 으쨌으면 좋겠는가?"

"답장해주십시오. 걸릴 것이 있겠습니까?"

"그럴까? 우리 손주 녀석도 그랬다고는 하대만 나는 아무래도 마음이 안 놓여 바쁜 며느리보고 직접 가져오라고 했네. 정말 괜찮단 말이제?"

"그럼요."

"그란디 서울 아그들 주소는 어떻게 알아낼 수 있었을까?"

"요즘은 콤퓨타라는 것이 발달해서 찾아가지 않고도 누가 어디 사는지 금방 아는 세상입니다. 또 본적지에 조회하면 알 수 있다고 들었습니다."

"우리가 말을 안 해도?"

"그럼요. 주민등록에도 본적이 나오지 않습니까."

"그래? 그럼 우리가 숨어서 살수도 없겠네 그려."

"숨어서 살다니요. 언제는 숨어 사셨습니까?"

"그래도 통 고향을 외면하고 살았으니 누가 모를 것으로 알았제. 그랬으니 중국에서 편지가 오리라고 상상이나 했겠는가?"

"세상이 많이 바뀌었습니다. 염려 마십시오."

"그럴까? 옛날에도 좋을 때는 괜찮았지만 난리가 나면 괜찮다는 약속이 다 소용없데. 내가 그 꼴을 한두 번 봤당가."

노인의 피해 의식이 곧 그대로 내 가슴에 전해져 뜨끔했다.

"준영이 아부지에 관해서 알아본 것이 없제?"

"예. 아직…."

"알아볼 수 없으면 그만둬. 그러다 괜히 자네가 다치기라도 하면 안 되지. 험한 꼴을 많이 봤어."

"그럴 리가 있습니까? 세상이 어느 땐데요."

"그 사람이 북으로 갔다고 해도 컴퓨터에 나온당가?"

"예? 북으로요?"

"지금인게 하는 말이제만, 이산가족 찾기 할 때 준영이 압씨를 찾아볼까도 했는디 그러다가 만약 북에 살아있다고 알려지는 날이면 손주들한테 해가 될까마니 그만둔 적이 있어. 죽었다는 흔적이 없으니 죽은 목숨도 아니고 그렇다고 산 목숨도 아니고…."

일강집의 한숨이 방 한가운데를 가르고 지나갔다.

"참, 술 한잔 할랑가? 어저께 우리 종수 엄씨가 홍어 한 조각 사다 둔 것이 있어. 선창에 살았던 입맛은 있어서 가끔 홍어 생각이 난단 말이시. 자네는 홍어 안 좋아한가?"

"아뇨, 좋지요. 그런데 아직 오전이라 술을 하긴 좀."

"한 잔만 하면 으짤라든가. 자네씨하고 한잔 하고 싶구먼. 그리고 조박사 처도 가차이 앉아. 지금은 박사지만 나는 아직도 짐발이 몰고댕기는 떠꺼머리 총각으로 뵈는 거. 그때도 실겁고 의젓했제. 마누라한테는 잘해주는지 몰라."

나를 쳐다보며 웃는 아내에게

"아마 잘해 줄 것이여. 워낙 속이 짚은 사람인께."

하는 것이었다.

대답 대신 고개만 끄덕이고 있는데 준수 처가 술상을 차려 왔다. 두 홉짜리 소주병으로 봐서 미리 준비해 둔 듯싶었다.

"어머니는 잘 계시는가?"

"예."

"광주는 안 내려오셔?"

"예. 그러니까…."

나도 몰래 더듬거리고 있었다.

"아마 여태 살던 곳을 뜨기 쉽잖을 거여. 그래도 아들 집이 딸 집보다는 나을 것인디."

"그럴까요?"

"그럼. 딸이 에미 속을 더 알아준다고 하대만 옛날 말이여. 에미 마음을 폭폭 긁어쌌는 통에 며느리하고 사는 것보다 더 힘들다는 말이 있어. 그라고 사위 눈치 보는 일도 큰일이제. 사위는 백년 손이여. 아무리 잘해도 남의 자식 아니겠는가."

내 얼굴이 상기되고 있었다. 아내는 잠시 그런 나를 의미 있는 눈으로 보더니 시선을 돌렸다.

"내려오시면 나한테 연락하소. 만나면 우리끼리는 통하는 것이 많을 거여."

일강집이 아내에게 당부했다. 그리고 얼핏 나의 곤혹스러운 표정을 읽은 것인지 일강집의 눈빛이 슬쩍 변하더니 말머리를 돌렸다.

"여기서 답장을 해도 정말 괜찮다고?"

"그럼요 이제 사진도 있으면 보내시고요."

"누구 사진? 준영이 할아부지? 아니면 준영이 아부지…? 그런 사진이 어디 있었는가? 몸뚱이 간수하기도 바쁜 세상이었는디. 그라고 있었다고 해도 폴쎄 불에 꼬실라부렀을 거이시. 지금이나 됭께 이런 말도 하제 몇 년 전까지도 넘이 알까 싶어 쉬쉬하고 살았지 않은가. 참, 말도 못 하게 험한 세상이었네. 못 묵고 살았던 일도 고생이었제만 맘에 있는 말을 못 하고 산 것은 더 큰 고생이었어. 되는대로 욕이나 하고 살았제."

정작 마음에 있는 말을 못 하고 엉뚱하게 소리나 지르고 욕이나 하면서 가슴에 맺힌 것을 풀었다는 말이었다. 뒤늦게 일강집이 욕쟁이가 될 수밖에 없었던 원인 한 가지를 더 알 수 있었다. 그렇게 욕이라도 하고 살았으니 오늘까지 건강하게 버틸 수 있었던 것일까. 온갖 수모를 당하면서도 울음조차 삼켜야 했을 어머니가 떠올랐다.

"고진감래라는 말이 자네를 두고 하는 말 같아서 그 말만 나오면 늘 자네 생각을 했네."

"별말씀을…. 듣자 하니 손주들이 다 괜찮다면서요? 이제 아주머니도 그런데 낙을 붙이고 사셔야지요. 옛날 일을 생각하자면 한이 없습니다."

"맞네. 자네씨 말이 내 말이네. 그래도 사람인지라 이따금 이것저것을 생각하면 속이 벌컥 뒤집힌단 말이시. 준영이 일도 그렇고 우리 준수 일만 해도 그래. 그 아그들이 무슨 죄가 있다고 그렇게 되아부렀는지. 내가 죄가 많은 년이여."

노인들과 이야기가 길어지면 대체로 신세타령으로 끝난다.

"어디 그것이 아주머니 죄겠습니까? 세상이 그렇게 만든 것이지요."

"그것이 아니여. 내 죄가 크네. 그랑께 못 볼 꼴을 보고도 이리 오래 살제."

"원, 별말씀을. 앞으로는 좋은 일만 있으실텐데요. 손자들이 얼마나 좋습니까? 한집에서 서울대학을 하나만 들어도 경사라는데 둘이나 졸업을 했으니 그런 복이 없지요. 이제는 옛날 일을 잊고 사십시오."

"경채가 그런 말을 하던가?"

"그 아저씨가 부러워하시던데요."

"거그도 작은아들이 서울대학을 나왔어. 변호사라니까."

"예, 알고 있습니다."

"그란디 우리 손주는 의대를 나와 갖고 딴 생각을 하는 모양인디…, 아가 우리 종선이 엄씨가 그 이약 좀 해봐라이. 나는 도대체 그놈 속을 모르겄어."

일강집 옆에 있던 준영의 처가 비켜앉으며 그런 말을 해도 되느냐고 일강집에게 눈으로 되묻고 있었다.

"괜찮아. 조교수는 자식 같은 사람인께."

조금 생각하던 준영의 처가 종선의 이야기를 꺼냈다.

"아이가 지금 서울대학 병원에 있거든요."

준영의 처가 머뭇거리자 일강집이 나섰다.

"사방데서 좋은 처녀들이 달라드는디도 꿈쩍을 안 한다여. 누가 그놈 덕 보고 살라는 것은 아니제만, 즈그라도 편하게 살기를 바라는 에미 마음을 몰라주는 모양이여."

"뭣이 문제인가요?"

"문제라기보다는 아이의 뜻이 저와 좀 달라서…. 그러니까 뭐냐 하면, 전문의 과정이 끝나면 서울 생활을 정리하고 남쪽의 농촌이나 섬으로 들어가서 병원을 열고 살고 싶대요. 꼭 나쁘다고 볼 수는 없지만, 그 어려운 공부를 해서 그렇게 살겠다니 어미의 입장에서 많이 걸리는 거죠."

"학교 다닐 때 운동을 했던가요?"

"아무 운동도 안 했어요. 그냥 공부만 했지요."

"아니 그런 운동이 아니라 데모도 하고 그랬습니까?"

"아, 예. 그럴 시간도 없었지만 그런 일도 없었거든요. 아이들 아비가 살았을 때 했던 말도 제 머리에 박혀 있었고, 어머님께서 어떻게 사셨다는 이야기도 들었기에 그런 일은 막았지요. 아이도 잘 따라 줬구요."

"준영이가 뭐라고 했는디야?"

일강집의 물음.

"입만 열면 딸은 약대를 보내고 아들은 의대나 공대를 보내야겠다고 했거든요. 지금 생각하면 정치니 뭐니 하는 것에서 멀어지게 하고 싶었던 말이 아닌가 싶어요."

"그놈이 그런 말을 할 줄도 알았다냐?"

일강집이 눈시울을 붉혔다. 한 번도 본 적 없는 준영이라는 인물이 가까이 있는 듯했다.

"전에 즈그 조부가 가난한 농민들을 위한 세상을 만든다고 하다가 그리되더니 그 아이도 그런 생각을 가진 것이 아닌가 겁난단 말이시. 반듯한 대학을 나왔겄다 부러울 것 없는 놈이 으째 그런 물이 들었는지 모르겄단 말이시. 조박사 사상도 피로 통한단가?"

"그럴 리가 있습니까."

"그라면 으째서 그런 맘이 생겼을까?"

"나이를 먹고 세상을 살다보면 가르쳐 주지 않아도 저절로 깨치는 것이 있거든요. 아마 손자도 살면서 그런 생각을 갖게 되었다고 보여집니다. 사상은 유전되지 않습니다."

"저도 그걸 나쁘다고는 생각하질 않아요. 제 말대로 없는 사람들을 위해 봉사하고 풍토병인가 하는 그런 연구도 보람있는 일이겠지요. 다만 어미의 입장에서는 아이가 고생할까 싶어 마음에 걸리는 거죠."

"글쎄 본인에게 안 들어봐서 정확히 생각하는 바를 알지는 못하겠습니다만 환경이 열악한 곳에 가서 뜻을 펴는 일도 나쁘지는 않을 겁니다. 혹시 해외로 나가겠다고 안 하던가요?"

"아이가 자신이 장남이라는 사실을 굉장히 따지거든요. 나중에 증조할 아버지도 고향 선산으로 이장하고, 할머니 모시고 살겠다고 입버릇처럼 말해요. 그러니 해외로 나갈 생각은 없는 것 같습니다."

별스런 청년이라는 생각이 들었다. 부모님도 모시고 살려 하지 않는다 는데 할머니까지 챙기는 청년이 어떻게 생겼는지 보고도 싶었다.

"참, 훌륭한 아드님을 두셨습니다. 제 살기에 바쁜 요즘 세상에 그런 생 각을 하는 사람도 많지 않을 겁니다."

"그럴까요?"

"나이가 있고 할머니까지 생각하는 사람이니까 어련히 판단을 잘하겠 습니까. 일단 아드님을 믿으십시오. 대한민국에서 의사가 굶어 죽었다는 말은 없거든요."

그래도 일강집은 여전히 심각했다.

"아주머님 걱정하실 필요 없습니다. 이야기만 들어도 생각이 참 건실한 사람 같습니다. 그러니 절대 실수하지 않을 겁니다."

"요즘은 기분이 좀 이상해. 느닷없이 중국 공산당 조카 편지를 받질 않 나 손주 녀석이 지 할애비같은 소리를 하지 않나, 이래도 괜찮은 것인지."

"아마 잘 될 겁니다. 중국에 편지도 하시고 손주와도 많은 이야기를 나 누십시오. 저희는 그만 일어서겠습니다."

"인자 자네씨 말을 듣고 보니 더 마음이 놓이네. 늙은이를 위해 와줘서 고맙네."

어머니와 일강집은 같은 시대를 살았다는 점에서 닮은 점이 있었다. 과 정에서 약간의 차이는 있으나 첫 남편과 헤어지고 고향을 떠나 시장 바닥과 선창에서 평생을 살았다는 점도 비슷했다. 누군가에 의해 빼앗기고 내몰린 삶도 비슷했다.

그러나 주어진 삶에 대응하는 방식에는 엄청난 차이가 있었다. 일강집이 억척과 고집으로 살았다면 어머니는 체념과 눈물로 살았다.

일강집은 자신의 한을 감추지 않고 온전하게 말할 수 있다면, 어머니는 가슴에 담은 한을 혼자 삭이다가 마침내 말을 잃었다.

똑같은 시대를 사는 사람이면 같은 성격을 보여야 한다는 논리는 성립할 수 없겠지만, 일강집에 비해 어머니의 모습이 너무 대조적이라는 생각이 들어 나를 휘청이게 했다.

남편에 대한 그리움을 간직하고 사는 일강집.

어머니도 첫 남편에 대한 그리움을 가슴에 담고 살았을까?

"그 아주머니 정정하시네요. 말씀하시는 것도 시원시원하고, 과부가 된 두 며느리한테도 의외로 당당하시던데요. 그런데 뭔가 좀 이상한 데가 있었어요. 손자 의견만 들어도 괜찮을 일을 며느리를 불러 내리고 또 당신을 부르고, 당신 앞에서는 손자 이야기를 하고⋯, 노인의 저의가 보이는 것 같지 않았어요?"

아파트 마당을 벗어나면서 아내가 한 말이었다. 아내도 어머니를 생각하며 일강집을 눈여겨봤다는 말이었다.

"저의라기보다는, 노인이 되면 아이 된다는 말이 있지 않아? 더군다나 외로운 노인으로서는 이런 일을 기회로 보고 싶은 며느리도 불러 내리고⋯, 그런 거겠지."

"그런 측면에서 우리도 부른 건가요? 며느리들한테 당신과 알고 있다는 사실을 자랑을 하고 싶었다고 보면 될까요?"

"글쎄."

"그럼 일종의 자기 과시라고도 할 수 있겠네요. 나도 어쩐지 그런 느낌을 받았거든요. 하여튼 당당하시대요."

"자신의 삶을 어떤 각도에서 보느냐에 따라 대응하는 방식이 달라지는데 그 차이가 아닌가 싶어. 물론 성격적인 원인도 무시할 수 없겠지."

"노인이 눈치도 빠르십다. 그런데 그 아주머니 어디선가 더러 뵌 듯 싶었는데 아무리 생각해도 기억나지 않더라구요."

"그래? 나도 최근에야 두 번째 만난 분인데?"

일강집이 시장에서 장사한다는 말은 하고 싶지 않았다.

"참, 그 아주머니네 의대를 나왔다는 손자 말예요. 젊은 사람이 할머니까지 모시고 살 생각을 한다니 그 사람도 보통내기는 아닌 것 같지요? 요즘 젊은이들이 그러기가 쉬운가요?"

"기특한 청년 같아. 말로만 들었지만."

"언제 일강집 아주머니 우리 집으로 모셔서 저녁이라도 대접해야 할 것 같아요. 당신의 깨진 머리에 된장을 발라 주신 분이잖아요."

"당신이 알아서 해."

"어머님이 퇴원하신 뒤에나 할까요?"

말은 그렇게 했지만 어쩌면 아내도 그런 일이 희망 사항일 뿐이라는 사실을 모르지 않을 것이다.

재작년쯤, 광주쪽 병원으로 모시면 어떻겠느냐는 아내의 말에 인숙이 난색을 표시했다.

인숙의 집에 동거인으로 되어 있는 어머니는 인숙의 남편 보험 카드에 등재되어 있었다. 법적으로는 이미 남이 되어 버린 나에게 어머니를 맡길 수 없다는 인숙의 배려도 작용했지만 그보다 문제는 어머니의 거부였다.

"말은 고맙지만 당분간 여기 병원에 있을란다. 아이들도 여럿인데 성치 않은 내가 끼면 아무래도 너희들이 번거롭기만 할 것이고."

어머니는 아내의 제의를 간단히 털어버렸다.

어머니의 표정에서 며느리보다 내가 나서서 끌어주기를 더 원한다는 느낌을 받았으나 나는 보고만 있었다. 멀리 있을 때는 안쓰럽다는 생각이 들다가도 어머니만 보면 입이 열리지 않은 나의 고질병.

"아마 엄마는 오빠한테 낯이 없어서 가겠다는 말을 못 하실 거예요."

나더러 어머니를 설득하라는 뜻을 담은 말이었으나 인숙의 시선을 피하고 말았다.

그럼에도 사람의 도리를 못 한 것 아니냐는 자책은 가슴에서 지워지지 않았다.

과연 앞으로 어머니 스스로 걸어서 광주에 올 날이 있을 것인지.

"왜 갑자기 그렇게 걸음을 빨리 하세요?"

깜짝 놀라 뒤돌아보니 아내는 우리 아파트로 오르는 가파른 비탈길을 빠르게 쫓아오고 있었다.

"무슨 생각을 하세요?"

"아니…. 그냥."

기력이 쇠잔한 어머니의 모습이 떠올랐다는 말은 나오지 않았다.

"아직 해가 남았는데 바람이나 쐬러 갈까요? 안개가 걷히니 날씨가 좀 좋잖아요."

"그러지 뭘."

"왜, 피곤하세요? 당신…. 혹시 취한 것 아니에요?"

어디를 가느냐고 묻지도 않는 내 태도가 시큰둥하게 보였다는 말이었다.

"한 잔밖에 안 마셨는데? 취기보다는 날씨 탓이겠지."

내 얼굴을 다시 보던 아내는

"하여튼 집에 잠시만 들립시다."

하고 앞장을 섰다.

대기하고 있던 승강기에 오르니 몸이 나른해지면서 잠이나 푹 잤으면 싶었다.

"나이가 들수록 옛날이 더 생각나는 걸까요?"

"그렇다더군."

"늙으면 추억을 먹고 산다는 글을 읽은 적이 있지만, 어머님이나 일강집 아주머니를 보면서 공통적으로 느끼는 것인데 과거와 그 과거 속의 특정인에 대한 애정이랄까 집착이랄까 아무튼 그런 것이 굉장히 강한 것 같았어요. 당신은 못 느꼈어요?"

"글쎄."

"애써 말하는 사람 쪽팔리게 글쎄가 뭐에요?"

"당신 말이 맞다는 거지 뭐."

"한 사람을 사랑하면서 지금도 기다리고 사는 아주머니의 모습이 인상적이었어요."

"사랑이라기보다는 한 아니겠어. 어처구니없이 보낸 한, 생사를 모르는 한, 보고 싶어도 볼 수 없는 한…, 그런 것 아닐까?"

"한이라고요? 그럴 수도 있겠네요. 한이라….."

아내가 중얼거리는 사이에 승강기가 멈추고 문이 열렸다.

한이 없는 사람이 있으랴만 일강집이나 어머니의 한을 아내는 이해할 수 있을 것인지. 텅 빈 집에 들어선 아내는 서둘러 안방으로 들어가 버렸다. 상의만 벗은 채 소파에 앉은 나는 넥타이를 풀 생각도 안 하고 있었다.

"이 양반이 지금 뭐하고 있어요?"

잠시 눈을 감고 있었는가 싶은데 아내는 간편한 외출복 차림으로 갈아입고 내 어깨를 흔들고 있었다.

"어디 가자고? 한숨 자고 좀 있다 나가면 안 될까?"

"내가 운전할게 차에서 한숨 주무시기로 하고 얼른 옷 갈아입으세요. 아휴 벌써 늙은 티를 다 내고, 하여간…."

챙겨주는 대로 옷을 갈아입으면서도 나는 몸이 뒤뚱거리는 것을 느끼고 있었다. 그런 나를 부축하며 아내는 피식피식 웃었다.

"장교수가 고향에 감나무를 심으러 간다고 했는데 거기나 같이 갈 걸 그랬나 봐."

"지금이라도 전화하세요."

"아마 벌써 갔을 거야."

"참. 우리도 여수리나 한 번 다녀올까요?"

"여수리?"

"오랜만이잖아요. 모처럼 나도 가보고 싶네요."

"아무 준비도 없이?"

그러면서 망설이는 나에게

"준비는 무슨 준요. 조부모님 산소에는 소주 한 병과 약간의 안주만

사면 될 것이고 점심은 좋은 곳에서 맛있는 걸로 먹으면 안 되겠어요? 예정에 없는 여행도 멋있잖아요."

하며 일으켜 세웠다.

내키지 않는 걸음이었다. 아내가 운전하는 차에 오르면서도 나는 아지랑이가 가득한 들판 가운데 홀로 서 있는 느낌이었다.

고향은 나의 출발점이었다.

정형화된 도식으로 정리하기 어려운 숱한 인간관계들이 시작된 곳, 멀리서 그리워할 때 더 아름다운 곳이었다. 이름으로만 남은 아버지의 그늘이 어른거리는 곳, 조부모의 한숨이 배인 곳, 어머니의 욕된 소문이 바람처럼 휘감고 돌던 곳, 무엇 때문에 아내는 별안간 그곳을 가자고 제안한 것일까?

"어머님의 건물 문젠데…, 그 일로 아가씨들끼리 서로 사이가 단단히 틀어진 모양인데다 미란이라는 배다른 언니까지 끼여들어 복잡해졌다고 합디다. 암만해도 법정으로 갈 것 같던데요."

시내를 벗어나기 전에 아내가 한 말이었다.

"놔둬. 지들끼리 귀먹든 삶아 먹든. 인숙이 빼놓고는 다 입맛 없는 애들이여."

"진숙이 아가씨도 그렇지. 평소에 어머님한테나 잘한 사람이기나 했으면! 만날 어머님이 잘못해서 자기 아버지가 일찍 죽었다는 말이나 하는 주제에 무슨 염치로 어머님 재산을 빼먹을 생각만 한 것인지. 하여간 김서방도 나쁜 사람입디다."

"똑 같으니까 사는 거지."

"그나저나 미란이라는 여자도 웃기는 인간이데요. 자기가 무슨 권리가 있다고 끼어든 것인지 원!"

아내의 노기 품은 말속에 무엇을 주장하고 싶어하는지 안다. 여자의 욕심으로 나 같은 월급쟁이는 평생 만들 수 없는 덩치인데 그냥 보기 아까웠을 수 있다.

"정 그렇다면 어머니도 미란이나 진숙이한테 모시라고 하면 되겠지. 정말 당신은 모른척해 버려."

"모시고 안 모시고를 떠나서 사람들이 그럴 수 없다는 말이지요. 그런 이야기를 들으니 더 속이 상하고 어머님이 자꾸 안 됐다는 생각이 들 대요. 아직 어머님이 살아 계시는데 자식들은 그 모양들이니."

법적으로는 남이면서 어머니가 같다는 이유로 동생인 진숙의 자매도 그렇지만 어머니로 인해 얽힌 인연 속에서 알게 된 미란이라는 인물을 떠올리는 것 자체가 강재를 떠올리는 것만큼 나에게는 불쾌했다. 같은 마을에서 낳았다지만 어렸을 적에 나는 미란이를 본적도 없었고 이야기를 들은 적도 없었다. 내가 어렸을 적에 고향 마을에 살지 않고 미란의 존재를 말하는 마을 사람이 없었던 점으로 미루어 미란은 일찍이 다른 곳으로 옮겼던 것으로 추측된다.

미란의 존재를 언제 알게 되었는지는 명확하게 기억나지 않는다. 아마 결혼 전후였으리라고 추정된다. 나보다 한 살 위라고 들었는데 선입견 때문이었는지 처음부터 좋은 인상은 아니었다. 물론 어머니에 대한 원망이 이강재에 대한 분노로 이어지면서 그런 감정의 소용돌이 속에서 미란에게도 이유 없는 미움이 증폭된 점도 있을 것이다. 그런 이유로 마주치는 것을 피했던 인물인데 다시 이름이 나오고 보니 기분이 언짢았다.

어머니의 재산 문제로 자매간에 분쟁이 생기면서 수세에 몰린 진숙이 미란을 끌어들인 것인지 아니면 미란이 스스로 알고 덤빈 것인지는 모른다. 그러나 싸움의 양상은 미란과 진숙이 한 편이 되고 인숙과 미숙이 한 편이 되어 법정으로 비화될 조짐을 보인다는 소식은 나를 씁쓸하게 만들었다. 어머니는 의식이 오락가락하는데 그 자식들은 어미가 남긴 먹이를 두고 싸우는 꼴이었다.

"나한테는 이제 언니가 아니에요."

며칠 전 그렇게 시작한 미숙의 넋두리는 좋게 30분이나 계속되었다. 자제력을 상실한 미숙은 전화라는 사실을 잊은 채 자매들만 알아야 할 이야기까지 하고 있었다.

"미란이라고 언니 같지 않은 언니가 하나 있거든요. 학교 다닐 때 금고에서 돈을 훔쳐가고 나중에는 우리 엄마 머리채를 잡고 벽에다 친 년이거든요. 정말 그 일을 생각하면 지금도 내 머리가 아파요. 남편한테 맞는 것도 억울한데 자식 같은 년한테 맞고 살았으니 우리 엄마가 오늘날 병이 안 생겼다면 오히려 이상할 거예요. 하여튼 그렇게 못된 것인데 큰언니가 자기 살자고 그런 것을 끌어들였다니까요."

미숙은 나에게 말할 틈도 주지 않았다. 언니들을 '년'이라고 했다가 '것'이라고 하는 품이 마음으로 자매 사이를 정리한 것처럼 들렸다.

"누가 대학을 못 가게 말렸대요? 자기들이 갈 수 없어서 못 간 것이지. 하라는 공부는 안 하고 일찍이 모로 터진 년들이 이제는 대학 못 나온 것을 무슨 자랑이라고 유세한다니까요. 시집갈 때 가져갈 만큼 가져갔으면 되었지. 하여간 도둑이 따로 없더라구요. 오빠 이야기를 했더니 오빠한테는 권리가 없다며 꺼내지도 말래요. 그러면서 둘이 짝짝꿍이 되어서 엄마

물건을 마음대로 갖고 논다니까요. 큰언니 그건 사람이 아니에요. 오죽 배알이 없으면 우리 엄마한테 손찌검을 하고 대든 년하고 손을 잡아요? 뭐 그러면서 그 잘난 아버지가 그렇게 된 것도 엄마 탓이라고요? 정말 사람도 아닌 것들하고 상대를 안 할 수도 없고 상대를 하자니 날마다 열불이 나서 못 살겠다니까요. 인숙이도 지금 두 사람을 가만두지 않겠다고 준비하고 있을거예요. 인숙이 말로는 나중에 안 되면 법으로 하자대요. 거기 박 서방이 오죽 똑똑한 사람인가요?"

인간의 이기심의 근원을 볼 수 있는 기회였다. 물질에 따라 부모 형제의 기본적인 정과 도리마저 좌우되는가 싶으면 더 듣고 싶은 마음도 없었다.

"좀 흥분하는 것 같구나."

"그 건물을 살 때 아버지는 하다못해 몸을 놀려 도와준 것도 없어요. 그런데도 아버지는 엄마를 두들겨 패고 엄마가 벌어 놓은 것 까먹기만 하다가 돌아가셨어요. 배우처럼 멋이나 내고 젊은 여자들하고 놀아났어도 같은 여자의 입장에서 편은 못 들어줄망정 큰언니는 엄마한테만 대들었어요. 그렇게 엄마를 못마땅하게 여기던 것들이 이제 엄마의 재산을 마음대로 하겠다니 열불이 안나요? 정작 누구보다 말할 수 있는 광주 오빠도 가만있는데 말에요. 우리 엄마가 불쌍해요. 기어코 우리 엄마를 살려낼 거예요."

미숙은 전화기에 대고 울었다. 언니들과 동생 사이에서 자기 실속 챙기는 데는 선수였다는 미숙의 눈물이 무엇을 의미하는지 종잡을 수 없었다. 나를 끌어들이는 것만 같아 무슨 말을 하기도 어려웠다.

"집 사서 결혼시켜 준 것도 어딘데. 그런데 또 우리 엄마 재산을 넘봐? 그런 것은 언니도 아니에요. 지금 우리 엄마 병도 누구 때문에 생긴 것인데, 이제는 정말 가만두지 않을 거예요."

낮은 음성에 단단히 오기가 박힌 미숙을 통해 사건의 전말과 그동안 어머니와 미란의 관계가 좋지 못했음을 짐작할 수 있었을 뿐이다.

서울에 갔을 때 인숙에게 들었던 이야기는 좀 더 구체적이었다.

"좋게 끝날 것 같지는 않네요. 그게 사람의 도리가 아닌 줄 알고 있지만, 언니들의 소행이 너무 괘씸해 변호사를 선임했어요. 변호사 말로는 사문서위조에 횡령 등이 걸려 있어 형사책임을 면할 수 없을 것이라고 하대요. 괜히 오빠한테 안 보일 꼴을 보인 것만 같아요. 하긴 이제 오빠한테 감추고 자시고 할 것 있겠어요? 오히려 그런 면을 통해 우리 엄마를 조금 더 이해하실 수 있다면 다행이겠어요."

"미숙의 말로는 어머니가 저렇게 된 것이 미란이 때문이라고 하더라만 무슨 말이냐?"

"엄마는 처음 시장에서 채소 장사부터 하셨는데 그러다가 결핵을 앓는 아버지 병 구완겸 시작한 일이 국밥집이었대요. 나중에 우리가 큰 다음에 치우긴 했지만 사실 우리는 국밥집으로 힘을 잡은 셈이지요. 그림이나 좋아하고 그 방면에 솜씨 있는 사람의 분위기하고는 먼 그런 일을 한 것도 엄마의 운명과 무관하지 않은 것 같더라구요. 재미있는 사실은 엄마는 간을 맞추어 국을 끓일 줄만 알지 자신이 끓인 국밥을 거의 입에 안 대셨어요. 소나 돼지며 심지어는 닭고기도 거의 안 드셨어요."

그림이나 음악을 좋아하는 사람이 음식 장사를 했다는 점이나, 잘 먹지도 않은 사람이 국밥을 맛깔나게 끓였다는 인숙의 말도 어머니의 어긋난 운명과 어떤 연관이 있을 듯싶었다. 그렇게 벌어 상가 건물도 사고 시장 안에 점포도 잡았다는 말도 운명의 아이러니를 실감케 해주는 대목이었다.

"내가 봐도 아버지는 건달이었어요. 평생 돈을 쓸 줄만 알았지 돈을 벌어 본 적이 없는 남자가 아버질 거예요. 그러면서도 아버지는 걸핏하면 엄마에게 손찌검을 했어요. 구정물통을 엄마에게 덮어씌우기도 했구요. 내가 보기에 엄마는 아버지 대한 사랑같은 감정은 없는 사람이었어요. 그런데 아버지같은 사람을 어떻게 만났는지, 왜 그렇게 평생을 도망칠 궁리 한번 하지 않고 끌려다니면서 살았는지 나는 지금도 이해할 수 없어요."

통상적인 유부남과 유부녀 만남은 그것이 불륜일지라도 무언가 사연이 있기 마련이고 그 사연은 대부분 사랑의 미명으로 포장되기 마련이다. 그러나 어머니는 예외였다. 인숙의 말대로 사랑이 없었다면 어머니는 무엇 때문에 참고 살았단 말인가?

"그럴 때 어머니는 아무 말씀이 없으셨냐?"

"바보같이 맞기만 했다니까요. 우리가 크니까 아버지 행패가 줄었어요. 하여튼 큰언니는 아버지와 엄마의 그런 꼴이 보기 싫다고 고등학교만 졸업하고 열 살이나 많은 남자한테 도망치듯 결혼을 해 버렸어요."

"그럼 미란이하고는 언제부터 함께 살았냐?"

"글쎄요. 나는 그때 초등학교에 들어갈 무렵이었을 거예요. 정말 미란언니의 출현은 어떻게 손을 쓸 여지 없이 당한 우리 가족의 우환이었어요. 언니들 말에 의하면 그 언니가 나타나면서 엄마가 더 변하기 시작했다더군요. 원래 선병질적인 성격인지 아니면 자라면서 형성된 성격이었는지는 몰라도 미란언니는 처음부터 식구들에게 노골적으로 적대감을 드러냈어요. 걸핏하면 우리 자매들에게 큰소리를 치고 어린 내 머리를 쥐어박던 일도 기억나요."

"어머니하고도 불편했다는 말이구나."

215

"불편한 정도가 아니었대요. 엄마라고 부르는 법도 없고 매사에 엄마와 어긋났던 것 같아요. 모든 것이 자기 마음대로였으니 엄마와 사이가 어떠했으리라는 점은 짐작할 수 있잖아요?"

"미숙이 말로는 어머니한테 대들었다고 하던데 사실이냐?"

"뒤늦게 고등학교를 보냈으나 공부보다는 돈 쓰는 재미로 사는 사람처럼 제멋대로였던 모양이대요. 공공연하게 분에 넘치는 용돈을 요구했고 그걸 제한하면 금고에서 말도 없이 꺼내 가기도 했으니 엄마 속이 오죽했겠어요."

텔레비전처럼 생생한 화면도 아닌데 어째서 어머니가 처했던 현실이 눈에 보이는 듯했는지 모른다.

"보다 못한 엄마가 어느 날 한마디 한 것이 발단이 되어 첩년이라고 대들면서 엄마 머리채를 잡고 벽에 쥐어박는 바람에 엄마가 기절하신 적이 있거든요. 여러 날 병원에 입원하셨는데 언니는 잘못했다는 말 한마디 없이 집을 나갔고 아버지는 그런 언니한테 집을 얻어 줬구요. 우리가 봐도 엄마는 사람 기피증이 있는 분이었는데 그 후로는 더 심해졌던 것 같아요. 이건 우리 자매들이 공통적으로 느끼는 사실이거든요. 의사도 그랬어요. 우울증이라는 병은 불에 데었다든지 맞아서 생긴 병이 아니라 장기적으로 꾸준히 쌓인 스트레스가 정신적인 중압감으로 남아 그렇게 된다고 했거든. 아버지의 잦은 폭력, 그리고 자기를 첩으로 몰아세우던 미란 언니의 말은 엄마에게 형벌이나 다름없었을 거예요. 거기에 오빠를 포함한 낳은 자식들의 외면…. 때문에 어머니는 마음의 의지처를 잃고 방황했을 거예요. 그러다 어떤 강박관념이랄까 피해의식이랄까 하는, 하여튼 나는 전문가가 아니기에 뭐라고 정의하기는 어렵지만 그런 요인들이 결국 엄마를 그렇게 만들었지 않았나 싶더군요."

인숙의 말에 나는 고개만 끄덕이고 있었다.

"요즘 나는 엄마의 삶을 돌이켜 보면서 엄마의 삶은 엄마가 만든 운명이라기보다는 늘 어떤 상황이 엄마를 내몰았지 않았나 하는 생각이 들어요. 딸인 나도 엄마의 내면에 접근할 수 없어 잘은 몰라도 최근에 부쩍 그런 생각이 더 드네요. 그 상황이 무엇인지는 나도 아직 명확하게 잡히는 것이 없지만요. 오늘 내가 이런 싸움에 말려들게 된 것도 엄마의 알 수 없는 상황의 연장이 아닌가 싶은 생각도 드네요."

나는 운명을 말하면서도 개인의 운명을 역사적 상황의 산물이라고 말한 적이 없었다. 그저 개인의 운명은 타고난 것, 아니면 어쩔 수 없는 경우라고 이해했고 그러면서 자신이 최선을 다해 책임지고 개척하는 것이라고 여겼다.

그랬는데 나는 어머니로 인해 경채와 일강집을 만나면서 막연하게 인간이란 자신의 의지대로 살기보다는 사회적 또는 시대적 상황에 의해 더 좌우될 수 있다고 생각했다. 그리고 어머니가 무엇 때문에 목포에 갔는지에 대한 현상적인 의문보다, 뒤늦게 어머니가 무엇 때문에 그렇게 되었는지에 대한 근본적인 문제에 빠져들고 있었다.

표면상 어머니가 그렇게 된 원인을 결혼 이후부터 잡아 보면,

결혼-남편의 죽음-전쟁-이강재와 만남-미란의 출현-이강재의 외도-아들인 나의 외면-딸들의 몰이해-이강재의 죽음 -발병이라는 순서로 나열해 볼 수 있을 것이다. 하지만 그러한 사건들이 지속적으로 어머니에게 심적인 상처를 주었으리라는 짐작은 있었으나 지극히 복합적이고도 미묘하게 얽힌 어머니의 내면을 헤아리기에는 역부족이었다.

과연 어머니가 무엇 때문에 그렇게 되었는지?

감추고 숨겨야 할 것이 많은 사람이었기에 말을 잃었는지 말이 적은 사람이기에 감추는 것이 많다 보니 그렇게 되었는지?

내가 이강재를 처음 본 것은 결혼 후 인사차 방문했을 때였다. 사람의 도리를 따지며 앞장서는 아내를 따라나섰지만 내키지 않는 걸음이었다. 그랬는데 우리를 맞이한 이강재 첫인상은 나를 후회스럽게 만들었다.

나이와 얼굴에 걸맞지 않게 원색에 가까운 색상의 옷도 그랬지만 억지가 배인 서울 말씨로 그가 했던 말은 한편의 희극이었다.

"별 떨기같이 수많은 사람, 모래알같이 수많은 사람 가운데서 두 사람이 만난 것은 하늘이 맺어 준 인연이라네."

상황과 어울리지 않은 흘러간 영화의 대사인듯한 말을 외우는 바람에 웃음이 많던 아내는 입을 가렸다.

"두 사람이 서로 가슴에 손을 얹고 생각하며 살아야 하네."

뼈에 사무치는 덕담이 아니었다. 반성한다는 뜻을 담은 말을 그 사람은 서로 아껴 주라는 의미로 이해하는 듯했다. 갓 결혼한 아내에게 민망스러웠고 자존심 상해 나는 어금니를 꽉 물고 있었다.

가만히 일어서 밖으로 나가는 어머니에게 군림하는 자세를 보였던 점도 거슬렸다.

"특별히 준비해서 대접사가 소홀함이 없도록 하시오."

왕이 신하에게 분부를 내리는 듯한 어감, 인자함을 가장한 태도는 과시하기 위한 교만이었고 허세였다. 그의 태도를 보면서 두 사람 사이에 뭔가 아귀가 맞지 않는 것을 직감할 수 있었지만, 그때도 어머니가 어떤 처지에 있는지는 구체적으로 몰랐다.

사람을 나쁘게만 보는 것이 죄가 된다는 것을 알지만 그 일이 있은 후, 이강재에 대한 나의 감정은 일종의 혐오로까지 발전했다고 본다.

내가 어머니를 피하려고 했던 이유 중의 하나도 그런 이강재와 만남에 대한 부담 때문이었다. 어쩔 수 없이 몇 차례 대면할 기회가 있었지만 그럴 때도 인사 정도로 그쳤을 뿐 서둘러 자리를 피해버렸다.

"당신 무슨 생각을 하세요?"

"그냥….''

봄이면 꽃을 말하고, 날이 더우면 물가를 찾고, 가을이면 단풍을 봐야 하고, 눈 오는 날이면 설경을 보기 위해 산을 찾는 여유를 갖기란 쉽지 않을 것이다.

"나는 여수리라는 지명을 생각하면 어떤 나그네가 여창旅窓에 기대어 우수憂愁를 담은 눈으로 달을 보는 모습이 떠올라요. 떠도는 자들의 넋들이 품고 있는 한이랄까 그리움이랄까 하는 그런 분위기가 풍겨나는 지명 같더라구요.''

"한? 그리움? 갑자기 시상詩想이라도 떠올랐어? 여수리는 고울 려麗 물 수水를 쓸걸.''

"당신도 그렇지만 어머님을 보고 있으면 어머님의 분위기는 내가 상상하는 여수라는 낱말이 풍기는 분위기와 더 닮은 것 같더라고요. 안 그래요?''

"말도 안 되는 소리. 사람의 언행이 지명이 풍기는 분위기에 좌우된단 말이야?''

"그건 해본 소리고요. 옛날에는 목포에서 배로 다녔다고 했지요?''

"그랬어. 목포에서 해창까지 배가 다녔어. 그런데 왜 갑자기 그런 걸 묻는 거야?"

"지난번 어머님이 목포에 가신 일 말인데요, 혹시 여수리를 목적으로 목포에 가셨던 것은 아닐까요?"

아내의 표정으로 봐서는 갑자기 장난으로 하는 말 같지 않았다.

왜 그런 생각을 했느냐고 묻기도 전에 아내는 이유를 설명했다.

"여수리는 당신을 낳은 곳이잖아요. 비록 다른 남자를 만나 떠났지만 그리움이 없을 수는 없지 않았을까요. 여자의 입장에서 그런 생각이 들더라구요. 가고 싶어도 갈 수 없는 곳, 한으로 남은 곳을 돌아가시기 전에 보고 싶으셨을 수도 있고요. 안 그래요?"

"그랬을까?"

"나이가 들수록 귀소 본능의 욕구가 더 크다지 않아요? 나도 가끔은 옛날 살던 곳을 찾아가 보고 싶어지고 그때 사람들이 어떻게 사는지 궁금해지더라구요. 그런 경험으로 미루어보면 복잡하게 생각하는 것보다 보통의 상식으로 판단하는 것이 더 맞는 경우가 있거든요. 하여튼 깊은 내막을 다 알 수는 없지만 여러 가지 정황으로 추정컨대 그러셨을 것 같아요."

아무리 생각해도 여수리는 어머니 스스로 돌아갈 수 없는 땅이었고 가야 할 명분도 없었다.

아내의 말대로 귀소 본능이 작용했다면 어머니가 가야 할 곳은 부모 형제가 살았던, 어린 시절을 보낸 월출산 자락 정원이 넓은 읍내의 외가였지 않을까?

그래서 여수리를 찾으려 했으리라는 아내의 추정은 논리적으로 설득력이 약하게 들렸다.

"아까 일강집 아주머니를 보면서 내 짐작에 확신을 보탠 것인데요. 그 아주머니도 못 가본 고향이며 사셨던 목포에 굉장한 애착을 보이시지 않던가요. 그래서 어떻게 살았건 아마 노인들의 심정은 비슷하지 않을까 생각이 들었던 거죠. 인간은 자신의 본원을 찾아가는 회귀성回歸性 동물이라고 했던 누군가의 말도 떠오르고요."

사람들은 아무도 봐주지 않은 자신만의 과거를 돌이켜 볼 줄 아는 동물이라고 했다. 나이가 들수록 과거에 대한 향수도 커지고 사이가 나빴던 사람들까지도 용서할 수 있는 아량이 생기고 치기 어린 실수도 추억으로 포장하여 가슴에 담고 다닌다고 했다. 과거의 일, 과거의 장소, 과거의 사람을 잊지 않는 한 생각하고 거기서 위로를 느끼려 하고 부득부득 그곳으로 돌아가려고 한다던가.

나에게도 여수리는 늘 그리운 곳이었다.

어쩌다 여수리에서 살았던 어린 날들의 꿈을 꾼 날이거나 여수리의 정경을 꿈속에서 본 다음 날이면 예기치 못한 좋은 일이 있었기에 중요한 일의 결과를 앞두고는 남몰래 여수리의 꿈을 기대했던 적도 있었다.

나만의 특별한 경험이었지만 처음 고시의 일차 합격 소식도 여수리에서 온 누군가의 편지에 의해 예감했었고, 여수리에 간 꿈을 꾼 날에 대학 전임강사 임용이 확정되었다.

그러나 분명히 시간과 공간이라는 물리적 개념으로는 어머니와 여수리가 일치하지 않음에도 나 역시 여수리 뒤에 따라다니는 어머니의 그림자를 떼어낼 수 없었다.

아픔이요 원망으로 남은 그림자, 어머니가 남긴 그런 소문의 그림자를 보기 싫어 스스로 고향을 피했는데….

그렇다면 과연 어머니에게 여수리는 어떤 의미를 지닌 곳이었을까?

젊은 날의 한때 2년가량 살았던 곳, 아들을 두고 떠난 곳, 첫 남편의 무덤도 없는 곳이지 않은가? 아무리 생각해도 어머니가 여수리를 가고 싶어 했으리라는 아내의 주장은 이성적으로 공감하기는 어려웠다.

그렇지만 한이 남은 곳이기에 그곳을 더 가고 싶었을 것이라는 아내의 말은 역설적이게도 정서적 측면에서는 나의 내면을 흔들었다.

단순히 목포를 보기 위해, 누구를 만나기 위해 가고자 했던 곳은 아니었으리라.

어머니는 보통 사람보다 한 박자쯤 늦게 시작하는 말과 굼뜨다는 표현이 맞을 정도로 느린 동작이 특징이었는데 그런 언행은 방향 잃은 미적거림이 아니라 천성이었다.

성미 급한 사람에게는 무안하고 지루하게 느껴질 정도로 느린 반응을 보이던 어머니, 그런 어머니의 특징도 여수리 앞을 느리게 흐르던 강에 겹쳐 보였다.

'어머니는 억울한 누명, 자식을 두고 쫓겨난 한, 자식으로부터 외면당한 수모를 여수리를 찾아 씻고 싶었던 것일까?'

'항상 부모로 인한 피해자라고만 여겼는데 어쩌면 내가 어머니에 대해 더 가혹한 가해자는 아니었을까? 피해자이면서 가해자!'

하지만 그런 마음을 솔직하게 말할 수 없었다.

"당신 퇴직 후에 우리 여수리에서 살까요? 다시 집을 짓고 말이에요. 요즘은 노후 설계를 그런 식으로도 하는 모양입디다."

여수리에 집을 짓는다는 것은 상상조차 해본 일이 없었다.

몇 뙈기 땅을 팔지 않았던 이유는 조부모의 산소가 있었기에 일종의 제답祭畓의 용도로 남겨두었을 뿐이다. 아마 절박하게 팔아야 할 필요가 있었다면 벌써 처분해 버렸을지도 모를 땅이다. 그런데 그걸 모르지 않을 아내가 고향에 집을 짓자는 말을 하다니.

"대지가 좀 좁을 것 같습디다. 뉘 밭인지는 모르나 옆의 밭을 사서 터를 넓히면 더 좋을 것 같대요. 오늘 간 김에 좀 더 자세히 보고 옵시다."

언제나 나의 심중을 헤아리며 한 걸음 앞서가는 아내였다. 지금까지 살아오는 동안 무수히 많은 선택의 경험은 젖혀두고라도 이제 어머니를 모시자는 제안이나 다시금 미리 생각해 둔 사람처럼 고향에 집을 짓자는 아내의 말을 담담히 듣고만 있었다.

어머니의 가출 → 아내와 함께 찾은 고향길 → 다시 집을 짓고 싶다는 이야기.

누군가 나를 그곳으로 불러들였다는 생각이 들었다.

정말로 그럴 수만 있다면 이제 새로운 추억을 만들어 낼 수 있는 새집을 다시 짓고도 싶었다.

하지만 그럴 수 있는 날이 올 것인가?

아니 나 스스로 그럴 준비가 되어있기나 한 것인가?

"어머님이 퇴원하면 여수리에 모시고 싶어요."

"그런 날이 있을까?"

"기다리기만 한다고 오겠어요? 우리가 만들어야지요."

자신이 없다는 말 대신 나는 한숨으로 대답하고 있었다.

내 의식을 감싸고 있는 안개 같은 미혹迷惑.

과거를 감추듯 허물어 버린 집터와 병든 어머니가 겹쳐 보였다.

점 그리고 선

꽃샘추위에 떨던 봄은 다시 살아나고 있었다.

남북 정상회담이 6월 중으로 합의되었다는 발표가 있었지만, 총선의 결과는 지역구도를 크게 벗어나지 못했다. 여당은 제2당으로 머물고 야당이 제1당이 되었다. 그런 정국임에도 남북 정상회담에 거는 기대는 연일 텔레비전과 신문의 지면을 장식하고 있었다.

막 도착한 지방지 석간의 제목을 건성으로 살피던 나는 창밖으로 시선을 돌렸다.

나른하면서도 무언가 변화를 기대하고 싶은 계절, 안에 머물기보다는 자꾸 문밖으로 시선이 가는 계절, 그러면서 상대적으로 이미 젊지 않다는 사실을 다시 확인하는 계절, 다른 계절에 비해 울퉁불퉁한 감정의 굴곡도 드러내기 어려운 나이.

산을 깎아 지은 건물 4층에 자리 잡은 연구실 창을 통해 들어오는 풍광이 좋았다. 절개지 경사면에 가득 심어 놓은 철쭉이 봄의 찬란함을 연출하여 눈부셨고 가까운 곳의 솔 향기가 밀려들어 코를 자극했다.

그러나 찬란함으로 마음은 더 어지러웠다.

실패해도 되돌릴 수 있는 젊음이 있었고 억눌림 속에서도 희망이 있었다. 아무리 작은 글씨라도 알아볼 시력이 있었고, 하룻밤에 읽은 소설의 감동을 한 달쯤은 간직할 여유도 있었다. 100미터를 11초쯤 달리고 십리 길을 단숨에 걸으면서 무엇이든 그렇게 할 수 있다고 믿었던 그 시절.

그러나 이제 다시는 그 시절로 회항回航할 수 없으리라.

미몽에 빠져 있던 나를 깨운 것은 휴대폰 벨 소리였다. 한 번, 두 번, 세 번…. 직접 사람의 소리가 들렸다면 조금 있다가 오라는 말이 그대로 나왔을 것이다.

"뭐해?"

관준이었다.

"그냥."

"왜 그렇게 힘이 없어? 자다가 깬 사람처럼."

"거기서는 그렇게 보이나?"

"그래. 그건 그렇고 어제 약속한 것 안 잊었지? 여섯시 미로!"

"응."

"됐어! 그럼 이따가 보세. 나는 다른 일이 있어서 지금 나가네."

바쁘게 전화는 끊어지고 화면은 순식간에 어두워졌다.

졸다가 한 방 맞은 꼴이었다.

서두르는 관준의 모습이 떠올라 나도 훌쩍 자리에서 일어났다.

어제 오후 관준은 누굴 만나러 가는데 함께 가야 한다고 했다. 만날 사람이 누구냐고 물었더니 관준은 만나면 안다고만 했다. 그리고 시간과 장소를 말하고 끊어버렸다. 궁금했으나 굳이 묻고 싶지도 않았다. 그리고 흐릿하게 잊고 있었는데 다시 관준이 일깨운 것이다.

사월 중순의 여섯 시는 조금 서늘한 낮이다.

며칠 사이에 미로의 간판이 산뜻하게 바뀌어 있었다. 미로라는 낱말의 의미를 나타내려는 듯 억지로 휘갈겨 쓴 듯한 글씨가 조금은 어색했다. 아직도 고전적인 다방의 분위기를 간직한 곳. 전에 명조체의 한자로 써졌던 미로迷路가 더 어울린다는 생각을 하면서 다방으로 들어섰다.

벽 안쪽으로 몇 점 그림과 글씨가 간결하게 붙어 있고 꽤 값나가게 보이는 수석이 돋보이는 집이었다. 더러 임자를 만나면 그 돌을 팔기도 한다는 말로 미루어 볼 때 누군가 팔기 위해 전시해 놓았을 것이라는 짐작이 들었다.

나도 한때 수석을 모은다고 수선을 피운 적이 있었다. 남한강 묵석이 좋다해서 동호인들 모임에 끼어 따라가기도 했고 몇 차례 돌을 찾아 서해와 남해의 섬에도 원정을 갔다. 처음에는 하나의 돌을 골라 괜찮다 싶어 한참 들고 가다 좀 더 나은 돌을 만나면 먼저 집었던 돌은 미련 없이 던지고 또다시 더 좋은 돌을 찾는 행위가 예술작업 같은 생각도 들었다.

하지만 힘들게 지고 왔던 돌을 마음에 들지 않는다는 이유로 혹은 다른 사람들이 혹평한다는 이유로 생각 없이 창고 속에 가두었다.

그러던 어느 날 창고 구석에 먼지를 뒤집어쓰고 있는 돌을 보며 느끼는 바가 있었다. 처음에는 대접을 받다가 나중에 새로 들어온 돌에 밀리거나 주인의 기분에 따라 창고로 쫓겨나는 수모를 당하는 비운의 돌이 예사로 보이지 않았다.

인위적인 좌대에 앉아 동백기름을 뒤집어쓴 채 고상한 척 앉아 있는 돌들이 이미 생명력을 잃은 완상품으로 보인 것도 그때였다. 돌을 고르고 감상하는 일이 돌의 의지와는 상관없이 이루어지는 순전히 나의 이기심을 충족시키는 작업임을 깨달은 것이다.

사물을 선택하는 일은 인간만이 갖는 권리가 아님에도 인간은 선택의 권리를 오만하게 행사한다. 경험적으로 보아 선택 자체가 스스로에게 엄청난 결과를 초래할 수 있다는 사실을 알면서도 순전히 이기적인 욕망의 충족을 위해 모험도 불사하는 동물이 인간이다. 별다른 생각 없이 선택하고 마침내 기분대로 버리는 일도 내가 행사할 수 있는 하나의 권리 같지만, 그로 인해 보이지 않는 자연의 균형이 깨지고 있다는 사실을 못 보고 있었다.

돌은 본래의 장소에서 다른 돌들과 어울려 있어야 자연스럽고 그곳에 있을 때 생명을 갖는다는 생각이 들면서 그건 취미로 할 일이 아니다 싶어 그만두고 말았다.

"빨리 나왔네!"

"차가 밀릴 것 같아 서둘렀더니 의외로 잘 빠지네. 그런데 무슨 일이야?"

"지난 이십 삼일 일요일, 그러니까 그저께 이 지역에 살아있는 빨치산 아저씨들이 나들이를 갔어. 말은 역사기행 겸 봄나들이라고 했으나 옛 전적지 답사라는 편이 옳을 거야. 자네가 부탁한 이산빈씨라는 분에 관해 알아보겠다는 후배가 연락했더군."

"나한테는 왜 알리지 않았어?"

"갑자기 연락을 받은 데다 나도 좀 부담이 따랐어. 아무리 남북 정상회

담을 눈앞에 두고 있다지만 아직도 국가보안법이 시퍼렇게 살아있는 나라 아닌가. 거기에는 비전향 장기수로 있다가 작년에 출감한 분도 계셨는데 지금도 당국의 주시를 받는 상태거든."

"어디로 갔어?"

"여러 곳을 갔지. 피아골로 해서 화엄사 계곡, 성삼재 넘어 뱀사골, 마지막에는 실상사에 들렀어."

"지리산쪽이구만."

"응."

"그러면, 유치 쪽에서 활동했던 분이라도 만났어?"

"아냐. 이산빈이라는 분은 아무래도 찾기 힘들 것 같아. 이미 나이로 봐서도 이 세상 사람이 아닌 것은 분명하고. 이상하게 그쪽 생존자는 찾을 수 없다고 했어. 자네 부탁받고 오랫동안 감옥에서 세월을 보낸 장기수로 있다가 출소하신 분도 만났고, 육이오 당시 전남도당 간부를 지낸 분도 만났으나 이산빈이라는 분을 아는 사람은 없대. 장흥군당 간부를 지냈다는 사람이 서울에서 산다는 소문은 들었으나 그분들하고는 연락이 안 된다는 거였어. 후배가 더 수소문해 보겠다고 했지만 기대할 수 없을 것 같아. 지난번 내가 말 한대로 당시 입산한 사람들이 본명을 쓴 경우가 많지 않은 데다 거의 몰살당해 버렸기 때문이라는 거야."

"안타깝게도 궁금해하는 가족들이 있어서….."

"어쩔 수 없어. 그 점이 우리 민족의 아픔 아닌가."

"그럼 오늘은 무슨 일이야?"

"자네 선친 존함이 조 창자 대자 맞아?"

"그렇네만. 그걸 어떻게…?"

"자네를 아는 분이 그 안에 계셨어."

"나를?"

"역전에서 출발한다기에 나갔더니 관광버스가 대기하고 있더만. 주변에 형사들도 기웃거리고. 약간은 긴장이 되면서도 아직 그런 촌티를 버리지 못하는 우리의 현실이 초라해지대. 휴전 후로 이 지역에서는 그런 분들의 첫 모임이었다니 기관 쪽에서도 긴장은 했겠지. 그러나 생각해 보면 우스워. 대부분 칠십 이쪽저쪽의 나인데 그 나이에 무엇을 하겠어. 총을 들고 싸우겠어 어쩌겠어. 그럴 기력도 없는 노인들이잖은가. 더군다나 그 가운데는 여자분들도 넷이나 계셨지. 손님으로는 나하고 후배, 그리고 재야 운동 단체에서 일하는 실무자 몇 해서 마흔 명도 못 되는 인원이었어. 다행히 여행을 제지하지는 않더군. 시외로 벗어나 돌아가면서 자기소개를 하고 술도 한 잔씩 돌렸지."

"무슨 이야기야?"

"가만, 좀 더 들어봐. 나로서는 인상적인 여행이었으니까. 피아골 도착하여 고흥과 구례에서 개별적으로 올라 온 몇 사람과 합류한 후 점심을 먹었어. 그리고 버스를 타려는데 빨치산 출신 여자 한 분이 주먹보다 큰 돌을 하나 들고 있었어. 무엇 때문에 그런 돌을 들고 가느냐고 했더니 집에다 두고 보기 위해서라는 거여. 그 여자분이 뭐랬는지 알아?"

"…?"

"오십이년 봄에 지리산에서 잡힌 후로 지리산을 처음 찾았다고 했어. 오고 싶어도 선뜻 찾을 수 없었다는 말이었제. 그 대신 자식들에게 지리산에 가거든 아무 돌이나 하나 주워다 달라고 했는데도 어미 속을 모르는 자식들은 그 말을 귓전으로 흘려 버렸던 모양이여. 그러다가 마침 자기가 그 기회를 만나 죽기 전까지 두고두고 볼 작정으로 돌덩이를 들고 간다고 하더군. 그러면서 그분은 나더러 그런 심정을 이해하지 못하리라고 하셨어. 물론 전부 이해할 수는 없었지. 그러나 나름대로 그 여자분이 보고자 했던 것이 단순한 돌이 아니라 그 돌을 통해 그 시절 그때의 사람들을 보고자 하는 마음이라고 생각하니 어쩐지 내 마음도 서늘해지더군. 한이었어. 죽은 사람들도 한을 품고 죽었지만 산 사람들도 긴 세월 한을 간직하고 살았던 게지. 자네처럼 한을 가진 사람도 있고."

"참. 그 이야기하려고 날 불렀어?"

"피아골에서 나와 성삼재를 넘어 실상사 쪽으로 가는데 한 노인이 나를 부르더란 말이시. 하여간 나는 많은 이야기를 듣자고 간 사람 아닌가. 옆자리에 앉았더니 이 노인이 내 손을 잡고 한참 아무 말씀도 안 하시는 거여. 답답했으나 노인의 분위기를 깰 수도 없었어. 그렇게 한 오 분이나 지났을까. 그 노인께서 자네를 묻지 않겠는가."

"어떤 분인데?"

"물론 잘 안다고 했지."

"누구야?"

"자네 선친 말씀을 하시더군."

"…?"

"곧 그분이 오실 테니 그때 여쭙도록 해."

"이 사람아, 그렇다면 사전에 귀띔이라도 해 줘야지. 자네가 왜 그토록 우리 부모님들의 세대에 관심을 갖는지 모르겠어."

"나는 어쩔 수 없는 이 땅의 사람이고 이 땅에서 치열하게 살다 죽은 아버지의 아들이기 때문 아니겠는가."

"하여간 별난 사람이여."

"아, 마침 저기 오시네!"

관준이 입구에 들어오는 노인을 맞이하러 나갔다.

유행이 지난 양복일망정 깔끔한 검은색 정장 차림의 노인을 맞이하기 위해 나도 얼결에 따라 일어섰다. 전혀 본 적이 없는 노인이었다.

나는 전혀 모르는데 나를 아는 상대방을 만난다는 사실은 바둑에서 몇 수 접고 들어가는 기분이다. 나에 관해 무엇을 어떻게 아는지 모르는 사람을 상대한다는 일은 부담이었다. 상대방의 말을 기다리는 수밖에 없다. 관준의 권에 자리에 앉으면서도 노인은 나에게서 시선을 떼지 않았다. 꼿꼿한 자세는 일부러 만든 것 같지 않고 나이는 70세 쯤으로 보였다.

"인사드려. 자네 선친과 교분이 있으셨던 분이시네."

"처음 뵙겠습니다. 조병줍니다."

"저는 박종식입니다. 교수님 본댁이 여수리 맞지요?"

자기소개가 아니라 고향을 먼저 물었다.

생김새나 자세가 주는 선입견은 맑고 굵은 목소리일 것 같았는데 의외로 소리가 탁했다. 그 연배가 대개 그러하듯 대뜸 말을 낮추리라고 예상했는데 깍듯한 존댓말을 쓰는 것도 의외였다. 완전한 정공법에는 예외 없이 정공법으로 맞받을 수밖에 없었다.

"예."

대답과 동시에 가볍게 고개를 숙이는 예를 잊지 않았다.

"저는 영호정에 살았던 박종식이라고 합니다. 조교수님이야 저를 모르시겠지만, 저는 고향에 갈 때마다 조교수님 이야기를 들어 잘 알고 있습니다. 진작 한번 뵙고는 싶었으나 불쑥 찾아보기가 그랬고…. 조창대 선생님, 흠!….”

감정이 복받쳐 말할 수 없다는 듯 종식이 갑자기 숨을 멈췄다. 옆 사람을 긴장하게 하는 한숨, 그리고 붉어지는 눈자위, 주르르 흐르는 눈물…. 무언의 표정과 동작이 무엇을 말하는지 따로 설명이 필요 없는 순간이었다.

초등학교 가는 길목의 마을. 여수리에서 면사무소가 있는 신기리까지는 십리 길, 중간에 위치한 영호정은 박씨들이 많이 사는 마을이었다. 선창으로 전학하기까지 3년을 다녔던 길이 갑자기 눈에 선했다. 여수리 아이들은 그 앞을 지날 때 가급적 소리를 낮추고 마을 쪽을 보는 것도 삼갔다.

물가에 산다고 ‘짱뚱이’라고 놀리는 말이야 애교일 수 있었다.

“모스크바 동네 새끼들….”

걸핏하면 낯을 붉히던 어른들. 지난간 세월을 뒤집고 또 뒤집어 아이들의 작은 가슴을 할퀴던 그 극성. 그런 어른들에게 배운 대로 기세등등하게 옥박지르던 영호정 아이들의 언행은 지울 수 없는 앙금이었다.

그렇지만 그 어떤 모욕에도 여수리 아이들은 대꾸할 수 없었다. 아이들은 숨을 죽이고 돌아서서 원통한 가슴을 치며 분을 삭였다. 일 대 일로 싸우면 못해 볼 것도 없었다. 그러나 학교 다니기를 포기하지 않는 한 영호정 아이들을 이길 수 없었다. 어쩌다 참지 못한 여수리 아이가 맞대항이라도 하는 날이면 영호정 어른들이 달려들어 때린 아이의 부모까지 죄인으로 닦아세웠으니…. 잘못 없이 당하고 안으로 분을 삭여 본 적이 없는 사람은 그 서러움을 이해할 수 없을 것이다.

그리고 아무 잘못도 없는 아이들을 길거리에서 발가벗겨 세워 놓고 빨갱이 종자들이라고 으름장을 놓던 청년들, 아이들의 고추를 잡아당기며 킬킬거리던 그 청년들을 떠올리는 것은 그대로 잊지 못할 분노였다. 순전히 어른들이 저질러놓은 업보 때문에 아이들이 당했던 치욕이었다.

여러 갈래로 들은 이야기의 종합이지만 영호정과 여수리 사이의 분쟁은 일제시대로 거슬러 올라간다고 했다.

발단은 개펄 때문이었다. 낙지, 숭어, 바지락, 맛…. 온갖 돈 되는 것들이 숨어있는 개펄은 양보할 수 없는 재산이었다. 바닷가의 여수리는 당연히 개펄의 소유권을 주장했고 영호정 쪽에서는 개펄의 분할을 요구했다. 그러다 일제 때 영호정 출신 면장이 강제로 여수리 쪽의 개펄을 분할하여 소유권을 빼앗아 갔다던가.

그런데 해방이 되고 판세는 역전되었다. 여수리 쪽은 당연한 일 인양 개펄의 양도를 요구했고 그 과정에서 전 면장의 집에 불을 지르는 충돌도 있었다고 했다. 정부수립 후, 공권력을 동원한 영호정 쪽의 보복. 전쟁이 터지면서 여수리 사람들의 사감에 의한 한풀이. 전쟁이 끝난 후 다시 영호정 쪽의 감정적인 보복.

그런데 모든 잘못은 패배한 쪽의 몫이었다.

남쪽의 귀퉁이에서도 그렇게 승자와 패자로 갈리고 덩달아 아이들도 갈라놓았다.

사람이 살자고 하는 일에도 사람의 희생을 요구하는 아이러니.

생존의 요구를 바탕으로 전쟁에 편승하여 감정적으로 사람을 죽이다니!

어쩌면 불가의 말대로 사는 것 자체가 업을 짓는 일이었는지 모른다.

이제 모질게 굴던 어른들도 거의 사라지고 기세등등하던 아이들이 자라서 그 자리를 차지하고 있을 것이다. 이제는 아비가 되고 더러는 할애비가 되었을 테지만 그들을 생각하는 것은 여전히 악몽이었다.

그런데 영호정을 말하고 아버지 이름을 부르다 말고 복받치는 감정을 어렵게 자제하는 노인은 누구란 말인가.

"이분은 오십이 년 겨울 백운산에서 체포당하셨고 육십 년대 말 출소하셨지만 칠십오 년 재수감되셨다가 만기 출감하신 지 칠팔 년쯤 되신다네."

어색한 분위기를 수습하기 위한 관준의 설명이었다. 재수감이라는 말이 나의 가슴에 일었던 감동을 식혔다.

"사모님은 잘 계신다고 들었습니다만…."

나의 아내를 묻는 것으로 여겼던 나는 무심코 "예"라고 대답하다 말고, 순간 그가 어머니 안부를 묻고 있음을 알아차리고 고개만 끄덕였다.

"건강은 어떠신지요?"

길게 설명할 수 없었다.

"최근 많이 나빠지셨습니다."

"그렇겠지요. 벌써 연세가 있으시니까."

다시 종식이 고개를 숙이고 눈물을 찍어냈다. 종식의 발음도 갈라지고 쉬어 있었다. 스스로 발음이 이상함을 알아차린 종식이 발성 연습이라도 하는 것처럼 음, 음! 하면서 소리를 가다듬었다.

나도 그 새에 잠시 당황했던 마음을 수습했다. 어머니가 병원에 입원한 사실을 모르는 관준이 적잖은 부담이었다.

잠시 어색한 침묵이 흘렀다.

"어디 가서 식사나 하세. 자네가 박 선생님 대접하소. 덕분에 나도 모처럼 호식 좀 하세. 혹시 돈 없으면 내 카드 빌려줄게."

관준이 농담으로 분위기를 바꾸고자 했다. 그래도 종식은 웃지 않았다.

"박 선생님이 뭘 좋아하시는지?"

"저야 아무렇게도 좋습니다."

"오미정으로 가."

"오미정?"

"부담되서 그래? 그럼 내가 카드 빌려준다니까. 정 안되면 외상이라도 하든지. 거기 이 마담 자네를 좋아하는 눈치던데."

"쓸데없는 소리. 방이나 있을까?"

"우리 세 사람 앉을 자리 없을라고? 가세! 박 선생님 여기서 멀잖은 곳입니다. 조금만 걸으시지요."

이미 예약해두었다는 뜻이었다.

식당으로 가는 길에 종식이 나에게 아이들이 몇이나 되느냐 사는 곳은 어디냐, 큰아이가 몇 살이냐 하는 질문을 했고 나는 짧게 대답했다.

준비된 상을 마주하고서도 무엇을 어떻게 물어야 하는지 정리를 못 하고 있었다.

사실 묻기에도 겁이 났다는 게 진심이었다.

종식은 끝내 술은 사양했고 식사도 한 공기의 밥을 다 비우지 못했다.

"식사라도 더 드시지요."

"모처럼 맛있게 먹었습니다. 소식이 습관이 돼서…."

종식의 말은 여전히 공손했다. 비굴함도 아니고 그렇다고 의식적으로 노력하는 것 같지 않은데도 나를 부담스럽게 만들었다.

"말씀 편하게 하십시오."

"원, 천만의 말씀을…. 제가 편한대로 할 터이니 염두에 두지 마시기 바랍니다."

다음 말을 잊고 앉아 술을 찔끔거렸으나 입안이 더 썼다.

"뭘 해? 자네 선친에 관해 궁금하다고 했던 사람이."

나는 "나 그런 말 한적 없네"라고 말하려다 얼른 술을 목 깊숙이 털어넣었다.

무엇을 묻자고 해도 무언가 조금 아는 것이 있어야 실마리가 잡히는 법이다.

얼굴도 모르는 아버지, 사진조차 본 적이 없는 아버지에 관해서 무엇을 어떻게 물어보라는 말인가.

아버지와 관련이 있다는 청동회 회원인지 모른다는 생각이 퍼뜩 들었다.

조부의 장례 때 들었던 청동회라는 명칭이 오래도록 남아 나중에 숙부에게 물은 적이 있었다. 그러나 숙부 역시 아는 것이 없었다. 그런데 종식을 보니 아버지와 함께 사라진 전설 속의 이름이 떠오른 것이다.

"혹시 청동회와 관련이 있으신가요?"

"아니! 교수님이 청동회를 어떻게?"

"조부님이 돌아가셨을 때 청동회 이야기를 들었습니다. 그런데 청동회 회원들은 여태껏 뵌 적이 없어 궁금했습니다. 그래서 청동회 회원이 아니신가 하고 여쭙습니다."

"저는 당시 어렸기 때문에 청동회원이 될 수 없었습니다. 이야기로만 들었지요."

"무엇을 하는 모임이었던가요?"

"시골에는 나이가 같은 사람들끼리 갑계도 맺고 뜻맞은 사람들끼리는 여러 종류의 계를 만들어 상부상조하는 풍습이 있었습니다. 청동회 역시 외견상으로는 친목계였지만 실제로는 애족 애향 애민하자는 뜻을 담은 모임으로, 왜정 말기 조 선생님께서 전남 서부 지역 각 군에서 활동했던 뜻있는 사람들을 규합하신 모임이었습니다."

"혹시 지금도 살아있는 분들이 계실까요?"

"다 늙었겠지만, 몇 사람은 살아있겠지요."

그러는 종식의 얼굴에 말하고 싶지 않은 주저함이 보였다.

"제가 어렸을 때 듣기로는 청동회에 대해 좋지 않게 말하는 분들도 계셨던 것으로 기억됩니다만?"

"살아남은 사람 중 몇 때문에 그런 말이 나왔을 것입니다."

"무슨 말씀이신지?"

"청동회원들 가운데 대의를 굽히지 않은 분들은 선생님처럼 목숨을 잃었거나, 이쪽에서 살 수 없어 월북하지 않을 수 없었고요, 그렇지 않은 사람들은 나중에 철저하게 변절하고 반동으로 돌아서 버렸습니다. 군사정권에 빌붙어 앞잡이 노릇까지 했던 자들도 있었지요. 하기야 이것이냐, 저것이냐를 요구하는 사회에서는 어쩔 수 없었을는지 모르지만 말입니다. 아마 반동으로 돌아선 그 사람들 때문에 비난받는 말이 나왔을 겁니다."

공산주의를 고수한 행위가 대의고 살아남은 것을 변절이요 반동이라고 하다니. 거침없는 표현에 괜히 물었다는 후회도 없지 않았다.

"잘은 모르겠지만 청동회라는 명칭이 의미심장한데요. 고대로부터 청동은 거울이라는 의미도 있고 제기祭器를 뜻하는 말이라고 들었습니다. 거울은 역사를 비추어 보는 통감이라는 말과 통하고 제기는 주나라 시대부터 국가의 보물이었지 않습니까? 그런 이름을 지은 사람이 누군지는 몰라도 상당한 역사의식이 있었던 분 같은데요."

관준이 침묵의 틈을 파고들었다.

"처음부터 뜻이 나쁜 약속이 있었겠습니까? 그것을 지키지 못하는 사람들이 문제고 또 끊임없이 변절을 강요하는 사회가 문제겠지요."

이념이니 정치니 하는 문제는 관심 없다고 일어설 수 없었다. 질곡의 역사라고 맞장구칠 수도 없었다. 이야기의 방향을 바꾸고 싶었다.

"지금 어떻게 지내십니까?"

"그럭저럭 살지요. 안에 있을 때 함께 고생했던 사람들과 어울리기도 하고, 이따금 고향에도 가곤 하지요."

나는 결혼은 했는지 자식들은 또 몇이나 되는지 그런 것도 포함해서 물었건만 종식의 대답 또한 애매했다. 함축된 의미의 질문을 이해하려면 오랜 교감이 선행되어야 한다는 점을 새삼스럽게 생각하고 있었다.

"광주에서 사십니까?"

내 물음에 관준이 답변을 대신했다.

"중앙로 박피부과 알아? 거기 박 원장이 선생님 아드님이셔."

"예?"

어떻게 그런 일이 있을 수 있느냐는 듯한 놀람에도 종식은 못 들은 척했다.

감옥 생활은 곧 독신 생활이라는 상식을 믿고 있었기에 종식이 결혼을 하고 의사 아들을 두었다는 사실을 이해하지 못했다.

박종식처럼 특정한 인물들이 겪은 출감, 재수감, 전향각서 요구 거부, 보호관찰법 적용, 장기수형생활로 이어지는 그들의 역사를 아는 국민이 얼마나 될까.

그걸 모르는 대다수 국민 속에 나도 포함되어 있었다.

"많지는 않지만, 저 같은 사람들이 더러는 있습니다. 이제 어느 체제가 더 옳고 나쁘다는 이분법적 사고에서 벗어나 아무리 사상이 다르다지만 그런 이유로 동물 취급을 했던 지난날은 다시 생각해야 할 것입니다. 민족을 사랑하는 마음은 같은데 사랑하는 방법이 다르다고 하여 적으로 몰아붙이는 싸움은 없어야겠지요. 제가 그런 세월을 살았다는 사실도 억울하지만 지금도 그걸 조장하는 악법이 그대로 남아 있고 현재도 그런 싸움이 진행되고 있다는 사실이 더 가슴 터지게 합니다. 화해와 협력을 이루어 나가야 할 때인 데도 말입니다."

노인의 또래가 대개 그러했듯이 일제 강점기에 소학교나 졸업했을 사람 치고는 말이 조리가 있었고 어휘의 사용도 수준 이상이었다. 잠시 학력과 말솜씨가 꼭 비례하는 것이 아니라는 엉뚱한 생각을 했다.

"한 개인을 어떻게 평가하느냐는 관점은 역사적 상황 즉 그 시대를 지배하는 사상에 의해 달라질 수 있다고 했습니다. 그런데 나라의 큰 인물이셨던 조 선생님은 안타깝게 민족 분단과 격랑의 역사에서 희생 제물이 되어 그분이 일제 치하에서 하셨던 일에 대한 정당한 평가를 받지 못하신 셈이지요. 명분은 이념이 다르다는 이유였지만 제가 보기에는 그 점 때문만은 아니었습니다. 당시 이 땅을 지배하고자 했던 몇몇 지도자들의 잘못이 컸습니다. 요즘 뜻 있는 학자들이 그 실상을 밝혀내고 있습디다만…. 인재를 알아보지 못한 점도 그렇지만 인재를 키우지 아니하고 전쟁으로 백성을 고통으로 몰아간 점은 우리 민족의 천추의 한으로 남을 겁니다."

할 말이 많다는 여운을 남겼는데 관준이 보다 적극적인 관심을 나타냈다.

"어떤 점에서 그렇게?"

관준이 종식의 말을 잠시 끊은 꼴이었다.

하지만 종식은 관준을 보지도 않고 말을 이었다.

"해방 후 왜놈들의 찌꺼기를 청소하고 나라를 바로 세울 것을 희망하고 기대했던 백성들 앞에 나타난 놈들이 누구였습니까? 엊그제까지 일왕 만세를 외치며 제 민족을 압박했던 친일파들이 자유의 기치를 앞세우고 반공이라는 창을 들고 득세하여 백성들을 억압하고 군림했으니 그게 나라 꼴이라고 할 수 있었겠습니까? 의로운 백성들이 그런 나라를 믿을 수 있었을 것이며, 그게 정신이 제대로 박힌 세상으로 보였겠습니까? 민족을 말하는 것이 죄가 되고 평등을 말하고 함께 더불어 살자면 공산당이요 빨갱이라고 몰려 죽임을 당하는 사회를 아마 두 분께서는 상상도 못 하실 것입니다. 일제에 항거하여 고생했던 사람들이 대접을 받는 사회가 아니었습니다. 친일파를 정리했어야 옳았습니다. 요즈음도 문제가 터지면 언론이 앞장서 일본의 망언을 규탄하고 극일을 외칩니다만 저는 일본이 반성하지 않는다고 탓하기에 앞서 우리가 친일파를 청산 못한 점을 반성해야 된다고 봅니다. 그렇지 않고서는 극일은커녕 언제까지나 일본의 마수에서 벗어나지 못할 것입니다. 죄송합니다. 아무것도 모르는 주제에 떠들어서요."

조금은 어눌한 것 같으면서도 거침없는 말투였다. 그의 사상에 대한 신념의 일단을 보여주는 것도 같았다. 관준은 대단히 흥미를 느끼는 듯했지만 나는 떨떠름한 표정이 드러날까 봐 신경을 쓰고 있었다.

"옳으신 지적입니다. 친일파들을 정리했어야 민족정기도 바로 세워졌을 것입니다."

관준이 찬사를 겸해 덩달아 맞장구를 쳤다.

"조창대 선생님은 인근에서는 물론이고 이쪽 남도의 서부 지역에서는 알려진 애국지사였고 행동으로 백성들의 편에 서신 훌륭한 분이었습니다. 교사 시절 일제에 반대하여 망운 비행장 건설 공사에 참여하기를 거부했다는 정도로만 알려져 있습니다만 사실 그분이 하신 일은 많습니다. 징용반대, 처녀 공출 반대로 관에 맞섰고 마을 마을에 성인 남녀를 대상으로 야학을 열어 민족정신을 심어주려는 노력을 끊임없이 하셨던 분이지요. 교사의 신분으로 감옥에 가신 것은 말 몇 마디 거슬렸기 때문이 아니었습니다. 오랫동안 그분의 활동을 지켜본 일제가 독을 품고 보내신 것이었지요."

종식이 다시 수건을 꺼내 눈시울을 닦았다.

"그런 훌륭한 어른을…. 어쩌면 시대가 그분을 그렇게 몰아갔다고 보는 편이 정확할 것입니다. 화합보다는 대립을 조장하고 관용과 이해보다는 갈등을 조장한 세력에 의해 그 분은 반대편으로 밀렸고 나중에는 사상이 같지 않다는 이유만으로 죽임을 당했습니다. 더구나 떳떳하지도 못한 자들의 손에 말입니다."

종식이 다시 잠시 말을 멈추고 한숨을 쉬었다.

"요즘 교사는 제대로 대접을 못 받고 있습니다만 왜정 때 교사는 고등문관 대우를 받았습니다. 누구나 할 수 없었던 일이었지요. 살기도 일반 백성들에 비할 바가 아니었습니다. 그렇게 얼마든지 편하게 살 수 있는 자리를 마다하고 나라를 되찾고, 백성을 구하겠다고 몸 바친 뜻은 보통 사람으로서는 감히 흉내 낼 수 없는 일들이지요. 지금 생각할 때는 아무것도 아닌 일들 같아도 그때는 목숨을 건 투쟁이었습니다. 그런데 그런 인물들을 제대로 쓰지 않고 오히려 죽였으니⋯."

"그런데 왜 대구로 이송되어 그곳에서 돌아가셨을까요?"

"나중에 책을 보시면 더 자세히 아시겠지만 사팔년 오십 선거로 인한 남한 단독정부 수립 후 북에서도 별도의 정부 수립에 들어갔습니다. 그해 칠월 초 평양에서 남북 제정당 사회단체협의회라는 모임이 있었지요. 이때 선생님은 평양에 다녀오신 것으로 압니다. 그 후 선생님은 칠월 중순부터 실시된 지하 비밀 선거를 통해 지역 대표자를 선출하는 선거를 지휘하셨지요. 이때 뽑힌 대표자가 남한에서 천여 명이나 되었습니다. 선생님은 대표자들과 함께 팔월 말 해주에서 열린 남조선 인민대표자 회의에 가셨고, 그 해 말이었는지 언제인지는 분명치 않으나 남쪽으로 오셨다고 들었던 것 같은데 그 이후에 하신 일은 저도 모릅니다. 그때는 여·순 사건이 터진 후였는데 선생님은 모종의 지침을 가지고 오시지 않았나 싶어집니다만⋯, 이건 순전히 제 짐작입니다만⋯."

처음 듣는 이야기였다. 지하 비밀 선거며 해주 회의는 무엇인가. 비밀선거를 통해 대표자를 선출했다는 말도 이해할 수 없었다.

"지금 역사를 보면 오십 선거가 제주도를 제외한 전국에서 무리 없이 치러진 것처럼 기록되어 있습니다만 그때 민중들의 반발이 굉장히 거셌지요. 분단을 고착화시키는 남한만의 단독정부를 수립하는 선거였는데 뜻 있는 사람들이 보고만 있었겠습니까? 선거를 실시하지 못한 곳도 많았고, 선거 자체를 관이 조작한 경우도 있었습니다. 그걸 보더라도 처음 출발이 어땠다는 것을 알 수 있지요. 반면 그때까지도 남한 내에 민족주의 세력은 깊게 뿌리를 내리고 있어서 지하 비밀 선거이긴 했으나, 대표자를 뽑는 선거가 가능할 정도였으니까요. 또 천여 명의 대표가 어떻든 해주까지 갈 수 있었다는 사실도 큰 사건 아니겠습니까. 자세한 내용은 요즘에 당시를 알 수 있는 책도 있으니 참고하셨으면 합니다."

"그럼, 제 아버지께서 여·순 사건과 관계가 있다는 말씀입니까?"

"그 사건과는 직접 관계는 없는 것으로 알고 있습니다. 그러나 여·순 사건 이후 일부 지역에서 경찰서를 습격하는 등 산발적으로 조직을 드러내는 행동을 많이 했었는데 나중에 제가 들은 이야기들을 종합해 추정컨대 그때 선생님은 그 점을 만류하러 오셨지 않나 싶습니다. 선생님은 남한내에 조직을 키워 합법적인 거점을 만들고자 하셨으니까요."

"합법적인 거점을 만들겠다고 하셨다면 어째서 북쪽의 정부 수립에 동조하셨을까요?"

종식의 답을 기다렸던 질문이 아니었다. 종식이라는 실체와 보이지 않은 아버지를 순간적으로 동일시하면서 평생을 가슴에 담고 살았던 아버지에 대한 원망과 의문을 이성적으로 제어하지 못한 황당한 넋두리였다.

굳어지는 종식의 표정을 보면서 종식의 처지를 염두에 두지 않은 백치 같은 말이었음을 알아차렸으나 그렇다고 가슴속에 응어리진 아버지라는 존재에 맺힌 원초적인 원망과 한과 분노가 표출된 감정이었음을 설명할 수도 없었다.

내면의 한계와 의식 수준을 그대로 드러낸 보인 것만 같아 무안한 순간이었다.

"이 사람아, 그걸 박 선생님께 여쭈면 어쩌나. 모르긴 해도 당시 단선을 반대했던 민족주의자들을 미군정이 용납했겠어? 단선에 반대해 일어선 제주 사삼 사건을 보면 알 수 있는 일 아냐? 그저 빨갱이로 몰고 잡아다

죽이기까지 하는데 어디로 가겠어. 자네 부친 같은 사람들은 설 땅을 잃어버리신 것이지.”

관준이 재빨리 사태를 파악하고 나를 책망하고 나섰다.

종식은 가볍게 고개를 끄덕여 보이고 당황한 나의 심중을 헤아렸다는 듯 굳은 표정을 풀었다.

“이쪽 서부 지역의 단선 반대 투쟁에 중요한 역할을 하신 분이 조 선생님이었습니다. 그랬으니 이쪽에서 배겨나실 수 없었겠지요. 화합과 공존이 배제된 하나만의 선택을 강요하는 상황이 문제였다고 봅니다.”

나의 내면을 읽은 듯한 짤막한 설명이었다.

종식의 말은 새로운 사실이기는 했으나 아버지를 이해하는데 도움의 차원을 넘어 한 시대에 대한 나의 기울어진 고정관념을 깨주는 시대사 강연이기도 했다.

그러나 깊이 다가서기에는 여전히 자신이 없었고 또 껄끄러운 측면도 있었다. 몰랐던 사실을 안들 원망과 한을 뼈에 새겼던 지난날이 달라지는 것은 아니잖은가.

“그럼 제 부친이 언제 어떻게 붙잡히게 되셨는지 어째서 머나먼 대구까지 이송되었는지도 모르십니까?”

조부모는 죽는 순간까지 이강재가 밀고했을 것이라고 믿었다.

“아버지를 고발한 분과 도망치셨다더군요.”

젊은 시절 두 번째 찾아온 어머니에게 나는 비수를 대듯 그렇게 물었다.

나의 냉소를 감수하면서 어머니는 완강하게 아니라고 했다.

“도둑질했다는 도둑이 있을까요?”

그래도 어머니는 믿거나 말거나 그 사람은 그렇게 하지 않았다고 두둔하며 발길을 돌렸다. 그 뒤로 엎을 수 없는 사실이라고 단정해버렸고 그래서 다시는 묻지 않았다.

마침 종식을 만난 사실이 기회다 싶어 개인적으로 품었던 또 다른 의문의 단서를 확인하고 싶다는 의도를 넌즈시 내비쳤다.

"선생님이 언제 어디서 잡혔다는 기록을 찾을 수만 있다면 선생님이 하신 일도 정확하게 알겠지요. 한 마을에서도 선생님을 미워했던 사람들은 있었지만 그렇다고 마을 사람들이 선생님을 해쳤다고는 생각하지 않습니다. 왜냐하면 선생님의 비밀한 움직임을 아는 마을 사람들은 없었고, 그보다는 설사 아는 사람이 있었다고 해도 선생님의 덕망으로 봐서 감히 고발하지는 못했을 테니까요. 아마 혼란기였는지라 조직의 큰 선이 무너져서 그렇게 되지 않았나 여깁니다."

그런데 종식은 아버지가 체포당한 것이 이강재와 관계가 없는 양 단정짓고 있었다.

그렇다면 조부모는 무슨 근거로 이강재와 외삼촌들을 지목하여 몹쓸 사람으로 몰았던 것일까?

"지나간 일들을 무조건 용서하고 묻어두는 일이 미덕만은 아니겠지요. 그래서 한때는 조 선생님에 관한 모든 것이 밝혀져야 한다고 생각했습니다. 그 일로 인해 많은 사람이 오해를 받았고 본의 아니게 운명이 뒤바뀐 경우도 없지 않으니까요. 그러나 조 선생님에 관해 파고들수록 저는 개인의 운명일지라도 그렇게 몰아간 역사적 상황에 대한 올바른 인식과 평가가 필수적으로 선행되어야 한다는 사실을 알게 되었습니다. 개인의 운명은 시대 상황이 빚어낸 결과이니까요."

행간의 의미를 파악하려는 듯 열심히 듣고 있던 관준이 무슨 말을 하는지 짐작이 안 간다는 듯 나를 바라봤다.

"어디나 사람 사는 곳은 마찬가지겠지요. 사람 사는 곳에는 크건 적건 문제는 있게 마련이고 그 문제의 발단은 생존을 위한 투쟁에서 비롯되어 감정으로 치닫는 것이 아닌가 하는 생각이 들었습니다. 그 투쟁은 상호 이해관계에 의한 집단적인 투쟁으로 발전하고 투쟁을 정당화하기 위해 자신들만의 정의를 구축하고 이념의 벽을 쌓는 것 같더군요. 그럴 때 그 벽을 허물고 화합하자는 말을 하기란 보통의 용기 없으면 될 일이 아니지요. 극단적인 집단 이익에 광신하는 양쪽을 개인이 설득하기란 불가능했을 겁니다. 그래도 김구 선생님처럼 앞장선 분들이 계셨는데 조 선생님도 그런 분 중의 한 분이셨습니다. 작게는 마을 간의 화합을 위해서 크게는 민족의 화합을 위해서 말입니다. 당시 여수리와 영호정은 개펄에 얽힌 이해 때문이긴 했지만, 투쟁 양식은 한반도의 축소판이었다고 봅니다. 그때 조 선생님은 마을 간의 공존과 평화를 위해 애를 쓰셨는데 자기 마을의 이익이 줄어든다고만 생각하는 사람들에게는 옳게 보이지 않았을 겁니다. 마을 사이의 작은 이해관계가 화근이 되어 조 선생님은 고향 마을에서도 지지와 반대를 경험하게 되었고 좀 더 넓게는 민족의 분단을 어떻게든 막아보자는 취지로 남북의 산하를 헤맸지만 결국 성사시키지도 못한 채 분단으로 이익을 얻은 주구들에게 잡혀 돌아가시게 되었다고 봅니다."

조금 이해되는 점도 있었다. 아버지가 밖에 알려진 인물이었을지라도 여수리의 이익에 반하는 행위를 했을 때 여수리 사람들이 이해하기는 어려웠으리라.

아무리 명분이 옳다고 할지라도 자기 것을 빼앗기는 마당에 감정적으로 용납하기란 쉬운 일이던가?

"마을 간의 입장이 달랐다는데 저의 아버지하고 어떻게 해서 가까워지
게 되었는지요?"

"조 선생님과는 이웃 마을에 살았기 때문에 어려서부터 형으로 따랐던
분이었지요. 그렇지만 솔직히 말씀드리자면 처음 저는 사상 같은 것은 몰
랐습니다. 마을의 이익을 위해 앞장을 섰던 평범한 청년이었습니다. 그런
활동을 하다가 여수리 사람으로서 영호정의 입장을 이해하고 더불어 살아
야한다고 주장하셨던 조 선생님한테 어떤 기대를 걸고 동조했을 따름이
지요. 평소 그분의 인품에 감동된 바도 컸지만, 나중에 특별히 개인적으로
많은 귀염을 받았고 많은 가르침을 입었지요. 지금도 조 선생님은 사상의
선배일 뿐아니라 인생의 스승이십니다."

"선생님의 길이 조교수 부친의 영향 때문이었다는 말씀인가요?"

"그렇지요. 그분이 아니었으면 끝내 저는 시골의 한 무지렁이로 남았을
겁니다. 비록 행동을 먼저하고 사상은 나중에 만났어도 그분의 가르침은
지금 생각해도 옳습니다."

관준은 감탄하는 표정을 지으며 고개를 끄덕였다.

"그렇다면 한가지 궁금한 것이 있습니다. 박 선생님같은 분이 영호정
에 계셨는데 어째서 영호정 사람들은 오히려 여수리를 모스크바라고 핍
박을 했을까요? 제가 어렸을 때는 그 일로 억울한 꼴을 많이 당했습니다."

"결론만 말씀드리면 바뀐 세상을 등에 업고 이념 없이 사적인 감정으로
못된 짓을 저질렀던 사람들 때문이었습니다. 어느 세상에나 남의 힘에 부
화뇌동하여 조그만 이익을 쫓아다니며 날뛰는 철없는 무리가 있습니다만
그 정도가 지나쳤다는 말씀입니다. 그런 사람들 때문에 여수리 사람 전체

가 욕을 먹고 부당하게 당한 셈이지요. 꼭 선생님 때문에 그렇게 되었다고 볼 수 없을 겁니다."

나는 더 묻지 않았다. 혼자 유추했던 의문이 또 한 가닥 잡힌 셈이었기 때문이다.

"곤란한 질문일는지 모르겠지만 지금도 선생님께서는 지난날에 대한 후회 같은 것은 없으시다는 말씀인지요? 다시 말씀드리면 자신의 신념에 대한 확신을 가지고 계시는지요."

관준의 질문에 종식은 잠시 머뭇거렸으나 당황하는 모습은 아니었다.

"우리에 대한 이해 없이 그렇게 평면적으로 묻는 경우가 많습니다. 감옥에서도 수없이 들었던 질문이기도 하지요. 간단히 저는 끝내 전향서를 거부한 사람이라는 사실을 말씀드리고 싶습니다. 저희가 처했던 시대적인 상황에 대한 올바른 진단과 이해 없이는 역시 저의 태도를 이해할 수 없을 것입니다."

"어떤 점 때문에 그렇게 말씀하시는가요?"

"사람의 말이나 행동에는 특별한 경우가 아니고는 분명히 일리는 있게 마련입니다. 손바닥을 보는 사람과 손등을 보는 사람이 각자 보는 입장에서 손을 설명하는 것처럼 말입니다. 저는 지금도 우리 사회가 손의 양면을 보는 것이 허락되지 않는 사회라고 판단하고 있습니다. 어느 한 면을 기준으로 입장을 말하는 것만이 허용된 사회에서 다른 면을 보고 말하는 사람에 대한 올바른 평가가 이루어질 수 있겠습니까?"

이상하게 종식의 눈은 빛나고 있었다. 분노인지 도전인지 아니면 자신에 대한 본능적인 방어인지를 구별할 수 없는 눈이었다.

"공부를 많이 하셨군요."

관준이 감탄을 넘어 외경심을 그렇게 드러냈는데 종식이 화급하게 손을 저었다.

"천만에요. 삼십 년 가까운 세월을 감옥에 앉아 생각한 것이 그뿐이라서…."

감추고 있던 사실을 들킨 사람처럼, 술을 마신 관준의 얼굴보다 종식의 얼굴이 더 붉었다.

"흔히 우리 세대를 불행한 세대라고들 합니다. 왜정때 태어나서 제대로 배우지도 못했고 왜정 말기의 혹독한 고생도 겪었습니다. 그리고 남북전쟁 과정에서 좌우 대립의 주역으로 전쟁의 아픔을 뼈저리게 느낀 세대지요. 지금에 와서 생각이지만 저는 태어날 때부터 이렇게 되지 않을 수 없는 운명에 놓여 있었다고 봅니다. 물론 피할 수도 있었겠지만, 제가 옳다고 믿는 바를 포기할 수 없었습니다. 그리고 조 선생님 같은 훌륭한 분을 생각하면서 저의 신념에 신명을 바쳤습니다. 몇 가지 점에서 후회도 없지는 않습니다. 그건 개인적인 후회라기보다는 당시를 살았던 사람의 민족적 관점에서 품을 수 있는 회한 같은 것이라고나 할까요. 너무 한쪽에 치우치지 않았나 하는 후회와 그때 우리가 외세에 의존하지 않고 민족 공존의 차원에서 민족의 장래를 의논했어야 하는데 그렇지 못한 후회가 있습니다. 그때 만약 우리가 화합과 공존을 이루었다면 민족의 비극은 없었을 테고 오늘의 역사도 달라졌겠지요. 하긴 우리 힘으로 어쩔 수 없는 상황이긴 했습니다만…. 후대에 민족의 비극인 전쟁을 일으켜 많은 사람을 죽음으로 몰아넣었던 부끄러운 세대로 기억되리라고 생각하면 그 점 또한 한스럽습니다."

종식의 고뇌만은 이해할 수 있었지만 내가 교육받았던 이념의 반대편에 섰던 종식의 이야기에 수긍할 수도 없고, 그렇다고 그 자리에서 아니라고 말할 수 없는 곤혹스러움 때문에 입을 다물고 있었다.

"아까 사모님 이야기를 꺼냈더니 조교수님이 달가워하지 않는 눈치를 보이기에 망설였습니다만 조교수님이 사모님에 관해 어쩐지 많은 부분 오해랄까 그런 감정이 아직 있으신 것 같았는데…. 제가 몇 말씀 드려도 괜찮을는지요. 주제넘은 말씀이 될는지 모르겠습니다만."

정중하게 나오는 종식의 태도도 그렇고 무언가 색다른 이야기 같다는 예감도 있어 종식의 말을 막지 않았다. 옆에 있는 관준이 껄끄러웠으나 어머니가 개가했다는 사실을 알고 있는 마당에 새삼 감출 것 없다는 판단도 섰기에 가만히 고개를 끄덕였다.

"저도 이제 칠십을 넘겼습니다. 살날이 얼마 남지 않은 사람이지요. 그래서 언젠가 죽기 전에 사모님이라도 뵈었으면 하는 생각이 간절합니다. 사모님은 저를 잊으셨을는지 모르지만 그때 사모님은 젊은 저희들에게 선망의 여성이셨습니다. 두 분 결혼식 때는 제가 호위를 섰습니다."

"예, 그러셨군요."

나보다 관준이 흥미진진한 눈으로 종식을 주시하고 있었다.

"당시로는 굉장한 결혼식이었습니다. 사십칠 년 봄이었습니다. 읍내 공회당에서 신식으로 했는데 결혼식은 선생님의 지지 세력을 과시하는 집회장을 방불케 했습니다. 인접 지역은 물론 멀리 서울과 다른 도에서까지 몰려든 인파로 공회당은 넘쳐났지요. 때가 때였던 만큼 공공연하게 인민공화국 건설에 매진하자는 축사까지 곁들여졌던 일들을 저는 지금도 똑똑히 기억하고 있습니다."

좋았던 시절에 대한 회상, 그걸 사람들은 추억이라고 한다던가.

그러나 추억의 장면은 혼자만 보는 것. 처음의 꼿꼿한 자세에서 크게 벗어나지는 않았으며 얼굴에는 보는 사람이 느껴지도록 그리움이 담겨 있었고 목소리에는 그런 감상이 묻어났다.

"흔하지 않은 신식 결혼식이라 구름 같은 인파 때문에 저도 덩달아 마음이 붕붕 하늘로 오르고 있었습니다. 귀한 트럭을 타고 여수리로 들어오는 길도 요란하기는 마찬가지였지요. 마을마다 선생님을 따르던 사람들이 기다리고 있다가 술잔을 돌리고 닭이며 계란 꾸러미라도 실어주는 바람에 저녁 늦게야 겨우 여수리 집에 다다를 수 있었으니까요."

나는 그런 종식의 말과 표정에 집중하고 있었다. 속으로는 내가 경험한 일이나 영화의 한 장면을 떠올리면서.

"그날 오후에 날씨가 흐렸습니다. 그걸 본 사람들 중에는 불길한 징조라고 수군댔어도 저는 그런 말은 꺼내지도 못하게 했습니다. 그런데 사람의 운명은 자신의 확신과 결단의 결과라고 여겼습니다만, 나중에 선생님의 운명 그리고 사모님의 운명과 늘 그날 날씨가 연관되어 마음에 남았기에 드리는 말씀입니다. 사생유명死生有命이라는 논어의 구절이 맞는 것인지…. 이런 말씀을 드리자고 시작한 말이 아니었는데 엉뚱한 이야기만 해서 죄송합니다. 조 선생님의 일이라 안 잊혀져서…."

물을 마시는 종식의 모습이 조금은 쓸쓸하게도 보였다.

"저희 젊은 사람들은 그 후에도 여러 번 집으로 찾아뵙고 사모님을 귀찮게 해 드렸습니다. 저희들이 떼거리로 몰려가 철없는 농담을 하고 귀찮게 굴어도 언제나 웃는 낯으로 대해 주시던 일을 생각하면…."

종식이 다시 감정이 복받친다는 듯 말을 잇지 못했다.

그 시절의 이야기를 그만큼 해주는 사람은 없었다. 무슨 말을 하려는 것인지 그 의도가 아직은 불분명해도 처음 듣는 이야기에 나는 관준이 옆에 있다는 사실도 잊고 있었다.

어머니의 가출 → 잃어버린 가방 → 목포 선창 → 경채 → 일강집, 이산빈 → 장관준 → 박종식으로 이어지는 하나의 선이 병원에서 나를 부르던 어머니의 소리를 다시 생각하게 했다. 우연한 만남을 통해 예견하지 못했던 일을 당하고, 미래에 대한 예감을 가졌던 경험이 많은 사람일수록 우연한 만남을 예사롭지 않게 생각하는 법이다.

종식의 만남은 그런 의미에서 어머니에 대한 예감을 강화해주고 있었다. 다만 그 예감의 끝이 보이지 않은데 문제가 있었다. 하긴 그것이 인간의 어쩔 수 없는 한계였다.

때문에 인간은 지나고 나서야 돌이켜 생각하고 생각을 정리하는 존재인 줄 모른다.

"결과적으로 사모님이 그렇게 되셨기에 조교수님도 마음고생을 많이 겪으셨다고 알고 있습니다. 사실 그 점 때문에 제가 몇 년 동안 벼르면서도 선뜻 조교수님을 찾아뵙지 못했습니다. 변명 같습니다만."

자세를 고쳐 앉은 종식이 말했다. 무엇을 섣불리 물을 수 있는 분위기도 아니었고 물을 것도 없었다.

"사모님이 그렇게 내몰렸던 원인에 대해 조교수님이 얼마나 아시는지는 모르겠습니다만 제가 객관적으로 볼 때 사모님은 음모와 무지의 희생자였습니다."

"무슨 말씀이신지?"

"사람들은 가끔 행위의 결과만으로 판단하는 오류를 범하는 경우가 있는 것으로 알고 있습니다. 사모님의 문제만 해도 그런 셈이라는 말씀이지요. 저는 그 당시 너무 젊은 나이였습니다. 그리고 아무리 선생님댁의 일이라고는 했으나 역시 남의 가정사라 저희가 끼어들기 어려웠습니다. 이강재 그 사람보고 수습을 잘하라고 뒤에서 코치를 했는데…. 사람이 착실했어도 신중치 못한 면이 있었기에 선생님도 그 점을 걱정하셨는데….”

“…?”

“뒤늦게 안 사실입니다만 이강재의 처 되는 여자가 선생님 댁을 감시하던 박 형사 꼬임에 넘어가서 사모님이 이강재와 있을 수 없는 일이 있었다고 발설하고 다니는 바람에…. 사람의 운명이라는 것은 실타래처럼 복잡하게 얽힌 것이긴 하지만…. 사모님의 운명이 하잘것없는 여자의 혀끝에서 나온 말 한마디에 돌이킬 수 없게 되었으니까요.”

지금까지 어머니에 관해 들었던 이야기들이 엎어지고 있었다. 파도에 넘어진 배가 여태껏 밑창만 보이다가 갑자기 일어서는 것도 같았다.

“이제는 하나마나한 이야깁니다만, 그때 강재 그 사람이 조근조근 제 처를 달래고 캐물었더라면 사태는 달라졌을 겁니다. 그리고 그때 조교수님의 조부모님들이 조금만 신중하게 판단을 하셨어도…. 하긴 믿었던 아들은 긴박하게 쫓기는 상황이라 보이는 것이 없으셨겠지만, 하여튼 사모님은 조교수님을 빼앗기고 집에서 쫓겨나신 겁니다. 억울한 누명까지 쓰고 말입니다.”

아버지를 잃은 조부모는 이강재 처의 이야기와 마을에 떠도는 소문만 믿고 이성을 잃은 판단을 했을 수 있다. 부모의 입장에서 자식은 쫓기는 처지가 되고, 본인들은 자식 때문에 불려 다니면서 못 당할 꼴을 당하는 마당에 억하심정인들 없었을 것인가. 그래서 조부모는 감정적인 분풀이 대상을 찾고 있던 차에 어머니의 소문이 좋지 않게 들리는 것을 기화로 이강재와 어머니에게 분노의 화살을 돌렸는지 모른다. 음모와 억측과 무지와 오해가 합작으로 만든 비극.

그렇다면 그 비극의 연출자는 누구였을까. 이강재의 처였을까 박 형사였을까.

"아무리 누군가 시켰다지만 그 여자는 어머니와 무슨 서운함이 있었기에 없는 말을 지어냈을까요?"

"저도 그 점을 알 수 없습니다. 그때 그 여자가 박 형사와 눈이 맞았다는 소문도 있었습니다만 확인할 길도 없었지요. 부끄럽게도 박 형사는 영호정 출신으로 저의 집안 오촌뻘 되는 사람이었지요. 지역 사정을 잘 아는 그에게 선생님댁 감시 임무를 맡겼는가 싶은데 그 과정에서 박 형사와 이강재의 처 사이에 모종의 거래가 있었지 않았나 추측할 뿐입니다."

"그 여자분은 지금도 살아계십니까?"

"죽은 지 오래되었다고 들었습니다. 박 형사 그 사람도 오래전에 죽었고요. 그러나 조교수님 이제 누가 했느냐 하는 문제를 밝히는 것보다는 어째서 그렇게 될 수밖에 없었는지를 역사적 상황을 살펴봐야 한다고 봅니다."

한 사람의 운명을 바꾸어 버린 하나의 진실은 영원히 사라진 셈이었다. 무성한 추측이 무슨 도움이 될 것인가. 추측이 오히려 억지 말을 만들고 그 말로 인해 또 다른 피해자가 나온다면 그 역시 업을 짓는 일일 것이다.

"이제 안다고 한들 개인들이 그동안 당한 고통이 사라지겠습니까? 운명이 뒤바뀔 리도 없을 겁니다. 더구나 그런 일은 한두 사람이 저지른 일이 아니었습니다. 엉성한 것 같으면서도 아주 복합적이고 정교한 역사적 산물이었다고나 할까요?"

"가해자 없는 피해자가 있을 수 있을까요?"

"없겠지요. 인과 관계에 의하면 반드시 원인이 있으니까 결론이 나온다는 말은 맞는 이치입니다. 그러나 사회는 얼굴 없는 인간이 만든 법과 제도라는 이름에 당한 피해자도 많지 않습니까?"

그랬다. 나 또한 법과 제도에 의해 위축되었던 적이 많았지 않았던가.

"그 사람이 사모님하고 그렇게 된 소문은 저도 한참 후 출소해서 들었습니다. 처음 그 소문을 들었을 때는 도저히 그 사람을 용서할 수 없었습니다. 그러나 다시 감옥에 들어가서 생각해 보니 그 사람도 피해자의 한 사람이라는 생각이 들었습니다. 그 일로 그 사람도 마을에서 살 수 없게 되었을 뿐 아니라 경찰에 끌려가 고생을 했고, 종내는 가정까지 잃었으니까요. 어떻게 해서 사모님과 그렇게 되었는지는 모릅니다만 그 일로 그 사람은 끝내 패륜아가 되어 고향 땅을 밟지 못하고 죽었습니다. 행위로 봐서는 동정받기 어려울지라도 그런 점 때문에 그 사람도 피해자의 한 사람일 수 있다는 생각을 한 겁니다. 이건 순전히 제 생각입니다. 이제 사모님 문제는 조교수님이 싸안으십시오. 어련히 잘 알아서 하시겠습니까만, 이런 말씀 죄송합니다."

"…."

"교수님의 입장에서는 쉽게 용납할 수 없으시겠지요. 그러나 가능하다면 이제는 얽힌 사람도 용서하셔야 할 겁니다. 벌써 죽은 사람들 아닙니까? 저도 감옥에 앉아 만날 보이지 않는 대상에게 복수의 날을 간 적이 있습니다. 저를 반대했던 수많은 사람에게 저주를 퍼붓고 그 사람들의 심장에 총을 겨냥하는 꿈을 꾸기도 했습니다. 어떻게 보면 처음 몇 년간의 감옥 생활은 감옥에서 나가면 기어이 복수하겠다는 오기로 버텼을 겁니다.

그때는 본질적인 원인을 보지 못하고 제 개인의 문제로 파악했기 때문이지요."

내 입에서 후유 하는 한숨이 터져 나왔다. 아내의 배신으로 억울하게 누명을 쓰고 마을 사람들에게 손가락질을 받고 쫓겨나는 이강재라는 사람의 처지를 그려보는 것은 어렵지 않았다. 아버지와 연락을 위해 남모른 눈짓으로 강재와 만났을 어머니, 그걸 뒤에서 지켜본 강재의 처 그리고 그 배후의 박 형사…, 뭔가 연속극의 장면을 보는 듯 잡히는 것이 있었다. 나에게는 가해자들이면서도 개개인을 보면 피해자일 수밖에 없는 사람들, 더구나 이제는 이 세상 사람들이 아니라는데 누굴 원망할 것인가.

그러나 얼굴 없는 가해자로 인해 내가 당했던 고통을 어떻게 잊는단 말인가. 나의 억울함을 푸는 일도 쉽지 않겠지만 남을 용서하는 일이 그리 쉬운 일이던가.

"제 말만 앞세워서 죄송합니다. 저도 말을 이렇게 하고 있습니다만 진정으로 남을 용서하고 있는지는 솔직히 자신 없는 사람입니다. 제 경험으로 보면 나 아닌 다른 사람 누구도 나의 불행에 공감해 주지 않았습니다. 타인의 불행은 고작 일시적인 화젯거리로 삼다가 망각하는 경우가 대부분이지요. 또 나에 대한 타인들의 관심과 동정도 오래 가지 않았습니다. 그래서 스스로 불행 또는 역경을 이겨내는 것만이 중요하다는 것을 깨달은 셈이지요. 한 걸음 더 나아가 잊어버리고 무관심하고 회피하기보다 적극적으로 용서를 실천할 때 비로소 마음도 편해지고 세상도 다르게 보였습니다. 나중에 기회가 있으면 사모님을 뵙고 싶습니다."

불행한 일은 어떠한 경우도 말하지 않고 감추는 것이 최상책임을 터득하고 있는 사람에게 종식의 말은 쉬우면서도 뜻이 어려웠다.

"종교를 갖고 계십니까?"

자기와 같은 신앙을 가진 사람이었으면 하는 관준의 희망을 엿볼 수 있었다. 그러나 종식의 대답은 짧았다.

"아닙니다."

그렇다면 무엇이 그로하여금 담담하게 성인도 어렵다고 했던 용서를 말하게 했을까.

누구에게 들어본 적도 없는 이야기.

내가 가닥을 추리기도 전에 종식은 자리에서 일어났다.

무슨 말을 빠뜨린 사람처럼 주저하며 내 손을 잡고 한참 말없이 서 있던 종식은 다시 눈시울을 적시며 택시에 올랐다.

종식을 배웅하고 다시 맥주집에 들린 우리는 종식의 말을 반추하며 술을 마셨다.

"자네 부친이 그런 분인 줄은 몰랐네. 한 인간의 마음에 그토록 깊이 남기란 쉬운 일이던가? 나도 평생에 박종식씨 같은 제자 하나만 두어도 원이 없겠네."

"뭐가 뭔지 아직 잘 모르겠네. 그 역사의 주역들이 살아있는데도 현대사를 너무 외면했다는 자책도 들었고."

"물론 현재도 사상의 벽을 완전히 넘은 것은 아니지만 이제라도 아버지 시대의 역사를 객관적으로 보려는 노력이 필요하다고 보네. 참 그런데 말야, 아까 본의 아니게 엿들은 셈인데 자네 어머님께서 많이 편찮으신 게야?"

"어머니는 지금 병원에 계시네. 연세도 있으신데다가 우울증이 심하셔. 들었겠지만 복잡하게 사신 분이거든. 오늘 만남도 어머니 때문에 이루어진 것 같은 생각이 드네. 덕분에 오십 년간이나 품었던 몇 가지 의문을 풀렸고."

"박 선생님과 자네 이야기를 들으면서 참 많은 생각을 했어. 전쟁이 끝난 지 반세기가 다 지났으나 아직도 그 상처가 다 아물지 않았구나 싶고, 다시 잊고 있었던 내 모습이 돌이켜 봐지대. 초등학교를 졸업하고 중학교에 장학생으로 합격했으나 잔여 등록금은 물론 교복 살 돈이 없었어. 아버지는 술에 취해 알 수 없는 말만 되뇌였고, 외가에 간 어머니는 울면서 되돌아오셨더군. 그리고 열네 살 나이에 먼 친척 집의 꼴머슴으로 팔려갔지 않은가. 밥 먹여주고 나락 두 섬, 그것도 선금으로 받아 아버지는 술값으로 날려 버렸단 말이네. 자식을 머슴으로 보내놓고 선금을 받아 술을 마셔버린 아버지, 그때는 차라리 아버지가 안 계셨으면 했어. 교복 입은 동창들을 피해 다니는 것도 서러웠는데 지게질이라도 해서 돈 모아 중학교에 가겠다는 희망마저 꺾어버린 사람을 어떻게 아버지라고 부르고 싶었겠는가. 우리 아버지는 열심히 일을 하다가도 갑자기 무엇에 씐 사람처럼 정신없이 술을 마시고는 모든 것을 내팽개치고 드러 누워버렸어. 남들이 나락을 베건 말건 품앗이 갚음이 있건 말건 술에 취해 아무도 알아듣지 못할 시작도 끝도 없는 노래 같지도 않은 노래를 불렀제. 그러다 보니 마을 사람들은 아버지와 품앗이하는 것을 꺼릴 수밖에. 언제 병이 도질지 모른다는 것이 이유였제. 그 사이에서 죽어나는 것이 어머니였어. 지겨운 가난과 어린 육남매를 지키는 것은 온전히 어머니의 몫이었지 않은가."

나는 가만히 듣기만 했다. 목을 축인 관준이 이야기를 계속한다.

"내가 대입 검정고시를 합격하던 해에 아버지가 돌아가셨는데 지금 생각하면 간암이었지 않나 싶어. 앙상하게 말라 검게 변해버린 얼굴, 부풀어 오른 배…. 술을 많이 마셔서 그렇게 되었다는 원망만 들으며 진찰 한 번 받아보지 못하고 돌아가셨지. 유언도 없고 유품도 없었어. 주민등록증을 만들 때 찍은 사진이 유일하게 남은 모습이었고 우리 육남매만이 세상을 다녀간 족적이었어. 대학을 가고 과외선생이 되어 시골에 있던 남동생들을 불러올려 내가 했던 것처럼 동생들에게 검정고시를 보게하여 고등학교와 대학을 보내면서도 아버지를 많이 원망했어. 그런 아버지가 다시 보인 것은 아이러니하게도 미국에서였다고 말했을 거야. 뿌리도 전통도 없는 인종들인 줄 알았는데 의외로 뿌리를 찾는 의식이 강한 사람도 많았어. 그런 미국인들을 보면서 힘없는 조국이 다시 보였고 제일 먼저 그 좁은 땅에서 부대끼다 죽은 아버지 생각이 나대. 끝까지 내면을 읽을 수 없었던 아버지였기 때문에 더 그랬는지 몰라. 뒤늦게 아버지 생각으로 인해 한국 현대사에 대한 자료들을 구해 보면서 나는 무지렁이 촌부인 줄만 알았던 아버지가 결코 그렇지않았다는 사실을 짐작할 수 있었어. 그러면서 일제 잔재가 온존할 수 있는 이유나 극단적인 메카시즘이 우리 땅을 무섭게 휩쓸게 된 바탕도 우연이 아니었다는 사실을 안 거지. 박 선생님 말씀을 들으면서 우리 아버지가 자꾸 생각 나대. 식구들 때문에 어쩔 수 없이 자수는 했지만 그날로 본인은 죽었다고 생각했던가 싶어. 신념을 꺾는다는 게 곧 좌절 아니었겠는가. 뭐 우리 아버지와 집안 이야기를 하잔 건 아니야. 박 선생님을 통해 나의 아버지를 좀 더 가까이 이해할 수 있을 것 같았네. 그리고 자네 어머니 이야기를 들으면서 우리 부모님 생각이 났고 그러면서 아직 우리가 현대사의 비극은 끝나지 않았구나 하는 생각이 든 게지. 그래 끝나지 않았는데 우리는 해놓은 것이 너무도 없고."

"그래도 자네는 큰일을 했지. 아버지의 산소를 이장하고 집안의 선산을 정리한다는 것이 돈만 가지고 되는 일은 아니잖은가."

한식 무렵 관준의 산소에 따라 간 일을 떠올렸다. 뒤쪽으로 국사봉을 업고 앞쪽에 제법 넓은 들을 바라보는 남향한 땅이었다. 장흥 땅이면서도 화순 영암 나주 보성 4개 군이 지척이었다. 관준은 그런 지리적인 조건 때문에 난세를 피한 사람들의 결집처였을 것이라고 했다. 일부러 비석은 세우지 않았다고 했으나 묘 앞에 놓인 상은 제법 컸고 상의 측면에는 관준의 형제들과 아이들 그리고 조카들의 이름이 가득 새겨져 있었다. 살아있는 사람들의 성의가 그대로 보이는 곳이었다.

몇 번이나 "잘했네!"라는 말을 했는지 모른다.

"쑥스럽네. 자네가 너무 의미를 부풀리는 것 같네."

"아냐. 내 진심이야. 나는 자네처럼 찾아갈 부모님의 산소도 없잖은가?"

"그건 개인적으로는 쇠잔한 집안일 망정 후손들에게 우리의 출발점을 확인시켜 준다는 의미는 있겠지만 한 시대를 마무리짓는 일은 아니잖은가. 개인적인 차원에서도 할 일은 많겠지만 그보다는 우리 역사를 바로 세우는 일이 시급할 것 같아. 우리 가슴에 있는 분단을 넘어 우리 민족의 현실로 남아있는 분단의 벽을 극복하기 위한 노력 말이네. 언젠가 내가 소설을 써 보고 싶다는 말을 한 적이 있지?"

"그랬지."

"요 며칠 가만히 생각해 보니 소설을 써야 할 사람은 내가 아니라 자네라는 생각이 들었어. 언젠가 자네가 문학을 꿈꾸었다는 말을 한 적도 있었고, 그보다는 자네가 살아 온 삶이 훨씬 더 극적인 요소가 많아 보이기 때문이야. 필요하다면 우리 아버지 이야기도 해주고 내가 살아 온 이야기도 더 자세히 해줄게. 내 아버지의 삶도 그랬지만 자네 부모님과 자네의 삶을 소재로 쓴다면 역사와 인간의 관계를 조금은 설명 할 수 있을 것 같아."

"괜한 소리. 나는 그럴 생각 없네. 살아 온 것이 무슨 자랑이라고…."

"지금 와서 하는 말이지만 사실 미국을 갈 때는 다시 한국에 안 올 작정을 했어. 깊이를 알 수 없는 피해 의식에서 벗어나지 못했던 탓이었지. 아버지에 관해서도 아는 것이 거의 없었고 아버지의 시대에 대해서도 외면하고 살았기 때문이었을 거야. 가난을 대물림하는 나라가 그렇게 싫을 수도 없었고. 애국심이니 뭐니 하는 말도 나는 우습게 여겼어. 그러나 어쩔수 없이 나는 아버지의 자식일 수밖에 없대. 궤적조차 남은 것이 없는 사람들이 반세기가 지난 지금도 내 의식과 행동에 직접 간접으로 영향을 끼치고 있다면 다른 사람들은 믿지 않을걸세. 부모를 벗어나고자 하면서도 부모로 인해 자신의 사고를 스스로 제한하고 행동을 제약하여 정한 범주밖으로 일탈을 허용하지 않으려 했다면 내 말을 믿을 사람이 많지 않을 거야. 지금까지 내 삶은 피해 의식을 벗어나려는 노력이었다고 해도 과언이 아닐걸세."

나 같으면 가슴에 담아두었을 이야기를 스스럼없이 하고 있었다. 인간의 의식은 가변적이라 확장할수록 그 깊이와 넓이의 폭을 무한대로 늘릴 수 있다고 믿으면서도, 나 자신은 의식 세계에 철저하게 거미줄 같은 그물을 쳐 놓고 확장을 거부했던 사람이었다. 나에게 부모의 존재는 그 그물의 벼리였다.

그런데 관준은 그의 아버지로 인한 피해 의식을 가졌으면서도 그런 그물의 벼리를 스스로 잡고 살았다는 말이었다. 살아가는 방식에 차이만 느꼈을 뿐 그의 내면을 보지 못했던 나의 불찰이 무거운 뉘우침으로 다가

왔다.

"자네와 자네 어머니를 위해 기도를 바치겠네. 빨리 쾌차하시고 자네 뜻대로 되기를. 아마, 하느님께서 들어주실 거야."

"엉뚱한 이야기는!"

"아냐. 엉뚱한 이야기가 아니야. 사람의 기도가 하늘을 감동시킨 경우가 얼마든지 있거든. 믿음을 가지고 덤비면 하늘인들 대답이 없겠어?"

관준이 장난으로 하는 말이 아니었다.

"그런 말을 할 때면 자네가 천진난만한 사람으로 보인단 말일세."

라고 말하려다

"고맙네."

하고 일어섰다. 아직도 얼굴에 무거운 그늘이 남았음을 본 것인지 관준도 더 붙잡지 않고 따라 일어섰다.

아버지는 누구인가?

아버지는 어머니보다 훨씬 잊힌 존재였다. 내 삶 속에 보이지 않는 걸림돌 노릇까지 했던 사람이었다. 작게는 영호정 아이들에게 죄없이 맞을 때도 그랬고, 작은집에서 숙모에게 쫓겨나 선창을 맴돌 때도 원망의 대상이었다. 아버지는 집안을 풍비박산시킨 사람이었다. 어머니의 불행도 그 근원을 거슬러 올라가면 아버지에게 책임이 있었다.

그런데 잊었던 아버지가 살아나고 있었다. 희미한 기억 속의 존재가 아니라 지금도 스승으로 여기는 박종식이라는 인물에 의해 아버지는 사상의 벽을 넘고 원망의 강을 건너 나에게 돌아온 것이다. 주위의 친지들이 하나둘씩 죽을 때는 어머니는 물론 아버지에 관해 아는 사람들이 사라지고 있다는 안도감조차 느꼈는데, 그래서 사진 한 장 남지 않은 점이 오히려 다행이다 싶었는데, 아버지는 사진보다 더 강렬한 이미지로 나에게 다가서고 있었다. 아버지의 사상이 종식을 통해 드러나고 아버지는 종식을 통해 용서를 말하고 있었다.

그러나 비록 종식이라는 인물을 통해 간접적인 만남일지라도 아버지의 젊은 날, 아버지의 사상을 만나도록 주선한 사람은 정작 어머니였다. 과연 어머니는 자신의 입으로 차마 못한 억울함 즉 자신이 보이지 않는 음모에 의한 희생자임을 종식의 입을 빌어 말하고 싶었을까. 자신을 곤경에 빠뜨린 모든 사람과 자신을 그렇게 만듦으로써 상대적으로 이익을 얻은 집단까지도 용서할 수 없다면 잊으라는 말을 전하고 싶었던 것일까?

하지만 용서라는 덕목이 인간에게 소중할지라도 그 말을 실천하기가 쉬운 일이던가. 더구나 겨우 사물을 분별하는 나이 때부터 키워 온 한이었다. 비록 그릇된 인식에 의한 출발이었을지라도 오랜 세월 굳어진 그런 감정을 용서라는 이름으로 어느 한순간에 풀 수 있을 것인가.

그리고 가해자를 모르는데 누구를 향해 무엇을 용서한단 말인가.

피해자의 용서는 약자의 넋두리일 수 있다. 죽도록 당하고 사과 한마디 없는 상대에게 혼자 용서한다는 말은 비굴일 수 있다. 어머니가 바랄지라도 아직 용서라는 경지를 말하기에 내 마음은 열려있지 않았다. 그러나 헤어지면서 보았던 종식의 눈물이 가슴을 적셔 술도 취하지 않았다.

살아나는 소리

봄 같지 않은 봄, 5월.

4월 말 인숙의 집에서 가까운 대학병원으로 옮겼으나 어머니의 상태는 급격하게 나빠지고 있었다. 정신과 치료가 아니라 노환 치료가 더 급해졌다.

자식들의 말을 얼추 알아듣는 듯 싶은데 소통은 불가능했다. 옆에서 "내가 누구냐?"라고 물으면 겨우 눈을 깜박여 안다는 뜻을 전할 정도였으며, 몸을 일으키지도 못하고 폐도 약해져 음식은 콧줄을 통해 섭취할 수밖에 없었다. 또 신장 기능도 현저하게 떨어져 소변은 새 나왔고 대변 처리도 외부인의 도움을 받을 수밖에 없었다.

내가 보아도 소생은 기대하기 어려웠고 의사도 애매하게 고개를 저었다.

그런 어머니를 외면할 수 없었다.

그렇다고 어머니를 위해 할 수 있는 일도 많지 않았다. 어머니 간병을 위해 주週 중에도 서울을 오르내리는 아내로 인해 산만해진 가정의 분위기를 잡고 아이들을 챙기고, 주말에는 찾아주는 이도 없는 쓸쓸한 어머니의 병실에 앉아 시간을 보내다가 간호사나 의사를 만나면 상태가 어떠냐고 묻고 그들의 미지근한 대답에 하릴없이 고개나 끄덕이는 것이 고작이었다.

내 생활 리듬이 깨졌는데 그 점을 들어 어머니를 탓할 생각은 없었다.

그러나 나와 무관하다고 여겼던 사람들을 만나고 그들의 이야기를 들어야 하는 일이 나를 피곤하게 했다. 인숙 자매들의 싸움은 어머니의 상태와 상관없이 진행되고 있었는데, 진숙의 남편이 어디론가 잠적해버렸고 건물은 경매 처분당할 위기에 놓였다고 했다. 미숙이 미란의 머리채를 잡아 한 움큼이나 뽑았다는 무용담도 그렇고, 진숙이 뜨거운 기름에 허벅지를 덴 일을 두고 천벌을 받았다고 고소해하는 자매들의 이야기도 듣기 민망했다.

어머니로 인한 진숙의 관계는 그렇다치고 미란이라는 인물에 이어 미란의 남동생, 그러니까 미란과 아버지가 다른 동생까지 튀어나오는 데는 정말 황당했다. 미숙과 싸움 끝에 병원에 입원해 버린 미란이 철호를 끌어들여 미숙은 물론 인숙의 남편한테까지 시비를 걸더라고 했다.

말을 잃은 어머니, 그 몸에서 낳은 자식들은 어머니가 죽기도 전에 먹이를 차지하겠다고 물고 뜯는 꼴이었다. 싸움의 결과에 관심도 흥미도 없고 나서서 해주고 싶은 말도 없었다. 어머니가 목포에 간 이유를 궁금해하던 인숙이까지 싸움에 끼어들어 떠드는 것이 서운했지만 탓하고 싶은 마음도 없었다. 어머니가 일구어 놓은 것은 사라지고 어머니를 매개로 맺어진 관계만 남은 한심스러운 꼴이었다.

그런 불편한 자리에 나를 불러들인 어머니가 야속한 점도 없지 않았으나, 어머니와 멀어지는 자식들을 보면서 스스로 생각해도 이상하리만큼 어머니가 남긴 의문에서 빠져나오지 못했다.

강의가 없는 오후, 가만히 목포에 다녀오기도 했다.

목포에서 어머니가 갈구하고 지향했던 것이 '무엇'이었는지 찾아보려는 시도였다. 그렇지만 어머니가 목포라는 공간을 통해 찾고자 하는 그 '무엇'은 끝내 확실하게 보이지 않았다.

하지만 전혀 소득이 없었던 것도 아니었다.

다시 경채를 만나 일강집에 관해 이야기를 듣고 어머니와 비교하면서 어머니를 좀 더 이해할 수 있었던 점이나, 어머니에게 목포는 결코 단순한 지명이 아니라 어머니가 어린 시절의 나를 회상하고 목포에 갔으리라는 인숙의 주장이나, 어머니가 여수리를 목적으로 목포에 갔을 것이라는 아내의 추정에 감성적으로 공감한 점도 성과였다.

그러나 '이제는 하구언이 호수를 만든 강, 뱃길이 막혀 돌아갈 수 없는 여수리, 그 여수리가 어떤 의미를 지닌 곳이기에 그토록 가고 싶었던 것일까?' 하는 의문에 대해서는 밝은 답을 찾을 수 없었다.

몇 가지 정황을 엮어 나름대로 유추해봤으나 도저히 논리적으로 설명이 어려웠다.

'혹시 어머니는 나에게 전하고 싶은 말이 있었던 것일까?'

만개한 철쭉과 신록으로 물든 화려한 봄에 나만 아직 새순을 틔우지 못하는 겨울나무였다. 계절을 놓치고 찾아갈 곳을 잃은 철새였다.

봄이 왔으나 봄 같지 않네(春來不似春).

변방의 흉노족에게 꺾인 중국인들의 자존심을 노래한 시가 개인적인 소회를 표현하는 데 인용되는 현실을 본다면 지은이는 뭐라고 할 것인가.

홀쩍 어디론가 떠나고만 싶었다. 나른하면서 피곤한 날들, 그리고 아내 없는 집도 여정에 기대게 했을 것이다. 그렇다고 며칠 전에 다녀온 목포를 목적지로 상정한 것은 아니었다. 또 관준의 동행을 기대했던 것도 아니었다. 점심시간, 함께 식사를 마치고 식당에서 나오다 말고 불쑥 목포에 갈 생각이 없느냐고 물었던 것인데

"목포? 갑자기 목포는 왜? 무슨 일 있어?"

관준이 의외라는 듯 소리가 높았고

"여름 되기 전에 회도 한 접시 먹고 바람도 쐬었으면 해서…."

나는 방황을 감추기 위해 슬그머니 준비 없는 말을 했고

"자넨 목포에서 자랐다고 했지? 지금 당장 출발하지."

멈칫거리는 나에 비해 관준이 더 적극적으로 나왔다.

"지금 당장? 정말 시간 있어?"

"모처럼 자네가 떠나자고 하는데 마다할 수 있어? 약속이 있더라도 미뤄버려야지."

내가 밀리고 있었다.

"술 한 잔이라도 하려면 차를 가져갈 수가 없는데도?"

그래도 꼭 가겠느냐는 반의적인 포기 종용이었다. 그렇지만 관준에게 그 말이 먹혀들지 않았다.

"그게 걱정이야? 유람하는 셈치고 택시로 가면 되지 뭘."

미지근하게 물러설 수도 없게 되어버렸다. 비로소 여행의 방향을 목포로 정하고 마음을 굳힌 꼴이었다.

"그런데 자네가 갑자기 목포에 가자는 진짜 이유가 뭐야? 혹시 이산빈

씨라는 분의 부인이 목포에서 사셔?"

"아냐. 지금은 광주에 사셔. 옛날 목포에서 살았다는 말이제. 가면서 이야기함세. 목포에 가면 아는 사람도 더러 있네."

예정에 없던 여행이었다.

자기의 일도 복잡한 세상에 자신과 관련이 없는 사람들의 이야기란 흥미 없고 지루한 법이다. 그 점을 알면서도 나는 관준의 심정을 헤아리기보다 내 감상에 빠져 있었다.

"목포는 낙조와 저녁노을이 아름다운 곳이야. 유달산 산마루에서 바라보는 다도해의 낙조가 그만이지. 서녘 하늘을 붉게 물든 노을은 또 어떻고. 온 세상의 하루, 모든 사람의 응어리진 하루가 붉은 노을이 되어 사라지는 것만 같아 어린 시절 얼마나 감동을 받았는지 모르네. 맑은 날이면 가끔 낙조를 보기 위해 유달산에 오르곤 했어."

"낙조와 노을이 아름다운 도시?"

"노을을 등지고 고하도 용머리를 돌아드는 돛단배를 자네는 본 적이 없을 거야. 숨을 멈추게 만들던 그림 같은 그 풍경을 정녕 잊을 수 있을까?"

"평소 자네답지 않게 무슨 말이야?"

"그리고 목포는 영산강이 바다를 만나는 곳이야. 그리고 호남선의 종착역이지. 더 갈 수 없는 땅이거든. 그러면서 목포는 항구야. 떠나간 배가 돌아오는 항구. 부모가 남긴 상처에서 벗어나게 할 의도로 내 조부님은 나를 목포로 보내셨던 것 같아. 그렇지만 목포도 어린 나에게 많은 생채기를 남긴 곳이었네. 그래서 고향을 피했듯이 목포를 도망치듯 떠났지. 그리고 찾지도 않았어."

"이 사람, 진짜 소설 시작하듯 말하네!"

"보통 사람이라면 절절하게 그리운 사람, 그리운 곳이 왜 없었겠는가마는 나는 한사코 절절한 그리움을 내색하지 못하고 되려 털어내려고 노력하며 살았어. 누군가에게 강요당한 절제와 인내였지. 그렇다 보니 좋았던 공간이나 사람들에 대한 태도마저도 미지근해지고 말았던 것 같아. 그런데 최근 어머니로 인해 목포를 다시 찾고 다시 보게 되었네. 얼마 전 강의가 빠진 날은 혼자 가만히 옛길을 걷다가 온 적도 있어."

예정에 없던 일상에서의 탈출, 돌연한 제안에 동의해 준 관준과 정서 면에서 꼭 일치했다고 생각하지 않았다. 꼭 어머니의 이야기를 하기 위해 목포를 찾은 것도 아니었다.

답답한 심사로 인해 감성적으로 혼란한 시점에서 변곡점을 찾다가 관준을 만났다는 생각도 들었다.

아마 관준이 아니었다면 대화의 방향과 내용이 달라졌을 것이다.

"어머니를 최초로 만난 곳도 목포였지만 최근에 어머니로 인해서 잊고 살았던 사람들을 만났어. 따지고 보면 박종식씨를 만나 아버지에 관한 이야기를 듣게 된 사연도 그런 일련의 과정과 연결된다고 할 수 있어. 그래서 남들에게는 단순한 하나의 우연일 수 있지만, 나는 자꾸 의미 있는 우연이라는 생각이 들었네."

이산빈이라는 인물의 부인이 일강집이고 경채 아저씨는 일강상회의 지배인이었다는 설명과 함께 깨진 내 머리에 된장을 발라 준 이야기도 나왔다.

"우리 사회는 혼자 사는 여자 특히 튀는 여자들에 대해서는 이상하게 질시어린 소문이 따라다니는 경향이 많지 않은가 생각해. 내가 어렸을 적에 그 아주머니에 대한 소문은 좋지 않았다고 기억해. 그런데 말이야, 그런 경우 여자들의 반응은 대체로 수치심을 감당하지 못하고 죽어지내기 십상인데 그 아주머니는 그렇지 않았어. 그런 소문을 무시해버린 것인지 몰라도, 아무튼 대항하는 방식이 여느 여자들과는 달랐던 것 같아."

"...?"

"얼마 전 경채 아저씨를 다시 만나 그 아주머니에 관해 들었던 이야기 가운데 흥미 있는 대목이 있었어. 혼자 된 아주머니인지라 집적거리는 사내들이 많았는데 그중에서 한 사내와 소문이 이상하게 났던 모양이야. 비록 단순한 소문이었지만 당연히 사내 쪽 부인으로서는 가만두고 싶지 않았겠지. 어느 날 오후 사내 쪽 가족들이 떼거리로 달려들었다고 했어. 실제로 그런 일을 본 적이 없기 때문에 나 역시 그 장면은 상상이 안 돼. 아무튼 복잡했겠지. 사내의 처가 소리를 지르는 사이에 그 여자를 따라온 여자 하나는 다짜고짜 경채 아저씨가 거처하는 작은 골방 문을 열더니 손에 들고 있던 물건을 던지더래. 똥오줌이 담긴 요강이었다고 했어. 첩의 방안에 요강을 깨뜨리면 첩이 떨어진다는 속설이 있었는데 그걸 믿은 사내의 가족들이 그런 짓을 했다는 거야. 때문에 애꿎게도 경채 아저씨 방만 수난을 당했던 꼴이었다고 했어. 그리고 여자들은 일강집 아주머니 머리채를 잡고 패대기를 치기 시작하더라는 거야. 남편의 사랑을 빼앗겼다고 생각하는 편에서는 눈에 보이는 것이 없었겠지. 재미 없제?"

남의 이야기를 들은 대로 전달하기도 쉬운 일은 아니다.

내 감정에 들떠 남의 이야기를 너무 함부로 하는 것 아니냐는 생각도 들어 슬쩍 말꼬리를 흐렸더니 관준이 웃으며 계속하라는 눈짓을 했다.

"좋지 못한 욕설이 오가고 가게 안은 아수라장이 되었다고 했어. 밖에는 돈 주고 보기 힘든 구경거리에 금세 사람들이 몰려들었고. 그때까지도 경채 아저씨만 뜯어말렸을 뿐 아주머니는 무엇 때문인지 아무런 반항 없이 맞고만 있더래. 도무지 죽은 듯 대항을 안 하는 일강집 아주머니에게 오히려 겁을 먹었던 것인지 아니면 그 정도로 혼을 내기로 사전에 약속이 되었던 것인지는 몰라도 여자들은 물러갈 기미를 보이더라는 거였어. 일강집 아주머니도 사람들을 피해 가게 뒤쪽에 창고에서 옷차림을 수습하고 있는데 욕설을 퍼붓고 나가던 여자 하나가 다시 안으로 달려들어 무엇으로 때렸는지 된장 독 하나를 깨뜨렸다고 했어. 그러자 그때까지 아무 말이 없던 아주머니가 워매 내 돈! 하며 튀어나오고, 일강집 아주머니가 그 여자의 머리채를 쥐고, 졸지에 공격을 당한 여자가 문턱에 걸려 넘어지고, 서방 단속도 못 한 년이 어디서 행패냐고 된장값 물어주기 전에는 죽는 줄 알라고 하는 아주머니의 앙칼지고, 독기 어린 소리와 함께 뺨치는 소리가 철썩철썩 들리고. 아이고 이년이 사람 죽이네 하는 여자의 비명에 흩어져 가던 사람들이 다시 모여 반전된 상황에 넋을 잃었다고 했어. 불과 몇십 초 사이에 거의 동시에 벌어진 사태에 경채 아저씨도 손 쓸 틈이 없었다고 했어."

세월은 희극을 비극으로, 비극은 희극으로도 반전시키는 마력을 지닌 것일까.

당시 당사자들에게는 심각한 사건이었을 것이다. 또 비극이었을 것이다. 그렇지만 40년 후에 타인들은 인생살이에서 있을 수 있는 한편의 삽화처럼 이야기하고 다른 한 편은 실실 웃으며 들을 수 있다.

잠시 남의 비극을 희화시켰지 않았나 하는 미안한 생각도 들었다.

"오죽 짜잔하면 서방 뺏기고 사느냐고 오히려 큰소리를 치면서 자식들을 몰고 가서 안방에 들어앉고 말겠다고 일갈하는 일강집 아주머니의 악다구니에 쫓아 온 여자들이 혼비백산했다는 거였어. 순한 여자의 몸 어느 구석에서 그런 소리가 나오고 어디에 감추어 둔 독이 그렇게 말끝에 나오는지 알 수 없더래. 그런 일이 있은 뒤부터 일강집 아주머니는 눈에 보이게 변하기 시작했다는 거여. 끊임없이 악의적인 소문을 퍼뜨려 괴롭히는 사람들을 상대로 아주머니는 마음에 독을 키우며 세파를 이겨냈던 것 같아."

"자기의 몸에 손을 댈 때는 반항을 하지 않던 사람이 된장독을 깼다고 반격을 했다는 말이여? 자기 몸보다 된장독을 소중하게 생각했단 말 아닌가?"

"그래. 나도 그 말을 들을 때는 의아했어. 그러나 이해할 수 있을 것 같대. 매를 감당한 것은 헛소문이 나도록 했던 자신의 실수에 대한 자책일 수 있었겠지. 그렇지만 아주머니에게 된장독은 가족들의 목숨이었을 거여. 다리에 쥐나도록 골목골목 걸어다니면서 된장을 사모으고 그걸 어부들에게 되팔아 가족들을 먹여 살렸던 아주머니의 입장에서는 자기 몸에 손을 댄 것보다 더한 아픔이었으리라고 이해되더군."

"자신의 인격보다 가족의 생존을 위해 발악하지 않을 수 없었다는 말 아닌가? 내가 살기 위해서 그리고 가족이 살기 위해서 최후의 수단으로 결국 그런 악을 선택할 수밖에 없다면 그렇게 몰아간 사회도 문제는 있겠지."

"그래. 그러나 나는 그 이야기를 듣고 어머니와 비교해서 많이 생각했어. 지난번 박 선생님과 내가 하는 이야기를 통해 자네도 어머니에 관해 짐작되는 바가 있었겠지만 정말 어머니의 삶도 순탄치 않았네. 그런데 어머니는 일강집 아주머니와 달리 최악의 경우에도 감정을 밖으로 표현하기보다는 안으로 자신을 할퀴면서 사신 것 같거든. 살아가는 방식의 차이라고 하겠지. 그렇지만 그 결과는 다르게 나타났다고 보기에 하는 말이야.

일강집 아주머니는 지금도 건강하게 건재하고 어머니는 끝내 우울증에 또 몸의 건강까지 잃었어. 그래서 나는 자신을 강하게 표현하느냐 못하느냐의 차이도 나중에 자신이 어떻게 될 것인지를 결정짓는 한 가지 요인이라는 생각하게 된 거지."

"그런 사정이 있었는가? 자네 말을 듣고 보니 그럴듯하네. 그렇지만 똑같은 상황에서 어떻게 반응하느냐는 성격적인 문제도 없지 않을 거야."

"어머니와 일강집 아주머니는 살아 온 시대나 자식 복이 없다는 점 등 비슷한 점도 많아. 다른 점이 있다면 일강집 아주머니한테는 경채 아저씨라는 평생 뜻을 받아 주고 돌봐 준 사람이 있었지만, 어머니에게는 이해하고 감싸주는 사람이 하나도 없었어. 자식인 나도 외면했으니까. 오직 신을 믿고 의지했는데 그분한테도 은총을 입지 못했다고 봐."

"이제라도 자네가 어머니를 알아주고 받아들이려는 자세는 하느님의 뜻일 것 같네. 뭔가 예비하고 계신다는 느낌이 팍 드는구먼. 인생은 과정만 보는 것이 아니라 끝도 중요한 거야."

"고맙네. 그동안 차마 말 못한 것은 자존심 때문이기도 했지만 사실 나는 부모에 관해 너무 몰랐어. 사실 알려는 노력조차 하지 않았다는 게 옳겠지. 때문에 어머니가 왜 그렇게 되셨는지 목포에는 왜 가셨는지를 짐작조차 할 수 없었네."

"왜 목포에 가셨는지 아직도 몰라?"

"어렴풋이 짐작은 가지만 아직도 정답을 찾는 중이야."

"그래서 갑자기 목포에 가자고 했어?"

"꼭 그런 것만은 아냐. 심란하여 바람도 쐬고 싶었던 거지."

"너무 걱정하지 말소. 부모와 자식 사이에는 아무리 떨어져 있어도 통하게 되있지 않던가. 자네 마음을 어머니께서도 알고 계실 거야. 그런데 경채 아저씨라는 분은 누구야?"

"겉으로는 다리를 저는 장애를 가졌으나 우리가 흔히 볼 수 있는 분은 아닌 것 같아. 일강집 아주머니를 위해 평생 주기만 하신 분이니까 말이야. 좋아하는 사람을 평생 누님으로 깍듯이 모시고 그 누님을 위해 산 사람이야. 누님을 도와 일강상회를 세우고 일강상회가 망한 지금도 누님을 돕고 있는 모양이야. 무엇이 그로 하여금 나이도 많고 아이들까지 딸린 일강집에게 순정을 지켜 오게 했는지 불가사의 해."

"결혼도 안 하고?"

"아냐. 결혼했지. 오 년 전에 부인이 암으로 돌아가시고 지금은 혼자야. 아들만 둘인데 변호사인 작은아들은 일부러 아버지를 모시기 위해 목포에서 개업했다고 들었어."

"호오! 지금은 뭐하시나?"

"사업은 치우시고 선창 바닥을 돌아다니면서 이것저것 참견하는 재미로 사시는 것 같았어. 용돈은 세를 받아쓰면서 말이네."

"재미있는 분일 것 같네."

"오늘 만나게 될 거야. 반가워 하실거네. 자네하고는 같은 천주교 신자니까 나보다 더 통하는 데가 있을지도 모르겠네. 참, 그분 고향도 장흥이라고 했어. 부산면이라던가? 아마 그럴 거야. 그분도 사변 전에 입산한 적이 있다고 들었으니까 잘하면 오늘 장흥 향우회도 하고 자네 선친 이야기도 들을 줄 모르겠네."

"정말?"

관준의 표정은 감탄에서 기대로 바뀌고 있었다.

"연세가 얼마나 되는데?"

"일흔이던가? 아마 그쯤 될 거야. 아주머니보다 대여섯 살 아래라고 들었어."

"그래?"

"대개 나이를 들면 그 사람의 과거조차 늙고 병들어 없어지고 마는 것으로 착각하는 경우가 많고 늙은 사람들에게 무슨 젊음이 있었고 사랑 따위가 있었을까 하고 무시하는 경향이 있잖은가. 나도 그런 축이었지. 그런데 최근 그 아저씨를 두어 번 만나고 이따금 통화도 하면서 노인들에 대한 편견을 많이 수정했네. 노인도 처절하도록 아름다운 사랑을 가슴에 간직하고 산다는 사실을 본거지. 누구에게 끝없이 베푸는 일도 삶을 지탱하는 힘이 되고, 그런 아낌을 받는 사람도 살아가는 데 힘을 얻을 수 있다는 사실을 그 아저씨와 일강집 아주머니를 통해 보았거든. 얼마나 부러웠는지 모르네. 그러면서 한편으로는 자꾸 어머니와 비교되었네. 어머니에게는 첫 남편인 나의 아버지는 몇 달 살지도 못했고 두 번째 만난 사람과 사이도 좋지 못했어. 말하자면 어머니는 평생 마음을 붙이고 살 사람을 만나지 못했다고나 할까. 그걸 운명이라고 하겠지만."

"자네 어머니가 평생 마음을 붙이고 살 사람이 없었기에 불행한 것처럼 말하지만 자네 어머니뿐이겠어? 그 시대의 어머니들이 대개 그랬지 뭐. 평생 받은 것 없이 주기만 하고 가셨다고 봐. 내 어머니는 육십도 못되어서 가셨어. 보성이 고향이셨는데 외가도 피해를 많이 입었다고 했어. 그랬으니 친정 덕이라도 볼 수 있었겠어? 남편은 일찍 죽고 고립무원의 상태에서 평생 배를 곯고 걸치고 나설 옷 한 벌 없이 살면서도 자식들 걱정만 하다 돌아가셨네. 아버지도 그랬지만 그런 어머니 임종도 못 했잖은가. 지금도 그 일을 생각하면 가슴이 아리네."

"그런 마음을 가진 것만으로도 효도 아니겠는가."

"그런 말 마소. 살아생전 따뜻한 밥 한 끼 못 해 드리고 임종도 못 본 자식한테 그런 말은 욕이나 다름없네. 뭐니 뭐니해도 배고픈 한恨처럼 큰 한도 없다고 하지 않던가. 우리 아버지도 영양실조로 일찍 가셨지만 정말 어머니는 거의 굶어서 돌아가셨네. 자식들한테도 외면당한 채 말이네. 기가 막힌 일이지. 따지고 보면 나도 자식 노릇 못한 한이 큰 사람이네."

허기에 지치고 부모를 원망했던 관준의 모습은 나의 모습이기도 했다.

"머슴을 살다가 도저히 안 되겠다 싶어 광주로 도망을 쳤는데 아는 사람이 있겠어, 돈이 있겠어? 닷새를 물만 마시고 거리를 헤맨 적이 있었어. 그때 이름도 모르는 아주머니가 아니었더라면 나는 죽었을 거네. 그 아주머니가 보증을 서서 신문 배달을 하게 되었고 아이스케이크 장사도 할 수 있었거든. 당시는 고마운지 모르고 잊고 있다가 나중에야 찾아가 보았으나 아주머니를 만날 수 있던가. 아주머니라 이름을 알 턱도 없었고. 하여튼 고마운 아주머니가 나를 살린 거지. 그 후에도 나는 이름 모를 사람들의 도움을 참 많이 받았어. 언제 갚을 새도 없이 헤어지고 그렇게 헤어지고 나서는 얼굴조차 잊어버리고…."

"그래서 자네는 어려운 이웃 일에 앞장서는 사람이 되었나 보네."

"살면서 남에게 작은 도움이 될 수만 있다면 좋은 일이겠지. 조금 손해 보는 듯하게 사는 삶이 마음 편하고 좋은 것 아니겠어. 어쩌다 내가 아이처럼 이런 이야기를 하게 되었는지는 모르겠네."

살아온 이야기를 한 뒤에는 시원함과 더불어 어딘지 개운찮은 구석이 있기 마련인가.

관준도 그런 심정인 듯 계면쩍게 웃었다.

"자네는 남한테 좋은 일 많이 했으니 아마 나중에 좋은 일이 많이 있을 거야."

"내 마음 편하게 살면 되었지 보상을 바라서야 쓴 단가."

"선인선과 악인악과라는 말도 있지 않던가. 자네가 믿는 종교에는 천당도 있고."

"글쎄. 믿음도 사랑처럼 주는 것이지 받는 것이 아니라고 봐. 사람을 소중하게 여기는 일이 하느님을 섬기는 첫걸음이거든. 사람에 대한 믿음 없이 소중한 마음이 우러나겠어? 꼭 교회에 가서 하느님한테 기도 잘하고 돈 잘 바친다고 해서 다 좋은 사람들은 아니잖던가? 신앙도 사람에 대한 믿음을 가지고 눈앞에 보이는 사람들을 소중하게 여기는 데서 시작한다고 보네. 어쭙잖은 이야기지만 나는 영성을 지향하는 기도만 하는 신앙보다는 내가 할 수 있는 범위 내에서라도 실천하는 신앙을 하고 싶네."

"좋은 말이네. 참, 그런데 말이시 이런 것도 신앙이라고 할 수 있단가?"

"나도 신앙이 무엇인지 아직은 잘 모르는 사람이여. 어려운 것은 묻지 말소."

"일강집 아주머니에 관한 이야긴데, 지금까지 나는 일강상회의 유래를 몰랐어. 한 일一 가람 강江이라는 상호를 어떻게 지었는지 몰랐다는 말이제. 무슨 유래가 있을 것 같아 지난번 경채 아저씨한테 물었더니 상회 이름을 지을 때 의논 없이 아주머니가 혼자 결정했다면서 그 뜻은 모르신다고 하대. 그래서 며칠 전 아주머니와 전화를 하는 자리에서 일강이라는 뜻을 물었어. 그랬더니 뭐라고 하셨는지 알아?"

"일강? 그대로 해석하면 하나의 강이라는 말 아냐? 다른 의미가 있어?"

"응. 들어 봐. 일강집 아주머니의 삶도 또 다른 측면에서 아픔이고 감동이었어. 아들들을 다 앞세우고도 살아야겠다고 기를 쓰는 힘은 어디서 나오는 것인지, 무엇 때문에 아직도 남편이 살아있을 것이라고 믿고 싶어하는지, 한마디로 나에게는 불가사의가 아닐 수 없었거든. 그런데 아주머니의 말을 듣고 보니 이해가 되대."

"신앙은 불가사의한 거야."

"그걸 말하려는 게 아니네. 나를 따라 아주머니 댁을 방문한 지 이틀 후 집사람이 시장에서 아주머니를 만난 모양이야. 그 아주머니는 시장에서 좌판을 보고 있더래. 각종 멸치와 백어, 뒤포리, 말린새우 등을 담은 투명한 비닐 봉지를 앞에 두고 앉은 노인을 알아보고 집사람이 아는 체를 했던 것 같아."

"그 나이에 아직 장사를 하셔?"

"응. 하여간 그런 노인이라니까. 손자들 이름도 기억에 없고, 성도 모르는 노인 앞에서 머뭇거렸는데 일강집이 먼저 알아보고 벌떡 일어서더라는 거였어. 그리고는 우리가 방문하면서 뭐 좀 사들고 갔는데 그 이야기를 크게 하시더래. 집사람 말로는 그렇게 시장 바닥에 앉아있어도 너희들과 사뭇 다르다는 점을 과시하는 것 같더라고 했네. 오히려 집사람 얼굴이 화끈거릴 정도였다고 했어."

"그전에는 통 몰랐던가?"

"전에 목포에 갔을 때 장사를 하신다는 말은 들었어도 집사람이 다니는 동네 시장인 줄은 몰랐어. 더구나 집사람은 언제 만날 기회도 없었고 특별히 자주 사는 물건도 아니어서 낯 익힐 기회도 없었던 모양이야. 처음 그 아주머니 댁으로 찾아가 뵈었을 때 어디선가 본 것 같다는 말을 한 적은 있었지만…. 장사를 시작한 지는 일 년 정도 되었다니 후배가 죽은 뒤로 시작했지 싶어. 그 후로 집사람은 그 아주머니를 자주 만난 모양이야. 바쁠 때는 인사만 하고 지나치기도 하지만, 시간 여유가 있으면 앞에 쭈그리고 앉아 일강집의 형편을 살피기도 했다는 거였어. 며칠 집사람이 안 보이면 일강집이 먼저 전화도 하시더래. 언젠가는 아무리 그만두시라고 해도 막무가내로 멸치를 싸 주시는 통에 가져왔다는 이야기도 했어."

"좋은 분이시네. 언제 우리 집사람도 그런 것을 살 일이 있으면 그쪽으로 가라고 해야겠네. 그런데 신앙 어쩌고 하더니 겨우 멸치 이야기야?"

"이제 서론이야. 그 뒤로 나하고도 통화가 되었어. 감사하다는 말씀을 드렸더니 완도 멸치가 보기에는 크기가 들쑥날쑥 고르지는 안 해도 깨끗하고 맛이 좋다면서 멸치 장사를 근 오십 년 해놓은께 물건만 보고도 언제 어디서 나온 것인지 안다고 자랑하시대. 멸치 맛이 비슷비슷한 것 같지만 맛이 다 다르다면서? 하여튼 멸치도 볶아서 반찬 할 것하고 국에 넣을 것이 다 같지 않다는 설명 끝에 사람은 멸치를 많이 묵어야 한다면서 뭐라고 하셨는지 알아? 특히 우리 집사람 같은 중년 여자들이 꼭 많이 먹어야 한다는 거여. 카르슘이 부족하면 골다공증인가 하는 병에도 잘 걸린다는 말에 나도 웃음이 나오대."

"그래? 재미있는 노인이네."

"보기에는 좌판을 벌리고 앉았으니 별것 있으랴 싶어도 이따금 손주들한테 생색 낼만큼은 번다는 등, 그악스럽게 새벽부터 밤중까지 앉아있을 수도 없어 오전에 집안 단속해 놓고 쉬엄쉬엄 해름참에 사람들이 장 보는 시간에만 나온다는 등 물건 좋고 워낙 양심적으로 하니까 이제 시작한 지 일 년밖에 안 됐는데 단골도 많이 생겼다는 노인의 해학과 자존심이 어우러진 말을 들으면서 나는 노인의 고독을 느낄 수 있었네. 아마 그 아주머니는 며느리들에게도 할 수 없는 이야기, 그렇다고 시장 사람들에게도 못할 이야기 상대로 나와 내 집사람을 택한 것 같았어. 그러던 며칠 전이었어. 집에 갔더니 일강집 아주머니가 나를 찾았어."

"무엇 때문에?"

"그 분 조카가 중국에 산다는 말을 했지? 전에 편지가 왔는데 나한테 답장을 해도 괜찮은지 상의를 한 적이 있었거든. 이쪽에서 답장을 했던 것 같아. 그런데 그쪽에서 다시 편지가 왔다는 말씀이었어. 반가웠겠다고 했더니 무슨 정이 있어 반갑고 자시고 하겠느냐고 말을 그렇게 하시면서도 신기한 눈치였어. 한국에 오고 싶다는 이야기를 쓴 모양이여. 나한테 그 사람들을 초청할 수 있겠느냐고 물으시는 거야."

"아! 노인께서 아직도 피해의식이 깊은 모양이지?"

"그래. 당신 같은 사람은 공산국가 사람들하고 접촉해서는 안 된다고 생각하신게지. 그런 곳에 친척이 있다는 말도 못 했다는 거였어. 내가 초청할 수 있으면 하시라고 했지. 문제없다고 하면서 말야. 그리고 그쪽에서 사진도 보냈다니 이쪽에서도 사진을 보내라고 했어. 그랬더니 노인은 돈 걱정을 하는 거야. 더 늙기전에 영감은 못 볼망정 그런 조카라도 보고 죽어야 하는데 초청하려면 돈이 있어야 하는 것 아니냐고 하셨어. 정말 돈이 많이 드는 거야?"

"글세. 그건 나도 모르겠고…. 그런데 일강집의 유래를 이야기한다면서 자꾸 말이 딴 곳으로 새는 거야?"

"내 이야기 좀 더 들어 봐. 그런 대화 끝에 일강집은 한숨을 쉬는데 당장 초청할 수 없는 형편을 내색하지 않으려는 아주머니의 자존심 덩어리가 변하여 좌판에 놓여 있는 멸치의 모습으로 보이는 것 같대. 그러면서 다시 준영이 아부지 즉 이산빈씨 소식은 아직 모르느냐는 거였어. 어떻게 자네가 말한 대로 전하겠던가. 알아보는 중이라고만 했지. 그랬더니 아주 머니 편에서 기다리는 내가 속이 없는 사람이겠제? 하시는데 내가 한숨 만 나오대. 그러다 일강집 상호 생각이 나서 물었어. 먼저 아주머니 성함 을 물었지."

내가 일강집의 이름을 물었을 때 아주머니가 대뜸 반문했다.

"그건 알아서 뭣할라고?"

"아주머니가 붙이셨다는 일강상회라는 상호 생각이 나서요. 혹시 일강 상회가 아주머니 성함과 관계있는 것이 아닌가요?"

"어째서 그런 생각을 했어?"

"상호가 어쩐지 깊은 의미를 담은 것 같아 궁금했습니다. 한 번 여쭙는 다 하면서도 아주머니 불편한 심기를 건드리는 것이 아니냐는 생각 때문 에 참았습니다."

"우리 친정아버님이 글깨나 읽으신 양반이었제. 글 자랑을 하느라고 그 러셨는지 탐진강가에 있는 갈대를 보고 지으셨는지는 몰라도 내 이름을 부르기 어렵게 지으셨어."

뭔대요? 하고 물으려다 일강집의 다음 말을 기다렸다.

"어렸을 적에 들은 이야긴데 이름이 어려우면 팔자가 세다는 이야기를 들었거든. 나는 살아가면서 이상하게 그 이야기가 맞다는 생각이 들더란 말이시. 자네는 잘 모르제만 내 팔자가 순탄한 편은 아녀. 젊어서 이름을 고쳐야지 하다가 엄벙덤벙 세월만 보내고 인자는 고쳐봤자 암짝에 쓸데없는 인간이 되고 말았제. 내 이름이 특이하네. 위향이야, 윤위향. 갈대 위葦 향기향香. 갈대에 무슨 향기가 있겠는가? 향기도 없는 식물에 억지로 향기를 기대했으니 그게 어디 쉬운 노릇인가. 여자 팔자가 기구할 수밖에. 어디 기생들한테나 붙였으면 함직한 이름이제?"

"뭘요. 참 귀한 이름인데요."

"그래? 그래도 나는 마음에 안 들었어. 하긴 라디오를 들은께 인간은 생각하는 갈대라고 하더구만. 그 말은 마음에 들었네. 그런데 생각하는 갈대라기보다는 고생하는 갈대라는 표현이 더 맞것제?"

"아주머니께서 아는 것도 참 많으십니다. 그래요, 인간은 고생하는 갈대라는 말씀도 틀리지 않을 것 같네요. 그럼 일강상회의 일강은 어디서 따오셨어요? 지난번 경채 아저씨한테 물었더니 잘 모른다고 하시대요. 아주머니가 말씀을 안 하셨다면서요?"

"글쎄, 아무도 자세히 묻지 않았던 일이라서…."

그때부터 일강집의 목소리가 착 가라앉기 시작했다.

"일강은 우리 준영이 아부지가 나한테 지어 준 호號라네. 누가 굳이 캐묻지도 않았제만 나도 이때까지 암한테도 안 한 이야기구만. 여자가 호를 갖고 있다는 말을 하기도 뭣했고…. 상회 이름은 말하자면 우리 준영이 아부지가 살았으면 보고 찾아오라는 문패였어. 준영이 아부지라면 금방 알아봤을 것 아닌가. 그란디…."

침을 꼴깍 삼키는 일강집의 소리가 전화선을 통해 그대로 들렸다.

"그랬군요. 뭔가 사연이 있을 것 같다는 생각이 들었습니다만 그런 깊은 내막이 있는 줄은 정말 몰랐습니다. 정말 소설같은 말씀이네요."

"소설? 그래 소설이여. 그란디 인자 기다려봐야 소용없을 것 같제? 그래도 나는 상회를 내면 또 일강상회라고 붙일 것이구만. 죽으면 내 비석 이름자 앞에도 붙이고…. 그래야 넋이라도 엇갈리지 않겄는가."

그런 사연을 간직하고 살았던 사람도 있구나, 살면 얼마나 더 산다고 아직도 그런 희망을 버리지 않고 있는 사람이 있구나 싶으니 내 가슴에 소용돌이가 일었다. 언제라도 마음속으로 불러 볼 사람이 있고 언제까지라도 기다릴 사람이 있다는 사실이 버거운 삶을 버티는데 힘이 되었을지 모른다는 생각을 하니 졸아드는 몸, 사그러드는 한 여인이 생명을 태우는 불꽃으로 보이고, 일생이 구름으로 산으로 바위로 다가오는 것 같았다.

"강은 모든 소리도 그림자도 한도 쓸어 담는 세월이라고 하대. 그치지 않는 대지의 젖줄이라고도 하대. 그러면서 깊은 강은 소리를 내지 않는다고 했어. 그때는 먼 말인지도 모르고 철없이 고개만 까닥거렸는디 살아봄스로 우리 준영이 아부지 말이 더 안 잊혀불대. 쓰잘데기 없는 말이제?"

"아닙니다. 저한테는 감동입니다."

"이 말은 자식들한테도 못했어. 준영이도 그랬고 준수도 그 내력을 모르고 죽었어. 말을 안 할라고 해서 그렇게 된 것이 아니라 통 누가 그런 사연을 묻지 않았어. 사람이 다 그런 모양이데만 내 자식들도 있응께 있는갑다 할 뿐 그걸 묻지 않더라고. 일부러 내가 말하기도 그렇고 그래서…. 그란디 자네가 처음으로 묻는구만. 험한 세월을 살면서도 그것 때문에 내가 버틸 수 있었고 악착같이 살 수 있었는지 몰라. 내가 주책이제?"

처음 전화할 때의 활달함은 간 곳이 없고 다소 측은하게 느껴지는 노인의 소리가 심금을 울렸다.

일강一江!

강은 강이되 숨어서 흐르는 강, 기다림의 강이었다. 세월이 흐르고, 세월처럼 강물이 흐르고, 삶과 죽음도 그 강을 따라 흐르고, 마침내 알 수 없는 곳에 이르는 것일까?

그러면 그곳에도 희망이 있고 만남이 있을 것일까?

"나는 그 아주머니와 이야기를 하면서 아주머니의 마음이 곧 신앙 아니겠느냐는 생각을 했네."

"그런 일이 있었어? 대단한 노인이네. 종교를 고등 종교니 하등 종교니 하고 나누는 사람들도 있는데 원초적인 신앙의 모습이 아닐까 싶네. 내가 신앙을 잘못 해석하고 있는지 모르지만, 간절한 기원을 담으면 곧 신앙 아니겠는가? 언제 나도 그 아주머니 한 번 만나 보고 싶네. 가슴에 한을 담고도 끝까지 기다림의 희망을 버리지 않고 사는 그 아주머니가 대단한 분 같아."

오월의 푸른빛을 그대로 눈에 담은 관준이 숨을 고르는 듯 맹맹한 소리로 말을 조금 더듬거렸다.

관준을 끌고 어머니가 발견되었다는 여객선 대합실에도 다시 갔다.

"자네 어머니께서는 이곳에서 누군가 기다리셨던 것이 아닐까? 아니면 어디론가 가실 요량이었던지…?"

관준의 물음에 나는 고개만 갸웃해 보이고 말았다. 그건 정황만으로 볼 때 누구나 쉽게 말할 수 있는 사실적인 추측일 수 있다. 그러나 선창은 하나의 현상적인 배경일 뿐, 어머니의 무의식적인 행동의 이면에 감추어진 진실을 설명하는 공간은 아니었다.

정작 어머니가 원하는 무엇이 따로 있을 것이라는 생각은 나의 예감이었다. 때문에 아직도 어머니가 진정으로 원하는 것이 무엇인지를 알지 못하는 나로서는 관준에게 섣불리 대답하기 어려웠던 것이다.

내가 어린 시절 자주 올랐던 만호진 성터에도 갔다.

"가끔 여기서 고향쪽을 보며 눈물짓다가 무작정 선창을 돌아다니곤 했어. 그리고 길가에 좌판을 벌려 놓고 숱한 여인네들이 진종일 뻘흙 구덩이 속에서 쭈그리고 앉아 기약 없는 손님을 기다리는 모습을 보면서 누군가를 기다린다는 일이 얼마나 지겨운 일이라는 사실도 깨달았어. 밥을 먹기 위해서는 자존심을 죽이면 되는 일이었지만 나에게 기약없는 기다림이란 목숨을 갉아 바치는 슬픔이나 다름없었네."

관준이 듣지 않더라도 상관없었다.

"나는 선창에서 항구를 떠난 배들도 가끔은 영원히 돌아오지 못한다는 사실을 알았어. 그때 우연히 들었던 뱃사람들의 말은 지금도 생생하네. 배의 바닥 판자 한 장 아래가 용궁이라는 말, 용궁 위를 둥둥 떠다니다 운 좋게 살아서 돌아왔다는 뜻이었어. 용궁과 황천이 동의어라는 사실도 알았고, 용궁으로 가버린 배는 다시 항구에 돌아오지 못하듯이 부모님도 다시는 올 수 없다는 사실을 깨달은 셈이지. 그런데 그렇게 선창을 한 바퀴 돌며 그리움도 원망도 접고 터덜터덜 반겨줄 사람 없는 집으로 걸음을 옮길 때면 이따금 어디선가 나를 부르는 소리가 들렸어. 돌아보면 낯모르는 사람들뿐이었지만 몇 번이나 그 소리를 쫓아가 보았는지 모르네. 하지만 자취가 묘연한 소리의 방향조차 잡을 수 없었어. 나를 부르는 사람을 찾을 수 없는 절망도 컸지만 한편 어린 내 마음을 붙잡아 주는 희망이기도 했어."

"인생 자체가 용궁 위를 떠다니는 형국이지만 사람들은 그걸 알지 못한단 말이네. 그걸 깨닫게 하는 것이 신앙이지. 그리고 그때 보이지 않는 곳에서 누군가 부르는 소리가 들렸다면 아마 자네 어머니의 기도였을 수도 있어. 하느님이 자네 어머니의 기도를 받아들여 전달해 주신게지. 어렸을 적 노인들한테 사랑방에서 들은 이야긴데 일제시대 징용간 아들을 염려한 어머니가 밤마다 물을 떠놓고 자기 아들 이름을 부르며 치성을 드렸다는 거야. 하늘이 감동한 것인지 어느 날 아들은 탄광에서 작업을 하고 있는데 갑자기 자기를 부르는 어머니 소리가 들리더래. 깜짝 놀라 밖으로 나왔더니 그 순간 탄광이 무너져내렸다는 거야. 아들이 어머니 덕에 살아났다는 이야기가 조금 허황된 것 같지만 나는 가능한 일이라고 믿네. 요즘 텔레파시니 염력이니 하는 초자연적인 능력도 있지 않던가. 인간 세상에는 인간들이 이해할 수 없는 현상들이 많아. 그래서 종교에서도 기적을 인정한 것 아니겠는가.”

같은 말일지라도 어떤 사람의 입을 빌리느냐에 따라 설득력과 신뢰도에 차이가 있는 법이다. 그리고 말하는 시간과 공간도 듣는 사람에게 감동을 확대하거나 감소시키는 요인도 되는 법이다. 그리고 말을 받아들이는 사람의 감정 상태에 따라 받아들이는 차이도 있었다. 평소 같으면 웃고 말았을 그런 이야기도 장소가 목포였다는 점 그리고 말하는 사람이 관준이었기 때문에 웃지 않았다.

‘과연 관준의 말대로 나를 위한 어머니 기도가 그렇게 들렸던 것일까?’

“내 생각은 그러네.”

자신의 의견에 동의하지 않는 나를 향해 관준이 확신을 보태듯 그렇게 말했다.

갑자기 서울 병원에서 들었던 나를 부르던 어머니의 소리가 들렸다. 아직도 나를 부르고 있을 것 같은 어머니, 차마 소리쳐 부를 수 없기에 작은 가슴은 뱉어내지 못한 소리의 무게에 눌려 병이 되고 말았는지 모른다. 고통을 초월한 모습으로 신음마저 생략한 채 박제처럼 앉아 있던 어머니의 모습이 눈앞에 가까이 보였다.

"목포는 자네 말대로 남도의 골짝 골짜기 물을 모은 강이 드디어 바다를 만나는 곳 아닌가. 자네 고향 마을을 감돌아 흐른 강물도 목포를 거쳐 바다로 접어든다고 했지? 나는 윤회니 부활이니 하는 말에는 관심이 없지만 새삼 강과 만나는 바다를 보면서 우리 인생의 마지막 가게 될 필연을 보는 것 같았네. 강물이 그 근원인 바다로 나오는 것은 필연 아니겠는가? 이 태백의 시처럼 황하의 물은 한 번 가면 다시 오기 어렵다고 했어. 인간 역시 한 번 가면 다시 못 오는 존재이겠지. 그러나 어쩌면 물은 때로는 강물로 흐르고 때로는 바다를 이루고 때로는 한줄기 비가 되어 쏟아지듯, 그래서 서로 나뉘어 있는 것처럼 보이지만 언젠가는 만나기 위해 잠시 헤어져 있는 것 아닌가 하는 생각이 드네."

'자네가 어머니를 만나듯이 말이네'라는 말은 하지 않았다. 그러나 관준의 말은 그런 여운을 남기고 있었다.

"오늘 목포 여행은 자네를 찾기 위한 여행이었다는 생각이 드네. 이렇게 목포를 기억하고 찾은 행위 자체가 이미 한 짐을 벗은 것이나 다름없다고 봐."

'한 짐을 벗었다는 말은 무슨 말인가? 어머니가 벗겨질 짐이던가? 아직 어머니 마음의 행로마저 짐작 못 하고 있지 않은가?'

멀리 하구언 너머 영산강 안쪽으로 낯익은 월출산 줄기가 보였다.

관준은 성터였음을 알리는 기념비를 살피고 있었다.

"그나저나 여기가 참 좋은 곳이네. 유달산 배경도 좋고 들어오고 나가는 것이 한눈에 보이고 월출산까지 시야가 툭 터져서 과연 요충지답네. 여기 집들을 다 철거하고 옛 성을 복원하면 목포의 의미가 다시 살아날 거야. 기록대로라면 연산군 육 년에 시작해 연산군 팔 년, 그러니까 천오백이년에 완성되었다니 목포의 역사가 오백 년이라는 말 아닌가. 천팔백구십삼년에 폐진 되었다니 백여 년 전이군. 개항 백 년이라지만 그걸 기념할 것이 아니라 성을 복원해 목포의 역사를 끌어 올려야 할 것 같네. 자네 덕분에 목포를 새롭게 보게 되었어."

나는 목포에서 근원을 외면하고 살았던 50년의 세월을 되새기면서 풀리지 않는 화두를 잡고 방향 없이 표류했던 세월에 넋을 잃고, 관준은 600년 저쪽의 세월을 보면서 잊힌 역사를 추궁하고 있었다.

비록 서로가 지향하는 바가 일치한 셈은 아니었으나, 현실적 위치에서 벗어났다는 은밀한 묵계 때문에 시종 나이에 걸맞지 않은 소년기의 감상까지 곁들인 여행이었다.

경채를 만난 관준은 자신의 아버지를 생각하고 많은 것을 물었으나 관준의 아버지와 경채가 서로 입산했던 시기가 다른 점도 있었고, 그보다는 이미 과거를 가린 겹겹으로 포장된 세월의 벽을 넘을 수 없었다.

관준은 조금 허탈한 표정으로 술잔을 비웠다.

고향이 같다는 사실만으로도 사람의 거리는 더 가까워지고, 한 걸음 더 공통의 경험이나 서로를 이어주는 사물을 만나면 가슴을 열수 있는 시간은 짧아지는 법이다.

경채와 관준이 그랬다.

"병원 측에서는 그동안 최선을 다했지만 이제 어머님을 집으로 모실 시간이 되었다고 하네요. 일단 광주 집에 들렀다가 준비하고 오세요.”

집으로 모시라는 말이 위급하다는 뜻임을 모를 것인가.

예상은 했지만 내가 과연 어떤 역할을 해야 할지 정리되지 않았기에 혼란스러웠다.

만약 아내의 다급한 전화만 없었다면, 관준과 경채는 고향 이야기가 길었을 것이다.

살아가는 이야기로 우리는 함께 밤을 새웠을 것이다.

관준이 나서서 경채에게 어머니의 상태를 대강 알리고 서둘러 택시를 잡았다.

“사람들은 전쟁은 벌써 끝났다고들 해. 표면상 전쟁의 상흔도 가시고 사회가 정상을 회복한 것처럼 보이겠지. 그렇지만 아직 자네를 보고 있으니 전쟁은 끝나지 않았다는 생각이 들어. 물론 조약상으로도 휴전 상태지만.”

만약의 경우를 상정하고 침묵하는 내가 불안해하는 모습으로 비쳤던 것일까.

“전쟁으로 인해 피해를 입었건 아니면 득을 보았건 전쟁의 영향을 직접 간접적으로 받는 사람들이 상존하는 한 전쟁이 끝났다고 말하기는 어려울 거야. 휴전은 한마디로 불안한 평화야.”

“모르겠어. 이제 곧 남북 정상 회담이 성사되면 교류가 확대되고 여러 모로 상황은 달라지겠지.”

관준이 말하려는 의도를 알 수 없었다. 정상 회담을 들먹인 까닭은 길게 생각할 일이 많다는 우회적인 표현이었다.

그러나 관준은 나를 그냥 두지 않았다.

“정상이 만난다고 해서 우리의 모든 문제가 해결될 것이라고 낙관하는 것은 오산이야. 쉽지 않네, 쉽지 않아! 물론 물리적인 충돌의 위기는 해소되겠지만 곧 통일이 되고 전쟁이 완전히 끝나리라고는 기대할 수 없을 거야. 우리를 둘러싼 주변 정세가 특별히 변하지 않는 한, 그리고 현재의 복잡한 이해관계로 얽혀 있는 불균형한 사강구도, 특히 미국의 패권주의가 사라지지 않는 한 통일도 쉽지 않다는 점을 우리는 알아야 하네. 자네는 우리나라의 분단 원인에 관해 얼마나 생각해봤어?"

"약소 민족의 설움 아니겠어? 당시 지도자들이라는 사람들의 그릇된 정세 판단이나 정치적인 야욕도 문제였고."

당연한 것을 왜 묻느냐는 내 말에 관준의 대답은 달랐다.

"같은 패전국인데 독일은 강대국들이 분할 점령하는 바람에 우리처럼 분단의 아픔을 경험했고 일본은 분단은커녕 일급 전범이라고 할 수 있는 일왕마저 건재했어. 그 점에 대해서는 어떻게 생각하는 거지?"

"…?"

"우리 민족의 역사를 거슬러 올라가면 나는 너무 억울한 생각이 들어."

내가 못나 당한 설움을 타인의 탓으로 돌리는 듯한 말이 마땅치 않았으나, 억울하다는 관준의 끝말이 가슴에 걸려 잠자코 들었다.

"알고 보면 분단의 원인은 우리 민족이 못나서도 아니고 사상 대립 때문만도 아니었어. 동북아시아의 특수한 국제 정치 상황이 만든 분단이었다는 말이지. 우리 민족의 분단은 미국의 의도했던 결과였어."

"꼭 그렇게 말할 성질은 아닌 것 같아. 일차적으로는 우리 민족의 힘이 약해서 그렇게 된 일 아냐?"

나를 위로하려는 관준의 의도를 짐작하면서도 건성으로 대꾸하는 말에 관준의 소리가 조금 높아지고 있었다.

"뒤늦게 일본에 대해 선전 포고를 했던 소련에 대해 무언가 보상을 주기는 해야겠는데 태평양 진출을 꿈꾸는 소련에게 일본의 분할은 미국으로서는 양보할 수 없는 일이었지. 때문에 참전한 소련도 달래고 그러면서 소련의 태평양 진출을 막는 묘안이 없겠는가 하고 생각하던 미국은 엉뚱하게도 사할린과 한반도의 북쪽을 떼어 주는 것으로 소련을 달래려고 했던 거야. 소련은 소련대로 한발 뒤늦게 일본에 선전 포고하여 별다른 피해 없이 얻은 승리였으니 그 정도만으로도 고마웠겠지. 한반도의 북쪽에 먼저 진주한 소련군이 미군이 남쪽에 점령군으로 들어올 때까지 기다려 준 사실만 봐도 알 수 있지 않은가. 하여간 강대국들의 그런 이해 때문에 한반도는 식민지 지배를 받고도 다시 삼팔선을 경계로 남북으로 쪼개진 거야. 말하자면 태평양으로 진출하고자 했던 소련의 의도를 미리 파악했던 미국의 장난 때문에 일본 대신 한반도는 분단되었어. 그때 중국은 국공 내전 중이라 일본에 손을 쓸 기력도 없었고, 영국이나 프랑스가 너무 멀리 있었던 점도 우리 민족에게는 불리했어."

이해는 하면서도 맞장구치기 어려운 역사 해석.

그렇다고 미국을 혈맹으로 배웠고, 반미는 반정부라는 의식을 버리지 못하고 위축되어 살았던 나의 한계를 드러낼 수 없었다.

"알수록 미국은 무서운 나라야. 제 나라 안에서는 인권을 말하면서도 약소민족의 인권 따위는 안중에도 없는 나라 아닌가. 동북아시아에서 소련의 진출을 막으면서 자국의 영향력을 확대하려는 미국의 음모와 의도대로 일왕은 머리카락 하나 다치지 않았어. 휘하 장군 몇 사람 해치우는 것으로 전후 처리를 끝낸 미국은 자신의 세력권 안에 일본을 편입시키고, 한반도 남쪽을 일본 방어를 위한 전초기지로 만든 셈이지. 그런데 또 억울한 것은 그런 패전국 일본이 우리 민족의 불행을 발판으로 부흥을 이루었다는 점이었어. 그렇잖아도 힘없는 우리가 동족상잔의 비극을 겪으며 굶어 죽고 총 맞아 죽는 동안 일본은 패전의 잿더미에서 털고 일어날 수 있었으니…. 정말… 우리의 불행이 일본에는 그들 말대로 천우신조가 되었고 그렇게 덕을 본 일본은 옛날에 대한 사과는커녕 반성 없이 큰소리칠 기틀을 마련했지 않은가. 생각할수록 너무 억울하고 분해."

억울하고 분한 마음을 추스릴 시간이 필요했던 것일까.

관준은 잠시 어둠 속의 창밖에 시선을 두고 있었다.

"전쟁은 우리 민족이 원치 않은 외세에 의한 분단으로 인한 결과였네. 그래서 나는 분단이야말로 우리 민족의 원죄라는 생각을 해. 물론 거슬러 올라가면 더 뿌리 깊은 원죄도 있겠지. 하지만 외세가 갈라놓은 분단이라는 원죄 때문에 그 벌은 이 땅에 살고 있던 죄 없는 우리 백성들이 받았다는 사실이 너무 억울한 거야. 분단으로 인한 전쟁으로 인해 우리 민족은 누구랄 것 없이 억울한 상처를 입었어. 그렇게 억울한 사람 중에 자네 어머님이나 아까 만난 경채 아저씨나 자네가 말한 일강집 아주머니 같은 분들이 있었다고 보는 거네. 그래서 민족 전쟁의 아픔은 현재진행형이라고 봐."

원죄를 들먹이며 어머니가 당한 고통과 병이 어머니의 선택으로 인한 결과가 아니었음을 설명하는 관준의 마음을 이해하면서도 공감한다는 말은 나오지 않았다.

다만 역사에 대한 인식의 차이가 개인의 사고와 행동을 규정하는 척도가 될 수 있다는 생각이 차창 밖의 어둠처럼 나를 무겁게 했다.

"자네나 나나 가슴에 찍힌 화인火印을 감추고 살았던 사람들이여. 누가 찍어 준지도 모를 불도장을 부모의 유산으로만 여기고 부모를 원망하고 살았지 않은가? 그런 의미에서 보이지 않는 사상의 대립과 갈등을 교묘하게 정치적으로 활용하며 이익을 보는 인간들이 사라지지 않는 한 민족 분단은 해소되기 어려워. 더구나 한반도는 백성들의 염원과 달리 아직 휴전 상태 아닌가. 안 그래?"

"전쟁을 정치 행위의 다른 수단이라고 말한 사람이 있지만, 정치 행위가 되었건 경제 행위가 되었건 유사이래 전쟁은 셀 수 없이 많았어. 어쩌면 인류의 역사는 전쟁의 역사라고 할 수 있겠지. 그런 전쟁의 와중에서 사람들의 운명을 바꾼 경우도 셀 수 없이 많았겠지. 내 부모님이나 일강집 아주머니도 삶이 뒤틀린 경우에 해당되겠지. 하지만 그런 경우를 두고 원죄 때문이라고 주장하는 것은 견강부회한 논리 아닐까?"

관준의 주장이 너무 앞서간다는 생각도 없지 않았고, 그보다는 억압된 사고에 길들어진 의식화된 방어 논리임을 알면서도 나는 그렇게 우겼다.

"이제 그런 식으로 역사를 봐서는 안 돼. 우리 부모님 세대들의 의지와 관계없는 분단과 그런 점을 악용한 자들의 터무니 없는 환상이 전쟁의 발단이었어. 자네 아버지는 몰라도, 살아계실 때의 우리 아버지를 회상하면 정말 우리 아버지가 마르크스가 어떤 인물인지 알기나 하셨을까 하는 의문이 들어. 아마 억압당한 농민의 편에서 농민을 위한 세상을 만들자는 소박한 주장에 동조하고 따라나섰을 거야. 그런 소박한 사고로 나섰던 사람이 국제적인 냉전 이데오르기 상황을 제대로 인식했을 것이며, 한반도를 통해 일본을 넘어 태평양으로 약진하려는 공산주의 세력의 음모를 알았을 것이며, 자유를 앞세운 자본주의 세력의 연합을 눈치챘을 것 같은가?"

"개인의 불행은 원인이 개인의 판단이나 선택의 잘못인 경우도 많은데, 분단과 전쟁 그리고 오늘 우리의 현실을 연결 지어 죄와 벌의 관점으로 해석하면 결국 개인의 불행도 국가나 사회가 책임져야 한다는 말 아닌가?"

"유사이래 전쟁을 일으킨 쪽이나 대응하는 쪽이나 불의의 타도와 정의의 수호를 명분으로 자신들의 행위를 정당화했어. 그 점은 예나 지금이나 다를 바 없지. 그러나 본질적으로 전쟁은 더 많은 것을 지배하려는 인간의 욕망과 그런 욕망에 대항하여 자기를 지키려는 자존심의 대결이 물리적인 힘의 역학 관계로 나타난 폐해였어. 인간을 위한다면서 인간을 죽음으로 몰아간 전쟁은 결국 명분은 그럴 듯 했어도 실상은 지배자들의 야욕을 실현하기 위한 수단일 뿐이었네. 다시 말하지만 그런 맥락에서 볼 때 우리 민족의 전쟁도 엄격한 의미에서 우리 내부의 갈등과 모순과 거기에 자기 세력을 확장하려는 강대국들의 음모가 개입된 참화였어. 그런 분단과 전쟁의 소용돌이 속에서 죄 없는 수백 만의 민초들이 다치고 죽었으며 자네 부모님이나 내 부모님은 희생양이 되었고, 이 땅의 많은 사람이 생사를 모른 채 헤어져 살면서도 운명이라고 여겼고, 부모의 선택으로 인해 자식들은 고통을 당했어. 더구나 자네나 나는 반도의 남쪽에서 전쟁에 진 편에 속했기에 오직 살아남기 위해 의식의 한 귀퉁이를 스스로 죽여야 했고, 또 맹목적인 추종을 강요당하면서도 체념하고 살았지 않은가. 지금도 시대가 많이 변했다고 하지만 우리 의식에 박힌 멍울은 그대로 있네. 그러니 전쟁이 끝났다고 할 수 있겠는가? 그래서 개인의 불행도 국가가 책임져야 된다는 말이지. 정말 한반도에서 전쟁을 시작했던 인간들이 죽이고 싶도록 원망스럽네."

"그럼, 우리 삶이 분단과 전쟁으로 인한 벌이라면 자네가 생각하는 현재의 벌을 끝낼 수 있는 대안은 뭔가?"

"민족의 문제를 개인의 아픔으로만 해석하지 말고 분단의 원인을 바로 알고 분단 극복해야 하네. 그러기 위해서는 우선 남과 북이 적극적으로 용서하고 상대방을 포용해 주는 자세가 필요하겠지. 우리를 괴롭혔던 중공 오랑캐나 우리 민족을 핍박했던 일본과 선린외교를 강조하듯이 남쪽이 먼저 여유 있는 모습을 보여야 할 거야. 우리는 오랜 역사 속에서 길러진 고유의 문화와 전통도 있고 세계에서 유일하게 창제된 한글이라는 우수한 문자 등 정신적인 자산도 많은 우수한 민족이네."

"과연 우리가 주체적으로 민족의 문제를 해결할 수 있을 것 같은가? 요즘 조금 변화가 있는 것 같지만…, 여태껏 남과 북이 반세기 이상 서로 원수로 여기고 다른 민족을 대하는 것보다 차갑게 대하고 살았는데 그게 쉬운 일일까? 더구나 통일 문제는 주변 강대국들의 첨예한 이해가 걸려 있는 문제 아닌가?"

"우선 북에서는 적화통일방침을 버리고 남에서는 국가보안법을 철폐하고 서로 인정하면서 인적 물적 교류를 확대하여 공존의 길을 찾아야 해. 말로만 통일을 외치는 것이 아니라 몸으로 실천해야 할 시점이야. 비유가 좀 그렇네만 남녀의 결혼이 성사되는 과정에서도 상대방을 알고 이해하는 단계를 거쳐 사랑으로 발전하는 것 아니던가. 벌써 수년 전 돌아가신 문익환 목사님 내외분을 모시고 장흥을 방문한 적이 있어. 전교조 모임이었는데, 그 자리에서 목사님은 남녀가 결혼하려면 상대방에게 선물도 주고 상대방의 장점을 찾아 칭찬도 해주어야 하듯이 우리 민족이 통일을 앞당기려면 남과 북도 서로 찬양 고무해 주어야 하는 것 아니냐고 말씀하셨어. 그 말씀이 맞네. 그런데 불행하게도 남과 북이 상호 간의 체제를 인정하지 않고 우선 섬멸할 주적으로 간주해왔으며 또 그렇게 가르쳐 왔지 않은가. 국가보안법 칠조에 찬양 고무죄가 있다는 사실을 자네도 알 거야. 작지만 그런 악법부터 바뀌어야 하네."

"우리가 어떻게 할 수 있는 문제인가? 먼저 정치권에서 풀어야겠지."

"물론 정치가 앞장서야겠지. 하지만 그들에게만 미룰 일이 아니야. 지식인들, 사회단체, 종교단체들이 나서서 정치권에 끊임없이 촉구하고 변화의 물결을 만들어야 하네. 증후군이라는 말 들어봤지? 다른 표현으로는 신드롬 혹은 트라우마라고 하대만."

월남전에 참전했던 사람들에게는 개인에 따라 극도의 공포감을 보인다거나 혹은 폭력적인 행동을 드러낸다거나 아니면 죄책감에 시달리는 등 참전하지 않았던 사람들과는 다르게 나타나는 병적인 행동 양식을 보였는데 이를 관찰한 미국의 학자들이 그걸 일종의 신드롬 또는 증후군이라고 했다던가.

나 또한 지나치게 남의 시선을 의식, 사람 사이도 이해관계에서 결정된다는 일종의 불신을 바탕으로 바라보는 병적인 성격도 지속적인 억압구조의 경험이 축적된 신드롬 혹은 증후군이라는 생각을 많이 했고 그러면서 나의 언행을 반성한 적이 많았다.

하지만 늘 의식의 내면을 지배하는 얼음처럼 단단한 증후군을 깨뜨리기에는 나의 의지와 노력만으로는 부족했다.

그래서 "형태는 달라도 우리 부모 세대는 물론 우리 세대도 분단과 전쟁 증후군을 앓고 있다고 봐. 사상에 대한 피해의식, 극도의 적대감, 흑백논리 등이 우리 사회를 강하게 지배하는 것도 일종의 증후군에서 비롯된 고질적인 병 아니겠는가"라는 관준의 주장에 공감할지라도 여전히 "그렇다"라는 말은 나오지 않았다.

"강요된 선택 속에서 승자와 패자로 갈렸던 전쟁의 결과 자기에게 불리

한 문제에는 멀찍이 피하려 하고, 사상이라는 말만 나오면 기를 쓰고 어느 한쪽을 편들거나 다른 쪽을 용납하지 않으려는 병도 일종의 증후군이라고 보네. 말은 객관성을 유지하자고 하면서도 사상에 관한 한 일체의 객관적 판단을 봉쇄한 점이라든지, 흑백논리로 무장하고 그러면서 말로는 합리성을 강조하는 모순을 보이는 점도 일종의 증후군 아니겠는가? 이 모든 것이 분단이라는 원죄가 빚어낸 벌 아니고 무엇인가? 비극이었어. 그러다 보니 병을 정상으로 보는 비극, 주관을 객관으로 미화시키는 비극, 불합리와 모순을 폭력으로 정당화시키는 비극이 판치는 역사가 되고 말았어."

"너무 확대해석하는 것 같아."

"이제는 개인의 고통도 미시적인 관점에서 볼 것이 아니라 거시적인 역사의 관점에서 종합적으로 이해하고 나아가 그 역사가 빚어낸 문제점을 정확하게 찾아내 수정해야 할 과제가 우리에게 있네. 그래야만 오랜 세월 우리 안에 공통으로 내재하고 하나의 디엔에이처럼 우리를 지배했던 흐름 즉 고통과 회한이라는 벌에서 벗어날 수 있어."

관준이 간접적으로 정치 사회의 문제에 거리를 두고 관망하는 소심한 나의 성격을 꼬집는 줄 알면서도 듣기만 했다.

"나에게 전쟁이 남긴 벌은 지겨운 가난이었네. 무엇 때문에 전쟁이 일어났는지, 그 속에서 우리와 전쟁은 어떤 관련이 있는지 몰랐어. 물론 그때 나는 전쟁을 총체적인 비극으로 이해할 수도 없는 나이였다고 하지만, 하여튼 나도 오랫동안 나에게 영향을 주었던 실체를 제대로 모르고 우리 아버지 같은 사람이 가난하게 사는 것은 당연한 현상으로 이해하고 아버지만 원망했어. 자는가?"

"아니야."

'나에게 전쟁은 피붙이와 이별이었으며, 헤어진 기억도 없는 부모로 인해 내가 당했던 상처와 느꼈던 고통은 한없이 나를 위축시켰다. 전쟁의 직간접적인 원인을 따져본 적이 없었다. 그저 전쟁을 도발한 쪽을 문제 삼았고, 그런 기류에 편승하여 가족을 팽개친 아버지를 탓하고 살았다'라고 굳이 말하지 않아도 관준은 그런 내 마음을 읽었을 것이다.

나 역시 관준의 말도 자신의 가족사와 경험에서 우러난 한의 표현이라는 사실도 이해할 수 있었다. 그러면서 지나치게 주변을 의식하며 매사에 미지근했던 나의 태도가 오랜 세월 쌓이고 쌓인 고통으로 인한 증후군의 일면이라는 관준의 말을 되새기며 고개를 끄덕였다.

"이산가족의 아픔은 남과 북으로 나뉜 사람들에게만 있었던 사실만이 아냐. 남한 내에도 자네나 일강집 아주머니처럼 헤어져 살아온 사람들이 좀 많은가? 그런 일들은 단순히 개인의 운명이라고 할 수만은 없을 거야. 이제 우리 민족의 운명을 좌우한 강대국들 특히 일본과 미국이 우리 민족에게 저지른 죄과는 두고두고 잊어서 안 되네. 그리고 우리도 약소민족 운운하는 말로 민족이 비극 백성들의 아픔을 합리화해서도 안 될 거야. 우리 아이들에게도 아픈 역사를 가르쳐야 하네. 그리고 거듭 말하지만 우선 민족 동질성 회복의 시금석이 될 현실성 없는 국가보안법 철폐가 급해."

자신의 가슴에 담아두었던 희망과 이상과 이념을 담아 주장할 수 있다는 사실도 용기 없으면 할 수 없는 행동이다. 고개를 끄덕이면서도 가만히 한숨이 나왔다.

"시간이 해결할 문제겠지."

"우리가 시간을 앞당기도록 해야겠지. 그런 의미에서 일단 남북 정상회담에 거는 기대가 커. 남북이 피차의 허물을 따지지도 말고 또 조건을 붙이지도 말고 허심탄회하게 대화했으면 정말 좋겠어. 그래서 민족의 발전에 획기적인 계기가 되었으면 하네. 문제는 중국 일본을 비롯한 주변 나라들이 훼방이나 안쳤으면 좋으련만 그 점이 걱정이야."

"설마…."

"남북 정상회담을 한다니까 중국은 물론 일본과 러시아도 외교적인 행보가 빨라지고 있네. 그 나라들은 미국의 독주를 막으려고 할 테고, 미국은 미국대로 한반도에서 주도권을 빼앗기지 않으려고 하겠지. 정말 또다시 우리가 원치 않은 방향으로 가거나 늦어질 수 있을 것 같은 우려가 커. 어떻든 남북이 뭉쳐서 강대국들의 영향력을 최소화해야 할 텐데…, 정말 우리 스스로 한을 풀 수 있었으면 좋겠어. 화합과 공생의 정신으로 서로가 용서하면서 새롭게 출발하는 계기로 삼았으면 정말 좋겠네. 우리 가슴에 맺힌 한이 너무 커. 안 그런가?"

말하는 관준의 의도가 좀 더 선명하게 느껴졌다.

"물론 말과 달리 정말 마음으로 용서하고 포용하기까지는 쉽지 않겠지만 분단과 이별을 극복하려면 이제 그런 마음으로 접근해야 하네. 내 종교적인 신념에서도 그렇지만 지난 번 만났던 박 선생님도 말씀하셨듯이 인간이 지녀야 할 보편적인 지향이라는 점에서 용서도 강조하고 싶네."

관준의 말은 한 걸음 더 나의 내면을 향해 직진했다.

"용서? 사적인 관계에서도 쉽지 않은데 국가라는 집단 특히 첨예하게 대립하는 남과 북 사이에 쉽지는 않을 거야."

"그래도 먼저 서로를 용서하고 화해하는 것만이 전쟁을 끝내는 길이야. 그러기 위해서는 우선 자유롭게 왕래하고 상호 이익을 찾아 교류하는 길을 찾아야겠지. 개인적인 생각이지만 앞으로 남은 생을 민족의 한을 풀고

통일되는 세상을 위해 미력이나마 보태고 싶어. 그리고 여력이 있으면 남을 위해 내가 가진 것을 조금 덜어주고 그렇지 못하면 남에게 위로가 되는 사람이라도 되고 싶네. 사람처럼 소중한 존재가 없네. 굳이 사랑이라는 말을 쓰고 싶지는 않아. 나하고 뜻이 맞지 않아 도저히 사랑할 수 없는 사람도 있어. 그래, 마음에도 없는 사랑을 말한다면 위선이겠지. 대신 마음이 맞지 않더라고 그럴 수 있으려니 이해하고 그 사람도 소중한 존재라는 사실을 인정하고 살았으면 싶네. 그런 자세가 용서와 화해와 나아가 평화를 이루는 길, 사람의 도리라고 믿기 때문이야."

전쟁은 누구나 겪을 수밖에 없는 재앙인데 길을 잘못 택한 부모를 탓하고 내 운명이라고 자책하며 살았던 세월이었다. 민족을 위해 무엇을 어떻게 해보겠다는 계획도 없었다.

그런데 관준은 의미 있고 의도적인 다짐을 보여주면서 자신의 주장 속으로 나를 끌어가고 있었다.

"그건 그렇고 자네 어머니가 별일 없으셨으면 좋겠네. 아까 헤어지기 전 경채 아저씨가 하셨던 말씀이 의미심장했어. 우리 사회뿐 아니라 대개의 인간 사회에서 남성들의 잘못에는 관대하면서도 여성들의 잘못에는 너무 가혹한 면이 있지 않던가."

아내의 말대로 어머니를 광주로 모셔야 하는지, 아니면 못 이기는 척 인숙의 자매들에게 미룰 것인지…, 그런 갈등과 혼란을 수습하지 못하는 나를 보고 있다는 뜻으로 들렸다.

"우리 넘도 여자 팔자치고 순탄한 사람은 아니었어. 갖은 소문을 이고 지고 다닌 사람이었으니까 말이네. 그런데 말이시 가만히 생각하면 죄는 사내 쪽에 더 많은데, 몹쓸 욕은 여자들이 뒤집어쓰는 경우가 많지 않던가? 성서에도 나오는 이야기지만 간음한 여자를 두고 바리세이파 사람들이 예수님을 시험하는 대목이 나오네. 여자를 죄악에 끌어들인 상대 남자는 나오지 않고 여자의 죄만 들추는 꼴이었는데, 그때 예수님은 죄 없는 자가 돌로 치라고 하셨지. 기가 막힌 대답 아닌가. 돌을 들고 있던 사람들은 슬금슬금 물러나고 여자만 남은 자리에서 예수님은 죄짓지 말라고 타일러서 돌려보냈지 않은가. 세상살이에서 여자들보다 남자들 죄가 더 크다는 실상을 알고 계셨던 예수님의 태도를 본받아야겠지. 죄 없는 인간은 없어. 서로 용서하고 감싸주고 살아야 하네. 요즘 좋은 일만 골라서 해도 인생은 잠깐이라는 말이 더 실감 나. 자네와 어머님의 평화를 비네."

헤어지기 전에 경채가 했던 말이었다.

나의 형편을 어림하는 말이었기에 예사로 들리지 않았는데, 관준도 흘려듣지 않았다는 뜻이었다.

천 갈래 만 갈래 사연을 담은 강물들이 흘러들어 일치를 이루는 바다.

목포는 한반도의 남쪽을 적시고 흐른 영산강이 사물의 온갖 그림자를 끌고 와서 바다를 만나는 한 지점이다.

자연의 순환 또는 불교적인 윤회의 한 점을 반추하는 상징적 의미를 지닌 공간, 목포 선창이 다시 떠올랐다.

어머니를 다시 만났던 목포.

이제 거창한 효도의 개념이 아니라, 최소한의 인간적인 도리라는 생각으로 어머니의 남은 시간 동안 내가 무엇을 어떻게 할 것인지 가닥을 추리고 있었다.

개인적인 관점에서 역사를 해석하고 이해하기보다 죄와 벌의 인과관계를 빌어 역사적 관점의 폭을 넓혀야 한다는 의식의 변화도 적잖은 소득이었다.

회소곡懷巢曲

관상동맥 경화로 인한 부정맥 현상, 심폐기능의 약화로 호흡곤란 그리고 신장 기능의 상실 등 총체적인 노환을 이기지 못한 어머니는 의식을 잃었다.

병원에서는 더는 중환자실에도 둘 수 없다고 했다.

그렇지만 뼈만 남은 몸에 숨 쉬는 것마저 힘들어하는 어머니가 이승에서 편히 쉴 집은 없었다. 진숙은 아예 모습을 비치지 않았고, 미숙은 함께 살지도 않은 시부모님의 눈치를 보인다는 말만 되풀이하면서 한발 물러서 버렸다.

차마 지금껏 고생한 인숙에게 어머니를 떠넘기고 돌아설 수 없었다.

비록 어머니를 포용할 마음의 준비가 되어있지 않은 현실이 난감할지라도 그건 피할 수 없는 내 운명.

처남의 주선으로 광주의 종합병원에 입원을 결정한 후에도 한참 동안 누군가에 대한 노여움은 삭일 수 없었다.

하지만 천장에 매달려 투명한 관을 통해 혈관으로 생명을 흘리고 있는 3개의 액체 비닐 주머니, 입을 통해 억지로 기운을 불어넣어 주고 있는 하얀 산소통에 의지한 채 아주 깊은 잠에 빠져 자신이 어디로 가는지, 옆에 누가 있는지도 모르고 간간이 무엇에 놀란 듯 얼굴에 미세한 반응을 보이거나 링거를 꽂은 팔을 조금 움직임으로써 겨우 살아있음을 보여주는 생명체일 뿐인 어머니의 모습을 보는 일은 아픔이었다.

어머니를 비웃고 험담하는 사람에게 맞서 어머니를 위한 변명 한마디 못했던 나였다.

천리길 찾아온 어머니의 모정을 모질게 밀어냈던 나였다.

심지어는 어머니가 존재한다는 사실마저 부담스러워했던 나였다.

추상적인 모성母性에 대한 원초적인 그리움에 숨죽여 사모곡思母曲을 부르면서도 한사코 현실 속의 어머니를 과녁 삼아 원망의 활시위를 당겼던 나였다.

그랬으니 쓰러져 나에게 돌아온 어머니를 피할 수 있을 것인가!

비로소 내가 어머니를 모시지 않으면 안 될 이유를 깨닫게 된 것이다.

누가 우리를 그토록 오랜 세월 동안 멀리멀리 갈라놓았던가?

무엇이 어머니와 자식 사이의 천륜마저 흐리게 만들었던가?

관준의 말처럼 분단과 전쟁이라는 역사적 상황이 빚은 비극인가?

그런 역사의 격랑에 휩쓸려간 아버지가 원인 제공자였을까?

그도 아니면 어머니를 감싸주지 못한 할아버지와 할머니에게 책임이 있는 것일까?

어머니와 이강재의 관계를 거짓으로 발설했다는 이강재의 전처, 그 뒤에 서 있던 박 형사의 어머니와 인연은 과연 불가에서 말하는 악연이었을까?

어머니와 나의 기나긴 이별도 얼굴도 모르는 그런 사람들과 악연의 연장이었을까?

박종식은 또 어떤 존재인가?

사람은 하늘의 뜻에 따를 수밖에 없는 운명적인 존재인가?

이해할 수 없는 참담한 사실의 인과관계를 어디서부터 어떻게 가닥을 추려야 한다는 말인가?

저절로 한숨이 나왔다.

"오빠, 이제 겨우 평택이야?"

내내 어머니의 이마에 손을 짚고 울기만 하던 인숙이 얼마간 냉정을 되찾은 듯 나의 현실로 뛰어들었다. 다가오는 이정표를 보고 확인했으면 됐지 굳이 대답할 사항은 아닌 듯싶었다.

뒤돌아봤다. 선반 위의 휴지와 붕대 나부랭이 등이 간이 병실 분위기를 느끼게 하는 공간. 환자의 침대와 직렬로 배치된 의자에 인숙이 어머니 쪽으로 다리를 모으고 앉아 어머니의 머리에 손을 얹고 있고, 맨 뒤쪽에서 아내가 그런 인숙의 모습을 지켜보고 있었다.

"아가씨, 마음 급하게 먹지 말아요. 다른 차들도 양보를 잘해주어 빨리 가는 편이네요."

인숙의 뒤에 앉은 아내의 말이 들렸다.

"언니. 엄마가 불쌍해. 엄마를 이대로 가시게 해서는 안 되는데…. 엄마는 오빠하고 언니한테 고맙다는 말을 하고 싶을 거예요. 아무것도 해준 것이 없었는데 마지막 가는 길을 언니와 오빠가 보살펴 주고 있으니 엄만

들 고맙지 않겠어요?"

인숙은 간접적으로 나와 아내에 대한 자신의 고마움을 말하고 있었다.

"아직은 그런 말 할 때가 아닌 것 같다. 좀 더 기다려보자."

"엄마처럼 비밀이 많았던 사람도 없을 거예요. 그런데 오늘 일을 보면서 한가지는 확실히 알 것 같네요. 엄마는 오빠를 희망으로 여기고 기다리면서 살았어요."

나를 희망으로 삼고 살았다는 말을 듣기란 민망한 노릇이었다.

내가 어떻게 대했던가? 같이 욕으로 상대할 수 없는 자식이었기에 한없이 참고 용서할 수밖에 없었던 어머니의 가슴에 남은 상처를 짐작이나 할 수 있을 것인가.

자식의 냉대를 자신이 지은 죄로 새기면서 모든 것을 체념한 채 한을 새기고 앉아 있는 어머니의 모습이 가슴 서걱거리는 아픔을 동반하고 흐릿하게 보였다.

'나의 사랑 내님아 언제 다시 오려나 둥근 달이 떠오르고 또다시 저물어가도….'

큰딸 진숙은 그런 노래만 부르다 대학 갈 나이에 시장 바닥의 건달과 살림을 차렸다고 했다.

둘째 선숙은 유행가 소리만 나면 질겁을 했다지. 자기의 기준으로 어미를 재단하려는 하려던 선숙이는 모든 것을 어머니 탓으로 돌렸다고 했다. 타인에 대한 배려가 부족하고 자기 세계만 추구하던 선숙은 음대를 나와 미국으로 가더니 그쪽에서 외국인을 만나 주저앉았다고 들었다. 모든 것을 포기하며 살아온 어미의 인생을 이해해 주기는커녕 못난이 취급을 하고 홀쩍 떠나 버린 자식으로 인해 어머니의 가슴에 돋아난 혹은 얼마나 됐을 것인가.

셋째 미숙은 어떻게든 자기 실속을 챙기는데 남다른 재주가 있었다. 겉으로 보기에는 싹싹하고 상냥했으나 그건 일찍이 언니들 틈에서 살아남기 위해 터득한 생존의 기술이었을 뿐, 두 언니처럼 어머니에게 고통을 주지는 않았을지라도 이해하려는 마음은 없었다. 별다른 말썽 없이 성장하고 대학 시절 만난 사내와 결혼해서 나름대로 행복하게 사는 것만도 어머니에게는 고마운 존재였을 것이다.

내가 보기에 인숙은 어머니를 이해해 준 유일한 딸이었다. 그럼에도 어머니를 알 수 없다고 한다면 역시 자식은 어미의 마음을 넘을 수 없는 존재인가?

"우리 엄마 필체가 좋으신지 언니는 모르지요? 어렸을 적 가정환경 조사서나 가정 통신문은 엄마가 다 써 주셨는데 선생님들도 감탄하실 정도였으니까요. 엄마는 그림도 잘 그렸어요. 책에 있는 그림을 꼭 그대로 옮기는 재주가 있었거든요. 그래서 어렸을 적 우리들 그림 숙제도 많이 해주셨어요. 시장 사람들도 하다못해 메뉴판이라도 쓸 것이 있으면 우리 엄마한테 부탁한 경우가 많았다니까요."

"그러셨어요? 어머님께 그런 면이 있으셨는지는 몰랐네요."

"우리 엄마는 수도 잘 놨어요. 지금이니까 여학생들에게 수예를 안 가르치지만, 언니들이 학교에 다닐 때는 따로 수예 수업이 있었잖아요? 언니들 숙제는 엄마가 잠을 안 자면서 거의 다해 주었어요. 그런 엄마가 얼마나 보기 좋았는지 몰라요."

옛날 동그란 수예 틀을 가지고 등교하던 단발머리 여학생들의 모습을 떠올리는 것은 어렵지 않은 일이었다.

"그래요. 엄마는 손재주가 많은 사람이었어요. 미적 감각도 뛰어나셨던 것 같아요. 물건 하나를 배치하는 데도 남들의 눈에 띄게 하는 재주가 있었거든요. 그런 예술적 재능을 살리셨더라면…. 그래요. 엄마는 자신이 가진 재능을 한 번도 펼칠 기회를 얻지 못하고 사신 셈이지요. 엉뚱한 국밥집을 한 것도 어쩜 우리 엄마의 엇갈린 운명을 드러내는 것 같더라구요."

"아가씨 말을 듣고 보니 공감이 가네요."

사람의 운명은 그가 가진 재능하고 상관없는 것인지 모른다. 하고 싶지 않은 것을 억지로 하는 것이 사람이고 원하는 일을 끝내 접근하지 못한 채 좌절하고 마는 사람들도 많지 않던가.

"생각할수록 엄마가 불쌍해 죽겠어요. 정말 이대로 가서서는 안 되는데…."

"광주에 가서 안정하고 잘 치료를 하면 소생하실 거예요. 다만 몇 달이라도 더 살다 가셔야지 이렇게 말도 못 하고 가시면 저흰들 속이 편하겠어요? 어머님도 그 점을 아시고 꼭 깨어나실 거예요."

"언니 말대로 정말 그랬으면 꼭 좋겠어요. 단 하루를 더 살아도 오빠와 언니를 알아보고 가셨으면 원이 없겠어요."

"아가씨의 정성을 봐서라도 어머님은 일어나실 거네요."

"엄마가 잃어버렸다가 찾은 가방, 그 이야기를 끝내 못했거든요. 적절할 때를 잡아 가방 안에서 찾은 사진과 관련하여 엄마가 간직한 사연을 물으려고 했는데…. 참! 오빠, 미리 어디 연락할 데는 없어요?"

"일단 광주에 가서 생각해 보자. 어디에 연락하는 일이 급한 것은 아니다."

"그래요, 아가씨. 너무 그렇게 속단하지 마세요. 어머님은 이대로 끝내지 않으실 거예요.”

“저 모양으로 숨만 쉬면 뭘 한대요.”

“어머님이 들으시겠어요.”

“듣고 화를 내면서라도 벌떡 일어나기라도 했으면…. 그런데 오빠, 정말 외가는 전쟁 때 다 죽고 아무도 없어요?”

뒤통수를 때리는 물음이었다.

“무슨 말이냐?”

애써 소리를 낮추어 물었다.

“나는 엄마와 아버지가 어떻게 만났는지 직접 들은 적이 없었어요. 미란 언니가 나타나기 전까지는 엄마와 아버지를 찾아온 친척들도 없었어요. 그렇지만 모든 것을 감출 수만은 없잖아요. 미란 언니를 통해 두 분이 정상적으로 만난 사이가 아니라는 사실을 짐작했으나 엄마한테 그 점을 물을 수는 없었어요. 그보다는 아마 더 깊이 아는 것이 두려워 아예 묻기를 포기해 버렸을 거예요. 꽃이 어디서 와서 어떻게 피었는지 아는 것보다 꽃 그 자체만을 보고 즐겼던 심정과 같았다고나 할까요. 우리가 무엇을 묻고 알게 됨으로써 현재의 평화가 깨질 것 같은 불안 때문에 현상만 보고 억지로 만족했다면 적절한 설명이 되려는지, 아무튼 나는 지금껏 외가 이야기를 들은 적이 없었어요. 큰언니가 대학도 안 가고 마음대로 결혼을 결정했을 때도, 작은언니가 엄마 속을 뒤집었을 때도, 엄마는 내 부모 가슴에 못 박은 년이 자식들이 잘해주기를 바라겠느냐는 말을 한 적이 있었거든요. 그 말이 아무래도 걸려 엄마한테 꼬치꼬치 물었더니 외가는 전쟁 때 다 죽었다고만 했어요. 궁금했지만 나로서는 알아볼 길이 없었어요. 아니 어쩌면 아는 게 두려워 오빠한테도 묻지 않았을 거예요.”

몸을 돌려 어머니 머리에 손을 짚고 있는 인숙을 다시 봤다.

인숙의 고뇌가 보이는 듯했다. 무조건 부모의 일생을 늘 희생과 사랑으로 미화시키고, 그 희생과 사랑의 순수한 이미지를 오래도록 간직하고 싶어 하는 것은 세상의 자식들이 갖는 일반적인 소망일 것이다. 그래서 부모의 아름답지 못한 과거를 짐작하면서도 차마 들추기 어려웠으리라.

자신이 만든 환상에 억지로 꿈을 더하며 몸부림쳤을 젊은 날 인숙의 모습은 한때 나의 모습이기도 했다.

"엄마는 이따금 광주 이야기를 했어요. 그때는 오빠가 사는 곳이기에 그러려니 했는데 이제 생각하니 엄마는 거기서 다른 것을 보고 싶어 했던 것 같아요. 정말 외가가 광주 부근이에요?"

"광주는 어머님이 학교를 다니셨던 곳이잖아요. 아마 그 때문에 안 그러셨을까요?"

현실을 어디서 어떻게 풀어야 할지 난감했다. 말 못 하는 나를 대신해서 넘겨짚는 아내를 말릴 틈이 없었다.

"모르겠어요. 그냥 잊고 있었는데 광주로 가는 길이라서 그런지 그 말씀이 생각나네요."

외가에 관해 내 이야기를 듣고 싶다는 말이었다.

그러나 친정을 외면할 수밖에 없는 사정을 설명할 길이 없어 아예 없는 것으로 해 버렸던 어머니의 말 못 한 사정을 내가 어떻게 설명한단 말인가.

내가 처음 외가에 가본 것은 큰외삼촌이 죽었을 때였다.

80년대 초, 외사촌 형 김민국에게 연락을 받고 어머니에게 전화했더니 어머니는 모르고 있었다.

"나한테 연락할 사람들이 아니다. 너나 다녀오너라."

어머니가 외가 식구들하고 연락을 끊고 살았다는 사실은 외가에 갔을 때 더 확실하게 알 수 있었다. 아버지가 지어 주었다는 민국이라는 이름을 쓰고 있는 외사촌 형도 어머니의 연락처를 모르고 있었고, 숙모들은 어머니의 생존 여부마저 의문스러워 했다.

좁은 땅에서 그토록 철저하게 외면하고 살 수 있다는 사실이 신기할 정도였다.

내 본심과 무관하게 많은 사람의 부담스러운 시선을 받아야 했고, 한쪽에 숨은 듯 서 있었어도 부모를 기억하는 사람들의 수군거림을 감당할 수 없었다.

나는 서로가 피하고 살았던 사람들의 틈바구니에 낀 이상한 존재였다. 그러한 나에게 큰외숙모는 집요하게 쫓아다니며 어머니에 관한 이야기를 했다.

"남편의 죽음에 억울한 누명을 쓰고 나중에는 자네를 빼앗기고 친정으로 쫓겨온 아가씨는 제정신이 아니었어. 아가씨는 날마다 퉁퉁 불은 젖을 쥐어짜며 울었어. 두어 차례 여수리를 찾아가서 무조건 잘못했다고 빌기도 했제만 자네 조부모는 말할 것 없고 큰집 작은집 식구들까지 나서서 온갖 악담을 함시로 밀어내더라고 했어. 자네 얼굴도 못 보고 왔다고 울던 모습이 눈에 선하네. 그때가 사변 나기 전 가을이었을 것이네."

큰외숙모의 말은 할머니의 주장과 차이가 있었다.

"그리고 사변 나던 해 봄, 남부끄러워서도 못 살겠다고 광주로 가서 취직이라도 하겠다고 나갔는디 그것으로 끝이었제. 우리는 난리 통에 죽은 줄만 알았어. 몇 년 후에사 어떻게 서울에서 산다는 소문이 들려 아가씨하고 제일 가차웠던 자네의 막내 삼촌이 찾아가 봤든 갑대. 사는 꼴이 꼴 같지 않아서 데려오려고 했더니 아가씨가 안 따라오더라고 했어. 그때 막내 삼촌이 군인 아니었는가. 장교였제. 막내 삼촌이 총으로 쏘아분다고 해도 아가씨가 죽은 사람으로 여기라고 함시로 끝까지 버티더라고 했네. 그 뒤로는 우리 집안에서도 큰 망신거리였던 아가씨를 찾지 않기로 단념해부렀네. 물론 아가씨가 연락할 염치도 없었겠지만 그래도 아가씨가 전화라도 했더라면 어떻게 사는지나 알고는 지냈을 것인디, 통 연락을 안 하는 바람에 그렇게 세월이 흐르다보니 인자는 잊어부렀어. 그란디 자네를 본께 아가씨 생각이 나누만. 인자는 많이 늙었제? 어디서 만나도 알아보기나 할까 싶어."

외가 쪽에서도 어머니를 이 세상에 없는 사람으로 취급했다는 말이었다. 어머니와 외가의 관계에 관해 새로운 사실을 안 셈이었다. 그렇다고 그렇게 된 모든 원인이 어머니에게 있다고 믿었던 터라 어머니에 대한 인식을 바꾼 것은 아니었다.

"그 사람을 어떻게 만났던 것인지…? 언제 어떻게 해서 그 사람을 만나게 되었는지는 아무도 모르네. 내 생각이지만 필시 광주에서 그 사람을 만나 당해부렀을 거여. 그래놓으니 어쩔 수 없이 끌려갔을 것이고."

큰외숙모는 혼잣말로 그렇게 덧붙였으나 그 말이 진실임을 입증할만한 근거는 없었다. 숱한 의문과 오해를 남긴 두 사람의 결합에 관한 진실은 영원히 밝혀질 수 없는 오직 당사자들만이 간직한 비밀이리라.

"자네는 듣기 거북한 말이겠지만 자네 할머니가 우리 아가씨 시집살이를 참 독하게 시켰어. 일도 안 해본 사람에게 험한 일 시킨 것까지는 그렇다 치고, 어째서 그렇게 며느리를 미워했는지 우리도 알 수 없어. 말은 교회 댕긴께 그랬다고 하대만 그것만은 아니었을 거여. 친정이 잘 산다고 들었는디 가져간 것이 양에 안 차서 그랬지 않았던가 싶어. 자네 부친 때문에 우리 영감하고 손아래 시동생도 몇 번 죽을 고비를 넘겼어. 그랬는데도 자네 집에서는 자네 아버지가 잡힌 것도 우리 탓으로 돌리고 갖은 악담을 했제. 자네 할머니가 우리 집에까지 쫓아 오셨던 일까지 있었으니께. 자식 잃은 노인이 오죽 분했으면 그러겠느냐고 우리 시부모님들이 오히려 피해 버리셨네."

어머니가 겪은 시집살이의 원인이 혼수 때문이었을 것이라는 큰외숙모의 주장은 할머니의 말과 차이가 있었다. 그리고 할머니는 죽는 그날까지 외삼촌들에 대한 의심의 정도를 넘어 확실하게 외삼촌들이 개입하여 아버지가 잡혔다고 믿었는데 그 점에서도 외숙모의 주장은 달랐다. 그때는 그런 말들이 귀담아 들리기보다는 어머니의 행위를 변명하는 것으로만 들렸다. 어머니가 광주에서 여학교를 다니다 늑막염 때문에 졸업을 앞두고 도중에 중퇴했다는 말이나 아버지와 어머니가 큰외삼촌의 소개로 만났다는 말을 들은 것도 그때였다고 기억된다.

그 후 민국이와는 가끔 통화도 하고 만나기도 했다.

30년이 넘은 옛일로 서로 불편해하지 말고 이제는 우리가 나서서 오해를 풀고 어른들도 만나게 하자는 말도 했지만, 소극적인 나의 태도를 본 것인지 민국은 언젠가부터 그런 이야기를 하지 않게 되었고, 그리고 아무런 노력 없이 20년 가까운 세월이 또 흐르고 말았다. 시골에서 농협 조합장을 했던 민국은 어쩌다 만나도 옛이야기 대신 일상의 변화를 화제로 삼았다.

지난 몇 년 사이에 외숙들과 외숙모들도 차례로 죽어 이제 외가에서 어머니의 안부를 묻는 사람조차 없어져 버렸다. 어머니 역시 외가를 찾을 일도 없어진 셈이었다.

친정 식구들이 자기를 포기했듯 친정이라는 말조차 외면하고 살았을 어머니, 더 묻지 못하고 그런 어머니를 보고 살았을 인숙, 외가에 관해 말할 수 없는 나.

시작이 잘못된 운명의 갈래 끝에 매달린 또 다른 운명이라는 이름의 아픔이었다.

"오빠. 오빠는 여수리를 알아요?"

다가왔다가 순식간에 사라지는 차창 밖의 풍경을 보고 있던 나에게 인숙이 다시 물었다.

"뭐? 여수리를 아느냐고?"

순간적으로 당연한 것을 왜 묻는냐는, 그래서 퉁기는 듯한 반문과 함께 내가 뒤돌아본 순간 나와 눈이 마주친 인숙의 표정이 변했다. 어떤 의문이 풀린 듯한 표정 같기도 했고 그러면서 또 다른 의문을 담은 표정이기도 했다.

"언젠가 미란이 언니한테 그곳이 아버지와 자신의 고향이라는 말은 들었어도 그 언니한테 묻기 싫었거든요. 아버지도 여수리에 관해서 시원하게 말씀하신 적이 없었고요."

자기의 일을 자식들에게 숨김없이 말하는 부모란 없을 것이다. 자식들은 이삭을 줍듯 오랜 삶 속에서 옆 사람들이 비치는 이야기를 주워 담아 부모의 일을 유추한다. 그러나 부모의 삶이 자식의 삶의 한 부분일 수밖에 없는 가족 관계에서 아비의 고향조차 제대로 모르고 살았다는 인숙의 말은 믿을 수 없었다.

"정말 여수리를 모른단 말이냐?"

"몇 년 전 엄마가 아직 병이 깊지 않았을 때 우연히 여수리를 물었던 적이 있었지만, 엄마 역시 말하기 싫은 눈치더라구요. 뭔가 감춘다는 느낌을 받았지만 이제 아버지 고향이 중요한 것도 아니고 안다고 한들 갈 수 있는 고향도 아닐 것 같아 더 묻지 않고 말았지요. 그리고 나중에 다시 물으려니 했는데 그 후로는 기회가 없었던 거죠."

인숙의 말에서 나름대로 잡히는 하나의 단서가 있었다. 어머니나 이강재가 자식들에게도 고향에 관해 입을 다물었다는 이야기는 역으로 추정해 보면 두 사람에게 여수리는 들추고 싶지 않은 곳이었다는 반증인 셈이다.

특히 어머니에게는 서로의 만남이 떳떳하지 못했다는 자책일 수 있고 또 이강재와 결합이 자신의 뜻과 거리가 있었다는 은유적 표현일 수 있다.

첫 남편과 헤어진 곳, 쫓겨난 시가가 있는 곳, 두고 온 아들이 남아 있던 곳이었기에 어머니에게 여수리는 행복한 추억의 장소는 아니었을 것이다.

이강재에게 여수리는 자신의 가난과 무식과 그로 인한 한이 남아있는 곳이요, 아내와 자식을 남겨두고 떠난 죄책감이 남은 곳이요, 자기를 알아준 선배의 아내를 취한 꼴이었으니 사람들의 손가락질을 감당하기 어려운 곳이었을 것이다.

그래서 두 사람에게 여수리는 되돌아보고 싶지 않은 곳이었을 수 있다. 이강재의 허세와 어머니의 침묵도 어쩌면 자신의 근본을 덮으려는 병이었는지 모른다.

그렇게 자의적으로 해석해 보았으나 의문은 또 남았다.

그렇다면 어머니는 어째서 여수리를 떠올리지 않고 볼 수 없는 나를 그토록 찾은 것일까?

인숙과 나 사이에 앉아 이야기를 듣고 있던 아내가 나를 봤다.

아내는 식목일에 여수리에 가면서 지난겨울 어머니가 목포를 찾은 이유를 여수리 때문이었으리라고 추정했다. 그런 추정의 근거로 귀소 본능과 함께 그곳이 당신의 아들인 나를 낳은 곳이라는 점을 들었다.

아내는 인숙의 말에서 짚이는 무엇이 있다는 눈치였다.

"어머님이 여수리 말씀을 안 하신 것은 말 못 할 사정이 있으셨던 것은 아닐까요?"

"무슨 말씀이세요?"

아내의 말뜻을 짐작하지 못한 인숙의 반문이었다. 아내를 말릴 수 없었다.

"방금 아가씨가 어머님한테서 뭔가 감추는 느낌을 받았다고 하셨잖아요. 그럼 아가씨는 어머님이 왜 감추셨는지 통 짐작되는 바도 없으셨어요?"

나와 인숙은 어머니라는 공통분모를 가진 사람이었다. 그리고 운명의 연원을 더 거슬러 올라가면 여수리라는 한 지점을 빼놓고 생각할 수 없는 사이였다. 비록 각자 출발이 달랐듯이 여수리가 다른 의미일 수 있지만 단순한 지명일 수는 없는 곳이었다.

그런데 인숙은 여수리를 모르고 있었다니!

나에게 고통스러운 기억과 그리움의 출발점이었던 여수리가 인숙에게 의혹의 한 점이었다니!

"여수리는 어머님이 어린 진태 아빠를 두고 나오신 곳이었거든요."

아내의 짧은 설명에 인숙은 금방 고개를 끄덕였다.

"아! 이제 알 것 같네요. 그럼 아버지와 엄마는 그곳에서 만났다는 말 아니에요? 그런 짐작이 들었지만 그래서 우리가 기형적인 관계에서 생성된 불행의 산물이라는 의심을 가졌지만, 그런 의심 자체가 내 앞에 보이는 그나마 작은 행복까지 송두리째 쓸어버릴 것만 같아 일부러 외면했어요. 우리가 사는 곳이 비록 파도 앞의 모래성일지라도 그걸 지키고 싶었거든요. 그래서 부모님의 말을 그대로 믿는 척 해버린거죠. 두 분이 광주에서 만났다는 말이나 친가도 외가가 다 죽고 없다는 말까지도요. 그런데 이제 연결이 되네요. 엄마의 일생이 비로소 보이네요. 날마다 무너질 것 같은 불안, 그래도 무너지게 할 수 없다는 강박 때문에 사는 것이 힘들었어요. 위태로운 집안에서 견디지 못한 언니들은 일찍이 도망쳐 버렸지만 나는 그 안에 엄마를 놔두고 갈 수 없었어요. 불쌍한 우리 엄마, 불쌍한 우리 엄마. 지금보다 더 불행해지기를 바라는 사람은 없다고 하잖아요? 나도 늘 그랬어요. 불쌍한 우리 엄마. 오빠는 내 심정을 모를 거예요."

그리고 인숙은 어머니의 가슴에 머리를 묻고 어깨를 들썩이며 울었다.

"아버지가 돌아가신 후 엄마는 더 변했거든요. 무언가 중심을 잃어버린 사람처럼 휑한 모습이 되더라구요. 그때 엄마가 했던 말이 생각나네요."

무슨 말이냐고 물을 틈도 없었다.

"왜 그렇게 무엇을 잃어버린 사람처럼 멍하냐고 했더니 엄마가 중얼거리듯 그러시대요. 아버지는 용서할 수 없는 미움의 대상이었대요. 하루에도 몇 번씩 아버지의 가슴에 칼을 꽂고 싶은 숨은 악마와 싸웠다고 하시더군요. 아버지의 주먹질 한 번에 마음으로는 도끼질로 응대했고, 발길에 채이면서 심장에 칼을 꽂는 상상으로 아픔을 참았다고 하시대요. 미워하는 사람이 죽어버리기를 기원하면서도, 한편으로는 용서해야 한다는 성경 말씀을 생각하면서 자신의 마음속에 있는 미움이 사라지기를 기도하는 이중적인 소망 속에서 괴로워했대요. 미움의 대상을 향해 복수의 칼을 가는 행위도 살아야 하는 이유가 될 수 있었다고 말씀하시더군요. 그런데 정작 갑작스러운 아버지의 죽음은 한가지 소망의 상실이었다더군요. 하지만 미움의 대상이 사라짐으로써 엄마가 편안해지라고 여겼는데 그게 아니었던가 봐요. 섬뜩한 그 말을 들으면서 그때는 엄마가 단순히 아버지의 외도와 폭력 때문에 품게 된 미움인 줄로만 알았어요. 그런데 이제 알겠네요. 근본적으로 엄마는 자신의 삶 자체를 부정하고 살았다는 말 아닌가요? 바보 같은 우리 엄마.”

어머니와 나의 아버지의 관계, 어머니와 조부모의 관계, 어머니와 이강재의 관계가 그렇게 설정될 수밖에 없었던 일차적인 공간이 여수리였다.

그런데 그 땅을 잊은 체했다면 그건 자기 도피의 시작이었다. 그 땅의 이야기를 할 수 없었다면 자기 도피를 넘어 자기 존재를 부정하려는 처절한 시도였으리라.

친정의 실체를 부정하고 여수리라는 지명마저 기피하고 살았다는 인숙의 이야기 속에서 나는 어머니의 절망을 읽었다. 마음대로 돌아갈 수 없는 고향, 만날 수 없는 부모였기에 억지로 잊은 체하면서도 혼자 망향가望鄕歌를 불렀을 어머니, 모습을 감추고 진실을 숨기고 흐르는 강물에 떠가는 부평초처럼 하늘의 구름을 보고 살았던 어머니의 마음을 짐작할 수 있었다.

나무에 앉을 때도 낳고 자란 둥지 쪽을 향한 가지를 골라 앉는 것이 어디 새뿐이랴!

겉으로는 무심하고 더러는 미워하면서도 고향과 부모 형제를 그리워하는 노래 한 곡쯤 간직하지 않은 사람들이 없다지 않던가. 둥지를 그리워하는 마음은 나이에 비례하여 커지고 향수는 더 짙어진다고 했다. 잊으려 해도 잊을 수 없었기에 그것이 병이 되어버렸던 어머니, 자식들에게도 진실을 말 못 하고 살았던 어머니의 멍든 가슴이 다시 보였다. 그러면서 비로소 어머니가 지난날 나에게 집착했던 이유나 지난겨울 병든 몸을 이끌고 목포를 찾았던 이유도 확신할 수 있었다.

박종식에 의하면 아버지가 잡힌 후 이강재도 끌려가 몇 개월 고생했다고 했다.

외숙모는 어머니가 사변이 나기 전에 광주로 떠났다고 했다. 박종식과 외숙모의 말을 분석해보면 고향 여수리에 두 사람의 소문이 이미 나쁘게 난 후였다고 하지만 여수리를 떠난 두 사람의 시기가 일치하지 않는다. 그런데 인숙의 말에 의하면 두 사람은 광주에서 만난 것으로 된다.

그렇다면 어째서 이강재는 결핵을 앓던 자신을 위해 국밥집을 시작했고, 그걸로 가족의 생계를 책임졌던 어머니에게 주먹을 휘둘렀으며 끝내는 여자에게 치명적인 상처를 주는 배신행위를 했던 것일까?

자신에게 과분한 여자가 부담이었을까?

아니면 언젠가 진숙에게 들었던 말처럼 여자의 따뜻한 사랑을 제대로 못 느꼈기 때문이었을까?

이강재에게도 말 못 할 절망과 아픔이 있었던 것일까?

이제 이강재는 가고 없고, 어머니의 파란만장한 삶도 끝나려 한다.

어째서 어머니가 하필 이강재를 만났느냐고 했던 나의 안타까움도 이제 부질없는 물음일 것이다. 무엇 때문에 외삼촌의 총 앞에서도 이강재와 갈라설 수 없다고 했는지, 어째서 온갖 수모를 당하면서도 도망할 생각을 않았는지 하는 의문도 이제는 미궁의 행로에 묻어 둘 수밖에 없을 것이다.

이제 가버린 옛사람을 용서하자는 종식이나 관준의 말을 아직 받아들일 수 없을지라도, 고향을 잃어버리고 살았다는 어머니와 이강재의 이야기는 인숙의 통곡과 함께 또 다른 아픔이 되어 가슴을 압박했다.

불가사의한 인연에 의한 만남, 그 만남에 의해 이루어진 또 다른 인연, 그 속에서 미움으로 인한 새로운 업을 지으며 살았던 사람들. 한을 감추고 살아야 했던 세월, 어디서 그 해원解寃의 길을 찾는단 말인가?

광주로 옮긴 지 이틀 만에 어머니의 의식은 기적처럼 잠시 호전되었다.

하지만 이미 타 버린 재 속에 어쩌다 찾을 수 있는 작은 불씨, 공기 중에 노출되면 금세 재가 될 불씨를 보는 것이나 다름없었다. 이따금 눈을 떠 사람을 구별하고 말을 건네면 미세한 반응을 보이는 표정이 전부였지만 아내와 인숙은 희망의 싹으로 여기며 생명의 불을 지피기 위해 안간힘을 썼다.

관준과 함께 종식이 문병 온 것은 그런 시간이었다.

"사모님, 저는 여수리 옆마을 영호정에 살았던 박종식입니다. 알아보시겠습니까?"

여수리라는 말이 나오자 감았던 눈을 떠 보인 어머니의 얼굴에는 가볍게 경련까지 일었다. 그건 여수리를 결코 잊지 못하고 살았으리라는 아내의 말을 뒷받침해주는 모습이었다.

"기억나지 않으십니까? 두 분 결혼하실 때 제가 호위를 섰지요. 그때 조창대 선생님은 저희들 대장이셨으니까요. 읍내에서 결혼식을 끝내고 댁으로 가는 길에 비가 왔었지요?"

종식의 말에 어머니는 눈을 감은 채 가만히 미간을 좁히고 고개를 종식의 반대쪽으로 약간 젖혔다. 종식의 말 가운데 뭔가 틀렸다는 표시였다.

그걸 재빨리 읽은 종식이 대뜸

"비가 아니라 우박이었습니다. 맞습니까. 사모님?"

하고 정정하자 어머니는 눈을 뜨고 알아들을 수 없는 입놀림까지 했다.

"그래요 맞습니다. 우박이었습니다. 그때 제가 사모님 머리에 당시 [갑바라고 했던 천을 씌어 드렸지 않습니까. 그 일은 기억나십니까?"

봄날 오후 갑자기 쏟아진 우박, 때와 일치하지 않는 예외의 자연 현상을 본인의 결혼식 날 있었던 일이라고 해서 불길한 의미를 부여하고, 운명적인 예감의 굴레를 벗어나지 못한 채 살았단 말인가.

이해할 수 없는 길고 긴 체념과 인고의 날들은 그때 이미 시작되었단 말인가.

어머니의 의식 속에 남아 있는 악몽의 매듭 하나를 본 느낌이었다.

"그 뒤 제가 몇 번 쌀을 져다 드리고 밥도 얻어먹곤 했습니다. 사모님이 직접 차려 주셨지요. 텃밭에서 감자를 캐 드린 적도 있습니다. 깊이 박힌 감자를 제가 찾아냈더니 사모님이 여간 좋아하지 않으셨지요. 사모님을 따라 예배당에 간 적도 있습니다. 사모님 기억하시겠습니까?"

종식 쪽으로 다시 느리게 눈을 돌리는 어머니 얼굴에 희미한 웃음이 보이는 듯했다.

그러나 어머니의 힘없는 눈은 이내 감겼고 끝내 입은 열리지 않았다. 종식은 울음을 참지 못하고 밖으로 나갔다.

"터무니없는 오해 때문에 사모님은 조교수님이 잠든 틈을 타서 시렁에 목을 매셨지만 그때 갓난아이였던 조교수님이 우는 바람에 미수에 그쳤던 모양입니다. 말하자면 조교수님이 어머님을 살린 셈이었지요."

할머니는 결코 그런 말을 한 적이 없었다. 누구에게 들은 적도 없는 이야기였다.

"이제 그런 일을 말한들 무엇하겠습니까 만 그때 교수님의 할머님께서 지나치신 점이 있었습니다. 죽지 못한 사람의 머리채를 잡고 욕설을 퍼부으며 작대기로 매질을 하셨으니까요. 사람들이 말릴 수도 없었습니다. 어린 교수님은 자지러지게 울고 그런 아들에게 사모님은 기어서라도 다가가려 했지만 그걸 노인께서는 막았습니다. 저는 지금도 잊을 수 없습니다. 사모님의 안부가 궁금해 몇 사람이 선생님 댁의 동정을 살피러 갔다가 우연히 목격했던 일이지요."

서러움인 분노인지 모를 감정이 동아줄처럼 온몸을 휘감더니 사지를 묶고 입마저 막아버렸다. 순간 숨도 쉴 수 없었다.

"그리고 몇 날 후, 우리가 갔을 때 사모님은 보이지 않고 어린 교수님은 할머니 등에 업혀 울고 있더군요. 차마 말씀드릴 수 없어 가슴에 담아 두고 있었습니다."

아들에게 젖 한 번 물리지 못하고 시어머니가 던져 주는 가방을 들고 마을을 떠나는 어머니가 보였다. 어처구니 운명 앞에서 자신의 의지를 꺾어 버린 채 비틀거리는 어머니 뒤를 터무니없는 오해가 사람의 형상이 되어 뒤쫓는 모습도 선명했다. 어머니를 거부하고 도망쳤던 나의 모습도 어머니를 향해 손가락질하는 무리 속에 있었다.

"난 성서도 말씀이면서 역사라고 보고 있어. 역사 속의 수많은 사람의 이야기를 통해 우리에게 간접 경험을 시켜주고 또 삶의 방향을 알려주는 메시지를 전하고 있는 것이 아닌가 하네. 자네 부친의 행적도 더 알아보고 어머니의 삶을 추적하여 정리하면 우리 민족사의 한 부분이 될 것 같네.

그것이 이 땅에 태어난 우리에게 부여된 소명인 줄도 모를 일이고…. 어차피 사람은 가는 시기만 모를 뿐 언젠가는 가게 되어있다지 않던가. 다 하느님의 뜻이려니 여기소. 자네 맘을 모르는바 아니나 너무 깊이 생각하면 마음을 다치네. 잠잠히 기도나 하소.”

나를 병실 밖으로 끌고 나온 관준의 말이었다.

“자네도 알다시피 지금까지 나는 가능한 한 과거를 돌아보지 않으려 했어. 내 가슴에 남은 상처만 크다고 여기면서 살았다는 말이지. 그랬으니 남의 가슴에 남은 상처가 보였을 것이며 더구나 나로 인해 상처를 입은 사람들을 생각이나 했을 것인가. 그런데 과학적인 근거를 둔 판단이 아니지만 지난 몇 개월 동안 나는 많은 암시를 받았던 것 같아. 우연인 듯싶어도 사실은 어머니로 인한 여러 만남이 있었고, 그러면서 어머니를 좀 더 객관적으로 이해할 수 있었고 또 그러면서 비로소 나에게 늘 돌발 상황이라고 여겼던 어머니에 대한 어떤 예감을 가질 수 있었네.”

“예감이니 육감이니 하는 것도 기다림, 희망, 애정… 이런 정신적 상호작용을 통해 터득되는 자기 확신이라는 생각이 드네.”

“아직 누구를 용서하고 말고 하는 마음은 솔직히 없어. 다만 어머니를 통해 나를 다시 보게 되었고, 내가 어머니의 자식이라는 사실을 인정하게 된 마음이 변화라면 변화겠지. 박 선생님 말씀처럼 어머니는 스스로 집에서 나오신 것이 아니었어. 그래서 어머니는 끊임없이 나를 찾고, 그리고 나를 잉태하고 출산했던 나의 고향으로 돌아가는 꿈을 꾸면서 사셨던 것 같아. 지금 생각하면 지난번 목포에 가신 것도 죽음을 예감한 어머니의 그런 소망이 무의식중에 표출된 모습이었다고 보네. 나에게도 고향은 멀리하면서도 늘 그리운 곳이었어. 그랬는데 최근 고향이 다시 보이대. 예전에 다툼의 원인이 되었던 개펄은 들판이 되고 그 들판은 이제 대부분 외지인들의 소유가 되었다는 사실이나 그곳이 한반도 축소판이었다는 박 선생님의 말씀도 의미심장하게 다가왔어. 그러면서 북쪽에 고향을 둔 말은 북풍을 반기고 남쪽에서 온 새는 남쪽 가지에 둥지를 튼다는 말처럼 어머니 역시 끝없이 귀소歸巢를 꿈꾸면서 조씨 문중의 며느리는 아니더라도 최소한 나의 어머니로 복권復權을 바라셨다는 생각을 하게 된거야. 복권이라는 용어가 적합한 표현인지는 모르겠네만."

"복권이라… 복권이라는 용어가 정치적인 용어인 줄만 알았는데…, 역시 아들이라 생각하는 바가 다르네. 그래, 자네 어머니의 복권뿐 아니라 비록 아플지라도 분단의 역사 속에 묻혀버린 사실들을 찾아내어 제자리에 돌려놓는 일은 이제부터 우리가 해야 할 몫이겠지. 존재 자체가 착시에 의한 허상임을 알면서도 거기에 집착하고 특정한 이념에 경도되어 부나비처럼 자신을 던지는 존재가 인간이라고 하지만, 인위적으로 조작한 이념에 휘둘리고 갈등에서 자유로울 수 없었던 우리의 처지였어. 그런 사실을 서럽게 자각하면서도 그걸 극복하지 못했던 점 또한 우리의 한계였다고 보네. 이제는 특정한 이념을 강요하고 그 이념에 따른 행동을 감동적으로 각색하여 인간을 현혹시키거나, 아니면 이념으로 억압하는 시대는 끝나야겠지. 그렇지 않아도 인간은 보편의 갈등, 그 미망迷妄의 늪에서 벗어나지 못하는 존재인데 우리는 너무 오래 우리가 감당할 수 없는 많은 것들로부터 억압당하고 시달려 왔어."

그리고 관준은 나의 손을 잡았다.

길들어진 제도와 이념에 순응하며 역사라는 말을 외면하고 살았던 세월, 민주주의를 말하면서도 반세기 전에 역사가 남긴 앙금을 내 운명이라고 여기며 살았던 세월이었다.

이룰 수 없는 것, 갈 수 없는 곳에 대한 그리움을 가슴에 담고 살면서도 애써 인간의 귀소성을 외면했던 세월이었다.

만남의 길고 짧음에 따라 인연의 두께를 달리하고, 색깔도 없는 정情의 끈을 떼지 못하는 존재임을 알면서도 한사코 낳아준 어머니를 밀어내려고만 했으니….

"이분이 아범 머리에 된장을 발라주셨던 분입니다."

일강집을 대면하던 날, 아내의 장황한 설명에 어머니는 어렵게 눈을 뜨고 안간힘을 다해 일강집의 손을 힘주어 잡으려고 했다. 누가 봐도 고맙다는 표시임을 알 수 있었다.

"오래 사셔야지요. 나도 우리 조교수 같은 아들만 있다면 원이 없겠소. 어렸을 때부터 봤지만 공부 잘하고 실겁고 나무랄 데가 없는 사람이었제라우. 어서 낫으시요. 그래서 나하고 나댕김스로 삽시다. 쉬엄쉬엄 사람도 만나고 세상 구경도 하고…. 가만히 집에만 있으면 극락 갈 생각밖에 더 난다요?"

일강집의 말이 들렸던 것일까.

어머니는 일강집을 마주보며 희미하나마 손에 힘을 더하고 있었다.

"잊을 것은 빨리 잊어 불고 살자고 함스로도 끝끝내 못 잊어불 것도 많습디다. 그러나 으짜것습디여 잊어 분 척이라도 하고 살아야제. 나는 그렇게 살았구만이요. 남편이 어떻게 된 지 생사를 모르고, 두 자식을 앞세웠으니 하래도 열두 번씩 죽고 싶은 맘이 안 들었다면 거짓말일 것이요. 사람은 폭을 잘 대야 것습디다. 나보다 못한 사람한테 폭을 대고, 안되는 것은 포기하고, 험한 생각은 잊어불고 살아야 하겠드만이요. 인자 손주들이 크는 것 보고 살아야지라우. 우리야 그라고 살았제만 요즘 아그들 얼마나 이쁘게 크던가요. 보고만 있어도 나는 오져 죽겠습디다."

가슴에 흐르는 눈물을 훌훌 털고 억척으로 살았던 일강집.

내면에 고였던 고독과 그리움을 가슴에 쓸어담은 채 숨죽여 살았을 어머니.

갑자기 일강집 목에 걸린 휴대폰 벨소리가 병실의 침묵을 깼다.

"아, 경챈가? 나네. 지금 조교수 엄니 문병왔어."

일강집의 큰 목소리에 비해 저편에서 무슨 말을 하는지 들을 수 없었다.

"그래? 미안하시. 집에 가서 다시 알려 줌세. 알았네, 알았어."

전화기를 접으면서 "중국 사는 우리 조카가 나 죽기 전에 만나고 조상님들 산소도 찾아보고 싶다는 연락이 왔기에 경채에게 어려움을 말했더니 초청 비용으로 내 통장에 돈을 넣어 준다고 했어. 통장 번호를 알려줬는디 뭣이 잘못된 모양이여"라고 했는데 아내와 나만이 그 말의 뜻을 알고 있었다.

그리고 눈을 감은 어머니를 향해 "우리 손주 종선이 서울대학교 의과대학을 나왔는디 내가 시장에 나가는 것을 하나도 안 부끄럽게 여기대요. 즈그 에미한테도 내가 이렇게 사는 것이 건강에도 좋담스로 못 말리게 하고, 그래도 늙은 할미가 언제 무슨 일 있을는지 모른다고 이걸 채워 줍디다. 손주가 채워 준 것이라 늘 든든하게 생각함시로 담고 댕겨요. 어서 낫으시요. 내가 전화기 하나 장만해 드릴텐께 날마다 연락하고 삽시다"라고 손자 자랑은 여전했으나, 흠이라기보다는 그런 일강집이 부러웠다.

"참. 조교수, 자네씨한테 준다고 경채가 키를 하나 구해 놨다고 했어. 지난번 갔을 때 하나 가졌으면 하는 눈치를 보였다며?"

"그래요? 고마운 말씀입니다."

"일간 문병 겸해서 그걸 가지고 온다고 했어. 참 청산 선구점 영우하고 같이 온다고 하대. 자네씨하고 영우가 친구라매?"

"그렇긴 합니다만…?"

친한 사이도 아니었는데 영우가 온다는 말은 뜻밖이었다.

"조만간 영우 차로 온다고 했으니 그리 알소."

그리고 일강집은 어머니를 향해 "우리 조교수를 좋아하는 사람이 선창에 사는디 그 사람한테 연락이 왔구만이요. 내가 일을 보고 다시 들릴께라우." 하고 어머니 손을 다시 잡아주고 돌아갔다.

삶의 현장으로 가는 일강집을 배웅하는 눈짓마저 잃어버린 어머니.

생과 사의 기로가 선명하게 보였다.

어머니의 분신 같은 낡고 닳은 노란 쇠가죽 가방. 핸드백이라기에는 너무 컸고 바닥면적보다 옆면의 세로 길이가 길어 어쩐지 비례가 맞지 않는 이상한 가방. 아내는 그 가방을 찾게 된 배경이며 안에 들어 있던 물건들이 어떻게 되었는지 설명했다.

"성경 속에 사진이 두 장 있었어요. 비에 젖어 알아볼 수 없더군요. 한 장은 아버님과 함께 찍은 사진 같았습니다만…."

어머니는 눈을 뜨지 않았다. 더 대답할 힘이 없다는 듯 눈을 감은 어머니의 숨결은 느려지고, 희미하게 반짝였던 영혼의 빛은 사위어가고 있었다.

무엇을 더 물을 것인가.

순결한 영혼은 누군가에게 우롱당하고 마침내 빈 몸뚱이만 남은 어머니.

담겨 있던 사연은 다 털리고 빈 껍질만 주인 곁으로 되돌아온 가방.

"성경 속에 돈이 있었습니다. 오백 원짜리 열 장."

아내가 가방에서 돈을 꺼내 어머니의 왼손에 놓았으나 종이돈조차 쥘 힘을 잃은 어머니의 손은 아래로 처지고 있었다.

키워주지도 못한 아들에게 받은 최초의 돈이었기에 차마 쓸 수 없었을 것이다.

아들은 의례적으로 주었을지라도 받은 어머니는 온갖 의미를 부여하고 싶었을 것이다.

자신과 아들을 마음으로 연결해주는 믿음의 고리였을 것이다.

그래서 아들의 분신으로 여기며 30년을 성경 갈피에 끼워놓고 아들을 향한 기도를 바쳤을 것이다.

어쩌면 어머니에게 그 돈은 여수리에 갈 수 있다는 신표信標였는지도 모를 일이다.

아무리 주술에 갇힌 금기어였고, 입에 올리는 것마저 운명의 곁가지에 달린 형벌이었을지라도 사람에게 '엄마'는 기호화되기 이전 본능의 언어였으며, '어머니'는 가슴 속에 숨어 흐르는 깊고 너른 강이었으며, 그 강가에서 부르는 악보 없는 그리움의 노래였던 것을.

그 본능을 억누르고, 그 강에 차마 다가가지 못하고 혓바닥을 비틀며 살았던 세월….

마침내 무너지듯 무릎을 꿇고 두 손 모아 어머니의 왼손을 감싸 쥐었다.

엄마라는 소리가 익기도 전 헤어진 후, 반세기 만에야 잡는 손.

내 생명의 시원始原, 내 몸과 영혼의 둥지.

희미한 맥박조차 느낄 수 없는, 식어가는 손을 잡는 순간 목포의 자취방으로 찾아왔다가 눈물을 닦으며 돌아서던 젊은 어머니의 아련한 모습, 섬마을 부둣가에 서 있던 가방을 든 어머니의 모습이 보이고 예리하게 벼린 서러움의 날이 회한의 벽을 찔렀다.

기도원 뜰에서 돌아서는 나를 바라보던 쓸쓸한 표정과 지난겨울 병실에서 나를 부르던 소리의 기억이 주마등처럼 이어지더니 항로가 막힌 어스름한 목포의 선창에서 여수리 가는 배를 기다리던 웅크린 어머니의 영상에서 멈추었다.

강요된 절제와 금기의 울안에서 스스로 키운 원망의 멍에를 운명으로 여기고 가장 가까운 엄마의 모습조차 굴절된 시선으로 왜곡해 보았던 회한의 세월.

하지만 사람의 일상에서 언어는 감정의 벽을 허무는 공감 의식이지만, 영원한 안식으로 가는 사람 앞에서 이성적인 언어는 하얗게 바래고 통곡의 소리마저 목 안에 잠기는지.

겨우 "이렇게…, 잡을 수 있었는데, 잡을 수도 있었는데…"라는 눈물 젖은 독백만 더듬더듬 새 나왔다.

懷巢曲 회소곡

초판 1쇄인쇄 2022년 10월 1일
초판 1쇄발행 2022년 10월 5일

저 자 홍광석
발행인 박지연
발행처 도서출판 도화
등 록 2013년 11월 19일 제2013-000124호
주 소 서울시 송파구 중대로34길 9-3
전 화 02) 3012-1030
팩 스 02) 3012-1031
전자우편 dohwa1030@daum.net
인 쇄 유진보라

ISBN | 979-11-90526-93-7 *03810
정가 15,000원

도화道化, fool는
고정적인 질서에 대한 익살맞은 비판자,
고정화된 사고의 틀을 해체한다는 뜻입니다.